rororo

rororo

Über die Autorin

Ruth Rendell wurde 1930 in London geboren, wo sie auch heute lebt. Seit ihrem ersten Buch «Alles Liebe vom Tod», das 1964 erschien, hat sie alle wesentlichen Preise und Auszeichnungen erhalten: mehrfach den Silver und Gold Dagger der englischen Krimiautoren, mehrfach den Edgar der Mystery Writers of America, den Diamond Dagger für ihr Lebenswerk, den Grand Masters Award, den Literary Award der *Sunday Times*. Die englische Königin erhob sie 1997 auf Grund ihrer Verdienste um die Literatur in den Adelsstand und verlieh ihr den Titel «Baroness». Ruth Rendell schreibt auch unter dem Pseudonym Barbara Vine.

«Die beiden größten Krimiautoren der Welt sind Ruth Rendell und Barbara Vine.»
Donna Leon

Ruth Rendell

In blinder Panik

Roman

Deutsch von
Ilse Bezzenberger

Rowohl Taschenbuch Verlag

Neuausgabe Mai 2001

Deutsche Erstausgabe
Veröffentlicht im Rowohlt Taschenbuch Verlag GmbH,
Reinbek bei Hamburg, Mai 1987

Die Originalausgabe erschien bei Hutchinson Ltd., London
unter dem Titel «Live Flesh»

Redaktion Jutta Schwarz
Umschlaggestaltung any.way, Barbara Hanke / Cordula Schmidt
(Foto Zefa)
Gesamtherstellung Clausen & Bosse, Leck
Printed in Germany
ISBN 3 499 23074 7

In blinder Panik

I

Die Pistole sei eine Attrappe, sagte Spenser zu Fleetwood, da sei er zu neunundneunzig Prozent sicher. Fleetwood wußte, was das bedeutete, nämlich, daß er in Wirklichkeit zu neunundvierzig Prozent überzeugt war, aber er gab ohnehin nie viel auf das, was Spenser sagte. Er für sein Teil glaubte allerdings auch nicht, daß die Waffe echt war. Vergewaltiger haben keine echten Waffen, und eine Nachbildung tut es auch als Mittel zur Einschüchterung.

Das Fenster, das das Mädchen eingeschlagen hatte, war ein rechteckiges, leeres Loch. Nur einmal, seit Fleetwood hergekommen war, war der Mann mit der Pistole darin aufgetaucht. Er war auf Fleetwoods Aufforderung hin erschienen, aber gesagt hatte er nichts, bloß dagestanden hatte er, vielleicht dreißig Sekunden lang, die Pistole mit beiden Händen umklammernd. Er war jung, etwa in Fleetwoods Alter, mit langem dunklen Haar, richtig lang, bis auf die Schultern herab, so wie es zur Zeit Mode war. Und er trug eine dunkle Brille. Eine halbe Minute lang stand er da, dann drehte er sich abrupt um und verschwand in den Schatten des Zimmers. Das Mädchen hatte Fleetwood nicht gesehen, und nach allem, was er wußte, konnte sie auch tot sein.

Er setzte sich auf eine Gartenmauer der gegenüberliegenden Straßenseite und blickte an dem Haus hinauf. Sein eigenes Auto und der Mannschaftswagen der Polizei waren am Bordstein geparkt. Zwei der uniformierten Männer hatten es geschafft, die Menschenmenge, die sich gesammelt hatte, beiseite zu drängen und sie durch eine improvisierte Barriere zurückzuhalten. Obgleich es eben zu regnen begann – die Menge völlig zu zerstreuen, wäre eine unlösbare Aufgabe gewesen. Die ganze Straße entlang waren Haustüren sperrangelweit offen; Frauen standen auf der Schwelle und warteten, daß etwas geschehen würde. Eine von ihnen war es auch gewesen, die den Notruf 999 gewählt hatte, als sie das Fenster klirren und das Mädchen schreien hörte.

Eine Gegend, die weder zu Kensal Rise noch zu West Kilburn noch zu Brondesbury gehörte, ein undefinierbarer Bezirk ohne deutlich erkennbare Abgrenzungen. Fleetwood war hier eigentlich noch nie gewesen, immer nur hindurchgefahren. Die Straße hieß Solent Gardens, war lang, schnurgerade und eben, mit einander gegenüberliegenden zweistöckigen Häuserzeilen, manche viktorianisch, andere viel später erbaut, in den zwanziger und dreißiger Jahren. Das Haus mit der zerbrochenen Scheibe, Solent Gardens Nr. 62, war eines der neueren Gebäude, das Endhaus einer Zeile von acht Reihenhäusern – roter Backstein, grober Putz, rote Ziegeldächer, in Schwarz und Weiß gemalte Verzierungen, blaßblaue Haustüren. Alle Häuser hatten sowohl hinten als vorne Gärten voller Buchsbaum und Ligusterhecken und kleiner Rasenflächen, und die meisten von ihnen hatten niedrige Ziegel- oder Steinmauern vor den Hecken. Auf einer solchen saß Fleetwood im Regen und überlegte, was er als nächstes unternehmen sollte.

Keines der bisherigen Opfer des Sexualverbrechers hatte eine Waffe erwähnt, es hatte also den Anschein, als habe er das Falsifikat erst kürzlich erworben. Zwei von ihnen – es waren insgesamt fünf oder wenigstens fünf, die sich gemeldet hatten – waren imstande gewesen, ihn zu beschreiben: groß, schlank, sieben- oder achtundzwanzig Jahre alt, olivfarbene Haut, dunkles, ziemlich langes Haar, dunkle Augen und sehr schwarze Augenbrauen. Ein Ausländer? Orientale? Vielleicht; vielleicht aber auch einfach ein Engländer mit dunkelhäutigen Vorfahren. Eins der Mädchen war schwer verletzt worden, denn sie hatte sich gewehrt. Aber eine Waffe hatte er ihr gegenüber nicht benutzt, lediglich die bloßen Hände.

Fleetwood stand auf und ging auf die Tür des Hauses gegenüber zu, auf Nummer 63, um noch einmal mit dieser Mrs. Stead zu reden, die die Polizei alarmiert hatte. Mrs. Stead hatte sich einen Küchenstuhl zum Sitzen herausgeholt und ihren Wintermantel angezogen. Daß der Name des Mädchens Rosemary Stanley wäre, hatte sie ihm schon gesagt, und daß sie mit ihren Eltern zusammenwohnte auch. Aber die Eltern waren heute nicht da. Genau fünf Minuten vor acht sei es gewesen, also anderthalb Stunden her, daß Rosemary die Fensterscheibe zertrümmert und geschrien hätte.

Fleetwood fragte, ob Mrs. Stead sie gesehen habe?

«Er hat sie weggeschleppt, bevor ich Gelegenheit dazu hatte!»

«Ich nehme an, sie geht irgendwo zur Arbeit, ich meine, normalerweise?»

«Ja, aber sie verläßt das Haus nie vor neun. Oft sogar erst zehn nach neun. Ich kann Ihnen sagen, was passiert ist, ich hab mir das genau überlegt: Er hat an der Tür geklingelt, und sie ist runtergegangen, im Nachthemd, um aufzumachen, und da hat er gesagt, er kommt den Stromzähler ablesen – das war nämlich fällig für dieses Quartal, und das hat er gewußt –, und sie hat ihn mit raufgenommen, und da ist er dann über sie hergefallen, aber sie konnte gerade noch rechtzeitig die Scheibe einschlagen und ihren verzweifelten Hilferuf loslassen. Genau so muß es gewesen sein.»

Fleetwood glaubte das nicht. Erstens einmal war der Stromzähler wohl kaum im Obergeschoß. Alle Häuser in der Nachbarschaft waren gleich, und Mrs. Steads Stromzähler hing direkt innen neben der Haustür. Und allein im Haus, an einem dunklen Wintermorgen, hätte Rosemary Stanley wohl kaum einem Unbekannten die Tür aufgemacht. Sie hätte sich bestimmt zuerst aus dem Fenster gelehnt, um zu sehen, wer es war. Die Frauen in diesem Bezirk waren durch die Berichte über den Triebtäter so verunsichert, daß keine von ihnen nach Eintritt der Dunkelheit auch nur einen Fuß vor die Tür setzte oder allein im Haus schlief, wenn es sich vermeiden ließ, oder ohne vorgelegte Kette die Haustür öffnen würde. Der Eisenwarenhändler der Gegend hatte Fleetwood erzählt, in den letzten Wochen habe er einen reißenden Absatz an Sicherheitsketten gehabt. Fleetwood hielt es für wahrscheinlicher, daß der Mann mit der Pistole sich gewaltsam Zugang zu dem Haus verschafft und sich dann den Weg in Rosemary Stanleys Schlafzimmer gesucht hatte.

«Wie wär's mit einem Kaffee, Inspector?» fragte Mrs. Stead.

«Sergeant», verbesserte Fleetwood sie. «Nein danke, später vielleicht. Aber wir müssen ja hoffen, daß es kein ‹später› geben wird.»

Er ging wieder über die Straße. Hinter der Barriere harrte die Menge geduldig aus. Die Leute standen im Nieselregen, die Mantelkragen aufgestellt, Hände in den Taschen. Am Ende der Straße, dort, wo sie in die Hauptverkehrsstraße mündete, hatte einer der Polizisten eine Auseinandersetzung mit einem Fahrer, der mit seinem Laster anscheinend partout hier hereinfahren wollte.

Spenser hatte mit aller Bestimmtheit behauptet, der Mann mit der Pistole werde rauskommen und sich ergeben, wenn er Fleetwood und die anderen sähe; Vergewaltiger wären notorische Feiglinge, das sei eine bekannte Tatsache. Und was konnte er auch schließlich gewinnen, wenn er sich noch länger da drinnen verschanzte? Aber ganz so war es denn doch nicht gelaufen. Vielleicht, so überlegte sich Fleetwood, glaubte der Mann immer noch, er habe eine Chance zu entkommen? Falls er der Vergewaltiger war. Man konnte nicht sicher sein, daß er es war, und Fleetwood hielt nun mal auf Exaktheit, auf Fairness. Wenige Minuten nach dem Notruf waren auf dem Polizeirevier ein Mädchen namens Heather Cole und ein Mann namens John Parr erschienen, und Heather Cole hatte erklärt, vor einer halben Stunde sei sie im Queens Park überfallen worden. Sie habe gerade ihren Hund trainiert, da habe ein Mann sie von hinten gepackt. Aber sie habe geschrien, und Mr. Parr sei dazugekommen, und da sei der Mann weggelaufen. Hierher weggelaufen, überlegte Fleetwood, und in das Haus Solent Gardens 62 eingedrungen, vielleicht mehr, um sich vor seinen Verfolgern zu verstecken, als in der Absicht, Rosemary Stanley zu vergewaltigen, nachdem es bei Heather Cole nicht geklappt hatte. Wenigstens war das Fleetwoods Vermutung.

So nah wie jetzt war er vorher noch nicht an das Stanley-Haus herangegangen: Er öffnete die kleine schmiedeeiserne Pforte, überquerte das feuchte, hellgrüne Rasenrechteck und ging seitlich am Haus entlang. Von drinnen war kein Laut zu hören. Die Seitenwand war glatt, ohne Regenfallrohre oder sonstige Vorsprünge, und hatte lediglich drei kleine Fenster. An der Rückseite jedoch war anscheinend die Küche durch einen Anbau erweitert worden, und das Dach dieses Vorbaus, das nicht höher als gute zweieinhalb Meter über den Erdboden ragte, konnte man leicht über die Seitenwand erklimmen, an der sich ein robuster, dornenloser Kletterstrauch in die Höhe rankte. Eine Glyzinie wahrscheinlich, dachte Fleetwood, der sich in seiner Freizeit gern mit Gärtnerei beschäftigte.

Oberhalb dieses niedrigen Daches stand ein Schiebefenster offen. Also hatte Fleetwood recht gehabt. Ein Zugang zum Garten bestand, wie er feststellte, von einem hinter dem Grundstück verlaufenden Weg aus über einen mit Steinplatten gepflasterten Pfad, der hinter einer Betongarage herumführte. Wenn alles andere versagte, dachte er, dann konnte er oder sonst jemand immer noch ins

Haus gelangen, indem sie auf demselben Weg hinaufkletterten wie der Mann mit der Pistole.

Als er wieder an die Frontseite des Hauses kam, schrie ihm die Stimme entgegen. Es war eine Stimme voller Angst, aber doch auch eine furchterregende Stimme. Fleetwood war nicht darauf gefaßt gewesen, und er fuhr zusammen. Er war nervös, stellte er fest, er hatte Angst, auch wenn er darüber bisher nicht nachgedacht hatte. Er mußte sich zwingen, den Vorgartenweg entlang zu gehen, nicht zu rennen. Der Mann mit der Pistole stand an dem zerbrochenen Fenster, einem Rahmen, aus dem er das gesamte Glas herausgeschlagen hatte in das darunterliegende Blumenbeet. Er hielt die Waffe in der rechten Hand, und mit der linken hielt er den Vorhang zurück.

«Sind Sie hier zuständig?» fragte er Fleetwood.

Als ob er hier eine Art Show abzog. Na ja, vielleicht tat er das ja auch, und eine erfolgreiche obendrein, gemessen an der atemlosen Spannung seines Publikums, das dem Regen und der Kälte trotzte. Beim Ertönen seiner Stimme gab es einen langgezogenen Laut von sich, einen Massenseufzer, ein kollektives Murmeln, nicht unähnlich dem Wind in den Baumkronen.

Fleetwood nickte. «Das ist richtig.»

«Also sind Sie es, mit dem ich Bedingungen ausmachen muß?»

«Es gibt keine Bedingungen auszumachen.»

Der Mann mit der Pistole schien zu überlegen. Dann sagte er: «Welchen Rang haben Sie?»

«Ich bin Detective Sergeant Fleetwood.»

Enttäuschung malte sich auf dem mageren Gesicht, auch wenn die Augen verborgen waren. Der Mann fand wohl, er habe mindestens einen Chief Inspector verdient. Vielleicht erkläre ich besser Spenser, daß seine Anwesenheit vonnöten ist, dachte Fleetwood. Die Waffe war jetzt auf ihn gerichtet. Fleetwood dachte nicht daran, die Hände hochzuheben, natürlich nicht. Dies hier war Kensal Rise, nicht Los Angeles, obgleich er eigentlich nicht wußte, worin da noch ein Unterschied bestand. Er blickte in das schwarze Loch der Pistolenmündung.

«Ich will die Zusicherung, daß ich hier raus kann und eine halbe Stunde Zeit kriege, um zu verschwinden. Das Mädchen nehme ich mit, und wenn die halbe Stunde um ist, dann schick ich sie mit einem Taxi zurück. Okay?»

«Sie machen wohl Spaß, Mann», sagte Fleetwood.

«Es wird kein Spaß für das Mädchen, wenn Sie mir die Zusicherung nicht geben. Sie sehen doch die Waffe hier, oder?»

Fleetwood gab keine Antwort.

«Sie haben eine Stunde Zeit, sich zu entscheiden. Dann kriegt sie meine Pistole zu spüren.»

«Das wäre Mord. Das unumgängliche Urteil für Mord ist lebenslängliches Gefängnis.»

Die Stimme, tief und leise, aber irgendwie farblos – eine Stimme, die auf Fleetwood den Eindruck machte, als werde sie nicht oft benutzt oder immer nur sehr sparsam –, wurde eiskalt. Sie sprach von grauenhaften Dingen mit völliger Gleichgültigkeit.

«Ich werde sie nicht töten. Ich schieße ihr in den Rücken, in die untere Wirbelsäule.»

Fleetwood erwiderte nichts. Was gab es auch darauf zu sagen? Das war eine Drohung, die nur moralische Verdammung oder schockierende Entrüstung hervorrufen konnte. Er hatte sich abgewandt, denn aus den Augenwinkeln sah er einen wohlbekannten Wagen herankommen, aber ein Schnaufen der Menschenmenge, eine Art synchrones Luftschnappen, ließ ihn noch einmal zu dem Fenster hochblicken. Das Mädchen, Rosemary Stanley, war in das gähnende Rechteck gestoßen worden, aus dem alles Glas verschwunden war. Dort wurde sie festgehalten, und ihre Haltung ließ an eine Sklavin denken, die auf dem Markt feilgeboten wird. Ihre Arme waren hinter ihrem Rücken von anderen Armen geknebelt, und ihr Kopf hing vornüber. Jetzt packte eine Hand das lange Haar und riß daran den Kopf zurück, ein gewaltsamer Ruck, der sie aufschreien ließ.

Fleetwood erwartete, daß die Leute ihr etwas zurufen oder daß sie selbst etwas sagen würde, aber keins von beidem geschah. Sie starrte nur stumm geradeaus, steinern vor Angst wie eine Statue. Die Pistole, fürchtete er, war vermutlich von hinten in ihren Rücken gepreßt, gegen die untere Wirbelsäule. Zweifellos hatte sie ebenfalls die Absichtserklärungen des Mannes gehört. So intensiv war die Empörung der Menge, daß Fleetwood sie förmlich als Vibration zu spüren glaubte. Er wußte, eigentlich mußte er dem Mädchen jetzt irgendwelche beruhigenden Worte sagen, aber ihm fiel nichts ein, was nicht total falsch und heuchlerisch geklungen hätte. Sie war ein dünnes kleines Ding mit langem blonden Haar, und sie trug ein Kleidungsstück, das ein Kleid oder auch ein Morgenrock sein konnte. Ein Arm schob sich um ihre Taille, riß sie zurück, und jetzt wurden erstmals von beiden Seiten her die Vorhänge vor dem Fenster zugezogen. Es waren dichte, vielleicht sogar gefütterte Vorhänge.

Spenser saß noch immer auf dem Beifahrersitz des Rovers und las ein Papier. Er gehörte zu den Männern, die man, sofern sie nicht anderweitig beschäftigt sind, stets über einem Dokument brütend antrifft. Es fiel Fleetwood auf, wie gekonnt er sich auf künftige Führungspositionen förmlich hinstilisierte – das dicke, volle Haar mit dem ersten Silberschimmer, die Rasur, sauberer denn je, die Haut merkwürdig gebräunt, jetzt, im tiefsten Winter, das Hemd Popelin gewordenes Speiseeis, der Regenmantel mit Sicherheit ein Burberry... Fleetwood stieg hinten in den Wagen, und Spenser wandte ihm Augen zu von dem Blau einer Gasflamme.

Nach Fleetwoods Ansicht hatte ihn die Lektüre, wie immer, über alles informiert, was belanglos war, während er zur Abkühlung der Krise bislang nicht das geringste beigetragen hatte.

«Sie ist achtzehn, hat im letzten Sommer die Schule verlassen, arbeitet in einem Schreibbüro. Die Eltern sind heute morgen ganz früh in den Westen des Landes aufgebrochen, sind gegen halb sieben mit einem Taxi losgefahren, sagt ein Nachbar. Mrs. Stanleys Vater in Hereford hatte einen Herzanfall. Man wird sie informieren, sobald wir sie erreichen können. Wir wollen ja schließlich nicht, daß sie es durch das Fernsehen erfahren.»

Fleetwood mußte an das Mädchen denken, das er nächste Woche heiraten würde. Ob Diana herausbekam, daß er hier war, und würde sie sich Sorgen machen? Aber soweit er wußte, war bisher kein Fernsehteam oder überhaupt irgendein Reporter aufgetaucht. Er berichtete Spenser, was der Mann mit der Pistole gesagt hatte über die Zusicherung freien Abzugs und dann von der Drohung, auf Rosemary Stanley zu schießen.

«Wir können doch zu neunundneunzig Prozent sicher sein, daß das eine Attrappe ist», meinte Spenser. «Und wie ist er da reingekommen. Wissen wir das?»

«Über einen Baum, der an der hinteren Hausmauer hochwächst.» Fleetwood wußte, Spenser hätte keine Ahnung, wovon er redete, wenn er Glyzinie sagte.

Spenser brummelte etwas vor sich hin, und Fleetwood mußte ihn bitten, es zu wiederholen.

«Ich sagte, wir werden da reingehen müssen, Sergeant.»

Spenser war siebenunddreißig, fast zehn Jahre älter als er. Er fing auch an, korpulent zu werden, wie es ja vielleicht einem künftigen Befehlshaber angemessen war. Älter als Fleetwood, weniger fit, zwei Rangstufen höher als er... Spenser meinte also mit seinem ‹wir›, daß Fleetwood da hineingehen mußte, vielleicht, indem er einen der jungen Polizisten mitnahm.

«Unter Zuhilfenahme dieses Baumes möglicherweise, von dem Sie sprachen», meinte Spenser.

Das Fenster stand offen und wartete auf ihn. Drinnen waren ein Mann mit einer echten Pistole oder mit einer Attrappe – wer konnte das wissen? – und ein verängstigtes Mädchen. Er, Fleetwood, hatte überhaupt keine Waffe außer seinen Händen und seinen Füßen und seinem Verstand, und als er jetzt Spenser vorschlug, ihn mit einer Waffe auszurüsten, da blickte der Superintendent ihn an, als habe er um einen nuklearen Sprengkopf gebeten.

Es war Viertel vor zehn; der Mann mit der Pistole hatte sein Ultimatum gegen neun Uhr zwanzig gestellt.

«Werden Sie denn überhaupt nicht mit ihm reden, Sir?»

Spenser bedachte ihn mit einem dünnen Lächeln. «Kriegen wohl kalte Füße, was, Sergeant?»

Fleetwood schluckte das schweigend. Spenser stieg aus dem Wagen und überquerte die Straße. Fleetwood zögerte einen Moment und folgte ihm dann. Der Regen hatte aufgehört, und der Himmel, bisher ein eintöniges, glattes Grau, war jetzt aufgebrochen in Grau und Weiß, mit Flecken von Blau darin. Es schien kälter zu sein. Die Menge staute sich inzwischen bis zur Hauptstraße, der Chamberlayne Road, die durch Kensal Rise führt und am Ende in den Ladbroke Grove mündet. Fleetwood sah, daß der Verkehr in der Chamberlayne Road zum Stehen gekommen war.

Oben in dem zerbrochenen Fenster des Stanley-Hauses bewegten sich die Vorhänge im leichten Wind. Ohne zu zaudern, ohne auch nur einen Blick auf seine spiegelnd geputzten, schwarzen italienischen Schuhe zu werfen, trat Spenser von dem verhältnismäßig sauberen Betonplattenweg auf den aufgeweichten Rasen. In der Mitte blieb er stehen, breitbeinig, die Arme verschränkt. Und mit der selbstsicheren Stimme eines Mannes, der die Rangleiter im Polizeidienst bis oben erklommen hat, in frostig-klarem Ton, ohne regionalen Akzent, ohne geheuchelte Kultiviertheit, nahezu teilnahmslos, wie die Mitteilung eines hervorragend programmierten Roboters, rief er zu dem Fenster hinauf:

«Hier spricht Detective Superintendent Ronald Spenser. Kommen Sie ans Fenster, ich will mit Ihnen sprechen!»

Es sah aus, als flatterten die Vorhänge heftiger, aber das konnte auch ein zufälliger Windstoß gewesen sein.

«Können Sie mich hören? Kommen Sie ans Fenster, bitte!»

Die Vorhänge bewegten sich weiterhin, aber sie gingen nicht auseinander. Fleetwood, der jetzt mit dem jungen Bridges auf dem Trottoir stand, sah, wie sich ein Kamerateam mit den Ellbogen den Weg durch die Menge bahnte; Nachrichtenjäger ganz unverkennbar, auch wenn kein an der Ecke geparkter Gerätewagen zu sehen war. Einer von ihnen begann, ein Stativ aufzustellen. Und dann geschah etwas, das alle zusammenfahren ließ. Rosemary Stanley schrie.

Der Schrei war ein grauenhafter Laut, der die Luft zerriß. Die Menge reagierte darauf mit einem Geräusch wie einem Echo jenes Schreis, ein Echo von weit her, halb Schreckenslaut, halb qualvolles Murmeln. Spenser, der wie alle anderen zusammengezuckt war, stand dennoch wie ein Mann, versank buchstäblich mit den Füßen im Schlamm, und er hatte die Schultern in die Höhe gezogen, wie um seine Willensstärke zu demonstrieren, seine Entschlossenheit, sich nicht anfechten zu lassen. Aber er sagte nichts mehr. Fleetwood dachte, was wohl alle dachten, was vielleicht sogar Spenser selbst dachte – daß es womöglich seine Worte gewesen waren, die die Aktion ausgelöst hatten, deren Folge dieser entsetzliche Schrei gewesen war.

Wenn der Mann mit der Pistole tat, wozu man ihn aufforderte, wenn er ans Fenster käme, so konnten Fleetwood und Bridges im Schutz dieses Ablenkungsmanövers hinten am Haus hinaufklettern und durch das offene Fenster einsteigen. Ganz bestimmt wußte der Mann das auch. Trotzdem war Fleetwood merkwürdig erleichtert. Eine Detonation war nicht erfolgt. Rosemary Stanley hatte also nicht geschrien, weil auf sie geschossen worden war. Spenser, der seine Furchtlosigkeit und sein Phlegma unter Beweis gestellt hatte, wandte sich vom Haus ab, schritt langsam durch das aufgeweichte Gras, den Plattenweg entlang, öffnete die Pforte, trat aufs Trottoir und streifte die Menge mit leerem, leidenschaftslosem Blick. Zu Fleetwood sagte er: «Sie werden wohl dran denken müssen, da reinzugehen.»

Fleetwood merkte, daß er fotografiert wurde, eine Aufnahme

von der Seite, sein Kopf im Halbprofil. Aber eigentlich war es natürlich Spensers Gesicht, von dem sie ein Bild haben wollten. Plötzlich flogen oben die Vorhänge auseinander, und der Mann mit der Pistole stand da. Es war schon komisch, wie Fleetwood das an die Pantomime erinnerte, zu der er und Diana Weihnachten ihre Nichte mitgenommen hatten: ein Vorhang, der in der Mitte aufgerissen wurde, und ein Mann, der dramatisch dazwischen auftauchte – der Schurke des Stückes, der Dämonenkönig. Die Menschenmasse seufzte. Eine Frau in der Menge brach in schrilles, hysterisches Kichern aus, das abrupt verstummte, so, als habe sie sich die Hand auf den Mund gepreßt.

«Sie haben noch zwanzig Minuten Zeit», sagte der Mann mit der Pistole.

«Woher haben Sie die Pistole, John?» fragte Spenser.

John? dachte Fleetwood, wieso John? Weil Lesley Allan oder Sheila Manners oder eines der anderen Mädchen das gesagt hatten, oder damit Spenser sich die Genugtuung verschaffte, ihn sagen zu hören: ‹Mein Name ist nicht John›?

«Diese Attrappen sind verdammt gut, was?» meinte Spenser beiläufig. «Es gehört Erfahrung dazu, den Unterschied zu erkennen. Nicht gerade Expertenwissen, würde ich sagen, aber Erfahrung doch, ja.»

Fleetwood war jetzt ein Teil der Menge, einbezogen von ihr, und genauso Bridges. Sie zwängten sich durch sie hindurch in Richtung auf die Hauptstraße. Wie lange konnte Spenser den Mann am Reden halten? Nicht lange, wenn ihm nichts Besseres einfiel, als sich über ihn zu mokieren, seine Waffe madig zu machen. Hinter sich hörte er rufen: «Sie haben noch siebzehn Minuten!»

«Schon gut, Ted, also reden wir doch mal miteinander.»

Das war schon besser, obwohl Fleetwood sich wünschte, Spenser würde aufhören, den Mann mit der Pistole mit Phantasienamen anzureden. Mittlerweile war er außer Hörweite, außerhalb der Menge auch, in der Hauptstraße, wo dichter Verkehr herrschte. Er und Bridges gingen die schmale, durch einen Eisenpoller für Fahrzeuge gesperrte Gasse hinunter, die in den Heckenweg mündete, der an der Rückseite der Häuser entlangführte. Das Stanleysche Haus war leicht zu finden, erkennbar durch die häßliche Betongarage. Inzwischen konnte der Mann mit der Pistole das Schiebefenster natürlich längst geschlossen haben, aber er hatte es nicht getan.

Wenn nämlich das Fenster zugemacht worden wäre, so hätte praktisch keine Möglichkeit bestanden, in das Haus hineinzukommen, zumindest nicht geräuschlos. Er sollte also doch eigentlich froh sein, dachte Fleetwood, daß John oder Ted, oder wie er sonst hieß, nicht daran gedacht hatte, es zu schließen? Statt dessen löste es bei ihm ein Gefühl unbestimmter, kalter Bestürzung aus. Wenn das Fenster *nicht* zugemacht worden war, so war das bestimmt nicht aus Fahrlässigkeit geschehen, sondern es war zu einem bestimmten Zweck offengelassen worden.

Jetzt waren sie wieder nahe genug, um Spensers Stimme hören zu können und ebenso die Stimme des Mannes mit der Pistole. Spenser sagte irgend etwas in dem Sinne, er solle erst Rosemary Stanley aus dem Hause lassen, ehe sie anfangen könnten, zu verhandeln. Er solle sie die Treppe runtergehen und vor die Haustür treten lassen, dann könnten sie sich über Bedingungen und Zusicherungen unterhalten. Die Antwort des Mannes konnte Fleetwood nicht verstehen. Er setzte seinen rechten Fuß in die Glyzinie, dorthin, wo sich ihr Stamm in nahezu rechtem Winkel bog, darauf den linken ein Stück höher in eine Gabelung, und dann zog er sich auf das Dach des Anbaus hinauf. Alles, was er jetzt noch tun mußte, war, ein Bein über das Fenstersims zu schwingen. Er wollte, er könnte weiterhin die Stimmen hören, aber er hörte nichts mehr außer dem Kreischen der Bremsen auf der Hauptstraße und dem unsinnigen, sporadischen Hupen ungeduldiger Autofahrer. Bridges kletterte hinter ihm her. Es war verrückt, was für Sachen einem in Momenten höchster Anspannung auffielen: Die Farbe, in der das Fenstersims gestrichen war, war doch sicherlich das letzte, worauf es jetzt ankam. Und doch registrierte Fleetwood den Farbton, Kretablau, die gleiche Tönung wie an der Eingangstür des Hauses, das Diana und er gerade in Chigwell kaufen wollten.

Fleetwood fand sich im Badezimmer des Hauses wieder. Es hatte grüngekachelte Wände und cremefarbene Bodenfliesen. Fußstapfen von nassem Schmutz, mittlerweile getrocknet, liefen darüber hinweg, wurden undeutlicher, je näher sie der Tür kamen. Der Mann mit der Pistole war also auf diesem Weg hereingekommen. Bridges war draußen am Fenster angekommen und hievte sein Gewicht auf das Sims. Fleetwood mußte jetzt diese Tür hier aufmachen. Er konnte sich nicht erinnern, jemals in seinem Leben etwas widerwilliger getan zu haben. Nein, er war nicht tapfer, dachte er, dazu hatte er zu viel Phantasie, und manchmal (obwohl dies nicht der richtige Zeitpunkt war, darüber nachzudenken) kam es ihm vor, als ob ein beschaulicheres, intellektuelleres Leben besser zu ihm gepaßt hätte als der Polizeidienst.

Von hier aus hörte man den Verkehrslärm nur sehr schwach und aus der Ferne. Irgendwo im Haus knackte eine Fußbodendiele. Fleetwood hörte und spürte ein regelmäßiges Pochen, aber das, so wußte er, war sein eigenes Herz. Er schluckte und machte die Tür auf. Der Flur dahinter war ganz und gar nicht so, wie er ihn sich vorgestellt hatte. Dort lag ein dicker, hellbeigefarbener Teppich, am Kopf der Treppe begann ein Handlauf aus poliertem Holz, und an der Treppenwand hingen kleine Bilder in goldenen und silbernen Rahmen, Zeichnungen und Stiche von Vögeln und Tieren, und eins davon waren Dürers *Betende Hände*. Dies hier war ein Haus, in dem Menschen glücklich waren, dessen Ausgestaltung und dessen Unterhalt liebevolle Aufmerksamkeit gewidmet wurde. Jähe Wut befiel Fleetwood, weil das, was jetzt in diesem Haus geschah, eine Beleidigung seiner stillen Zufriedenheit war, eine Entweihung.

Er stand auf dem Flur und hielt sich am Geländer fest. Die drei Schlafzimmertüren waren alle geschlossen. Sein Blick fiel auf die Zeichnung eines Hasen und die einer Fledermaus, deren Gesicht entfernt sowohl an einen Menschen als auch an ein Schwein erinnerte, und er überlegte, was wohl daran wäre, an diesen Vergewaltigungen, etwas, wonach es angeblich jeden Mann verlangte. Er für seine Person konnte Sex nur genießen, wenn die Frau es genauso sehr wollte wie er. Diese armen Mädchen, dachte er. Der Mann mit der Pistole und das Mädchen waren hinter der Tür links von Fleetwood; vom Standpunkt der Zuschauer draußen aus gesehen, rechts. Der Mann mit der Pistole wußte, was er tat. Er war nicht so dumm, die Vorderseite des Hauses unbewacht zu lassen, während er nachsah, was sich hinten abspielte.

Fleetwood überlegte: Wenn er auf mich schießt, dann kann ich entweder sterben oder nicht sterben und wieder gesund werden. Sein Vorstellungsvermögen hatte Grenzen. Später sollte er sich noch oft erinnern an das, was er in seiner Unschuld geglaubt hatte. Er stand vor der geschlossenen Tür, legte seine Hand dagegen und sagte mit fester, klarer Stimme: «Hier ist Detective Sergeant Fleetwood. Wir sind im Haus. Bitte öffnen Sie diese Tür!»

Drinnen hatte vorher keine totale Stille geherrscht, das merkte

Fleetwood jetzt, da plötzlich Totenstille einsetzte. Er wartete, dann sprach er weiter.

«Das Beste, was Sie machen können, ist wirklich, diese Tür aufzumachen. Seien Sie vernünftig und geben Sie auf. Öffnen Sie jetzt die Tür und kommen Sie raus, oder lassen Sie mich rein!»

Auf die Idee, die Tür könne gar nicht verschlossen sein, war er nicht gekommen. Als er den Griff niederdrückte, gab sie nach. Fleetwood kam sich ein bißchen lächerlich vor – was er merkwürdigerweise als hilfreich empfand. Er machte die Tür auf, aber er stieß sie nicht auf. Sie flog von selbst auf, sie gehörte zu den Türen, die immer gleich auffliegen und gegen das Möbelstück knallen, das direkt im rechten Winkel dahintersteht.

Unvermittelt, wie ein Bühnenbild, erschien das Zimmer in seinem Blickfeld: ein Bett mit blauen Bettbezügen und einem blauen, beiseite geworfenen Überwurf, ein Nachttisch mit einer Lampe darauf, einem Becher, einem Buch, einer Vase mit einer einzelnen Pfauenfeder darin, an den Wänden weitere grüne und blaue Pfauenfedern als Tapetenmuster... und der Wind fuhr durch das zerbrochene Fenster herein und blies die smaragdgrünen Seidenvorhänge in die Höhe.

Der Mann mit der Pistole stand mit dem Rücken gegen einen Eckschrank und zielte mit der Waffe auf Fleetwood. Das Mädchen hatte er direkt vor sich, den freien Arm um ihre Taille geschlungen. Er befand sich an der Grenze gefährlicher Panik, das konnte Fleetwood an den Veränderungen seines Gesichtes ablesen. Es war kaum noch das Gesicht, das zweimal am Fenster erschienen war; jetzt war es nur noch von Instinkten beherrscht, und animalische Angst spiegelte sich darin. Das einzige, was der Mann noch spürte, war der Selbsterhaltungstrieb. Nur noch der panische Wille zu entkommen, indem er alles tötete, was ihn daran hinderte. Aber er hatte ja niemanden getötet, dachte Fleetwood, und er hielt eine Attrappe in der Hand...

«Wenn Sie die Waffe jetzt senken», sagte er, «und wenn Sie Miss Stanley loslassen, damit ich sie runterbringen kann... wenn Sie das jetzt tun, dann fällt die Anklage, die gegen Sie erhoben wird, minimal aus verglichen mit dem, was Sie erwartet, wenn Sie noch jemanden verletzen oder bedrohen.»

Und die Vergewaltigungsfälle? fragte er sich im stillen. Aber es gab bis jetzt keine Beweise, daß dies hier derselbe Mann war. «Sie brauchen die Waffe nicht fallenzulassen. Senken Sie einfach die Hand, in der Sie sie halten. Heben Sie den anderen Arm, und lassen Sie Miss Stanley gehen.»

Der Mann rührte sich nicht. Er hielt das Mädchen so fest, daß die Adern an seiner Hand blau hervortraten. Je ratloser er die Stirn zusammenzog, desto intensiver wurde der Ausdruck animalischer Panik auf seinem Gesicht. Die Haut um seine Augen fältelte sich immer stärker, und die Augen selbst begannen förmlich zu lodern.

Fleetwood hörte Geräusche an der Frontseite des Hauses. Ein Scharren zuerst und dann einen dumpfen Ton, aber dann wurde alles das buchstäblich ertränkt vom Pladdern eines plötzlichen Regenschauers, der gegen die heil gebliebenen oberen Fensterflügel schlug. Die Vorhänge wurden nach innen geweht und blähten sich wie Ballons. Der Mann mit der Pistole rührte sich immer noch nicht. Fleetwood hatte auch eigentlich nicht damit gerechnet, daß er reden würde, und als er es jetzt tat, war es fast ein Schock. Die Stimme war stranguliert von Panik, war nicht mehr als ein krächzendes Wispern.

«Die Kanone hier ist keine Attrappe. Die ist echt. Es wär besser, wenn Sie mir das glauben.»

«Wo haben Sie sie her?» fragte Fleetwood, bei dem die Nerven immer eher den Magen angriffen als die Kehle. Seine Stimme war ruhig, aber ihm begann übel zu werden.

«Jemand, den ich kenne, hat sie 1945 einem toten Deutschen weggenommen.»

«Das haben Sie wohl im Fernsehen gesehen», sagte Fleetwood. Hinter ihm auf dem kleinen Flur, am Kopf des Treppengeländers, stand Bridges. Er konnte seinen Atem warm in der kühlen Luft spüren.

«Und wer war dieser Jemand?»

«Warum soll ich Ihnen das erzählen?» Eine sehr rote Zunge kam zwischen den angefeuchteten Lippen hervor, die die gleiche olivfarbene Tönung hatte wie die Haut. «Es war mein Onkel.»

Ein Frösteln durchlief Fleetwood. Ein Onkel, der käme altersmäßig hin, ein Onkel wäre jetzt in den Fünfzigern, fünfundzwanzig oder dreißig Jahre älter als dieser Mann.

«Lassen Sie Miss Stanley gehen», wiederholte er. «Was haben Sie zu gewinnen, wenn Sie sie weiterhin festhalten? Ich bin nicht bewaffnet. Sie nützt Ihnen also nichts.»

Das Mädchen rührte sich nicht. Sie hatte Angst, sich zu bewegen. Sie hing schlaff über dem Arm, der sie so fest umklammerte, ein kleines, dünnes Mädchen in einem blauen Baumwollnachthemd, Gänsehaut auf den nackten Armen. Fleetwood wußte, er durfte hier keine Zusicherungen abgeben, die einzuhalten ihm nicht gestattet waren.

«Lassen Sie sie gehen, und ich garantiere Ihnen, es wird zu Ihren Gunsten angerechnet. Ich kann Ihnen nichts Konkretes versprechen, aber ich sage Ihnen, es wird zu Ihren Gunsten angerechnet.»

Ein leiser, dumpfer Aufschlag war zu hören, und Fleetwood war ziemlich sicher, daß da jemand eine Leiter mit gepolsterten Enden gegen die Hausmauer stellte. Der Mann mit der Pistole schien nichts gehört zu haben. Fleetwood schluckte und trat zwei Schritte in den Raum hinein, und jetzt sah der Mann mit der Pistole Bridges, der hinter ihm stand. Die Hand mit der Waffe hob sich um ein paar Zentimeter. Sie zielte jetzt in Fleetwoods Gesicht. Gleichzeitig riß der Mann den rechten Arm unter dem vornübergebeugten Mädchen hervor, als ob er mit den Nägeln hart über ihre Haut kratzte. Und wirklich krümmte sich das Mädchen und gab ein zitterndes Wimmern von sich. Sehr brutal riß er seinen Arm zurück, und dann stieß er ihr das Knie ins Gesäß, so daß sie vorwärtstaumelte und auf alle viere fiel.

«Ich will sie nicht», knurrte er, «sie nützt mir nichts.»

Fleetwood sagte betont freundlich: «Sehr vernünftig von Ihnen.»

«Aber jetzt müssen Sie mir irgend etwas zusichern!»

«Kommen Sie hier herüber, Miss Stanley, bitte», sagte Fleetwood. «Hier sind Sie in Sicherheit.» Aber war sie das? Das mochte Gott wissen. Das Mädchen richtete sich taumelnd auf, schleppte sich zu ihm herüber und klammerte sich mit beiden Händen an seinen Ärmel. Er wiederholte es trotzdem: «Hier sind Sie in Sicherheit.»

Auch der Mann mit der Pistole wiederholte sich. Seine Zähne schlugen aufeinander, und seine Worte waren nur ein Gestammel.

«Sie müssen mir etwas zusichern!»

«Was denn?»

Fleetwood blickte über ihn hinweg, und als ein heftiger Windstoß die Vorhänge fast bis an die Decke hochblies, sah er Kopf und Schultern des jungen Irving am Fenster erscheinen. Der Körper des Polizisten verdunkelte das hereinfallende Licht, aber dem Mann mit der Pistole schien das nicht aufzufallen. Er stieß hervor:

«Sichern Sie mir zu, daß ich durchs Badezimmer hier raus kann, und dann geben Sie mir fünf Minuten Zeit. Das ist alles – bloß fünf Minuten!»

Irving war im Begriff, über die Fensterbank zu steigen. Jetzt ist es geschafft, dachte Fleetwood, jetzt haben wir ihn, und er wird lammfromm sein. Er nahm das Mädchen tröstend in die Arme, aus keinem anderen Grund, als weil sie jung war und völlig verstört, und dann schob er sie Bridges zu. Dabei drehte er dem Mann mit der Pistole den Rücken zu, und hinter sich hörte er die zähneklappernde Stimme sagen: «Sie ist echt, ich hab Sie gewarnt, ich hab's Ihnen gesagt!»

«Los, bringen Sie sie runter.»

Oberhalb des Geländers, an der Treppenwand, hing die Reproduktion der *Betenden Hände*, ein Kupferstich. Und genau vor diesem Bild übernahm Bridges das Mädchen, um es hinunterzubringen. Es war einer dieser ewig währenden Momente, unendlich, und doch schnell wie der Blitz. Fleetwood sah die Hände, die für ihn beteten, für sie alle, als Bridges, dessen Körper sie verdeckt hatte, sich die Stufen hinunterbewegte. Hinter Fleetwood landete geräuschvoll ein Fuß auf dem Boden, ein Fensterflügel knallte, eine panische Stimme stieß einen Schrei aus, und etwas fuhr ihm in den Rücken. Das alles geschah sehr langsam und zugleich sehr schnell. Die Detonation schien von weither zu kommen, die Fehlzündung eines Autos auf der Hauptstraße vielleicht, und der Schmerz war nicht größer und nicht kleiner, als bei einem Knuff in die Kreuzgegend.

Während er vornüberfiel, sah er jene locker zusammengelegten, beschwörenden Hände, jene in Kupfer gestochenen Hände gleichsam in die Höhe fahren und seinem Blickfeld entschwinden. Er sackte gegen das Geländer, klammerte sich daran fest und glitt daran nieder, ähnlich wie ein Kind, das sich an die Sprossen seines Bettchens klammert. Er war bei hellwachem Bewußtsein, und merkwürdig, dieser Stoß in den Rücken verursachte jetzt gar keine Schmerzen mehr, bloß eine enorme Müdigkeit.

Eine Stimme, die eben noch leise und rauh gewesen war, hörte er jetzt kreischen: «Er hat es so gewollt, ich hab's ihm gesagt, ich hab ihn gewarnt, er hat mir nicht geglaubt. Er hat schuld, daß ich's getan hab!»

Er hat schuld, daß ich's getan hab? Was denn? Jedenfalls nicht viel, dachte Fleetwood, und er versuchte noch immer, das Geländer umklammernd, sich aufzurichten. Aber sein Körper ließ sich nicht bewegen, war schwer wie Blei, taub, heruntergesackt auf den Boden, festgenagelt oder festgeleimt. Die rote Feuchtigkeit, die sich auf dem Teppich ausbreitete, verwunderte ihn, und er fragte: «Wessen Blut ist das?»

2

Sein ganzes Leben lang, jedenfalls so lange er zurückdenken konnte, hatte Victor diese Phobie gehabt. Ein Lehrer im College, dem gegenüber er sie einmal erwähnte – was unklug genug war –, nannte das eine Chelonophobie, was sich, wie er behauptete, aus dem Griechischen herleite. Und er machte dümmliche Witze darüber, wann immer sich Gelegenheit dazu bot; so etwa, als einmal die Katze des Direktors in den Hörsaal hereinspaziert kam, oder als sie eines Tages über Alice im Wunderland sprachen. Victors Phobie war sehr schlimm, er litt darunter in einem Ausmaß, daß er es nicht einmal ertragen konnte, den Namen jenes Tieres nennen zu hören oder es in Gedanken selbst zu tun oder etwa ein Bild von ihm in einem Buch zu sehen oder auch nur ein Spielzeug oder Ornament, das ihm nachgebildet war, und davon gab es viele Tausende.

Während der letzten zehn Jahre und länger hatte er es weder gesehen noch davon reden gehört, aber manchmal erschien es ihm – oder eine seiner Abwandlungen – in seinen Träumen. Das war immer wieder einmal geschehen, und es würde wahrscheinlich auch weiterhin geschehen, aber er glaubte doch, es gehe ihm jetzt, was seine Phobie betraf, ein bißchen besser als früher, denn wenigstens schrie er jetzt nicht mehr laut im Schlaf. Georgie hätte es ihm bestimmt erzählt, wenn er das getan hätte. Schon wenn er bloß mal ein bißchen stöhnte im Schlaf, machte Georgie ja genug Aufhebens davon. Einen dieser Träume hatte er gerade in der vergangenen Nacht wieder gehabt, seiner letzten Nacht da drinnen, aber er hatte mittlerweile gelernt, wie er sich selbst wachmachen konnte. Er tat es wimmernd, mit den Händen um sich tastend, auf der Suche nach Realität.

Das Mädchen kam mit ihrem Wagen, um ihn abzuholen. Er saß

vorn neben ihr, aber er blickte nicht viel hinaus, er wollte im Grunde die Welt noch gar nicht sehen. Es passierte, als sie an einer roten Ampel hielten und er den Kopf zur Seite wandte. Da sah er eine Tierhandlung, und das machte ihm schlagartig klar, daß er nun wieder von seiner Phobie übermannt werden würde. Nicht daß da in dem Schaufenster irgend etwas Einschlägiges zu sehen gewesen wäre; da waren keinerlei Reptilien, bloß ein weißes Hündchen und zwei kleine Katzen, die in einem Strohhaufen spielten. Trotzdem überlief es ihn fröstelnd.

«Alles in Ordnung, Victor?» fragte das Mädchen.

«Bestens», sagte er.

Sie fuhren nach Acton. Nicht gerade seine Lieblingsgegend, aber man hatte ihm nicht viel Auswahl gelassen. Irgendwo, wo er nicht völlig fremd wäre, hatten sie gemeint – also vielleicht Acton oder Finchley oder Golders Green? Na ja, Golders Green wäre vielleicht ein bißchen kostspielig. Er hatte erwidert, Acton sei ganz in Ordnung. Er war in Acton aufgewachsen, seine Eltern waren dort gestorben, und er hatte noch eine Tante dort wohnen.

Er fand es schier unerträglich, so aus dem Fenster zu blicken und die vertraute Gegend wiederzusehen, verändert zwar, aber doch immer noch da wie eh und je, während er eine runde Dekade fortgewesen war. Das war etwas, worauf er nicht gefaßt gewesen war. Er schloß die Augen und hielt sie geschlossen, bis er spürte, wie der Wagen abbog und in nördlicher Richtung weiterfuhr. Hanger Lane? Nein, Twyford Avenue. Egal, dies hier war Mutterboden, war Vaterland. Die wollten ihn doch wohl nicht wieder in die alte Straße verfrachten? Nein, wollten sie nicht. Mrs. Griffiths Haus in der Tolleshunt Avenue war drei oder vier Straßen weiter westlich. Victor wäre am liebsten bis in alle Ewigkeit im Wagen sitzen geblieben, aber er stieg aus, stand auf dem Bürgersteig und fühlte sich benommen.

Das Mädchen ging voraus. Victor folgte ihr den Gartenweg entlang. Sie hatte eine dieser Handtaschen, die in viele Fächer unterteilt sind, mit Reißverschlußfächern und Außentaschen; und aus einer solchen zog sie einen Ring mit zwei Schlüsseln dran, einer war aus goldfarbenem, der andere aus silbrigem Metall. Sie steckte den goldenen ins Schloß, um die Tür zu öffnen. Sie wandte sich nach ihm um und lächelte ihm aufmunternd zu. Alles, was er zunächst sehen konnte, war die Treppe. Der größere Teil der Diele lag dahinter.

Das Mädchen – ihr Name war Judy Bratner, und sie hatte Victor gleich anfangs aufgefordert, sie Judy zu nennen – ging voraus, die Treppe hinauf.

Das Zimmer lag im ersten Stock, und die Tür ließ sich mit dem silbernen Schlüssel aufschließen. Victor war überrascht, wie klein der Raum war, denn Judy hatte ihm gesagt, wie hoch die Miete wäre, obwohl nicht er sie bezahlen würde. Er blieb einen Moment auf der Schwelle stehen und ließ seine Blicke wandern, von dem winzigen Ausguß mit dem Abtropfbrett in der Ecke zu dem vorhanglosen Fenster mit dem Baumwollrollo, und dann weiter bis zu Judys Bohnenstangengestalt mit dem ernsten, beflissenen, wohlmeinenden Gesicht.

Das Rollo war herabgelassen, und Judy begann sogleich, es hochzuziehen. Ein bißchen diffuses, gleichsam verzeihungheischendes Sonnenlicht fiel herein. Judy stand am Fenster und lächelte zuversichtlich, als habe sie persönlich die Sonne veranlaßt, zu scheinen, und als habe sie auch – vielleicht, indem sie sie auf Leinwand malte – die Aussicht erschaffen.

Victor trat ans Fenster und blickte hinaus. Er stand jetzt neben ihr. Seine rechte Schulter war gute fünfzehn Zentimeter von ihrer linken Schulter entfernt, und trotzdem wich sie unwillkürlich zur Seite, bewegte sich unauffällig nach rechts. Sicherlich konnte sie nichts dafür, es war eine reine Reflexbewegung, denn wahrscheinlich wußte sie über seine Vergangenheit Bescheid.

Er blickte hinaus und konnte die Straße sehen, wo er geboren und aufgewachsen war. Welches Haus es gewesen war, das ließ sich von hier aus nicht genau erkennen, aber es war eines von den Reihenhäusern mit den grauen Schieferdächern und den langen, schmalen Gärten, die durch braune Holzzäune voneinander getrennt waren. In einem dieser Häuser hatte er es zum erstenmal gesehen...

Bedauernd und so, als müsse sie ihren ganzen Mut zusammennehmen, sagte Judy: «Wir haben es leider nicht geschafft, Ihnen einen Job zu verschaffen, Victor. Und ich fürchte auch, daß gerade zu diesem Zeitpunkt wenig Aussicht darauf besteht.»

Wie die redeten! Er wußte doch Bescheid über die Arbeitslosigkeit, die während des letzten Teiles seiner verlorenen Jahre wie eine Wolke heraufgezogen war und jetzt wie ein Nebel über dem ganzen Land lag.

«Sie könnten mal selbst zur Arbeitsvermittlung gehen, nachdem

Sie sich hier eingelebt haben. Natürlich müßten Sie völlig offen sein bezüglich Ihres...» Sie suchte nach einem Wort, wahrscheinlich nach einem beschönigenden Ausdruck.

«Vorlebens», sagte er trocken.

Sie schien es nicht gehört zu haben, obwohl sich ihr Gesicht mit Farbe überzog. «Aber zunächst», meinte sie, «werden Sie ja auch eine Weile brauchen, wieder auf die Beine zu kommen. Manches wird Ihnen zuerst ein bißchen fremd vorkommen, Äußerlichkeiten, meine ich. Aber darüber haben wir ja gesprochen.»

Nicht so viel gesprochen, wie Victor erwartet hatte. Andere Häftlinge, die dem Ende ihrer Gefängniszeit entgegensahen, waren schrittweise an die Außenwelt gewöhnt worden, hatten unter Begleitung einen Tag Ausgang bekommen, waren mal übers Wochenende freigelassen worden. Nichts von alldem hatte man mit ihm gemacht, und er fragte sich, ob es womöglich neue Verordnungen gab hinsichtlich der Entlassungsprozedur bei Langzeithäftlingen.

Zeitungen fanden sehr wohl ihren Weg ins Gefängnis, und es bestand auch kein Verbot, sie täglich zu lesen, aber es waren keine ‹seriösen› Zeitungen, nicht das, was man als ‹anspruchsvoll› bezeichnen konnte. Sie lieferten einem mehr Schlagzeilen und Bilder, als Informationen. Nach jenem Gespräch mit dem Gefängnisdirektor zum Beispiel, das ziemlich am Anfang stattgefunden hatte, waren kaum noch Nachrichten über den Polizisten erschienen.

Sechs Monate vor seiner Entlassung hatte sein sogenanntes Rehabilitationsprogramm begonnen. Man hatte ihm das im voraus mitgeteilt, aber alles, was dann schließlich geschah, war, daß Judy Bratner oder ihr Kollege, ein Mann namens Tom Welch, alle vierzehn Tage kamen und eine halbe Stunde mit ihm redeten. Sie waren ehrenamtliche Mitarbeiter der Bewährungshilfe oder Nachsorgeorganisation oder irgend so was und betonten öfters nachdrücklich, sie seien keine Gefangenenfürsorger. Was oder wer genau sie letzten Endes eigentlich waren, hatte Victor nie herausbekommen, denn sowohl Judy als auch Tom, obwohl stets freundlich und geneigt, ihm zu helfen, behandelten ihn, als sei er ein sehr dummer, ungebildeter Zwölfjähriger. Aber ihm war das egal, und er wollte es auch gar nicht wissen. Wenn sie nur taten, was sie versprochen hatten und ihm irgendeine Bleibe verschafften und ihm erläuterten, wie er das Ministerium für Gesundheit und Soziales dazu bringen konnte, ihm Unterhalt zu zahlen, so war das schon alles, was er wollte. Was er im Moment wollte, war, daß Judy hier verschwand.

«Oh, fast hätte ich's vergessen», sagte sie, «ich muß Ihnen ja noch zeigen, wo das Badezimmer ist.»

Bis ans Ende des Flurs also, dann sechs Stufen hinunter und um die Ecke, da lag es, ein kleiner, kalter Raum, gestrichen in dem Grün von Konservendosenerbsen.

«Sie sehen, es ist alles da, was man verlangen kann.»

Dann fing sie an, ihm auseinanderzusetzen, wie man die Zimmerheizung durch Einwurf von Zwanzig-Pence-Stücken in Betrieb setzen konnte und den Wasserboiler durch Fünfzig-Pence-Stücke. Victor konnte sich nicht erinnern, schon mal ein Zwanzig-Pence-Stück gesehen zu haben. Das war wohl eine dieser neuen Münzen. Ihm war so, als gäbe es jetzt sogar auch eine Pfundmünze. Sie gingen den Flur zurück. Etwa in Gürtelhöhe lief eine verzierte Holzleiste an der Wand entlang – Stoßleiste nannte man das wohl, fiel Victor ein –, und auf den Putz oberhalb dieser Leiste hatte jemand mit Bleistift in zentimetergroßen Buchstaben geschrieben: ‹Bald steht die Scheiße bis an die Decke.›

«Jetzt geb ich Ihnen noch eine Telefonnummer, Victor, damit Sie uns anrufen können, wenn es irgend etwas gibt, womit Sie nicht klarkommen. Genaugenommen zwei Nummern, für alle Fälle. Wir möchten nicht, daß Sie sich im Stich gelassen fühlen. Sie sollen wissen, daß es ein paar hilfreiche Leute gibt, die sich echt um Sie kümmern, klar?»

Victor nickte.

«Und natürlich – unnötig, das zu erwähnen – werden Tom oder ich in ein, zwei Tagen mal vorbeischauen, um zu sehen, wie Sie zurechtkommen. Hab ich Ihnen gesagt, daß das Münztelefon unten im Flur ist, direkt hinter der Treppe? Dafür brauchen Sie Fünf- und Zehn-Pence-Stücke. Aber mit Geld sind Sie ja versorgt, bis Ihre Unterhaltszahlungen vom Sozialamt anlaufen, ja? Übrigens fürchte ich, Mrs. Griffith, der dieses Haus gehört, weiß Bescheid. Ich dachte mir, ich erzähle Ihnen das lieber; es gab wirklich keine Möglichkeit, es ihr zu verheimlichen.» Judys Gesicht war ganz zerfurcht von der Anstrengung, das auszusprechen. Ihr ganzer Arbeitstag bestand schließlich daraus, deprimierende, wenig erbauliche Wahrheiten beim Namen zu nennen – es gibt keinen Job, es gibt keine Sicherheit, keinen Komfort, keine Sorglosigkeit, keinen Frieden, keine Zukunft –, und das begann sich allmählich auf ihrem bekümmerten, säuerlichen Gesicht abzuzeichnen. «Ich meine, wir müssen es ihnen immer sagen, sie würden es doch rauskriegen, wissen Sie? Aber Mrs. Griffith steht seit einer ganzen Weile schon auf unserer Liste.»

Was sollte das heißen? Daß die Hälfte, womöglich sogar alle übrigen Mieter, ebenfalls ehemalige Häftlinge, Ex-Kriminelle, waren?

«Aber sie lebt nicht von den Mieteinkünften», sagte Judy mit der Miene dessen, der zuerst die schlechte und dann die gute Nachricht zum besten gibt. Sie schien nach einer Bemerkung zu suchen, mit der sie sich verabschieden konnte, und redete krampfhaft drauflos. «Das hier ist wirklich eine nette Gegend, kein bißchen mies. Und es ist eine ruhige Straße, keine Durchgangsstraße. Sie müssen eben mal versuchen, sich irgendwo anzuschließen, Freunde zu finden. Wie wär's mit einer Abendschule?»

Übers Treppengeländer hinweg sah er ihr nach, wie sie hinunterging. Die Haustür fiel hinter ihr ins Schloß. Er fragte sich, ob er wohl allein im Haus war? Hier drinnen war nirgends ein Geräusch zu hören. Er lauschte, hörte, wie Judys Wagen startete, hörte einen schwereren Dieselmotor weiter unten an der Straße halten, er hörte den Aufschrei einer Frau, dem schallendes Gelächter folgte. Victor ging in sein Zimmer zurück und schloß die Tür. Judy oder sonst jemand hatte auf das Abtropfbrett und in das Bord daneben verschiedene Sachen gelegt, ein eingewickeltes Brot, eine Packung Margarine, pasteurisierte Milch, Hackfleisch- und Bohnenkonserven, Teebeutel, Instantkaffee und Kristallzucker – die gängigen Nahrungsmittel der englischen Arbeiterklasse, gesehen durch die Brille eines Sozialarbeiters.

Victor untersuchte den Ausguß, die Wasserhähne, den kleinen, zylindrischen Wasserboiler, um mit seiner neuen Umgebung vertraut zu werden. Zwischen Ausguß und Fenster befand sich ein dreieckiger Wandschrank, hergestellt, indem man einfach einen Rahmen mit einer Tür darin quer über dieser Ecke des Zimmers befestigt hatte. Darin hingen seine wenigen Kleidungsstücke, von denen er einige, wie er jetzt feststellte, schon in jener längst verstrichenen Zeit vor seiner Inhaftierung besessen hatte. Seine sämtlichen Besitztümer waren damals der Obhut seiner Eltern überlassen worden. Seine beiden Eltern aber waren inzwischen tot. Sein

Vater war als erster gestorben und seine Mutter sechs Monate später. Man hatte Victor damals angeboten, er könne beurlaubt werden, um an den Begräbnissen seiner Eltern teilzunehmen, aber er hatte das gar nicht gewollt. Es hätte ihn bloß aus der Fassung gebracht.

Das Bett war ein schmales Einzelbett, ausgestattet mit pinkfarbenen Nylonlaken, zwei mehrfarbigen Wolldecken, hergestellt in der Dritten (vielleicht auch der Vierten) Welt, und einem Überwurf, der als bodenlanger Fenstervorhang schon einmal bessere Tage gesehen hatte. Das Gardinenband, an dem einst die Haken befestigt gewesen waren, saß noch an einem der Säume. Der einzige Stuhl im Zimmer war ein koreanischer Rohrstuhl. Sonst gab es noch einen Couchtisch aus Glas mit einem derben Gestell aus Bambusrohr, auf dem jemand – der Graffitiprophet des Unheils? – Hunderte von Zigaretten ausgedrückt hatte, wodurch beinahe, wenn auch nur beinahe die Wirkung von Brandmalerei entstanden war. Auf dem glatten Linoleum, rot gemustert, mit cremefarbenen Rechtecken wie Ravioli in Tomatensauce, lagen zwei kleine Bettvorleger aus grünem Nylonplüsch.

Victor blickte aus dem Fenster. Die Sonne war untergegangen, und die Dächer des westlichen Acton lagen rot und grau und terrakottafarben unter einem blaßgrauen Himmel, über den ein großes, leuchtendes, nicht identifizierbares Flugzeug seine Bahn zog auf dem Weg nach Heathrow. Es wehte kein Wind, und die Luft war sehr klar. Er konnte eine Hauptstraße erkennen, auf der in metallischem Strom der Verkehr dahinfloß. Diese Straße verlief direkt hinter den Gärten der Straße, in der sein Elternhaus gewesen war, oder vielmehr, wo das Haus stand, das seine Eltern während der ganzen Dauer ihres Ehelebens zur Miete bewohnt hatten. Er war froh, daß sie tot waren – nicht aus irgendwelchen konventionellen oder sentimentalen Gründen, etwa aus Scham darüber, ihnen gegenübertreten zu müssen oder ihnen Kummer gemacht zu haben, sondern einfach nur, weil auf diese Weise eine zusätzliche Unannehmlichkeit, ein Stein des Anstoßes, aus dem Weg geräumt war. Trotzdem, er hatte seine Mutter zutiefst geliebt, mindestens hatte er sich so oft eingeredet, sie zu lieben, daß er es glaubte.

Als er ins Gefängnis kam, hatte er angenommen, er werde nun mit regelmäßigen Sitzungen bei einem Psychiater anfangen, denn bei der Urteilsverkündung hatte der Richter noch einmal die Empfehlung der Geschworenen wiederholt, er müsse unbedingt in psychiatrische Behandlung kommen. Aber er bekam nie einen Psychiater zu Gesicht – wie er annahm, aufgrund einer Knappheit an Mitteln oder einer Knappheit an Psychiatern –, und das einzige Mal, daß man in Erwägung zog, ihm wegen potentieller psychischer Labilität eine Behandlung angedeihen zu lassen, war vor zwei Jahren, als man ihn fragte, ob er interessiert sei, freiwillig an einer Gruppentherapie teilzunehmen, die ein als Gast anwesender Soziologe als Teil eines Forschungsprojektes durchführte. Victor lehnte ab, und dann wurde nie wieder darüber gesprochen. Aber damals, als er in der ersten Zeit auf die Überweisung an einen Psychiater wartete, hatte er sich oftmals das Hirn zermartert, was er diesem Mann oder dieser Frau sagen sollte, wenn es soweit war. Ganz besonders hatte er über seine Phobie nachgegrübelt, über die groteske Art und Weise, wie es damit angefangen hatte, und über seine Zustände von Panik und gewalttätigem Zorn. Und er hatte sich auch gefragt, warum ein Kind von glücklich verheirateten Mittelklasseeltern, dessen Kindheit größtenteils still und friedlich verlaufen war, es nötig hatte, vollkommen unüberlegt und unmotiviert Frauen zu überfallen.

Ein Psychiater hätte vielleicht ein paar Erklärungen liefern können. Victor, auf sich selbst gestellt, war nicht imstande, welche zu finden. Er wurde nur wütend, wenn er an seine Wutanfälle dachte, und er geriet in Verwirrung und Panik, wenn er versuchte, seine panischen Zustände zu analysieren. Manchmal hielt er sie für die Symptome irgendeiner Krankheit, die er sich eingefangen hatte, denn ererbt haben konnte er sie nicht, und ebensowenig konnte sie durch Mißhandlungen oder Vernachlässigung während seiner Kindheit entstanden sein. Was er im Gefängnis mehr als jede andere Emotion empfunden hatte, war Selbstmitleid.

Eines Tages hatte der Direktor ihn zu sich gerufen. Victor nahm an, um ihm mitzuteilen, daß es seinem Vater, der krank war, schlechter ginge oder daß er gar im Sterben läge. Tatsächlich aber sollte sein Vater erst fünf Jahre später sterben. Ein Gefängnisaufseher brachte ihn ins Büro des Direktors und ließ sich auf einem Stuhl nieder, der speziell für solche Wächter vorgesehen war, mehr oder weniger zwischen Victor und dem Direktor, der ohnehin schon durch seinen riesigen Schreibtisch aus Eichenholz geschützt war. Der Aufseher saß da in einer Art und Weise, wie Wächter und Polizisten, die auf etwas warten oder jemanden bewachen, wohl immer dasitzen: aufrecht, die Beine auseinandergestellt, die Hände im Schoß gefaltet, mit einem Gesichtsausdruck reinster Idiotie.

«Tja, Jenner», sagte der Direktor, «wir dachten, es interessiert Sie vielleicht zu erfahren, welche Fortschritte Detective Sergeant Fleetwood gemacht hat. Hab ich recht?»

«Ja, Sir», sagte Victor. Was hätte er auch sonst sagen sollen? Er hätte am liebsten gesagt, daß es ihn nicht die Bohne interessiere, daß es ihm überhaupt nichts bedeute; er hätte am liebsten das Tintenfaß vom Schreibtisch genommen und es dem Direktor an den Kopf geschleudert, um zu sehen, wie dem Herrn Direktor die Tinte wie schwarzes Blut das Kinn hinunter und in den makellosen Kragen flösse. Aber er wollte ja soviel Straferlaß wie möglich herausschlagen. Damals sehnte er sich noch danach, rauszukommen.

«Sergeant Fleetwood ist jetzt seit einem Jahr im Stoke Mandeville Hospital. Das ist eine orthopädische Klinik, müssen Sie wissen; das heißt, man ist dort spezialisiert auf Verletzungen der Wirbelsäule und der Gliedmaßen.»

Das hieß es überhaupt nicht, sondern auf die Korrektur von Deformationen. Aber der Direktor war eben ein ignoranter Bastard, der unterschiedslos mit allen auf die gleiche Art redete. Als ob sie alle die gleichen ungebildeten Hohlköpfe wären!

«Ich freue mich, Ihnen mitteilen zu können, daß er... ja, daß er geradezu große Sprünge gemacht hat...» Dem Direktor ging anscheinend ein Licht auf, was er da gesagt hatte, er stockte jedenfalls und räusperte sich. «Er kann natürlich nicht ohne mechanische Gehhilfe laufen, aber es besteht doch die Hoffnung, daß er das eines Tages wird tun können. Er ist sehr zuversichtlich, und er wird demnächst die Klinik verlassen, um sich auf ein selbständiges Leben im eigenen Umfeld einzurichten.»

«Vielen Dank, Sir», sagte Victor.

Vor der Gerichtsverhandlung, als er noch in Untersuchungshaft saß, hatte er in den Zeitungen Artikel über Sergeant Fleetwood gelesen. Bedauern hatte er nie für ihn empfunden, bloß Verachtung und eine Art Verbitterung. Wenn Fleetwood vernünftig gewesen wäre, wenn er auf ihn gehört und ihm geglaubt hätte, ja, wenn er ihm geglaubt hätte, als Victor ihm sagte, daß die Waffe echt sei, dann wäre Fleetwood heute noch ein strammer, gesunder Mann, einer, der ein normales Leben führen und seine Arbeit tun könnte.

Aber er hatte nicht auf ihn gehört, und Victor hatte den Kopf verloren. Das war etwas, das er nun mal in Augenblicken großer Anspannung oder großen Druckes tat, das er schon eh und je getan hatte. Er verlor den Kopf, geriet in Panik, und dann handelte er nur noch aus dieser Panik heraus. Und genau deshalb war es auch falsch gewesen, ihn wegen versuchten Mordes anzuklagen und zu verurteilen. Er hatte ja nicht beabsichtigt, Fleetwood zu töten oder auch nur zu verletzen. Panik hatte von ihm Besitz ergriffen, hatte ihn umschlossen wie eine Art elektrisch geladener Anzug, der ihm saß wie eine zweite Haut, ihm ein Prickeln über den ganzen Körper jagte, ein Kribbeln, das übermächtig wurde und jenen Impuls in seine Hand leitete, der den Abzug niedergedrückt und den Schuß ausgelöst hatte. Das war die einzige Art und Weise, wie er so einen panischen Zustand beschreiben konnte – ein elektrisch geladener Anzug voll kribbelnder Drähte.

In einer der bunten Illustrierten hatte ein sentimentaler Artikel über Fleetwood gestanden. Darin hieß es, daß sein Rufname David sei, daß er achtundzwanzig Jahre alt sei (genauso alt wie Victor) und verlobt mit einem Mädchen namens Diana Walker. Und da war auch ein Foto gewesen, das auf ihrer Verlobungsfeier entstanden war. Die Tatsache, daß Fleetwood genau in der folgenden Woche hatte heiraten wollen, wurde in dem Artikel besonders aufgebauscht. Nun hatte er nicht geheiratet, aber seine Freundin erklärte gegenüber der Zeitung, sie wollten nur abwarten, bis Fleetwoods oberflächliche Verletzungen geheilt wären. Sie werde ihn trotz allem heiraten, sobald sie könne, es mache ihr nichts aus, wenn er sich nicht bewegen und nicht gehen könne, wenn er vielleicht nie wieder werde gehen können. Sie sei einfach nur glücklich, daß er noch am Leben sei. Sie würden es schon schaffen, sie beide zusammen. Einzig und allein das Zusammensein sei wichtig. In dem Artikel stand nichts über Victor Jenner. Natürlich, es konnte ja auch gar nichts drinstehen, nichts darüber, welch ein Monster er war und was für ein Jammer, daß man Leute wie ihn nicht zu Tode prügeln konnte, denn das wäre sub judice, das wäre gesetzwidrig gewesen. Dafür stand eine Menge darüber drin, was für ein wundervoller Polizist Fleetwood gewesen sei. So wie die über ihn schrieben, über seinen brillanten Verstand, sein angenehmes Naturell, seine unbesiegbare Courage, seine Selbstlosigkeit, sein Urteilsvermögen, seine Fähigkeit, Schlüsse zu ziehen... da fragte man sich doch wirklich, weshalb er nicht mindestens Chief Superintendent oder Generalstaatsanwalt war!

Victor dagegen sah in ihm lediglich das Instrument, durch das er für vierzehn Jahre hinter Schloß und Riegel gesetzt worden war.

Nach jenem Gespräch mit dem Gefängnisdirektor ließ man Victor gegenüber nie wieder ein Wort über Fleetwood verlauten. Er kam nicht alle Tage an Zeitungen heran. Manchmal bekam er wochenlang hintereinander keine Zeitung zu Gesicht. Aber eines Tages, etwa zwei Jahre später, las er einen Bericht über ein Wohltätigkeitskonzert in der Albert Hall, organisiert zur Unterstützung von Familienangehörigen verletzter Polizisten, und der Conférencier dieses Konzertes war David Fleetwood. Ein Bild war nicht dabei, aber es wurde erwähnt, daß Fleetwood die Mitwirkenden vom Rollstuhl aus angesagt habe.

Von den meisten Dingen, die im Gefängnis passierten, hatte der Direktor keine Ahnung. Es hatten sich Details herumgesprochen über Victors Lebensführung, bevor er auf den Polizisten schoß... Die anderen Männer im Knast wußten, daß er der Frauenschänder von Kensal Rise war, und sie alle hatten eine seltsam tugendhafte Antipathie gegen Vergewaltiger, ebenso wie gegenüber Burschen, die sich an Kindern vergingen. Es war in Ordnung, alten Damen im Tabakladen eins über den Schädel zu hauen und die Kasse aufzubrechen, es war auch in Ordnung, Banken auszurauben, aber Vergewaltiger, das war etwas anderes, das war jenseits der Grenze des Erlaubten.

Victor wußte inzwischen, wie es war, vergewaltigt zu werden. Vier von ihnen vergewaltigten ihn eines Nachts, und Cal, der später sein Vorgesetzter in der Büromöbelwerkstatt wurde, meinte hinterher, vielleicht wäre ihm das eine Lehre, damit er es nicht wiedertäte. Blutend und voller Schmerzen, wenn auch in diesem Falle nicht in Panik, starrte Victor ihn mit kaltem Blick an und brachte trotz der Tränen auf seinem Gesicht ein kleines, verkniffenes Lächeln zustande. Er starrte ihn an, und er lächelte angesichts einer so unaussprechlichen Unkenntnis der menschlichen Natur, des menschlichen Lebens und der Art, wie Männer sein konnten.

Konnte so etwas einen lehren, es nicht wieder zu tun? Victor wußte es nicht. Während er so über seine Vergangenheit nachsann, hatte er den Blick wie gebannt auf das fixiert, was er für das Dach des Hauses hielt, in dem er als Kind gelebt hatte – ein roter Fleck zwischen anderen roten und grauen Flecken, zwischen dem Weiß der Straßen und dem Grün der Gärten. Er schüttelte sich und zwinkerte mit den Augen, um den Bann zu brechen.

Es war April. Vor drei Wochen waren die Uhren vorgestellt worden, und die Tage waren lang und hell. Direkt unter seinem Fenster lag ein verkommener Garten mit einem Schuppen darin, vier Müllbehälter und ein verrosteter Aktenschrank standen daneben. Im Gefängnis hatte er in der Büromöbelwerkstatt gearbeitet und Aktenschränke wie den da hergestellt oder auch Untergestelle für Fotokopierer und Drehstühle. Natürlich konnte dies hier kaum einer seiner alt gewordenen Schränke sein, denn die von den Häftlingen hergestellten Gegenstände durften nicht in der Öffentlichkeit verkauft werden. Mrs. Griffiths Garten gehörte nicht zu jenen, in denen man saß oder gärtnerte, es war einer, in den man mit seinem Müllbeutel hinunterrannte oder um vielleicht einen Eimer Kohlen zu holen. Viele ähnliche, mit Krempel vollgestopfte Gärten waren von hier oben aus zu sehen, aber auch wohlgeflegte; in jedem Falle jedoch waren es die Rückseiten der Häuser. Victor überlegte, ob Judy und Tom das wohl absichtlich so eingerichtet hatten, um zu verhindern, daß Victor Leute vorbeigehen sah, wenn er zum Fenster hinausblickte...

Was sie ihn vor allem nicht sehen lassen wollten, das waren wohl Frauen.

War er verrückt, so was zu denken, anderen eine derartige Vorsicht zu unterstellen? Sobald er ausginge, würde er doch ohnehin Frauen sehen. Sie machten schließlich die Hälfte der menschlichen Rasse aus. Vielleicht wußten Tom und Judy auch gar nicht Bescheid, sagte er sich, und Judy war vielleicht aus einem ganz anderen Grund zusammengezuckt und von ihm abgerückt.

Immerhin war er ja nicht wegen Vergewaltigung ins Gefängnis gesteckt worden, sondern wegen versuchten Mordes.

3

In dieser ersten Nacht lag er im Bett und zählte sich im Geiste all die Dinge auf, die er tun mußte. Er hatte es nicht fertiggebracht, auszugehen, denn sobald er die Tür geöffnet hatte, auf den Flur hinausgetreten war und von unten Stimmen und das Lachen eines Mädchens gehört hatte, da war wieder der elektrische Anzug dagewesen, der sich langsam um seinen Rumpf und seine Glieder schmiegte, sich am Hals schloß und ihm die Kehle zuschnürte, der an seinen Hand- und Fußgelenken prickelte und seine Brust zusammenpreßte. Da hatte er sich ins Zimmer zurückgeflüchtet, nach Atem ringend, hatte sich das Bettzeug über Kopf und Körper gezogen und war eine halbe Stunde lang auf dem Bett liegengeblieben. Dann war er aufgestanden, hatte sich Tee und gebackene Bohnen auf Brot gemacht, und die ganze Zeit über hatte er tief und gleichmäßig durchgeatmet, um seine Ruhe und sein Gleichgewicht zu wahren. Es hatte ihn viel Willensanstrengung und große Konzentration gekostet, nur an praktische Dinge zu denken, aber schließlich, nachdem es dunkel war und er im Bett lag, das Rollo herabgelassen, Deckenbeleuchtung und Nachttischlampe eingeschaltet, da gelang es ihm doch. Also – zuerst das Sozialamt, dann bei einem Arzt anmelden, dann zur Bank und in Erfahrung bringen, was mit seinem Geld war. Dann ein Telefonanruf bei seiner Tante in Gunnersburry, dann die Arbeitsvermittlung.

Große Veränderungen mußten stattgefunden haben da draußen in der Außenwelt. Eine erste Ahnung davon hatte er schon während der Heimfahrt mit Judy bekommen; es war ihm vorgekommen, als sähe London schmutziger, die Leute schäbiger aus. Überhaupt wirkte alles viel größer, aber das konnte er sich auch eingebildet haben. Und er kannte niemanden, hatte keine Freunde, er war mutterseelenallein. Er wußte noch, wie er sich damals, in den alten Zeiten, gebrüstet hatte, er wisse gar nicht, was Einsamkeit sei, ihm reiche seine eigene Gesellschaft. Jetzt war er sich da gar nicht mehr so sicher. Zweifel beschlichen ihn, was er eigentlich gemeint hatte damals mit ‹seiner eigenen Gesellschaft›, was genau das hatte bedeuten sollen.

Er hatte so lange Zeit eine Zelle geteilt in einem Gebäude voll von Menschen, daß ihn die relative Einsamkeit dieses Zimmers auf einmal ängstigte. Aber endlich schlief er doch ein, und sein Schlaf war voller Träume. Er war schon immer ein großer Träumer gewesen und hatte auch im Gefängnis eine Menge geträumt, besonders diesen Traum von der Straße durchs Leben mit den verschiedenen Häusern daran, und unvermeidlich natürlich auch seinen Angsttraum, aber niemals hatte er von dem Haus Solent Gardens 62 in Kensal Rise geträumt. Jetzt, nach mehr als zehn Jahren, tat er es. Er war wieder in jenem Schlafzimmer, ein Tier in der Höhle, und da waren die Jäger, die zuerst von hinten und dann von vorne kamen. Als Geisel war das Mädchen nutzlos gewesen, denn er konnte sie ja höchstens töten. Und dann, was sollte er dann tun? An dieser Stelle des Traums begriff Victor, daß er träumte, denn in Wirklichkeit waren die Dinge nicht ganz so verlaufen. Und er fand es eigentlich besser, aus diesem Traum aufzuwachen, ehe der schlimme Teil dran war. Aber Fleetwood machte die Tür auf und kam herein – bloß, es war gar nicht Fleetwood, sondern es war er selbst oder sein Spiegelbild. Victor hörte sich, wie er Fleetwood anbrüllte, er solle gefälligst einen richtigen Polizisten schicken, nicht jemand Verkleideten, und Fleetwood, als ob er es verstünde, verwandelte sich vor seinen Augen, wurde größer und dünner und durchsichtiger. Hinter ihm an der Wand hing ein Bild, eine Zeichnung oder ein Stich. Was darauf dargestellt war, konnte Victor nicht erkennen, und dennoch fürchtete er sich davor.

«Ich träume ja», sagte Victor zu sich selbst, kniff die Augen zu und öffnete sie wieder, entschlossen, wach zu werden, aber der Traum wollte nicht weichen. «Dies ist eine echte Pistole», sagte er zu Fleetwood. «Ich hab sie von meinem Onkel, der war ein hoher Offizier in der deutschen Armee. Sie täten besser daran, mir zu glauben.»

«Natürlich glaube ich Ihnen», erwiderte Fleetwood, und da wußte Victor, daß der Traum kein böses Ende haben würde. «Sie bekommen zehn Minuten Zeit, um zu verschwinden. Ich schaue weg, sehen Sie? Ich seh mir das Bild hier an.»

Fleetwood wandte ihm den Rücken zu und blickte das Bild an. Dabei lehnte er sich gegen das Geländer. Auf dem Bild war nicht das, was Victor gefürchtet hatte, sondern ein Paar betender Hände. Das Mädchen an sich gepreßt, ging Victor hinter ihm vorbei ins Badezimmer. Bloß, als sie dort ankamen, da war es gar kein Badezimmer, sondern das Haus seiner Tante Muriel in Gunnersbury, und seine Mutter und sein Vater waren da und seine Tante und sein

Onkel, und alle tranken Tee. Als seine Mutter das Mädchen sah, stand sie auf und sagte: «Hallo, Pauline, du bist ja eine Fremde.»

Victor wachte auf. Sonnenschein füllte das Zimmer. Er dachte über seinen Traum nach. Wie viele Menschen träumten wohl von Dingen, die vor zehn Jahren passiert waren, und von Leuten, die längst tot oder verschwunden waren, bloß weil sie niemanden Neues kannten? Keinen Menschen zu kennen, das hatte allerdings zwei Seiten. Er kannte sie nicht, und sie kannten ihn nicht. Aber das war etwas, das sich sehr bald ändern würde. Es würde sich ändern, wenn er sich bei einem Arzt anmeldete, wenn er sich mit den anderen Mietern des Hauses bekannt machte und tat, was Judy empfohlen hatte, und eine Abendschule besuchte.

Er würde jedem, den er kennenlernte, erzählen müssen, wer er war und wo er die letzten zehn Jahre gewesen war. Das würde er tun müssen oder aber ausgeklügelte Lügen verzapfen, seinen Namen ändern vor allem, sagen, er sei krank gewesen, oder er habe im Ausland gelebt oder so. Aber wenn er das tun wollte, dann mußte er es gleich von Anfang an tun; dann durfte er nicht mal länger als irgend nötig in diesem Haus bleiben.

Zu allererst jedoch war es absolut unerläßlich, daß er ausging. Ähnlich wie einer, der einen Autounfall gehabt hat, weiß, daß er so schnell wie möglich wieder in einen Wagen steigen und fahren muß, oder er tut es nie mehr, so wußte Victor, daß er ausgehen mußte. Es war schlimm genug gewesen, in Judys Wagen zu steigen und sich herfahren zu lassen. Alles hatte so riesig und verändert und unwirklich ausgesehen. Und das war nichts gewesen gegen das, was er empfinden würde, wenn er nun zu Fuß wäre, ohne eine starke Schutzhülle aus Glas und Metall, die ihn schützte. Aber raus mußte er, und zwar noch heute morgen.

Er blieb im Bett liegen und wartete, bis die Geräusche im Haus verstummt waren. Gestern abend hatte er sich ausgerechnet, daß es noch vier weitere bewohnte Zimmer im Haus geben mußte. Also stand er auf, nachdem er die Haustür viermal hatte zuschlagen hören. Natürlich konnte es auch noch mehr Leute im Haus geben, Ehefrauen, die nicht arbeiteten, oder alte Leute, aber das war ein Risiko, das er eingehen mußte. Und wirklich begegnete er auch niemandem auf seinem Weg zum und vom Badezimmer. Er zog Sachen an, die er schon vor seiner Inhaftierung besessen hatte, eine graue Kammgarnhose und ein grünes Cordsamtjackett. Die Hose saß ziemlich stramm, und er mußte den Gürtel unter dem Bauch schließen, denn er hatte im Gefängnis aufgrund des pappigen Essens Gewicht zugelegt.

Es war gar nicht so leicht auszugehen. Zweimal kehrte er wieder um. Einmal, weil er dachte, er habe das Fenster nicht zugemacht, und das zweite Mal – da war er schon unten am Fuß der Treppe gewesen –, weil er dachte, er könnte frieren und einen Pullover brauchen. Das große, sonnige, windige, schreckliche Draußen empfing ihn, wie eisiges Wasser einen nackten Taucher empfängt. Er japste nach Luft, und die Luft fuhr in ihn hinein und füllte seine Lungen. Einen Augenblick lang mußte er stillstehen und sich an einem Türpfosten festhalten. Dies war höchstwahrscheinlich die Agoraphobie, die Platzangst, von der Tante Muriel behauptete, daß sie daran litte. Jedenfalls pflegte ihm seine Mutter zu erzählen, sie sei schon seit fünf Jahren nicht mehr ausgegangen. Wenn sie sich so fühlte wie er jetzt, dann konnte er das verstehen.

Er setzte sich in Bewegung und spazierte langsam die Straße entlang in Richtung Acton High Road. Dabei kam er an dem Haus vorüber, in dem er früher gewohnt hatte. Ängstlich ging er vorwärts, immer mit dem beklemmenden Gefühl, er werde verfolgt. Alle paar Sekunden mußte er sich ruckartig umsehen, aber es war nie jemand da. Was für eine Menge Autos es gab, dachte er. Überall standen parkende Wagen, doppelt, nein, dreimal so viele wie vor zehn Jahren. Eine Frau kam aus ihrer Haustür und knallte sie hinter sich zu. Das Geräusch ließ ihn zusammenfahren, und er hätte beinahe laut aufgeschrien. Vor der Pforte seines Elternhauses blieb er stehen und betrachtete es.

Seine Mutter war keine pingelige oder auch nur besonders sorgfältige Hausfrau gewesen, und zu ihrer Zeit hatte das Haus – mindestens von außen – sicherlich einen etwas schäbigen Eindruck gemacht. An allen Fenstern hatten Vorhänge mit verschiedenen – und nicht besonders hübschen – Mustern gehangen. Jetzt war jedes einzelne mit schneeweißem Tüll herausgeputzt; zarte Volants rüschten und bauschten sich wie der Petticoat eines Mädchens. Ein merkwürdiges Gefühl von Atemlosigkeit und ein undefinierbares Mißbehagen beschlich Victor, als ihm dieser Vergleich in den Sinn kam. Die Mädchen trugen wohl keine Petticoats mehr, oder? Es sei denn, die Mode hätte sich drastisch geändert. Ihm wurde ein bißchen ruhiger zumute, als ihm einfiel, daß selbst seine Mutter so einen Petticoat gehabt hatte – weiß und gestärkt und voller Rüschen –, damals, Mitte der fünfziger Jahre, als solche Kleidungsstücke sich großer Beliebtheit erfreuten.

Der Putz des Hauses war weiß gestrichen worden, wie der Zukkerguß auf einem Weihnachtsstollen, und alle Holzteile in hellem Smaragdgrün. Zu beiden Seiten der Haustür standen weiße Kübel mit Zypressen. Victor begriff, daß das Haus so gut gepflegt aussah, weil es wahrscheinlich seinen Bewohnern gehörte. Seine Großmutter, die Mutter seiner Mutter, war die ursprüngliche Mieterin gewesen, und als seine Eltern heirateten, zogen sie mit ihr zusammen. Das war gleich nach dem Zweiten Weltkrieg gewesen. Seine Großmutter starb ein paar Monate, ehe er geboren wurde, und seine Eltern übernahmen das Mietverhältnis, denn der Mietzins war niedrig und die Wohnungsknappheit groß. Seine Mutter war eine glückliche Frau gewesen, denn ihr war das gütige Los zuteil geworden, sich zu verlieben, den Mann auch zu heiraten, in den sie sich verliebt hatte, und die ganzen fünfunddreißig Jahre lang, bis er starb, in ihn verliebt zu bleiben. Victor hatte sich noch nie verliebt, und er wußte nicht, wie das war. Seine Mutter war erst siebenundfünfzig, als sie starb. Sein Vater, zehn Jahre älter als sie, war zuerst gestorben. Er hatte einen Schlaganfall erlitten, fünf Jahre, nachdem Victor ins Gefängnis gekommen war, und danach hatte er sich nur noch im Rollstuhl bewegen können. Und eines Sommermorgens, als er sich allein und eigenhändig die Straße hinunterbewegte – genau auf diesem Stück Bürgersteig, von hier bis zur Straßenecke, vermutete Victor –, da war er tot vornübergekippt, und der Rollstuhl war gegen eine Mauer geprallt und umgekippt. Todesursache war ein schwerer Herzanfall. Woran seine Mutter gestorben war, wußte Victor nicht, obwohl auf der Sterbeurkunde, die man ihm gezeigt hatte, ein Herzleiden als Ursache erwähnt wurde, was erstaunlich war, denn sie war eine sehr starke Frau gewesen. Sie hatte seinen Vater nur um etwa sechs Monate überlebt. Aber vielleicht war es auch gar nicht so erstaunlich, denn ihr Mann war ihr ein und alles gewesen, Herz und Seele ihrer gesamten Existenz. Victor hatte manchmal versucht, sich auszumalen, wie das Alleinleben für seine Mutter wohl gewesen war, aber es war ihm einfach nicht gelungen, sie sich ohne seinen Vater vorzustellen.

Von frühester Kindheit an war Victor an die Gesellschaft überschwenglicher Menschen gewöhnt gewesen. Seine Mutter war jung und hübsch, und sein Vater faßte sie andauernd an, schlang seinen Arm um sie und küßte sie. Sie saßen nie auf Stühlen, sondern immer auf dem Sofa, Händchen haltend. Wenn Victor zurückblickte (wie er es tat, um zu resümieren, was er dem Psychiater sagen sollte), dann gelang es ihm nie, seine Eltern im Geiste einzeln zu sehen oder sich auch nur an Zeiten zu erinnern, wo er mit seiner Mutter allein gewesen wäre, obgleich das doch häufig der Fall gewesen sein mußte, zum Beispiel nach der Schule, bevor sein Vater von der Arbeit kam. Sie hatten sich nie gestritten, soweit er sich erinnern konnte. Auch waren sie freundliche, liebevolle Eltern, und wenn Victors Mutter immer den Vater dem Sohn vorzog, etwa, indem sie ihm bei Tisch zuerst auflegte oder ihm den Vorzug gab, wenn es um Leckerbissen ging – es war der Nachholbedarf nach den Hungerzeiten des Krieges –, so hätte Victor dem Psychiater erzählt, daß er gar nichts anderes erwartete, denn der Vater war ja älter und größer und stärker gewesen als er.

Seine Eltern hatten kaum Freunde. Es waren fast nur Verwandte, die zu Besuch kamen. Die beiden bedeuteten einander ein und alles, waren eingesponnen in eine exklusive Partnerschaft aus Zuneigung und Sex. Victors Mutter beantwortete all seine Fragen in puncto Sex wohlüberlegt und furchtlos, so daß er um die Zeit, als er fünf war, Bescheid wußte, wie Babies gemacht werden, und er wußte auch, daß die Eltern mit dieser Sache, wodurch die Babies zustande kommen – der Mann schiebt seinen Pimmel in das Hinterteil der Frau –, auch dann noch weitermachen, wenn sie gar keine Babies mehr wollen, einfach, weil das so gut und richtig sei und weil, so sagte sein Vater, Männer und Frauen nun mal dazu geschaffen seien. Sein Vater zeichnete ihm schematische Darstellungen auf – also, genaugenommen zeichnete er sie nicht selbst, sondern kopierte sie aus einem Buch, und sie desillusionierten Victor ziemlich –, und er beantwortete auch Fragen, die seine Mutter nicht beantworten konnte oder wollte, so zum Beispiel, was feuchte Träume waren, und wie man sich vorher fühlte, wenn man die Sache machen wollte, bei der die Babies zustande kommen – oder auch nicht.

Trotz alledem verband er diese ‹Sache› eigentlich nie mit seinen eigenen Eltern. Einmal, als er etwa sechs war und nachts aufstand, um ins Badezimmer zu gehen, da war er an ihrer Schlafzimmertür vorbeigekommen und hatte seine Mutter stöhnen hören: «Laß das, laß das... O nein, nein, nein!» Und dann hatte sie ein dumpfes

Heulen von sich gegeben wie ein Tier. Und dabei hatte sie noch so glücklich ausgesehen, ehe sie ins Bett gegangen war! Jenes Heulen noch in den Ohren, fiel ihm ihr sanftes, girrendes Kichern wieder ein und wie sie den Vater aus den Augenwinkeln angelächelt hatte, wobei ihre Hand seinen Halsansatz streichelte. Victor fürchtete sich ganz und gar nicht vor seinen Eltern, aber er hatte Angst, in ihr Zimmer zu gehen. Dennoch nahm er all seinen Mut zusammen und drückte den Türgriff nieder. Die Tür war verschlossen.

Das erste, was er am nächsten Morgen hörte, als er aufwachte, war das Singen seiner Mutter. Sie sang einen populären Schlager jener Tage: ‹*Mister Sandman, bring me a dream...*› Darin gab es eine Zeile, die hieß: ‹Sag mir, daß meine einsamen Nächte vorüber sind.› Sie trat damit in Victors Schlafzimmer, lachte noch über etwas, das sein Vater eben gesagt hatte, gab Victor einen Gutenmorgenkuß und meinte, es sei ein wunderschöner Tag. Dabei zog sie die Vorhänge zurück, um die Sonne hereinzulassen. So wußte er also, daß ‹es› richtig war und daß sie nicht verletzt, sondern glücklich war. Er fragte sich sogar, ob er nicht das Gehörte bloß geträumt hätte, ob ihm nicht vielleicht tatsächlich Mister Sandman diesen Traum gebracht hatte, so wie in dem Lied? Noch jetzt fragte er sich das. Ganz gewiß aber hatte er nie wieder draußen an ihrer Tür gehorcht, und deshalb war er auch sprachlos gewesen vor Verblüffung, als er Jahre später – er war schon über zwanzig – hörte, wie sein Vater jemandem erzählte, welche Plage er als kleiner Junge gewesen sei – eine ‹Pest› nannte sein Vater ihn –, weil er ständig nachts im Haus herumgegeistert sei, und einmal hätten sie ihn sogar fest schlafend auf der Schwelle ihres Schlafzimmers gefunden.

Am Abend vor seinem siebenten Geburtstag sah er sie zufällig dabei, wie sie ‹die Sache› machten. Später hatte er in einer Zeitschrift – vermutlich in *Reader's Digest* – gelesen, daß in der psychiatrischen Fachsprache so etwas eine Primärszene, eine frühkindliche Prägung genannt wird, und in einem anderen Artikel, daß das Alter von sieben Jahren für den Beginn des ‹Verstandesalters› gehalten wird, das heißt, danach weiß man, was man tut, man ist verantwortlich. Es war der Abend vor seinem Geburtstag, und er wußte, sie hatten ihm ein Geschenk gekauft und es irgendwo versteckt; und das suchte er, ganz ohne sich zu schämen. Zu Weihnachten war es immer genau das gleiche – er ging förmlich auf Jagd nach seinen Geschenken, und er glaubte sogar, sie wußten das. Sie wußten es, amüsierten sich über seine Neugierde, trugen ihr Rechnung und versteckten die Geschenke an den unwahrscheinlichsten Plätzen.

Er hatte sich einen Hund oder eine Katze gewünscht, aber er fürchtete, es bestand nicht viel Hoffnung, das eine oder das andere zu bekommen. Als drittbestes hoffte er auf ein Kaninchen. Mehr oder weniger hatten sie ihm ein ‹Haustier› versprochen. Er konnte nicht einschlafen, und gegen halb zehn stieg er aus dem Bett und ging nach unten, seine Geschenke suchen. In jenen Tagen gab es noch kein Fernsehen, das heißt, es existierte zwar, aber sie hatten noch keins. Seine Eltern hatten abends immer das Radio an. Sanfte Musik tönte aus dem Wohnzimmer. Er machte ganz leise die Tür auf, um sich zu überzeugen, daß sie hinreichend beschäftigt waren und nicht merkten, daß er aufgestanden war. Sie waren hinreichend beschäftigt. Sein Vater, mit einem Hemd bekleidet, aber ohne Hose, lag oben auf seiner Mutter drauf, buckelnd und plumpsend, immer rauf und runter, und sie lag rücklings auf dem braunen Samtsofa, den Rock hochgezogen und die Bluse aufgeknöpft.

Es waren nicht so sehr die Bewegungen, die sie vollführten, als die Geräusche dabei, eine Art saugendes Schmatzen, sein Vater keuchte und japste, seine Mutter stieß lange Seufzer und spitze kleine Schreie aus... Aber es war beides. Die Bewegungen, die Art, wie seine Mutter sich wild von einer Seite auf die andere warf, die Art, wie sein Vater, immer schneller werdend, zuckend auf und nieder fuhr... Er brauchte keine Angst zu haben, daß er sie störte. Ein Gewehrschuß (so dachte er Jahre später), direkt im Zimmer abgefeuert, hätte sie nicht gestört.

Er machte kehrt und ging fort. In die Küche. Er wollte ein Bonbon oder einen Keks, obwohl das nach dem Zähneputzen verboten war, er wollte etwas Süßes – zum Trost. Sie besaßen einen kleinen Kühlschrank, aber darin wurden keine Süßigkeiten aufbewahrt. Die Speisekammer war eher eine Art begehbarer Schrank mit Steinfußboden, mit einem Maschendrahtfenster in der Tür und einem Lüftungsschlitz in der Außenwand. Victor war nicht groß genug, um an den Türgriff heranzureichen, aber die Tür war nicht ganz geschlossen. So packte er die Kante und zog sie auf.

Eine riesige Muschel. Ein Kopf, der unter ihrem Rand hervorstak, schlangenartig, aber mit leeren, verhangenen, gleichsam fragenden Augen, der sich von einer Seite zur anderen wiegte, zwei schuppenbewehrte Füße, die sich träge bewegten, und das alles knappe fünf Zentimeter von seinem Kopf entfernt. Er schrie. Er bedeckte sein Gesicht, seine Ohren, seine Augen und rollte sich schreiend auf dem Boden hin und her. Sein Vater und seine Mutter waren wohl fertig, denn sie hörten ihn und kamen angerannt, ihre Kleidungsstücke raffend und seinen Namen rufend. Seine Mutter hob ihn hoch und drückte ihn an sich und fragte, was los sei. Hinterher begriff er, akzeptierte ihre Erklärungen. Es war sein Geburtstagsgeschenk, über Nacht versteckt in einem Kasten auf dem Speisekammerregal, bloß, er hatte weder den Kasten, noch das Stroh, noch den Maschendraht gesehen, nur die Schildkröte. Sie gaben sie natürlich fort, an die Macphersons weiter unten an der Straße.

Das da, fünf Häuser weiter, das hatte den Macphersons gehört. Vielleicht lebten sie noch, aber das Ding, das er einmal und nie wieder in Gedanken beim Namen genannt hatte, das konnte ja nicht mehr am Leben sein. Womöglich beobachtete Mrs. Macpherson ihn in diesem Augenblick vom Fenster aus? Was hatte seine Mutter wohl den Nachbarn erzählt? Sie hatte ja keine Möglichkeit, es geheimzuhalten. Denn tagelang waren die Zeitungen voll gewesen von ihm, und später dann noch einmal während der Gerichtsverhandlung. Er fragte sich, ob es sie wohl wirklich so tief getroffen hatte. Immerhin war *er* es gewesen und nicht sein Vater, den man ihr fortgenommen und ins Gefängnis gesteckt hatte.

Victor trat ein wenig von der Pforte zurück, denn er hatte sich unwillkürlich auf sie gelehnt. Dort um die Ecke, nach hinten heraus, war ein kleiner gepflasterter Hof, wo seine Mutter in Töpfen Tomaten gezogen hatte, und eines der Fenster – oder in diesem Falle eine Lüftungsscharte, die auf den Hof hinausging – gehörte zu jener Speisekammer, wo das... das Ding in seinem Maschendrahtkasten gewesen war. Es kam Victor erstmals zum Bewußtsein, daß nur eine sehr nachlässige Hausfrau auf die Idee kommen konnte, ein Tier, eine solche Kreatur, über Nacht in eine Speisekammer einzusperren, und aus irgendeinem Grund schauderte er. Sein Leben wäre vielleicht anders verlaufen, wenn er nicht jene Speisekammertür geöffnet hätte – aber vielleicht auch nicht.

Victor warf einen letzten Blick auf das Haus. Im Grunde hatte er hier ja nicht mehr gewohnt, seit er die Schule beendet hatte und aufs Polytechnikum gegangen war. Es war ein Jammer, daß seine Eltern das Haus nicht gekauft hatten, dann würde er jetzt kassieren anstelle des Eigentümers. Welche Summe ein Haus wie dieses heutzutage wohl einbrachte? Zwölftausend Pfund? Fünfzehn? Er war verblüfft, als er im Schaufenster des Maklerbüros die Angebote las, nachdem sein Selbstvertrauen ganz allmählich so weit gediehen war, daß er sich in die High Street hineintraute.

Vierzigtausend für ein Haus dieses Typs! Wieviel dann wohl ein Busfahrschein kostete? Oder angenommen, er nähme mal ein Taxi? Victor fiel ein Witz ein, der die Runde gemacht hatte, ehe er ins Gefängnis kam, damals, als die Inflation gerade begann. Alan, für den er arbeitete, hatte ihn ihm erzählt.

Es war mal ein Mann, der überlegte sich, wie er aus der Inflation Nutzen ziehen könnte. Er läßt sich also künstlich einschläfern und für zwanzig Jahre einfrieren. Als er wieder aufwacht, ist das erste, was er sieht, ein Brief von seinem Bankier, ein Jahr alt, in welchem steht, daß sein Vermögen sich auf eine Million Pfund beläuft. Er rennt die Straße runter zur Telefonzelle, um den Bankier anzurufen, und während er in seinen Taschen nach ein bißchen Kleingeld sucht, liest er die Gebrauchsanweisung des Münztelefons, und die lautet: Wählen Sie die gewünschte Nummer, und wenn das Rufzeichen ertönt, werfen Sie neun Millionen Pfund ein ...

Es war nicht Apathie oder Angst, was ihn davon abhielt, mehr zu tun, als sich um die Zahlungen vom Sozialamt zu kümmern. Es widerstrebte ihm einfach mehr und mehr, sich hier in Acton anzusiedeln. Während dieser ersten Woche Freiheit war es ihm gelungen, jeden Kontakt mit den anderen Bewohnern des Hauses zu vermeiden, nicht einmal der Hauswirtin oder ihrem Verwalter war er begegnet. Seine Miete wurde direkt bezahlt. Wahrscheinlich fürchteten die vom Sozialamt – mit einigem Recht –, daß, wenn sie dem Mieter das Mietgeld aushändigten, dieser es zum eigenen Gebrauch einbehalten würde. Sich bei einem Arzt anzumelden, dazu war schließlich auch noch Zeit, wenn er krank wurde.

Seine tägliche Lektüre von Zeitungen und Illustrierten verschaffte ihm Kenntnisse über die derzeitige Verhaltens- und Redeweise. So stieß er zum Beispiel auf den Ausdruck ‹Selbstmotivierung›, den er, soweit er sich erinnerte, von früher her nicht kannte. Also motivierte Victor sich selbst, zur Bank zu gehen, um festzustellen, wie hoch sein Guthaben war, genauer gesagt, er war eben dabei, sich selbst zu motivieren, indem er sich einredete, wenn er erst mal in der Bank wäre und mit dem Filialleiter oder sonstwem redete, dann würde er auch keine Angst mehr haben, da geschah etwas, das ihn aus dem Haus trieb.

Seit fast einer Woche wohnte er jetzt unbehelligt in diesem Zimmer und in diesem Haus, da wurde ihm der Kontakt mit einem anderen menschlichen Wesen aufgezwungen. Genau an diesem Morgen um zehn Uhr klopfte es an die Tür, und als er schlotternd vor Schreck und Kälte aufmachte, stand draußen eine Frau, die sagte, sie sei Noreen, und sie sei gekommen, sein Zimmer sauberzumachen.

«Ich will das Zimmer nicht saubergemacht kriegen», sagte er schroff, «ich kann es mir nicht leisten, dafür Geld auszugeben.»

Er hatte seine Stimme während der vergangenen Wochen nicht viel benutzt, und er war auch noch nicht so weit, daß er mit sich selbst redete, deshalb klangen ihm seine Worte seltsam fremd und gekünstelt in den Ohren. Noreen aber schien für derartige Nuancen wenig Sinn zu haben. Sie kam einfach herein und zog einen Staubsauger hinter sich her.

«Dafür ist schon gesorgt», meinte sie, «das ist in Ihrer Miete mit drin.» Sie blickte sich im Zimmer um. «Von wegen nicht nötig! Das wollen Sie *mir* doch wohl nicht erzählen!»

Mit geradezu wütender Energie machte sie sich an die Arbeit, rückte das Bett von der Wand, stapelte Rohrstuhl, Tisch und Teppiche in der Mitte des Zimmers aufeinander. Währenddessen hatte sie den Staubsauger bereits eingeschaltet, obgleich er noch gar nicht in Aktion war, so als müsse er erst warmlaufen. Sie war eine kleine, recht hübsche Frau von etwa fünfunddreißig Jahren, mit langen, fettigen Haaren, dunkel und lockig. Ihr Körper war eher untersetzt und rund, aber die Beine waren dünn und hatten schöne, schmale Fußgelenke. Sie trug einen schwarzen Baumwollrock, ein hellviolettes T-Shirt und Gesundheitssandalen von Scholl. Entsetzt spürte Victor, wie eine unverhoffte, rasende Begierde nach dieser Frau von ihm Besitz ergriff.

Verwirrt zog er sich vor ihr zurück, blieb zwischen Schrank und Ausguß stehen, und er fühlte, wie ihn der elektrische Anzug langsam umhüllte. Während der vergangenen Woche war er so froh gewesen, daß er nichts davon gespürt hatte: warum suchte ihn diese Plage jetzt wieder heim? Sie war alles andere als eine Augenweide, diese Noreen, und sie roch nach Schweiß. Und besonders jung war sie auch nicht. Kam es vielleicht daher, daß er hier in seinen eigenen vier Wänden war und sich verhältnismäßig sicher fühlte, während er draußen die meiste Zeit erstaunt und verängstigt zugleich war? Er hätte winseln mögen, blöken wie ein Tier, er hätte am liebsten losgeschrien!

Noreen rief ihm über den Lärm des Staubsaugers hinweg zu: «Wenn Sie irgendwas zu besorgen haben, würde ich das jetzt machen! Dann stehen Sie mir hier nicht im Wege. Meistens bin ich so in einer halben Stunde fertig.»

Er fuhr in seine Jacke und drückte sich an ihr vorbei, mit den Händen an der Wand entlangtastend. Die Jahre im Gefängnis hatten es also nicht ausgemerzt. Hatte er das denn auch ernsthaft geglaubt? Draußen auf dem Flur fiel er auf die Knie und kroch vorwärts, den Kopf gegen den Boden gepreßt. Er schaukelte vorwärts und rückwärts. Hinter der Tür vollführte der Staubsauger seinen jaulenden, stöhnenden Schluckauf. Victor schlug die Stirn gegen den Boden, kam taumelnd auf die Füße und stolperte die Treppe hinunter. Jetzt, da sein Zimmer okkupiert war, gab es für ihn keine Zuflucht mehr, nichts, wo er sich verstecken konnte! Er mußte an eine Verszeile denken, die er mal gelesen hatte, vor langer Zeit. Sicherlich war er irgendwann während seiner Englisch-, Soziologie- oder Volkswirtschaftskurse, die er damals am Polytechnikum begonnen hatte, darauf gestoßen:

‹Dies ist die Hölle, und mitnichten
bin ich außen vor...›

Er hatte nicht die leiseste Ahnung, wer das gesagt hatte, aber dies war die Hölle, und er steckte bis zum Hals darin.

Das Geld, das seine Eltern ihm hinterlassen hatten, lag auf einem Depositenkonto bei der hiesigen Filiale der Lloyds Bank. Ursprünglich waren es einmal an die tausend Pfund gewesen, aber die Kosten für das Begräbnis seiner Mutter und für die Wohnungsauflösung hatten davon bestritten werden müssen. Mit zusammengebissenen Zähnen, die Hände in den Taschen vergraben, zwang sich Victor, zur Bank zu gehen. Einen guten Teil des Weges legte er fast blind zurück, die Augen halb geschlossen, den Kopf so tief gesenkt, daß er nur das Pflaster sah.

In der Bank ging dann alles so leicht, daß er sich fragte, was ihn eigentlich daran gehindert hatte, schon längst herzukommen. Er sagte seinen Namen, der den Schalterbeamten keineswegs aufhorchen ließ, der ihm augenscheinlich überhaupt nichts sagte; und daß er die Nummer des Kontos nicht angeben konnte, schien auch kaum etwas auszumachen. So was stellte man heutzutage über Computer fest. Victor, der kaum wußte, was ein Computer war, kam sich blöde und unwissend vor.

Sein Konto belief sich nur noch auf knapp über dreihundert Pfund. Ein Streifen Papier, in der Mitte gefaltet, wurde ihm durch eine kleine Mulde unter dem Schaltergitter zugeschoben. Man war jetzt in den Banken weit mehr auf Sicherheit bedacht als noch vor zehn Jahren. Cal hatte eingesessen, weil er eine Bank geknackt hatte, fiel Victor ein, und Georgie, weil er auf irgendeinem Postamt in Hertfordshire einen Beamten mit der Knarre in Schach gehalten hatte, während sein Komplize das Geld für ein paar hundert Altersrenten eingesackt hatte. Dreihundert Pfund – und das schloß die aufgelaufenen Zinsen von fünf oder sechs Jahren mit ein!

Victor mochte nicht das Telefon benutzen, das hinter der Treppe an der Wand hing. Womöglich konnte man ihm dort zuhören? Man konnte nie mit Bestimmtheit sagen, ob das Haus leer war. Vor der Arbeitsvermittlungsstelle gab es zwei Telefonzellen, und beide waren nicht besetzt. Victor überflog, was im Schaukasten der Vermittlung an Jobs angeboten wurde. Die erstaunliche Anzahl der Angebote stimmte nicht mit dem überein, was Judy ihm erzählt hatte, aber wenn man sich um so eine Stelle bewarb, dann stellte sich wahrscheinlich heraus, daß sie schon besetzt oder daß sie nicht das war, was man sich darunter vorgestellt hatte. Es war sogar eine dabei, die für ihn in Frage kam: ‹Voll oder halb ausgebildeter Metallarbeiter für die Herstellung von Aktenschränken gesucht von Spezialfirma für Büromöbel.› Damals, als er noch für Alan arbeitete, war er Fahrer in dessen Autoverleihfirma gewesen. Er konnte alles fahren, und er konnte gut fahren, und außerdem konnte er Aktenschränke bauen. Aber was sollte er den Leuten erzählen, wenn sie ihn nach seiner Berufserfahrung fragten?

Er zog die Tür der ersten Telefonzelle auf. Es waren keine Telefonbücher da, und als er das Telefon benutzen wollte, stellte er fest, daß es tot war. In der nächsten Zelle war nicht nur das Telefon tot, sondern der Hörer war abgeschnitten und lag auf der Seite in dem Metallkasten, in dem eigentlich die Telefonbücher hätten liegen müssen. Victor konnte das nicht begreifen. Seine Verblüffung stand ihm wohl im Gesicht geschrieben, denn als er aus der Zelle trat, sagte eine vorübergehende Frau zu ihm: «Tja, mein Guter, einfach so aus Zerstörungswut kaputtgemacht! Die sind schon seit Wochen so.»

Victor fand es unglaublich, daß da Leute herumliefen und derartigen Schaden anrichteten, ohne daß sie dafür bestraft wurden. Er hatte seine Tante anrufen wollen, aber jetzt überlegte er – warum eigentlich? Egal, wann er sich entschloß, zu ihr zu gehen, sie würde ja sowieso zu Hause sein. Sie ging ja nie aus. Inzwischen hatte Noreen wahrscheinlich das Raviolilinoleum fertig saubergemacht, aber sehr wahrscheinlich war sie noch immer im Haus, und er ging auf keinen Fall zurück, solange sie da war.

Er machte sich auf den Weg, die Gunnersbury Avenue entlang, denn einen Bus zu nehmen, dazu brachte er nicht den Mut auf. Der Verkehr in Richtung Heathrow donnerte an ihm vorbei wie zu Stoßzeiten, und dabei war es erst elf Uhr vormittags. Er fragte sich, wie es wohl wäre, wie er sich wohl fühlte, wenn er jetzt, nach zehn Jahren, wieder versuchte, ein Auto zu fahren. Diese Gegend hier war das, was seine Mutter als ‹gediegen› bezeichnet hätte, aber Victor hatte sie immer eher als bizarr empfunden, diese Reihen großer Neo-Tudorhäuser, deren Außenwände über und über mit Holzwerk verziert waren, mit ihren steil aufragenden Dächern und den bleigefaßten Fenstern mit getönten Glasscheiben. Das wäre vielleicht gar nicht so schlecht gewesen, wenn es genügend Platz gegeben, wenn zu jedem Haus ein halber Morgen Land gehört hätte. Statt dessen standen sie dicht aneinandergedrängt. Vor den meisten Häusern waren Steingärten angelegt, durch die sich Stufen zur Haustür hinaufwanden. Das Haus seiner Tante war ein Eckhaus. Die Haustür war eine Imitation eines mittelalterlichen, eisenbeschlagenen Eichenportals, und eine Art Granitfelsen, von Steingartenpflanzen überwuchert, trug das Vordach.

Muriel Faraday hatte spät geheiratet. Sie war älter als seine Mutter, aber Victor war schon sechzehn gewesen, als sie heiratete. Er konnte sich noch erinnern, wie sie zu ihrer Hochzeit gegangen waren, weil er unmittelbar vorher sein Abschlußzeugnis bekommen hatte, und während des Hochzeitsempfangs war sein Vater überall herumgelaufen und hatte allen Leuten erzählt, sein Sohn habe acht Einser im Abschlußzeugnis, was Victor sehr peinlich fand. Die Ehe war auf irgendeinem Standesamt geschlossen worden, Victor konnte sich nicht mehr entsinnen, wo, und Muriel hatte hohe Absätze und einen riesigen Hut getragen, wodurch sie neben dem untersetzten älteren Herrn, der ihr Ehemann war, sehr mächtig gewirkt hatte. Sydney Faraday war Eigentümer dreier gutgehender Gemüseläden, ein Witwer mit erwachsenen Kindern. Wie die Mutter Victor erzählte, hatte Muriel sich ausbedungen, daß sie, falls sie einwillige, ihn zu heiraten, auf gar keinen Fall jemals in einem der Läden bedienen werde, nicht einmal aushilfsweise in Notfällen.

Victor und seine Eltern zogen keinerlei Vorteil aus Muriels neuem Wohlstand, obgleich seine Mutter sich große Hoffnungen gemacht hatte auf Früchte außerhalb der Saison oder auf einen Preisnachlaß bei jungen Kartoffeln. «Nichts, nicht mal ein Körbchen Erdbeeren!» pflegte seine Mutter zu jammern. Es wäre auch schwierig gewesen, solche Geschenke zu überbringen, denn seine Mutter lud äußerst selten Gäste ins Haus und nahm ebenso selten Einladungen an, und bei seiner Tante entwickelte sich bald nach ihrer Hochzeit jene Platzangst, die sie am Ausgehen hinderte. Lediglich bei zwei oder drei Gelegenheiten war Victor im Haus seiner Tante und seines Onkels gewesen, zweimal zu Weihnachtsessen und dann irgendwann noch einmal, aber er wußte noch ganz genau, wo das Haus lag.

Ehe er die Stufen zur Haustür hinaufstieg, ging er die Einfahrt zur Garage hinunter. Diese Garage war zur Hälfte aus Holz gebaut und hatte kleine, rautenförmige Fenster, wie eine ländliche Hütte in einem Kalender. Victor blickte durch eines der Fenster und sah drinnen die Möbel stehen, allesamt zugedeckt mit den Gardinen seiner Mutter. Oben auf den Vorhängen lag aller möglicher Krimskrams aus den Schränken und Regalen seiner Mutter durcheinander – Tassen und Teller und Vasen und Aschenbecher und Briefbeschwerer und Kerzenhalter. An einer Stelle war ein Vorhang verrutscht, und er erkannte den Kopfteil vom Bett seiner Eltern, die wattierte Bespannung aus altem, goldfarbenem Satin, mit Ziernägeln befestigt, und eine dicke, lange Spinnwebe baumelte daran herunter.

Eine Betontreppe, gewunden und rustikal uneben, führte zur Haustür hinauf. Hier und da zeichneten sich undeutlich künstliche Felsüberhänge ab, überwuchert von kriechenden Gewächsen und teilweise verschattet von dunklen, fächerförmigen Zwergnadelbäumchen. Solange Victor zurückdenken konnte – das hieß, bis zu dem Tag, als Muriel Sydney geheiratet hatte und hier eingezogen war –, hatten allerlei kleine Gartenstatuetten die düstere Öde dieser Böschung aufgeheitert, kleine Kreaturen, aus Zement gegossen – ein Frosch, ein Kaninchen, eine Eule mit aufgemalten gelben Augen und eine Schildkröte. Zu Victors Glück war die Schildkröte am wenigsten augenfällig, denn der Stein, auf dem sie stand, lag am dichtesten an der Buchsbaumhecke und war halb verdeckt von den Zweigen eines Wachholderbaums. Wenn man sie mit flüchtigem Blick streifte, konnte man sie ebenfalls für einen Stein halten. Victor war natürlich niemals näher an sie herangegangen als bis zu dieser Treppe, und er hatte sie nie angeschaut, höchstens aus den Augenwinkeln. Auch jetzt stellte er lediglich fest, daß sie noch da war, nicht mehr und nicht weniger verborgen als bei seinem letzten Besuch; und das war über zehn Jahre her. Entweder war der Wacholder nicht mehr gewachsen, oder er wurde absichtlich immer wieder so weit zurückgeschnitten.

Die Haustür sah aus, als sei sie seit Monaten nicht geöffnet worden oder als sei sie tatsächlich das Tor zu einer Festung, und auf sein Läuten – mittels einer Glocke, die durch das Ziehen an einem gedrehten Eisenstab in Bewegung gesetzt wurde – werde ein Torhüter in Kettenhemd und mit einem Knüttel in der Hand erscheinen. Victor zögerte, ehe er an der Stange zog. Er wollte die Möbel doch eigentlich gar nicht, er hatte ja gar keinen Platz, um sie unterzubringen, und selbst wenn er ein leeres Haus besessen hätte, das darauf wartete, möbliert zu werden, dann wäre alles andere besser gewesen als diese Stücke, an denen Erinnerungen, Kümmernisse und Schande unablösbar hafteten. Aber vielleicht war er gar nicht deswegen gekommen, vielleicht war er bloß gekommen, um Muriel zu besuchen, seine einzige lebende Verwandte, das einzige übriggebliebene Verbindungsglied aus jener Kette von Fleisch und Blut, die ihn mit der Vergangenheit verband.

Womöglich war sie tot? Man hatte es sicherlich nicht für nötig gehalten, ihm das im Gefängnis mitzuteilen. Womöglich war sie bettlägerig oder in einem Pflegeheim? Das Haus sah nicht gerade bewohnt aus. Aber es hatte auch damals nicht bewohnt ausgesehen, als er mit seinen Eltern zu Weihnachten hier gewesen war – keinerlei Weihnachtsdekoration, nicht mal eine bunte Papierkette. Er griff nach der Eisenstange und zog die Glocke.

Sämtliche Fenster, soweit er die Straße entlangsehen konnte, all jene Fensterflügel der anderen Häuser mit ihren kleinen Scheiben und den verschnörkelten Metallgriffen an den hölzernen Mittelstreben leuchteten in einer Art schwarzem Glitzern; die Fenster in Tante Muriels Haus dagegen schienen von einem grauen Nebel überzogen, einem staubigen Flor, auf den es geregnet und auf dem sich dann erneut Staub zu einem zähen Film verdichtet hatte. Er läutete noch einmal. Dieses Mal hörte er etwas. Und es war absurd – denn schließlich besuchte er hier bloß seine alte Tante, sagte er sich, niemanden, auf den es sonderlich ankam –, aber er verspürte einen Anflug von Panik, elektrische Stöße durch seine Schultern und den Rücken hinunter. Er zog den Bauch ein, drückte die Schultern zurück und atmete tief durch.

Langsam wurde die Tür einen Spaltbreit geöffnet mit äußerstem Mißtrauen – ein Schlitz zuerst, dann eine Handbreit, dann einen Fußbreit. Ein altes Gesicht blickte ihn scheel an, ein zuckendes Mäusegesicht. Sie war so sehr gealtert, daß er sie kaum oder überhaupt nicht wiedererkannt hätte, wären sie sich anderswo begegnet – was ja allerdings höchst unwahrscheinlich gewesen wäre. Er starrte sie an, und seine Kehle schnürte sich zusammen. Damals war sie eine große, stattliche Frau gewesen, mit großem, mehlig bemaltem, pausbäckigem Gesicht, das ihn als Jungen immer an eine kunstvolle Torte aus dem Schaufenster einer Konditorei erinnert hatte, pudrig weiß, mit Kirschen drauf und mit Marzipan und umrahmt von einer goldenen Krause. Der Kuchen war in sich zusammengefallen und verdorben, Staub und Spinnweben waren, wo einst die Glasur gesessen hatte; auf den schwammigen Wangen lagen sie wie pelziger Schimmel. Der schwere Körper, damals im straffen Korsett, war schlaff und gebeugt. Muriel trug eine Art rosa Netz oder Kopftuch über dem strähnigen grauen Haar, das früher wasserstoffblond gewesen war, dazu einen schmutzigen blauwollenen Morgenmantel und schmutzige blaue, mit Federn besetzte Pantoffeln.

Victor wußte nicht, was er sagen sollte. Er schluckte. Er wartete, daß sie etwas sagen würde, und dann begriff er, daß sie ihn nicht erkannte.

«Ich bin Victor», sagte er.

Sie trat einen Schritt zurück und legte eine Hand über ihren Mund. Er ging einfach ins Haus und schloß die Tür hinter sich. Ihre Stimme war ein heiseres Flüstern: «Bist du geflüchtet?»

Er hätte sie am liebsten umgebracht, er hätte das glatt fertiggebracht. Aber dann begriff er, daß sie Angst hatte.

«Was meinst du damit, geflüchtet?» fragte er barsch.

«Du hast doch noch vier Jahre nach.»

«Hast du noch nie was gehört von Straferlaß für gute Führung?»

Entsetzt blickte sie ihn an, ganz langsam von oben bis unten; dabei umschlossen ihre Hände wie Klauen das Gesicht. Und dann brach sie in ein dünnes, nervöses Kichern aus.

«Gute Führung!» lachte sie schrill. «Das finde ich ja reizend – gute Führung!»

Von damals her wußte er noch, wo das Wohnzimmer war. Er stieß einfach die Tür auf und ging hinein. Sie folgte ihm schlurfend.

«Ich dachte schon, du wärst über die Mauer geklettert.»

Er nahm es nicht zur Kenntnis. Das Wohnzimmer war vollgestopft mit Zeitungen, Illustrierten und Magazinen. An der Wand, die dem Kamin gegenüberlag, ragten vier Türme aus Zeitschriften buchstäblich vom Fußboden bis zur Decke. Es war tatsächlich, als habe sie den Turmbau nur deshalb eingestellt, weil die Zimmerdecke erreicht war. In der Leibung des Erkerfensters lagen Zeitungen aufgestapelt, die großformatigen links und die kleineren Sensationsblättchen rechts, jeweils bis zur Höhe von einem Meter. Weitere Zeitschriften füllten den Raum zwischen der Platte des Refektoriumstisches und dem Fußboden, füllten auch die drei Bücherregale, die Nischen zu beiden Seiten des Kamins, sogar das Sofa und einen der Sessel. Nur ein kleiner Platz in der Mitte des Teppichs war frei geblieben, ebenso der Lehnsessel, über dem eine Decke hing und in dem seine Tante vermutlich vor dem Fernseher zu sitzen pflegte.

Und sie ging doch nie nach draußen! Wie konnte eine alte Frau, die nie ausging, eine derartige Masse Papier ansammeln? Indem man nie etwas wegwarf, überlegte er, indem man sich zum Beispiel eine Tageszeitung und zwei Wochenzeitungen hielt und dazu noch zwei oder drei Monatszeitschriften. Und wenn man dann nie etwas wegwarf... Ob sie wohl schon immer so gewesen war? Er konnte sich nicht erinnern. Er drehte sich zu ihr um.

«Du hast meine Möbel.»

Kaum hatte er es gesagt, wartete er natürlich darauf, daß sie zu lamentieren anfangen würde, von wegen wie großzügig sie gewesen sei und was es ihn gekostet hätte, das Mobiliar zu lagern und so weiter. Aber sie sagte bloß: «Die sind in der Garage.»

«Kannst du mich bitte hinbringen?»

Sie schüttelte den Kopf. «Das ist draußen», erklärte sie ihm, als ob andere Leute ihre Garagen mitten im Haus hätten. «Du kannst durch die Küche und durch den Hinterausgang gehen. Da sind die Schlüssel. Ich geb sie dir.»

Sie schlurrte durchs Haus, und er folgte ihr. Ihr Mann war wohlhabend gewesen, und es war ein großes Haus, ausgestattet mit teuren, schwer gepolsterten Möbelgarnituren aus den dreißiger Jahren. Im Speisezimmer waren ebenfalls eine Menge Zeitschriften, aufgeschichtet zu ähnlichen säulenartigen Stapeln. Wenn hier seit Jahren niemand mehr saubergemacht hatte, so war andererseits ja auch nicht sonderlich viel schmutzig gemacht worden. Nur blasser, feiner Staub lag allenthalben, und es herrschte ein trockener, stickiger Geruch. Die Küche sah aus, als hätte seit langem kein Mensch mehr darin Essen gekocht. Seine Tante zog eine Schublade auf und nahm einen Schlüsselbund heraus. Sie hatte sein Eigentum wohl gehütet, denn drei verschiedene Schlüssel waren nötig, um die Garagentür aufzumachen. Eigentlich war sie gar kein so übles altes Mädchen, dachte er bei sich. Vielleicht war es ganz natürlich, daß sie Angst gekriegt hatte, als sie erfuhr, wer er war. Er hatte Boshaftigkeit und Krittelei bei ihr erwartet, aber im Grunde war sie nur ein bißchen geistig verwirrt. In ihrem ruinierten Gesicht fand er etwas von seiner Mutter wieder, was eigentlich unverständlich war, denn seine Mutter war sehr hübsch gewesen, aber es saß tief in den Augen, es war irgendwas in der Form der Nasenflügel, in der Linie der Schläfen. Ihm wurde ganz merkwürdig zumute, ganz schwach, irgendwie schlimmer als damals, als er erfuhr, daß seine Mutter gestorben sei.

Er hantierte mit den drei Schlüsseln und wollte die Garagentür aufmachen. Aber sie klemmte, und er mußte sich mit der Schulter dagegenstemmen. Hier drinnen war seit langem niemand mehr gewesen. Victor blieb auf der Schwelle stehen und blickte verloren auf seine Vergangenheit, seine Kindheit, die in diesen Betten und Matratzen nistete, in diesen Tischen und Kommoden und Stühlen, alles wie von einem Leichentuch bedeckt mit jenem vielfarbigen Stoff, der damals vor den Fenstern gehangen und die Außenwelt ausgesperrt hatte.

Er zog die Tür hinter sich zu und bahnte sich einen Weg in die Tiefe des Raumes. Er bewegte sich wie einer, der in einem Labyrinth oder einem Dickicht von Bäumen ausgesetzt ist, an denen er nichts beschädigen darf. Die Möbelstücke rochen nach dem Haus seiner Mutter, ein Geruch, den er nie wahrgenommen hatte, solange er mit ihr zusammenlebte, jetzt jedoch erkannte er ihn als einzigartig und unverwechselbar wieder: der Tabak seines Vaters, Bienenwachs, virginischer Zauberstrauch, *Coty L'Aimant*-Körperpuder... Victor ertappte sich dabei, daß er ihn gierig einsog, so wie man in tiefen Zügen frische Luft einatmet, und er mußte sich zwingen, damit aufzuhören. Er schloß die Augen, öffnete sie wieder, und da fiel sein Blick auf den Saum eines Vorhangs. Er zog daran. Darunter verborgen war das Sofa, das gepolsterte braune Samtsofa, auf dem seine Eltern Hand in Hand zu sitzen pflegten und auf dem er sie an dem Abend mit der Schildkröte beim Beischlaf überrascht hatte. Auf den Kissen lag zusammengefaltet eine braunkarierte Reisedecke, und dicht hinter seiner Rückenlehne stand ein Rollstuhl.

Es mußte der Rollstuhl sein, zu dem sein Vater verdammt gewesen war. Nachdem sein Vater den ersten Schlaganfall erlitt, hatte Victor ihn nicht mehr wiedergesehen, aber seine Mutter hatte ihn auch weiterhin im Gefängnis besucht, und zwar ohne durch die Atmosphäre dort sonderlich eingeschüchtert oder entmutigt zu sein und auch ohne sichtbare Verzweiflung darüber, daß ihr Sohn dort einsaß. Sie war ausgeglichen und redselig wie immer, und er glaubte auch nicht, daß sie ihm zuliebe nur so tat. Warum sollte es sie auch bekümmern? Sie hatte ja seinen Vater, und der war alles, was sie brauchte. Er besann sich, daß sie ihm von diesem Rollstuhl erzählt hatte, und wie geschickt er damit umging, wie er ‹den Bürgersteig entlangflitzte›. Das war der Ausdruck, den sie gebraucht hatte.

Victor wunderte sich, daß sie ihn aufbewahrt hatte. Man hätte ihn der Sozialfürsorge überlassen sollen, das lag doch auf der Hand. Warum hatte nicht irgend jemand deshalb an ihn geschrieben? Der Rechtsanwalt zum Beispiel, der das Testament seiner Mutter vollstreckt hatte, der mit seiner Tante die Unterbringung dieser Möbel vereinbart und sein Honorar fein säuberlich von Victors Erbschaft abgezogen hatte. Wieso konnten Leute mit gesundem Menschenverstand annehmen, *er* könne für einen Rollstuhl Verwendung haben?

Er deckte die Sachen wieder zu. All dieser Kram mußte verkauft werden, das war das einzige, was man damit machen konnte. Als er vorhin durch die Acton High Street ging, war er an einem Trödelladen vorübergekommen, an dem ein Schild hing: WOHNUNGSAUFLÖSUNGEN, NACHLASSÜBERNAHME. ZAHLE GUTE PREISE.

Als er die Tür wieder mit den drei Schlüsseln abgesperrt hatte, ging Victor zurück durch das Haus. Es war ein sehr ruhiges Haus, eins, das eher in ländlichen Gegenden hätte liegen können als in einem Londoner Vorort an der Hauptverkehrsstraße nach Heathrow.

«Tante Muriel?» rief er laut.

Keine Antwort. Er trat an die Tür zum Eßzimmer, und da sah er sie drinnen, über einen Tisch gebeugt, der mit Papierstücken bedeckt war. Victor ging hinein. Er sah, daß die Papierstücke Ausschnitte aus Zeitungen und Illustrierten waren, alle säuberlich ausgeschnitten, nicht herausgerissen, so, als seien sie für eine Sammelmappe gedacht. Vielleicht waren sie auch für eine Sammelmappe gedacht, vielleicht war das Tante Muriels Absicht? Als er sah, welches Thema sie alle gemeinsam hatten, da überfiel ihn eine Woge jäher Hitze, schlug über ihm zusammen wie ein Brecher in einem warmen Meer, schwappte in sein Gesicht und brach sich über seinem Kopf. Ihm wurde übel, nicht aus persönlicher Betroffenheit oder gar Reue, sondern bei dem Gedanken, daß sie all diese Illustrierten, all diese Zeitungen und Zeitschriften womöglich einzig und allein zu diesem Zweck gehalten haben könnte. Er hielt sich krampfhaft an der Tischplatte fest und biß die Zähne aufeinander. Das war doch wohl Blödsinn, nein, kein Mensch würde so was tun, und doch...

Er fuhr herum und packte sie an den Schultern. Sie gab einen kleinen, bibbernden Laut von sich und duckte sich. Er hätte ihr am liebsten das Mark aus den Knochen geschüttelt, aber er ließ sie los, tat es immerhin so grob, daß sie taumelte und beinahe gefallen wäre.

Die Ausschnitte auf dem Tisch waren samt und sonders Berichte, Geschichten und Fotos von David Fleetwood und dem Leben, das er führte, seit Victor vor zehn Jahren auf ihn geschossen hatte.

4

Da er nur zwei Gesprächsthemen hatte, nämlich den Zweiten Weltkrieg und den Gemüsehandel, hatte Sydney Faraday immer erschöpfend über Schlachten und über Wurzelgemüse geredet, wobei das erstere leicht dominierte. Er war Sergeant in einem Panzerregiment gewesen, einem Teil von Montgomerys Zweiter Armee, die im Frühjahr 1945 das nördliche Deutschland überrannt hatte. Eine seiner liebsten Geschichten war, wie er und ein Corporal und ein einfacher Soldat nahe der Weser in die Küche eines Bauernhauses eingedrungen waren, deren Bewohner eben geflohen waren, und dort hatten sie nichts zu essen gefunden, außer einem Spanferkel auf dem Rost des Backofens, das justament in diesem Moment gar und knusprig war. Eine andere war die von der Pistole. Bei Bremen hatte Sydney einen toten deutschen Offizier in einem Graben liegend gefunden, der hielt noch seine Pistole in der Hand, was Sydney zu der Annahme verleitete (da es andere Anzeichen nicht gab), er habe sich selbst erschossen aus Verzweiflung über den Verlauf, den der Krieg genommen hatte. Aus rein altruistischen Gründen, nämlich, um den Mann nicht als Selbstmörder brandmarken zu lassen, nahm Sydney die Pistole an sich und behielt sie. Es war eine Luger.

«Eine deutsche Kleinkaliberautomatik», pflegte Sydney seinen Zuhörern im Ton eines Konversationslexikons zu erklären.

Das erste Mal, daß Victor diese Geschichte hörte, war nach dem Weihnachtsessen. Er war erst siebzehn und ging immer noch meistens mit seinen Eltern. Und dann hörte er sie zehn Jahre später wieder, als seine Mutter jammerte, sie sähe ihn ja in letzter Zeit überhaupt nicht mehr, und dann so lange nörgelte, bis er an einem Weihnachtstag mitging zu Muriel. Alles war genau wie immer – der gleiche zu kurz gebratene, tiefgefrorene Truthahn, diesmal mit Kartoffeln aus der Konserve, denn es hatte ja während der vergangenen Dekade schließlich technische Fortschritte gegeben, und dazu Gemüse, das vielleicht im Laden nicht verkäuflich war. Während sie den fertig gekauften, nicht mehr hausgemachten, sondern nur noch hausgewärmten Plumpudding aßen und den einzig erfreulichen Bestandteil der Mahlzeit zu sich nahmen, nämlich Sydneys Portwein, erzählte der Onkel wieder einmal die Geschichte von dem deutschen Offizier und der Pistole. Victors Mutter murmelte, wenngleich ohne Erfolg, daß sie die schon mal gehört hätte. Muriel, die sie ja bestimmt schon viele, viele Male gehört hatte, rief immer mechanisch dazwischen: «Du meine Güte!» oder: «Nun stell dir das vor!» Sie tat es völlig ausdruckslos, so als lerne sie diese Ausrufe als Teil einer Nebenrolle in einem Theaterstück. Sie war dick geworden, und je dicker sie wurde, desto geistesabwesender wurde sie auch. Es war, als würden alle Lebensgeister, die sie je besessen hatte, nach und nach erdrückt, betäubt und eingelullt unter den Schichten ihres Fleisches.

Damals hatte Victor sich zwar nicht präzise erinnern können, welche Worte genau Sydney vor zehn Jahren benutzt hatte, als er die Geschichte von dem toten deutschen Offizier erzählt hatte, aber er glaubte nicht, daß die jetzige Version wesentlich davon abwich. Möglich, daß die Geschichte ein wenig ausgeschmückt worden war.

«Also, denk ich bei mir, armer alter Teufel, der muß am Ende seines Lateins gewesen sein. Keine Zukunft, denk ich mir, nichts, gar nichts, auf das man sich freuen kann. Und ich stell mir vor, wie er dann gefunden wird, wie man seiner Frau und seinen Kindern zu Hause mitteilt, er sei kein Held gewesen, nicht im aktiven Fronteinsatz gefallen, o nein, selbst Hand an sich gelegt habe er! Man weiß ja, wie man selbst da schon mit sich ringt, was nun falsch und was richtig ist. Also denk ich mir, Sydney, denk ich, der einzige gute Deutsche ist ein toter Deutscher, wie du weißt.»

«Du meine Güte!» rief Muriel dazwischen, mit völlig reglosem Gesicht.

«Aber irgendwie – ich nehme an, die Wahrheit ist, daß wir alle irgendwo die Gabe des Mitleids in uns tragen –, irgendwie hab ich's nicht fertiggebracht, ihn so liegenzulassen, ihn als dreckigen Feigling abstempeln zu lassen. Also, ich pack seine steife, tote Hand, kalt wie Eis war die, das weiß ich noch, als ob's gestern gewesen wär, nehm ihm die Luger weg und steck sie in die Tasche. Hab nie zu irgendwem ein Wort darüber verloren. Das war so 'n kleines Geheimnis zwischen mir und dem Toten, meine private kleine Ehrenbezeugung.»

«Kann ich noch ein bißchen Portwein haben?» fragte Victor.

Sydney schob ihm die Flasche hin. «Und ihr werdet's nicht glauben, aber die Luger hab ich immer noch. O ja. Ich kann sie euch zeigen, wenn ihr wollt. Aus irgendeinem Grund hab ich sie aufbewahrt wie einen Schatz. Nicht etwa, um sie ab und zu rauszuholen und mich insgeheim hämisch daran zu weiden, nein, kein bißchen. Bloß, daß ich mich manchmal gern daran erinnere und so bei mir denke, Sydney Faraday, denk ich, diesen Weg kommst du nur einmal entlang, und alles Gute, was du tun kannst, tu es *gleich*. Na ja, und das war eben mein kleines bißchen Gutes, damals, als wir dem Sieg entgegenstürmten in Old Montys Gefolge.»

Niemand bat darum, die Pistole sehen zu dürfen. Victor überlegte eben, ob *er* fragen sollte, aber da sagte Sydney schon, er werde mal raufgehen und sie runterholen. Die Luger war in einen weißen Seidenschal eingewickelt, so ein Ding, wie es Männer zum Abendanzug trugen. Victors Mutter fragte ängstlich, ob sie geladen sei, und als Sydney spöttisch erwiderte, natürlich sei sie nicht geladen, wofür sie ihn eigentlich hielte, da befühlte sie sie scheu und meinte bloß, so ganz das richtige sei das eigentlich nicht an Weihnachten.

Sydney wickelte die Waffe wieder ein und ging damit nach oben. Kaum war er aus dem Zimmer, da entschuldigte sich Victor, er müsse mal auf die Toilette. Lautlos stieg er die Treppe hinauf. Oben lag auf der linken Seite Sydneys und Muriels Schlafzimmer, ein großer Raum mit einem rosageblümten Teppich und einem mannshohen Kippspiegel in der Mitte des Zimmers. Victor warf einen flinken Blick hinein und bog dann in den Korridor, an dessen Ende das Badezimmer lag. Im Vorübergehen sah er Sydneys untersetzte Gestalt im zweiten Schlafzimmer (im ganzen gab es vier). Er hob eben die Eiderdaunendecke auf dem Messingbett an und schien Victor nicht zu hören.

Damals war Victor noch nie wirklich auf den Gedanken gekommen, er könne eine Waffe brauchen. Höchstens hatte er gefunden, eine Waffe sei ein kostbarer Besitz, weil so etwas selten war und obendrein verboten. Aber im darauffolgenden Mai überfiel er dann in der Hampstead Heath ein Mädchen, und das Mädchen hatte irgendein Selbstverteidigungstraining absolviert, etwas, das damals, in den siebziger Jahren, noch nicht sehr üblich war. Es gelang ihr, Victor zu Boden zu werfen und wegzulaufen. Und da dachte er an Sydneys Pistole.

Manchmal überlegte Victor, wie verwerflich es doch von Sydney gewesen war, ihn derartig in Versuchung zu führen. Denn wenn Sydney nicht mit der Pistole so angegeben und sie so herumgezeigt hätte, dann wäre Victor doch nie im Traum darauf gekommen, daß in Muriels Haus so ein Ding versteckt wäre; und hätte es sie dort nicht gegeben, dann wäre er doch nie an so was herangekommen. Und wenn er nie an eine Waffe herangekommen wäre...

Immerhin dachte er nicht besonders oft daran, bis Sydney dann krank wurde und ins Krankenhaus kam. Er litt an Lungenkrebs, und nach ungefähr einem Jahr starb er daran. Muriel hatte seit Jahren kaum einen Fuß vors Haus gesetzt, jetzt aber mußte sie gehen und Sydney besuchen. Victor erfuhr das alles von seiner Mutter, die ihm erzählte, daß Muriel nur ins Krankenhaus ginge, wenn sie mitkäme. Also fuhr sie immer mit einem Taxi zu Muriel und holte sie ab. Schon seit langem hatte Victors Mutter einen Schlüssel zum Haus ihrer Schwester.

Beim nächstenmal, als wieder ein Krankenhausbesuch der Schwestern fällig war, ging Victor nach Gunnersbury hinüber. Er beobachtete, wie das Taxi ankam und wie seine Mutter den künstlichen Bergpfad zwischen den Alpenpflanzen und den Zwergkoniferen hinaufkletterte. Seine Mutter schloß selbst die Haustür auf, und fünf Minuten später kam sie mit der fettleibigen Gestalt ihrer Schwester, die sich an ihren Arm klammerte, wieder heraus. Muriel trug einen großen schwarzen Hut mit breitem Rand und dazu einen schwarzseidenen Regenmantel, so als erwarte sie stündlich Sydneys Tod und sei bereits jetzt in Trauer. Ein paar Minuten, nachdem das Taxi außer Sicht war, schloß Victor seinerseits die Haustür auf mit einem Schlüssel, den er nach dem Exemplar seiner Mutter hatte nachmachen lassen. Er war noch neu und ein bißchen schwergängig, und einen Augenblick lang befürchtete er schon, er werde das Schloß damit nicht aufbekommen. Aber es klappte doch.

Er überlegte, wo jener Schlüssel wohl geblieben, was mit ihm passiert wäre. Nicht, daß er irgendwie dafür Verwendung hätte – es gefiel ihm eben einfach, derartige Sachen zu besitzen; sie verschafften ihm ein Gefühl von Sicherheit und von Macht. Der Schlüssel mußte wohl verlorengegangen sein damals, sechs Monate später, als seine gesamte Habe in das Haus seiner Eltern gebracht wurde. Und was diese Habe betraf: Was wohl aus der Pistole geworden war? Wahrscheinlich hatte die Polizei sie beschlagnahmt, obwohl sie denen doch ebensowenig gehörte wie Sydney. Von Rechts wegen gehörte sie doch wohl der deutschen Regierung, fand Victor.

Er ging schnurstracks die Treppe hinauf. Sie war aus dunklem, poliertem Holz, und in der Mitte der Stufen verlief ein Läufer, ein roter Orientteppich. Wie dunkel dieses Haus immer war, selbst im Hochsommer! Der düstere obere Flur roch nach Kampfer, so, als ob nie die Fenster geöffnet würden. Victor betrat das Zimmer mit dem Messingbett und hob die Daunendecke hoch. Eine Keramikwärmflasche und eine flache Bettpfanne aus Metall lagen auf der nackten Matratze, aber keine Pistole.

Victor blickte in die Wärmflasche hinein und in die Bettpfanne ebenfalls, er blickte in die Kommode mit den sauber gefalteten Kleidungsstücken, ließ Mottenkugeln aus Jackenärmeln und Sokken rollen. Der Teppich war blau und hatte am Rand ein verblichenes Muster aus gelben Trauben und grünem Weinlaub. Er hob den Teppich an, er durchsuchte den Kleiderschrank, er machte einen Wandschrank auf, der voller Schuhe und Stiefel war und dessen oberstes Bord eine kleine Bibliothek aus Wildwestromanen in Taschenbuchformat enthielt: *Der Mann, der nach Phoenix ritt, Das Geheimnis der Dead Eye Ranch ...*

Es war sein Temperament, sein Jähzorn gewesen, der ihm damals zu Hilfe kam. In seiner wütenden Ungeduld trat er mit dem Fuß nach den feinen Schuhen auf ihren hölzernen Leisten, so daß sie allesamt umkippten. Und ganz unten war ein Regalbrett. Victor konnte es mit den Fingern hochheben. Darunter befand sich ein Schuhkarton, und in dem Karton lag die Luger, eingewickelt in Sydneys weißseidenen Fransenschal. Was Sydney damals nicht erwähnt hatte, war, daß er dem deutschen Offizier auch noch vier Schuß Munition abgenommen hatte. Wahrscheinlich wäre es schwierig gewesen, eine solche Leichenfledderei plausibel und Sydneys prahlerischen moralischen Grundsätzen entsprechend zu erklären.

Sydney starb erst, als Victor schon fast ein Jahr im Gefängnis saß. Man hatte ihn zunächst aus dem Krankenhaus entlassen; er war wieder zu Hause, als Victor von der Waffe Gebrauch machte, und bestimmt war er sich nicht im geringsten bewußt, mußte Victor oft denken, wie sehr er mit verantwortlich war für Fleetwoods Verkrüppelung. Er und auch Fleetwood und das Mädchen Rosemary Stanley, jeder von ihnen trug einen Teil Mitverantwortung: Sydney, weil er, als Anfang allen Übels, die Pistole genommen hatte, Fleetwood, weil er sich geweigert hatte, an ihre Echtheit zu glauben, und das Mädchen, weil sie so dämlich geschrien und das Fenster zerschlagen hatte. Die Leute machten sich eben nie klar, wie sehr sie durch ihr gedankenloses Verhalten andere in Mitleidenschaft zogen.

Trotz allem hoffte er, daß Sydney sich wenigstens teilweise seiner Mitschuld bewußt geworden war, als nach der Schießerei die Polizei bei ihm erschien und man ihn wegen der Pistole befragte, wie er dazu gekommen sei und warum er sie dem Neffen seiner Frau gegeben habe. Selbst auf dem Krankenlager hatten sie ihn nicht geschont und ihn so lange gezwiebelt, bis er ihnen alles haarklein erzählt hatte. Das war bestimmt das erste Mal gewesen, dachte Victor, daß es ihm keinen Spaß gemacht hatte, seine Gäste mit diesem speziellen Nachtisch-Histörchen zu langweilen, das erste Mal, daß er nicht die rührende Show, wie selbstlos und moralisch er doch war, abziehen konnte.

In einem Interview, das er einer Sonntagszeitung gab, äußerte Fleetwood sich sehr offen über sein derzeitiges Leben und über seine Gefühle, weniger offen hingegen gegenüber einem Frauenmagazin. Vielleicht hatte die Frauenzeitschrift aber auch bloß die Teile weggelassen, von denen sie annehmen mußte, daß sie ihren Leserinnen peinlich wären. Er sprach ganz offen darüber, daß er nie mehr würde gehen können, daß er auf alle sportlichen Aktivitäten verzichten mußte, die ihm früher wichtig gewesen waren – auf Laufen, Rugby und Squash, auf das Wandern während der Ferien. Er erzählte – nicht der Zeitung, nur dem Magazin –, wie das Lesen ihm nach und nach immer mehr Freude gemacht habe. Eines der Wagnisse, auf die er sich eingelassen hatte, war, am Telekolleg auf einen akademischen Grad hin zu studieren. Er las Romane, Biographien, Lyrik, und er hatte sich sowohl bei der Londoner Bibliothek als auch bei zwei Buchclubs einschreiben lassen. Auch Gärtnerei interessierte ihn. Es machte ihm Freude, einen Garten zu planen, auch wenn er jemand anderen brauchte, der die Arbeit für ihn machte. Und dann hatte er vor, als Hobby Musikinstrumentenbau zu lernen, eine Orgel zu bauen vielleicht oder eine Harfe.

Mitten in dem Zeitungsartikel dann, gerade wenn der Leser zu denken anfing, daß es schließlich gar nicht so schrecklich sei, gelähmt und für den Rest seines Lebens an einen orthopädischen Stuhl gefesselt zu sein, sagte Fleetwood: «Das Schlimmste, glaube ich, ist etwas, worauf die meisten Leute wohl nicht kommen, nämlich daß ich impotent bin, ohne Sex. Ich kann nicht mehr mit einer Frau schlafen, und es ist ziemlich unwahrscheinlich, daß ich es je wieder kann. Die Leute denken meist nicht daran, daß auch das gelähmt ist, sie denken, es ist bloß eine Sache des Nichtlaufenkönnens. Aber das ist am schwersten zu ertragen, denn ich liebe Frauen, ihre Schönheit, wissen Sie... Das alles ist für mich verloren, im wahrsten Sinne des Wortes, und ich muß mich damit abfinden. Ich kann nie heiraten; ein solches Unrecht könnte ich einer Frau ja nicht antun.»

In einem anderen Artikel, der ein paar Jahre vor jener Sonntagszeitung erschienen war, hatte gestanden, daß Fleetwoods Verlobte ihn schließlich doch nicht geheiratet hatte. Dabei war ein Foto von ihr und ihm, als er noch gesund und kräftig war, und ein zweites, auf dem sie neben seinem Rollstuhl saß. Sie war schlank und blond, sehr hübsch. Die Illustrierte, aus der der Artikel stammte, ging nicht besonders streng mit ihr ins Gericht und ließ es an Verständnis nicht fehlen. Ihr Verhalten wurde ohne weiteren Kommentar geschildert, und am Schluß des Artikels wurden die Leser gefragt, wie *sie* sich in ihrer Situation gefühlt hätten: *Schreiben Sie uns, lassen Sie uns Ihre Meinung wissen.*

«Ich habe David geliebt – ja, und ich tue es immer noch», hatte sie damals gesagt. «Anfangs steckte ich so voller großer Hoffnungen – voller guter Vorsätze, sollte man wohl lieber sagen. Die Wahrheit ist, ich war eben doch nicht der Mensch, um damit fertig zu werden. Ich möchte eine richtige Ehe führen, ich möchte Kinder. Ich wollte, ich wäre ein besserer Mensch, ich wäre das, was er erwartet hat, aber ich glaube, es ist besser, sich jetzt darüber klarzuwerden, es jetzt einzusehen, als es mit einer Ehe zu versuchen und dann zu scheitern.»

Victor wand sich innerlich unter der widerwärtigen Sentimentalität, aber er las weiter. Die Ausschnitte waren auf dem Tisch ausgebreitet wie ein Kartenspiel für eine komplizierte Patience. Sie umspannten Fleetwoods Leben von jenem Tag in dem Haus in Solent Gardens bis zur Gegenwart oder nahezu bis zur Gegenwart, denn der letzte Artikel stammte vom vorigen Weihnachten. Da war der Bericht über das Wohltätigkeitskonzert, von dem Victor gelesen hatte, als er noch im Gefängnis saß. Auch ein Foto von Fleetwood war dabei. Er saß in einem Rollstuhl auf der Bühne und auf der einen Seite neben ihm ein berühmter Komödiant, dessen

Name schon in aller Munde war, bevor Victor ins Gefängnis kam; und an seiner anderen Seite saß ein schönes, langbeiniges Mädchen im schimmernden Leopardenmantel, die sich über ihn neigte und die Arme lose um seinen Nacken gelegt hatte. Weitere Fotos waren neben einem Zeitungsbericht über die krankengymnastische Behandlung, der Fleetwood sich unterziehen mußte. Eins davon zeigte den ehemaligen Polizisten in einem Garten sitzend mit einem hellen Labrador neben sich; ein anderes aus einem späteren Artikel zeigte ihn beim Begräbnis seines Vaters mit einem Grabgebinde aus weißen und rosa Rosen auf dem Schoß; ein drittes befand sich neben dem Text eines Interviews mit Fleetwood, in welchem er erklärte, daß er aus London wegzöge, daß er möglicherweise sogar emigrieren werde, nach Australien oder Neuseeland. Alles in allem lagen einundfünfzig Zeitungsausschnitte auf dem Tisch ausgebreitet, nicht ganz ein volles Kartenspiel, und der letzte handelte von Fleetwood, wie er Geschenke an Kinder in einer orthopädischen Klinik verteilte. Er war dazu eigens aus seinem neuen Wohnort angereist, einem Ort in Essex namens Theydon Bois.

Victor, der kaum seine eigene Tante wiedererkannt hatte, dem das eigene Gesicht im Spiegel bisweilen fremd war – Fleetwood hätte er ohne besonderen Hinweis und ohne Erwähnung seines Namens immer und überall erkannt. Nur ein einziges Mal in seinem Leben hatte er ihn gesehen – Fleetwood war zu krank gewesen, um an der Gerichtsverhandlung teilzunehmen –, aber ihn würde er jederzeit wiedererkennen. Dieses Gesicht war seinem Gedächtnis unauslöschlich und tiefer eingebrannt als das seiner eigenen Mutter. Es war ein festes, rechteckiges, kräftiges Gesicht mit regelmäßigen Zügen und einem ziemlich großen, breiten Mund. Die Augen waren dunkel (und jetzt traurig verdüstert), die Brauen schwarz und fast ganz gerade, das Haar dunkel, dick und wellig. Ein Gesicht, das seinem eigenen nicht unähnlich war; nicht im Sinne einer Zwillingsähnlichkeit, aber man hätte sie doch für Brüder halten können. Sie gehörten dem gleichen Körpertypus an, es war, als seien sie von ein und demselben Stamm hochgewachsener, gutgebauter, wohlgestalteter Menschen. Victor hob den Kopf und betrachtete sich in dem großen Spiegel mit dem ovalen Metallrahmen, der an der gegenüberliegenden Wand hing, und er bemerkte graue Fäden in seinem Haar, eine undefinierbare Alterung der Haut, etwas sonderbar Altes, Müdes und Erfahrenes in den Augen, ähnlich dem Ausdruck in Fleetwoods Augen. Sie waren beide achtunddreißig Jahre alt; das war noch jung, aber Fleetwood hatte ihrer beider Leben ruiniert, indem er sich geweigert hatte, eine offenkundige Wahrheit zu glauben.

Seine Tante war auf leisen Sohlen wieder ins Zimmer gekommen. Sie verzog sich hinter den Tisch, so daß sie ihn – zum Zweck der Verteidigung vielleicht – zwischen sich und Victor hatte. An der Hand, die die beiden Seiten ihres Morgenrockes zusammenhielt, saß ein auffallender Diamantring. Die dicht bei dicht gefaßten Diamanten bildeten eine kleine Kuppel von über einem Zentimeter Durchmesser und reichlich einem halben Zentimeter Höhe. Es war ein Ring, der auf die lilienweiße Hand der Jugend gehört hätte. Wie reich Sydney doch gewesen sein mußte, dachte Victor, viel wohlhabender, als irgend jemand von ihnen geahnt hatte. Er sagte zu ihr: «Warum hast du all dies Zeug gesammelt?»

Ihr Gesichtsausdruck war böse und gehässig. «Einer mußte es doch tun.»

Eine blödsinnige Bemerkung. «Und warum das? Was für einen Sinn hat es, die Vergangenheit wieder auszugraben? Ich jedenfalls muß das alles hinter mir lassen.»

Sie blieb stumm, blickte ihn nur an, und ihre Zunge bewegte sich zwischen den fast geschlossenen Lippen, eine Gewohnheit, an die er sich aus seiner frühesten Kindheit erinnern konnte. Dann sagte sie: «Es gibt Leute, die meinen, du müßtest dich schämen für das, was du getan hast.»

Sinnlos, sich mit Leuten wie ihr herumzustreiten. Sie hatten stereotyp geprägte Hirne, deren Rillen nur vorgefertigte Antworten und Gemeinplätze parat hielten. «Also, ich jedenfalls will den Kram nicht», sagte er, «ich bin nicht daran interessiert.»

«Ich habe doch auch nie gesagt, daß du es haben kannst», antwortete sie. «Das ist alles meins; hat mich Jahre gekostet, es zusammenzukriegen.»

Sie tat, als spräche sie von einem Kunstwerk, von einem Buch, das sie geschrieben, oder von einem Teppich, den sie gestickt hätte. Wie ein Kind, das Angst hat, einen Klaps auf die Hände zu bekommen, sammelte sie hastig die Ausschnitte zusammen und warf dabei von unten her argwöhnische Blicke in sein Gesicht. Eine Welle Kampfergeruch strömte von ihr aus, und er trat angewidert ein paar Schritte zurück.

«Ich seh mich mal nach jemandem um, der mir die Möbel transportiert. Ich ruf dich an.»

«Kannst von Glück sagen, wenn sich jemand meldet.»

«Was soll das denn nun wieder heißen?»

Sie verstaute die Ausschnitte sorgfältig in zwei großen braunen Umschlägen. Wahrscheinlich hatte sie irgendein geheimes Versteck dafür, und Victor schauderte ein bißchen, als er an die Verstecke in diesem Haus dachte.

«Na, es gibt so komische Typen, die mich anrufen», meinte sie. «Du würdest gar nicht glauben, was für Sachen die schon zu mir gesagt haben. Mir, in meinem Alter! Deswegen gehe ich jetzt meistens gar nicht ran.»

«Okay, dann komm ich vorbei und sag dir Bescheid.»

Die Umschläge wurden lediglich zwischen die Illustrierten geschoben, auf halber Höhe des *Lady*-Stapels. «Kann mir gar nicht lange genug dauern», sagte Muriel in ganz normalem Ton, ein wenig mürrisch, aber keineswegs zu der Boshaftigkeit ihrer Worte passend. «Lieber hab ich deine Stühle und Tische hier als dich, das laß dir gesagt sein. Was du getan hast, das reicht, einem den Magen umzudrehen.»

Nach und nach wurde ihm die Außenwelt vertrauter und verlor ihre Schrecken. Er war sogar schon mit dem Bus gefahren und hatte zur Belustigung der anderen Fahrgäste seine Verblüffung über die unglaubliche Höhe des Fahrpreises geäußert. Auf der Rückfahrt hatte er es mit der U-Bahn versucht, und die Tunnel oder die Menschenmenge hatten ihm nichts ausgemacht. Tagelang konzentrierte er sich darauf, sich an London zu gewöhnen, die überspannte Selbstbeobachtung loszuwerden, dieses Gefühl, daß jeder ihn anblicke und jeder über ihn Bescheid wüßte. Als er die Acton High Street entlangging, folgte er eine Zeitlang einem Mädchen – das heißt, sie ging die Straße hinunter, und er ging hinter ihr in derselben Richtung. Sie trug hohe Pfennigabsätze und einen kurzen Rock, was ihm eine Art Unbehagen bereitete. Genauer wollte er das Gefühl lieber nicht definieren. Eine Art Unbehagen, das war alles. Angenommen allerdings, es wäre Nacht gewesen und einer der Wege durch den Ealing Park anstatt diese dicht bevölkerte Straße – was dann? Er weigerte sich, die Frage zu beantworten.

Der Laden, wo man Möbel ankaufte und Wohnungen auflöste, lag am Ende der Grove Road. Auf dem Bürgersteig vor der Tür stand ein Regal mit alten Büchern, die aber weder ihres Inhaltes noch ihres Dekorationswertes wegen je einer kaufen würde, und drinnen, dicht am Fenster, stand ein Tablett mit viktorianischem Schmuck – Ringe, Ohrgehänge und Knöpfe. Das Zeug, das da drinnen zum Verkauf angeboten wurde, erinnerte ihn an Muriels Mobiliar – groß, häßlich, unbequem und schäbig. Ein ausgestopfter Pfau, die Schwanzfedern zu einem fadenscheinigen Rad gespreizt, hockte auf der Rückenlehne einer mit Roßhaar und schwarzem Leder gepolsterten Chaiselongue.

Ein Junge von etwa achtzehn Jahren in Jeans und Denimweste kam aus dem Hintergrund und fragte Victor, was er wünsche, oder ob er sich vielleicht bloß ein bißchen umsehen wolle? Victor erklärte, er habe ein paar Möbelstücke, die er verkaufen wolle, und er würde sie gern taxieren lassen.

«Da müssen Sie sich an Mr. Jupp wenden», sagte der Junge.

«Na schön – bitte.»

«Tja, bloß der ist nicht hier, wissen Sie. Der ist drüben im anderen Laden. Ich meine, Sie könnten ja mal da rübergehen, wenn es Ihnen nichts ausmacht, oder sonst könnt ich's ihm ausrichten.»

«Ich könnte schon hingehen, wenn es nicht so weit ist.»

«Salusbury Road – also so ungefähr Kilburn. Sie fahren bis Queens Park, mit der Bakerloo-Linie.»

Victor kapierte es erst, als er dort ankam und den Namen Harvist Road las. Sämtliche Angaben über diese Gegend hier waren anscheinend falsch oder doch von einer perversen Ungenauigkeit, die ihn verunsicherte; als ob man sich über ihn lustig machte. Aber das war nicht der eigentliche Grund, weshalb er draußen vor der Station stehenbleiben, sich gegen eine Mauer lehnen und vorübergehend die Augen schließen mußte: Solent Gardens war eine Seitenstraße der Harvist Road! Ein Schritt, vielleicht auch zwei oder drei weiter nach Westen, und man war in Kensal Rise.

Er wolle vergessen, hatte er zu Muriel gesagt, er wolle die Vergangenheit hinter sich lassen, aber jetzt ging er die Harvist Road entlang, in der entgegengesetzten Richtung, nicht dorthin, wo Jupps Laden lag, und plötzlich erinnerte er sich wieder, wie er vor zehn Jahren mit Sydneys Pistole in der Tasche ganz früh morgens in dem Park gewesen war, der hier rechter Hand lag.

Damals hatte er die Gewohnheit gehabt, zu allen Tages- und Nachtzeiten durch London zu streifen. Die Pistole zu besitzen, verlieh ihm Selbstsicherheit. Mit einer Luger in der Tasche fühlte er sich unbesiegbar, Victor, ein Sieger, wie sein Name sagte. Ob Sydney, der inzwischen ja wieder zu Hause war, sie schon vermißt hatte? Und ob Muriel es erfahren hatte? Wenn ja, dann war jedenfalls nichts davon zu Victor durchgesickert, der damals in Finchley in einem sogenannten Studio wohnte und für Alan Wagen zu den Flughäfen und zum Bahnhof fuhr. Morgens stand er manchmal um fünf Uhr auf und ging los, wenn es draußen noch dunkel war. Seine Arbeitszeit war ohnehin verrückt und ungeregelt. Oft mußte er früh um sechs zur Ankunft eines Flugzeuges bereitstehen oder Partygäste heimfahren nach Surrey oder Kent, wenn sie um Mitternacht oder noch später zu betrunken waren, um selbst fahren zu können.

An jenem Morgen im Spätherbst war er auf dem Weg nach Heathrow gewesen. Dort sollte er mit der besten Limousine um neun Uhr dreißig einen arabischen Geschäftsmann abholen und ihn ins *London Hilton* bringen. Was wohl mit der Limousine geschehen war? Darüber hatte sich Victor oft Gedanken gemacht. Nachdem er um fünf von zu Hause losgefahren war, hatte er den Wagen hier um die Ecke abgestellt, in der Milman Road. Und dann war er einfach herumgelaufen, und dabei hatte er gespürt, wie eine Erregung in ihm aufstieg, die man nicht eigentlich angenehm nennen konnte, auf die er aber dennoch ganz versessen war, auf dieses zitternde, atemberaubende, erstickende Gefühl, von dem Cal sagte, er kriegte das immer, wenn er ein pornographisches Foto ansähe. Cal hatte nicht genau diese Worte benutzt, aber das mußte es sein, was er damit gemeint hatte, und Victor erkannte es als das Gefühl wieder, das er immer hatte, wenn er sich ausmalte, daß er eine Frau überwältigte, irgendeine beliebige Frau. Um halb acht war er dann in den Park gegangen, der nördlich der Harvist Road lag.

Das Mädchen richtete seinen Hund ab, einen sehr kleinen Hund. Sie hatte ihn eben von der Leine gelassen und sah zu, wie er in die Büsche rannte, als Victor über sie herfiel. Er packte sie von hinten, hakte einen Arm um ihren Hals und preßte seine Hand über ihren Mund. Das tat er, um sie am Schreien zu hindern. Aber sie hätte auch gar nicht zu schreien brauchen, denn sie wurde gesehen. Ein Mann stand nämlich zwischen den Bäumen. Er sei dort ‹aus natürlichen Gründen› hineingegangen, wie es bei der Gerichtsverhandlung hieß, mit anderen Worten, er hatte dort an einem Busch gestanden und gepinkelt. Und das war Victors Pech.

Er hatte die Pistole nicht vergessen, aber er benutzte sie nicht. Er rannte bloß. Er war sich nicht sicher gewesen, ob sie alle beide hinter ihm herjagten oder bloß der Mann, aber beim Prozeß stellte sich dann heraus, daß es beide gewesen waren und noch zwei oder drei andere, die sie unterwegs aufgescheucht hatten. Wie eine Meute Hunde hinter einem unglückseligen Fuchs! Hier durch diese kleinen rückwärtigen Straßen war er gerannt, hatte Haken geschlagen, sich versteckt, immer noch in dem Gedanken, sie abzuschütteln, immer noch in der Hoffnung, den Wagen wiederzufinden und damit nach Heathrow zu entkommen. Und dann hatte er sich auf diesem Weg zwischen den Hintergärten wiedergefunden, einem Bereich aus zerbröckeltem Betonpflaster, Garageneinfahrten und Gartenpforten, die mit Vorhängeschlössern gesichert waren. Eine der Pforten war nicht verschlossen gewesen, und da war er hineingegangen, den Gartenweg entlang, tief gebückt, damit man ihn über den Zaun nicht sehen konnte, und hatte sich schließlich in einer Ecke zwischen Zaun und Hauswand zusammengekauert. Genau da hatte er den Dieselmotor eines Taxis scheppern und eine Haustür zuschlagen hören. Die Bewohner des Hauses fuhren also weg, verschwanden just in diesem Moment. Und wenn sie so früh am Morgen wegfuhren, folgerte er, dann war es bestimmt für den ganzen Tag.

Er kletterte auf das Dach des Anbaus und dann durch ein Badezimmerfenster, das oben einen Spaltbreit offengeblieben war. Es war ein Schiebefenster, das nicht verriegelt war, es hatte sich ganz leicht hinunterschieben lassen. Seine Verfolger hatte er abgeschüttelt, jedenfalls waren sie weder zu sehen noch zu hören. Er blieb ein paar Minuten geduckt auf dem Badezimmerfußboden hocken. Dann, weil er überzeugt war, das Haus sei leer, ging er auf den Treppenflur hinaus. Er überquerte ihn, blickte durch den Spalt einer angelehnten Tür, und weil er nichts sehen konnte oder wenigstens nicht genug, schob er die Tür ein bißchen weiter auf, und das Mädchen namens Rosemary Stanley setzte sich im Bett auf und schrie bei seinem Anblick. Schreiend sprang sie aus dem Bett, rannte ans Fenster, zertrümmerte die Scheibe mit einer Haarbürste und schrie nach draußen: «Hilfe, Hilfe!!»

Das Merkwürdige war, daß das Haus ihm überhaupt nichts sagte, als er es jetzt so betrachtete. Ohne Zweifel war es das gleiche Haus, Solent Gardens 62, das letzte in der Häuserzeile, aber allein vom Äußeren her hätte er es nicht wiedererkannt. Er ging auf die andere Straßenseite hinüber und blickte es von dort an. Der rauhe Putz war kalkweiß gestrichen, und auch die Haustür hatte eine andere Farbe – oder? Victor konnte sich nicht erinnern, ob er die Haustür eigentlich jemals gesehen hatte. Das zerbrochene Fenster war repariert worden. Natürlich, vor Jahren schon. Und doch, immer wenn er während seiner Gefängniszeit an das Haus dachte, dann sah er es stets mit dem kaputten Fenster vor sich, mit dem Wind, der hineinfuhr und die Vorhänge hochblies, und sie gehörten zu den Dingen, die ihn am meisten geängstigt hatten, diese sich blähenden Vorhänge, denn jedesmal, wenn sie sich hoben, mußte er befürchten, dahinter einen Polizisten oder eine Leiter zu sehen. Und schließlich hatte er ja auch wirklich einen gesehen. Nie würde er begreifen, weshalb er die Pistole auf Fleetwood gerichtet hatte und nicht auf den Polizisten auf der Leiter draußen vor dem Fenster.

Jetzt kam eine Frau aus dem Haus, ging bis zur Gartenpforte, lehnte sich darüber, blickte nach rechts und nach links. Er schätzte sie um die Vierzig, dunkel und rundlich, und es war unwahrscheinlich, daß es Rosemary Stanley sei oder ihre Mutter. Die Stanleys mußten wohl weggezogen sein. Sie ging ins Haus zurück und ließ die Tür angelehnt. Victor wandte sich ab und ging den Weg zurück, vorbei an dem Haus in Richtung Harvist Road und Salusbury Road, wo Jupps Laden lag.

Damals, in dem Zimmer mit dem Mädchen, da war ihm alles ganz unwirklich vorgekommen. Das kann nicht wahr sein, hatte er ein übers andere Mal gedacht. Die Polizisten hatten später darauf beharrt, er habe das Mädchen vergewaltigen wollen, aber der Gedanke war ihm überhaupt nie gekommen. Nur Entrüstung hatte er verspürt, Entrüstung und Verwirrung darüber, daß all dies ausgerechnet ihm passierte: Polizisten draußen, Polizisten, die hineinzukommen versuchten, ein regelrechter Belagerungszustand, Sirenengeheul, eine Menschenmenge, die gaffte... Und das alles nur, weil er einem Mädchen den Arm um den Hals gelegt hatte, weil er weggerannt war und versucht hatte, in einem leeren Haus Zuflucht zu finden.

Jupps Laden sah genauso aus wie der in Acton. Ein Büchertrog voll antiquarischer Schwarten draußen auf dem Bürgersteig und ein Tablett mit viktorianischem Schmuck gleich hinter der Schaufensterscheibe. Eine Glocke bimmelte, als er die Tür öffnete. Drinnen war es allerdings anders, es gab weniger Möbel und anstelle des ausgestopften Pfaus einen Glaskasten voll aufgespießter Schmetterlinge, Schwalbenschwänze und Pfauenaugen und rote Admirale. Auf einem roten Marmortisch stand eine altertümliche Registrierkasse, die mit vierunddreißig Pfund ausgepreist war. Victor konnte sich nicht vorstellen, daß irgend jemand das Ding würde kaufen wollen. Ein staubiger, grüner Samtvorhang im Hintergrund des Ladens wurde beiseite geschoben, und ein alter Mann kam heraus. Er war groß und kräftig und hatte mächtige, schwielige Hände. Sein Gesicht hatte das ins Purpurne spielende Rot marokkanischen Leders, und die Mähne gelblichweißen Haars, ziemlich lang getragen, sowie der struppige, vergilbte Schnurrbart bildeten dazu einen fast gewalttätigen Kontrast. Er hatte kleine, flinke, von roten Äderchen durchzogene blaue Augen.

«Sind Sie Mr. Jupp?»

Der alte Mann nickte. Er gehörte zu den Leuten, die immer die Unterlippe vorschieben, wenn sie nicken. Er war ziemlich ungewöhnlich gekleidet für sein Alter, trug ein Paar Jeans, ein rotes Hemd und dazu eine offenstehende schwarze Nadelstreifenweste. Victor erklärte ihm, was er wollte, nämlich, daß er Mobiliar für ein ganzes Haus besäße, für das er eine Taxierung brauche. Und dann müßte ein Käufer für die Sachen gefunden werden.

«Kann ja mal kommen und 'nen Blick drauf werfen», meinte Jupp. «Wo ist es denn? Nicht am Arsch der Welt, hoff ich.»

Victor erklärte ihm, das Zeug sei in der Garage eines Hauses in Gunnersbury gelagert.

Die Unterlippe schob sich über die Oberlippe, als Jupp wiederum bedächtig nickte.

«Solange Sie mit Ihren Vorstellungen hübsch im Rahmen bleiben... Ich meine, bitte keinen Größenwahn von wegen Mammis unschätzbaren Antiquitäten und ähnlichen Quatsch!»

«Woher wissen Sie, daß es meiner Mutter gehört hat?» fragte Victor.

«Na überlegen Sie mal, Sie Schlaukopf – von wem könnt's denn sonst sein? Die arme alte Mammi ist nun schließlich hinüber und hat Ihnen ihren ganzen Krempel hinterlassen. Und das ist nun wirklich das Letzte, was Sie sich aufhalsen wollen, stimmt's? Wo es eben doch kein Louis Kangs und kein Hepplewhite ist, wie Sie es andere gern glauben machen möchten.»

«Es sind sehr gute Möbel», protestierte Victor leicht gekränkt.

«Aber klar doch! Solange wir hier nichts von ‹Taxierung› oder von ‹Käufer finden› zu hören kriegen. Was ich mache, das sind Wohnungsauflösungen, klar? Ich guck mir das Zeug an und sag Ihnen einen Preis, und wenn Ihnen der paßt, dann nehm ich das Zeug insgesamt, ja? Und wenn nicht, dann gehen Sie woanders hin und suchen sich einen noch größeren Trottel, als ich es bin. Wenn Sie das schaffen. Klar? Zufrieden?»

«Okay, aber ich muß ihr Bescheid sagen, daß Sie kommen. Meiner Tante, meine ich. Das Haus, wo die Sachen stehen, gehört meiner Tante. Ich werd gleich bei ihr vorbeigehen und ihr sagen, daß Sie kommen.»

«Na, nu brechen Sie mal keine Geschwindigkeitsrekorde», sagte Jupp. «Das dauert noch gute zwei Wochen. Für die nächsten vierzehn Tage bin ich voll bis an die Ohren. Wie wär's denn... Sagen wir mal, morgen in zwei Wochen, Freundchen? Sie geben mir die Adresse von der guten Dame, und Punkt drei bin ich da.»

Victor gab ihm Muriels Adresse. Jupp schrieb sie auf und Victors Namen dazu. Victor wartete förmlich darauf, daß er bei dem Namen stutzte, aber er schien Jupp nichts weiter zu sagen. Er klappte sein Auftragsbuch zu, zog eine Packung Polo Pfefferminzpastillen aus der Tasche und bot Victor eine an.

Victor nahm sie, weil er nicht ablehnen mochte. Jupp zögerte, betrachtete nachdenklich die Pfefferminzpastille, die oben auf der Packung lag, fast wie ein Mann, der versucht, das Rauchen aufzugeben und voller Gier, Ekel, Zweifel und Hunger auf die nächste Zigarette starrt. Nach ein oder zwei Sekunden tat er einen kleinen Seufzer, faltete das zerrissene Papier über die bloßliegende Pastille und verstaute die Packung wieder in seiner Tasche.

«Ich darf mich nicht gehenlassen», sagte er. «Früher war ich total süchtig nach diesen Dingern, gräßlich so was, richtig abhängig war ich, kann man wohl sagen. Zwanzig Packungen am Tag waren gar nichts, eher waren es schon dreißig. Zum Glück hab ich nicht mehr meine eigenen Zähne, sonst wären die dabei draufgegangen wie nix. Jetzt hab ich's schon geschafft und bin auf fünf runter. Fünf am Tag, und ich bin glücklich, oder sagen wir, ich halt's aus, ich kann damit leben. Das können Sie wohl nicht verstehen, Freundchen, wie?»

Obgleich er nie das Opfer einer Sucht gewesen war, konnte Victor es nur zu gut verstehen. So sehr sogar, daß es ihm unangenehm war und er sich wünschte, er wäre nicht an Jupp geraten. Aber er hatte auch keine Lust, sich nach einem anderen Altwarenhändler umzusehen, also sagte er, sie würden sich dann am Donnerstag in vierzehn Tagen nachmittags um drei bei Muriel treffen.

Diesmal mied er die U-Bahn und stieg statt dessen in einen Bus. Als sie über die klotzige Brücke am Bahnhof Kensal Rise fuhren, fiel sein Blick durchs Fenster auf den Aushang eines Zeitungshändlers. VERGEWALTIGUNG – MÄDCHEN AUS ACTON IM SCHOCKZUSTAND – stand da in großen Lettern. Er wandte den Kopf heftig ab, aber an der nächsten Haltestelle stieg er aus dem Bus, ging in den ersten Zeitungsladen, der am Weg lag, und kaufte sich eine Zeitung, den *Standard*.

5

Die Geschichte war kurz und stand am Fuß der Seite. Ein Mädchen aus Acton Vale war am gestrigen Abend im Gunnersbury Park vergewaltigt worden. Ihr Gesicht war zerschnitten, der Kiefer durch brutale Schläge gebrochen. Die ganze Nacht hatte sie in dem Lorbeergebüsch gelegen, in das der Täter sie geschleppt hatte, bis ein Gärtner sie frühmorgens fand. Ein merkwürdiges Gefühl packte Victor, als er das las, ein leiser Schwindel, eine Übelkeit. Früher hatte er manchmal Berichte über Vergewaltigungen gelesen, die er selbst verübt hatte. Damals, als er London unsicher machte, von Finchley bis Chiswick und von Harlesden bis Leytonstone, wenn er in einem von Alans Wagen irgendwo parkte, als halte er beiläufig nach Kundschaft Ausschau, während er in Wirklichkeit nach dem fahndete, was die Sensationsblätter ‹Opfer› nannten. In jenen Tagen sprangen die Polizei und die Richter, die Schöffen und die Öffentlichkeit mit Vergewaltigungsopfern weit weniger mitleidig um und mit den Tätern weniger unerbittlich, als sie es heute taten. Damals war es allgemeine Ansicht gewesen, daß die Opfer schließlich nur herausgefordert hätten, was sie bekommen hatten, daß sie die

Täter provoziert hätten, bis diese die Kontrolle über sich verloren. Selbst ranghohe Polizeioffiziere entblödeten sich nicht zu verkünden, die ‹Opfer› sollten sich mal lieber einfach hinlegen und es genießen! Als er aber jetzt den *Standard* las, kam es Victor vor, als habe sich das entscheidend geändert. Schon während seiner Gefängniszeit hatte er das verfolgt. Durch die Womans's-Lib-Bewegung und die Frauenkampagne gegen die Art und Weise, wie Vergewaltigungsopfer behandelt wurden, hatte sich die Einstellung der Gerichte allmählich gewandelt, so daß dieses Vergehen jetzt mit einer Härte geahndet wurde, die vor zehn Jahren noch undenkbar gewesen wäre.

Auf einer Innenseite der Zeitung standen ein paar Zahlen. Er las sie im Gehen. Bei 1334 Vergewaltigungen war in 644 Fällen den Männern der Prozeß gemacht worden. Über die für schuldig Befundenen waren die verschiedensten Strafen verhängt worden. Zwölf von ihnen hatten lebenslänglich bekommen, elf Gefängnisstrafen zwischen sieben und zehn Jahren und sechsundfünfzig zwischen zwei und drei Jahren. Es war interessant, fand er, daß es nur in drei Fällen auf Strafverschonung wegen geistiger Unzurechnungsfähigkeit hinausgelaufen war. Wenn er solche Überlegungen für seine eigene Person anstellte, für sich ganz persönlich, dann *wußte* er, daß die Vergewaltigungen, die er begangen hatte, außerhalb jeder Willenskontrolle geschehen waren, daß sie nichts mit Absicht zu tun hatten und ebenso unwillkürlich passiert waren, so weit entfernt von jeglicher Entscheidung wie das Abfeuern der Pistole auf Fleetwood. Bedeutete das, daß er verrückt war, während er diese Dinge tat, oder mindestens nicht verantwortlich für sein Handeln?

Mittlerweile war er den ganzen Ladbroke Grove entlanggewandert, die Zeitung lesend oder auch nur auf die verschwimmenden Zeilen starrend, und die ganze Zeit beschäftigte ihn die Frage, wie er in Zukunft unter Kontrolle halten konnte, was sich doch anscheinend seiner Kontrolle entzog. Schließlich stieg er in einen Bus, der ihn nach Hause brachte. Ein seltsames Gefühl beschlich ihn, eine Art leises Bedauern, das Gefängnis verlassen zu haben, eine Art Heimweh nach jener animalischen Trägheit und dem Fehlen jeglicher Verantwortlichkeit. Dort war er versorgt, dort war er sicher gewesen, und wenn es auch oft unbequem und ständig langweilig gewesen war, eine reine Vergeudung des Lebens, so hatte er doch dort auch keine Sorgen gehabt und in den späteren Jahren auch keine Ängste mehr. Während er die Twyford Avenue entlangging, las er die Geschichte von der Vergewaltigung im Gunnersbury Park noch einmal, und er hob erst den Blick, als er fast zu Hause war. Draußen vor der Haustür saß Tom Welch in seinem Wagen. Er stieg aus, als er Victor kommen sah, und setzte eine betont warme, joviale Miene auf.

«Ich dachte mir schon, daß Sie nicht lange wegbleiben würden, also hab ich auf Sie gewartet.»

Es war jetzt eine Woche her, daß Judy ihn hierhergebracht hatte, und ihm war einfach nicht danach zumute gewesen, sich mit diesen Leuten von der Bewährungshilfe in Verbindung zu setzen. Eigentlich mußten die doch auch froh darüber sein, fand er, die mußten doch genug am Halse haben.

«Na, wie läuft's denn so? Wie sind Sie zurechtgekommen?»

Victor sagte, er sei okay, er sei gut zurechtgekommen. Während sie die Treppe hinaufstiegen, redete Tom in herzerfrischendem Ton über das Wetter und über die Gegend, daß dies wirklich der schönste Teil Actons sei, und diese Häuser vor allem seien ja besonders attraktiv. Als er die Kritzelei sah von der Scheiße, die bis an die Decke stand, lachte er ein bißchen zu laut und meinte, er hoffe bloß, das sei nicht Victors Kunstwerk. Victor erwiderte darauf nichts. Als sie drinnen waren, machte er Tom einen Becher Nescafé und beschloß dabei, daß er sich später was zu trinken besorgen würde. Schließlich und endlich, nach all diesen Jahren würde er sich was zu trinken genehmigen – einfach losgehen und sich was kaufen, eine Flasche Wein vielleicht.

«Irgendein Job in Aussicht?» fragte Tom vorsichtig.

Victor schüttelte den Kopf. Sich um einen Job zu bemühen, das hatte er längst aufgegeben. Es war ihm zu unwichtig. Es gab so viele andere Dinge, über die man nachdenken, mit denen man fertigwerden, mit denen man leben mußte.

Früher einmal hatte er völlig anders darüber gedacht. Nach einem Jahr auf dem Polytechnikum war ihm das Weiterstudium versagt worden, weil er sein Jahresabschlußexamen total verhauen hatte. Er hatte es vorsätzlich getan. Der Kurs war nicht schwer gewesen, und er war überzeugt, er hätte eine gute Note schaffen können, aber diese ganze Sache war wie Schule, und Schule hatte er satt bis obenhin. Er wollte arbeiten und echt Geld verdienen!

Jobs waren in den späten Sechzigern kein Problem. Man konnte sie sich aussuchen. Er probierte es mit der Verwaltung, er versuchte es mit einer Bank, aber beides langweilte ihn. Sein Vater fing an, Druck zu machen, kam ihm mit vagen Drohungen. Also zog Victor aus. Er bekam eine Wohnung, indem er die Miete vorauszahlte mit Hilfe einer Versicherungspolice, die fällig wurde, als er einundzwanzig war. Er hatte auch einen neuen Job und verkaufte Autos. Die Ausstellungsräume waren in North Finchley, seine Wohnung nicht weit davon entfernt in einer Gegend, die der Wohnungsmakler ‹Highgate Borders› betitelte. Und er war verlobt mit einem Mädchen, das er am Polytechnikum kennengelernt hatte und die auch weiterhin dort Studentin war. Wenn Paulines Temperament in einer bestimmten Hinsicht anders gewesen wäre, dachte er manchmal, dann wäre vielleicht sein ganzes Leben anders verlaufen, und nichts von alledem wäre geschehen. Dann wäre er jetzt glücklich verheiratet – sagten nicht alle Psychologen, daß Kinder aus glücklichen Ehen ihrerseits die besten Aussichten auf Glück in der Ehe hätten? –, er wäre Vater, Haushaltsvorstand, erfolgreich wahrscheinlich, wohlangesehen, zufrieden. Aber Pauline... Was für ein ausgesuchtes Pech, daß er sich von allen Frauen ausgerechnet mit dieser eingelassen hatte! Er wollte gar nicht mehr an sie denken.

Ihm fiel auf, daß Tom, der immer noch von Beschäftigung und Nichtbeschäftigung laberte, seinen Blick auf die Zeitung heftete, die Victor gekauft hatte. Sie lag aufgeschlagen mit der Seite nach oben, über die die Schlagzeile lief: VERGEWALTIGUNG UND IHRE FOLGEN.

«Sind Sie wirklich ganz und gar okay?» fragte Tom auf einmal. «Nichts, was Ihnen fehlt?»

Was zum Teufel meinte der damit? Was würde der wohl sagen, wenn Victor ihm jetzt antwortete, jawohl, es gäbe 'ne Menge, das ihm fehle? Er wolle seine Jugend zurück, einen Platz für sich ganz allein, weit weg von hier, eine anständige Arbeit, eine, die er gern täte – ja, und dann auch noch was anderes, etwas, das er im Moment nicht mal sich selbst gegenüber beim Namen nennen würde? Seine Augen überflogen die offene Zeitung, jenes Wort dort auf der Seite, und er merkte, wie sein Gesicht blutleer wurde und ihm ein Frösteln über den Nacken lief.

Tom sagte: «Ach übrigens, Liz sagt, ich soll Sie einladen, doch mal sonntags zu uns zum Mittagessen rauszukommen. Ich meine, warum nicht gleich am kommenden Sonntag, Victor? Paßt Ihnen das?»

Victor spürte die Anstrengung hinter der Einladung. Er hatte den Eindruck, als müsse Tom einen enormen Widerwillen gegen diese Verpflichtung überwinden, als gäbe er sonstwas drum, sie schlichtweg zu verdrängen, aber die Pflicht trieb ihn, sein soziales Gewissen zwang ihn. Natürlich wollte Victor nicht hingehen, er würde auch nicht hingehen, aber ihm fiel kein plausibler Grund ein, nein zu sagen. Er sagte also ja, er werde kommen, während er insgeheim beschloß, sich einfach zu drücken, wenn es soweit war.

Nachdem Tom gegangen war, setzte sich Victor aufs Fensterbrett und blickte hinaus über die Dächer der Häuser, auf das Dach des Hauses, wo seine Mutter und sein Vater gelebt hatten, und er begann zu grübeln. Wieder sah er das Haus in Solent Gardens vor sich, das Haus, das all dieses nach sich gezogen hatte, obwohl er beschlossen hatte, nicht mehr an die Vergangenheit zu denken. Er konnte es nicht ändern. Es war doch merkwürdig, fand er, wieso die Leute immer von einem erwarteten, daß man das, was man sagte, auch wirklich meinte. Richter und Schöffen und Polizisten und Psychiater und Sozialarbeiter und überhaupt so ziemlich alle nahmen es als feststehend hin, daß man meinte, was man sagte, obgleich sie selbst doch auch nicht immer meinten, was sie sagten. Überhaupt schätzte Victor, daß von allem, was auf der Welt gesagt wurde, bloß etwa die Hälfte oder noch weniger ernstgemeint war. Man hatte ihn einen Psychopathen genannt wegen etwas, das er gesagt hatte, während er mit Rosemary Stanley in jenem Schlafzimmer war; und das wertete man dann als Indiz für seine Kaltschnäuzigkeit und für seinen Vorsatz, Fleetwood zu töten.

«Ich werde sie nicht töten», hatte er damals Fleetwood aus dem Fenster zugerufen, «ich schieß ihr in den Rücken, in die untere Wirbelsäule.»

Fleetwood war bei der Gerichtsverhandlung nicht dabeigewesen, um das zu wiederholen, aber Rosemary Stanley tat es und ein halbes Dutzend Zeugen auch. Und keiner von denen war auf die Idee gekommen, daß er es nicht so gemeint hatte. Dabei erinnerte er sich ganz genau, weshalb er es gesagt hatte. Am Abend davor nämlich, zu Hause in Finchley, hatte er die Abendzeitung gelesen, den *Standard* – bloß damals nannte er sich noch *Evening Standard* –, und da hatte eine Geschichte dringestanden über einen alten Kriegshelden, einen ehemaligen Flieger, Inhaber des Victoria Cross, der durch eine Verletzung des Rückgrats gelähmt worden war. Und dann stand in dem Artikel auch noch etwas von einem Arzt; der schrieb darüber, was mit einem passiert, wenn man dort unten einen Schuß abbekommt, dort ‹in der unteren Wirbelsäule›. Genau diese Worte waren ihm wieder in den Sinn gekommen, als er da vom Fenster her redete, und wie unter einer plötzlichen Inspiration hatte er sie ausgesprochen als das Scheußlichste, was ihm in dem Moment einfiel. Es war sein Pech, daß die Kugel, als er dann schoß – noch nie hatte er eine Waffe abgefeuert, wußte kaum, wo und wie man zielen mußte! –, Fleetwood ausgerechnet an der Stelle traf, wo er angedroht hatte, Rosemary Stanley durch einen Schuß zu verletzen. Warum er überhaupt geschossen hatte, das wußte er ganz und gar nicht.

Er war so außer sich gewesen vor Angst, so unvorstellbar erschrocken, in der schlimmsten Panik seines Lebens. Irgendwie, hatte er oft gedacht, wenn er es irgendwie geschafft hätte, ihnen das begreiflich zu machen, dann hätten sie ihn laufenlassen. Aber sie begriffen ja nie. Kaum, daß sie mal den Mund hielten, um zuzuhören. Und dabei mußten sie doch alle die Angst kennen, sie mußten doch alle schon mal wie von Sinnen gewesen sein vor Angst! Ebenso, wie sie ja auch alle selbst tagtäglich Bemerkungen, Kommentare, Entschuldigungen und Drohungen von sich gaben, die sie nicht mal in dem Augenblick ernst meinten, da sie sie äußerten, und das nur aus Angst oder aus Langeweile oder auch bloß, weil sie nicht wußten, was sie sonst sagen sollten.

Victor griff nach dem *Standard* und las die Vergewaltigungsgeschichte noch einmal. Der Name des Mädchens wurde nicht erwähnt, aber sie war vierundzwanzig, eine Friseuse aus der Old Oak Road. Sie ‹erholte› sich im Krankenhaus, ihr Zustand war ‹zufriedenstellend›. Victor fragte sich, wer sie wohl überfallen hatte dort in dem Park so dicht bei Muriels Haus, und wo der Mann jetzt wohl war und was er dachte? Er blätterte um, und seine Augen begegneten denen von David Fleetwood, der im Rollstuhl saß und seinen Hund neben sich hatte.

Der Artikel war ziemlich geschwätzig. Fleetwood schrieb seine Memoiren, hieß es, vielmehr, er hatte sie bereits geschrieben, und diese Autobiographie würde im Herbst erscheinen. Es war auch die Rede vom Verkauf der Fernsehrechte. Das Foto zeigte Fleetwood, wie er im Garten vor seinem Haus in Theydon Bois saß, wo er seit drei Jahren wohnte. Victor mußte an die Häuser denken, die wie Landmarken in seinem Leben standen: Es war, als sei sein Leben eine Straße, und immer wenn diese Straße eine Kurve machte, kam ein anderes Haus von bedrückender oder sogar schrecklicher Bedeutung in Sicht; zuerst das Haus seiner Eltern, das, dessen Dach er von hier aus sehen konnte, dann Muriels grotesker Tudorklotz, dann das Haus in Solent Gardens mit seinem zertrümmerten Fenster, in das der Wind fuhr und die Vorhänge in die Höhe hob, und jetzt dieses hier, Fleetwoods Haus in Theydon Bois.

Von den vieren war das letzte das schönste – teils Backstein, teils dunkle Holzverkleidung, mit hohem Giebel und vergitterten Fenstern, mit einem Vordach über der schweren Eichentür, mit großer, integrierter Garage, Kletterpflanzen, Rosen vielleicht, die über die halbe Wand wucherten und eben zu grünen anfingen. Der Vorgarten war ordentlich und gepflegt, ein Garten, schön genug, um auf einem Samenpäckchen abgebildet zu sein oder als Reklame für sonstwas – für Gartenschläuche etwa oder für Rasenmäher. Tulpen wuchsen in dem Beet unter den Vorderfenstern, und irgendeine Art Baum stand in voller Blüte. Auf einer Vogeltränke hatte sich passenderweise eine Taube niedergelassen, aber möglicherweise war der Vogel auch aus Stein. Fleetwood saß in seinem Rollstuhl, die Knie durch eine Decke verhüllt, eine Hand auf dem Kopf seines Labradors, während er in der anderen ein paar Manuskriptseiten hielt. Er wurde von einem Reporter des *Standard* interviewt und sprach hauptsächlich über das Buch, ohne jedoch den Vorfall zu erwähnen, der seine Lähmung verursacht hatte. Ja, er sei wirklich zufrieden mit dem Buch. Ja, er bekäme von seinem Verleger eine beträchtliche Vorauszahlung. Aber nein, er habe nicht vor, in Zukunft noch mehr zu schreiben. Heiraten? Das glaube er nicht, obwohl es natürlich möglich sei. Also ja, er habe eine Freundin. Clare war ihr Name, und sie hatte das Manuskript für ihn getippt.

Bei manchen Leuten stimmte eben einfach alles, dachte Victor, während er die Zeitung zusammenfaltete und sie außer Sicht schob, unter den Rattantisch. Geld, Erfolg, eine Frau, ein hübsches Haus – Fleetwood hatte einfach alles. Und was hatte er? Ein möbliertes Zimmer, einen Geldbetrag auf einer Bank, der nach heutigen Maßstäben sehr klein war, eine Tante, deren Vermögen er höchstens erben könnte, wenn sie vergaß, ein Testament zu machen. Wenn sie aber daran dachte, eins zu machen, dann würde er bestimmt überhaupt nichts erben. Außerdem konnte Muriel, obgleich sie aussah wie hundert, tatsächlich nicht älter als Mitte Sechzig sein, und sie konnte gut und gern noch zwanzig Jahre leben.

Seine Jugend hatte er verloren. Es wäre unrealistisch, das anders zu sehen. Die Jahre, die er im Gefängnis verbracht hatte, waren die besten im Leben eines Mannes. Es war die Lebensperiode, in der die besten Dinge passierten, in der man vorankam, in der man sich etablierte. Alan zum Beispiel, der im gleichen Alter war wie er, der war jetzt sicher verheiratet, hatte wahrscheinlich ein eigenes Haus und ein florierendes Geschäft. Victor hatte wie ein Sklave für ihn geschuftet, hatte sich geschunden mit Aufstehen zu jeder Tages- und Nachtzeit, oft ohne überhaupt ins Bett zu kommen. Fünf Jahre lang hatte er für ihn gearbeitet, nachdem er es satt bekommen hatte, Fords zu verkaufen, und Alan war nicht einmal ins Gefängnis gekommen, um ihn zu besuchen, und nicht mal geschrieben hatte er. Pauline, dachte er weiter, die war jetzt sicherlich mit irgendeinem armen Teufel verheiratet, der sich ja vielleicht abgefunden hatte mit etwas, woran Victor sich nie hatte gewöhnen können – mit ihrer eisigen, undurchdringlichen Gefühlskälte. Also nein, undurchdringlich nicht, denn er war ja bei zahlreichen Gelegenheiten in einen schlaffen, kraftlosen Körper eingedrungen, der passiv dalag wie ein Pudding, während Pauline im Geiste ganz woanders war, während sie mit intensiver Konzentration irgend etwas an der Wand betrachtete. Einmal hatte er gemerkt, wie sie an den Fingern abzählte und zusammenrechnete. Das hatte ihn schließlich so gestört, daß er in ihr erschlaffte. Pauline schien es nicht mal zu bemerken. Das war um die Zeit gewesen, als sie anfing, während ihrer sexuellen Momente wacher und präsenter zu werden, wacher und präsenter insofern, als sie dabei unentwegt quatschte, was ihre Mutter heute morgen am Telefon gesagt und wie sich ihr Tutor in Geschichte über ihren letzten Aufsatz geäußert hätte. Victor war schlichtweg aufgestanden, hatte seine Sachen angezogen, war in die Dunkelheit hinausgegangen und hatte ein Mädchen vergewaltigt, das auf dem Heimweg eine Abkürzung durch den Highgate Wood machte. Das Mädchen war wie verrückt gewesen vor Angst, hatte geschrien und sich wie wild gewehrt. Das war was anderes gewesen, als wenn man es mit einem toten Schaf trieb, während ein laberndes Tonband ablief – es war wundervoll gewesen! «Laß das, laß das, laß das!» schrie sie. Wie ein Tier heulte sie: «O nein, nein, nein!»

Victor brauchte einige Zeit – inzwischen hatte er schon drei weitere Vergewaltigungen begangen –, ehe ihm einfiel, wo und unter welchen Begleitumständen er das schon einmal gehört hatte. Und als es ihm einfiel, blockte er die Erinnerung abrupt ab. Es war widerwärtig, fast blasphemisch, daran zurückzudenken. Mittlerweile hatten Pauline und er sich getrennt. Wenn sie nun aber warm und liebevoll gewesen wäre, gierig nach Sex, so, wie nach allem, was er las, die Frauen der siebziger Jahre ausnahmslos waren? Wenn sie alles das gewesen wäre und obendrein noch seine Ehefrau, hätte er dann jemals die beiden Frauen in der Hampstead Heath überfallen, die Mädchen im Wandsworth Park und im Epping Forest? Und damals, Weihnachten, wenn da jene andersgeartete Pauline, jene gewandelte Pauline bei ihm gewesen wäre, statt fünf Jahre zuvor abzuhauen, ob er dann so interessiert gewesen wäre an Sidneys Luger und sie ein paar Monate später gestohlen hätte?

In dieser Nacht schlief er schlecht, und er träumte eine Menge. Etwa eine Stunde, nachdem Tom sich verabschiedet hatte, war er losgezogen, hatte sich eine Flasche Wein gekauft und sie ganz ausgetrunken. Es war der erste Alkohol, den er seit nahezu elf Jahren trank, und er machte ihn betrunken, genau was er wollte, obgleich er die Nachwirkungen natürlich nicht wollte. Sein Traum war eine Erweiterung jener Phantasie über sein Leben als einer Straße mit lauter Häusern daran, die jeweils erschienen, wenn er um eine Kurve bog. Bloß, diesmal kam nach Muriels Haus und vor dem Haus Solent Gardens 62 an jener Straße der Wohnblock in der Finchley High Road in Sicht, wo er mit Pauline gewohnt hatte, und dann das Haus im Ballards Lane, wo er die obere Etage gemietet hatte, als man ihn einsperrte. Er ging weiter, obwohl die Straße, bislang ebenerdig und glatt, jetzt holprig wurde wie ein Feldweg, mit Steinen und Geröll darauf, ähnlich den Felsbrocken in Muriels Steingarten. Das Haus in Solent Gardens stand ganz für sich, herausgerissen aus der Reihe seiner Gefährten, und das Fenster im Obergeschoß war immer noch kaputt, und der Wind fuhr hinein und hob den Vorhang. Warum eigentlich sah er es in seinen Phantasien und Träumen immer von dieser Seite, von außen, wo er es doch so nur ein einziges Mal flüchtig gesehen hatte, als sie ihn herausbrachten nämlich, zwischen zwei Polizisten und in Handschellen?

Das nächste Haus an der Straße, an das er kam, war das Fleetwoodsche mit seinem Giebel und dem dunklen Holzwerk und den Kletterrosen, aber es war nicht das letzte. Das letzte war das Gefängnis, wo er die Hälfte seines erwachsenen Lebens zugebracht hatte, ein weitläufiger Komplex aus rotem Backstein mit einem Wald aus Schornsteinen, die aus rötlichen Dächern sprossen.

Warum hatten wohl Gefängnisse immer so viele Schornsteine, überlegte er benommen, als er aufwachte. Schließlich waren das keine warmen, heimeligen Orte oder gar berühmt für ihre Küche oder den gepflegten Zustand ihrer Wäsche! Sein Herz pochte, sein Kopf schmerzte, und sein Mund war ausgetrocknet. Da er doch nicht wieder einschlafen konnte, stand er auf, trank literweise Wasser direkt aus der Leitung, den Wasserhahn im Mund, und dann setzte er sich ans Fenster und blickte hoffnungslos hinaus, über Acton hin. Der Morgen dämmerte perlgrau und dunstig, die Flut des Verkehrslärms schwoll bereits an, die Vögel begannen zu singen. In allen Gärten, die er überblicken konnte, wuchsen kleine Bäume, die eben anfingen, zu grünen und zu blühen, weiß und rosa. Wie ein durchsichtig blasser Farbschleier, wie ein dünnes, bedrucktes Tuch lag es über Erde und Ziegel und Stein. Und da er die menschliche Rasse haßte, dachte Victor mit einer Wut, die ihn die Fäuste ballen ließ, nur daran, daß all diese Spießer so kleinlich und mißgünstig waren, daß sie nie und nimmer einen Baum pflanzten, wenn es nicht ein Obstbaum war, von dem sie etwas zurückbekommen konnten.

Warum hatte sich sein Leben immer in diesen dürftigen Vorstädten abgespielt? Nie hatte er irgendwo anders gewohnt, wo es interessanter war. Dabei gab es eine Menge interessanter Gegenden, durch die er auf seinen Fahrten zu den Flugplätzen Heathrow und Gatwick, nach Luton und Stansted oft gekommen war. Wie die meisten Londoner, die nördlich des Flusses geboren sind, konnte er sich schwer vorstellen, südlich davon zu leben. Von der Westseite Londons hatte er genug, und den Norden, so redete er sich ein, haßte er. Also schlag dich gen Osten, dachte er, weit weg, nach Epping vielleicht oder nach Harlow oder sogar bis nach Bishops Stortfort.

Drei Stunden später war er wieder auf den Beinen, die Gunnersbury Avenue hinunter, auf dem Weg zu Muriels Haus im Popesbury Drive. Dies war die Route, die er regelmäßig nach Heathrow gefahren war. Es störte ihn sehr, daß er kein Auto zur Verfügung hatte. Würde er je wieder eins haben? Genaugenommen konnte er, wenn es ihm wirklich darauf ankam, mit dem Bus oder der Bahn nach Epping hinausfahren oder auch bis zur Endstation der Central Line.

Immer mehr Bäume hatten Blätter bekommen in der Woche, seit er das letzte Mal hiergewesen war. Die Hängepflanzen über den Miniaturfelsen, die zu Muriels Haustür hinaufführten, waren förmlich explodiert zu einer Masse purpurner Blüten, rosa und zartlila und purpurfarben und braunrot, so glühend, daß einem die Augen schmerzten. Victor hörte Muriel drinnen heranschlurren und an der Tür herumfummeln. Sie wußte schon, wer es war – entweder hatte sie ihn durchs Fenster gesehen oder es geahnt. Der blaue Morgenmantel und die Hausschlappen, die sie trug, waren die gleichen wie beim vorigen Mal und ebenso der Geruch nach Kampfer, aber das rosa Netz, unter dem sie damals ihre Haare verborgen hatte, war durch ein braunes ersetzt. Sie blinzelte ihn mißtrauisch durch den Türspalt an, bequemte sich dann mürrisch, die Sperrkette zu lösen, und vergrößerte bedächtig Zentimeter um Zentimeter den Spalt zwischen Tür und Rahmen, bis er für Victor groß genug war zum Durchschlüpfen.

«Was willst du denn diesmal?»

Er hätte eher ein lästiger Schnorrer sein können, der sie ständig um Geld und Essen anbettelte, als ein Neffe, den sie während der letzten zehn Jahre bloß zweimal gesehen hatte. Überflüssig zu erwähnen, daß auch Muriel ihn nicht im Gefängnis besucht hatte. Wenn sie nicht mal zum Begräbnis ihres Mannes den Fuß aus dem Haus gesetzt hatte, um wieviel weniger denn wohl, um einen Besuch im Gefängnis abzustatten. Aber schließlich hatte er ihr nie etwas Böses getan. Man konnte doch wohl nicht behaupten, daß *ihr* durch das Wegnehmen der Pistole ein Leid geschehen wäre, und wenn auch die Polizei hier erschienen war und sie deshalb verhört und das Haus durchsucht hatte, so hatte man ihr ja nichts angelastet, niemand hatte sie für zehn Jahre hinter Schloß und Riegel gesteckt. Er ging hinter ihr her ins Wohnzimmer und sagte ihr Bescheid wegen Jupp, daß er heute in zwei Wochen kommen würde, um sich die Möbel anzusehen.

Das Zimmer war stickig von abgestandenem Mief und Staubgeruch. Ein großer elektrischer Ofen mit zwei Heizspiralen war eingeschaltet, und vor diesem Feuer hatte Muriel sich eine Art gemütliches Nest gebaut, eine Insel im Meer ihrer Zeitungen. Da stand der Lehnsessel, in dem sie eben noch gesessen hatte, mit zwei Sofakissen an der Rückenlehne, außerdem noch einem Kopfkissen in schmutzigem, weißen Bezug, einer Wolldecke, seitlich über die Lehne geworfen, und einem Fußschemel, der aussah wie ein aus der Kirche gestohlenes Betpolster. An beiden Seiten standen Tische; auf dem einen lag ein Buch aus der Leihbücherei, eine Brille und ein Röhrchen Aspirin, auf dem anderen türmte sich ein Stapel illustrierter Zeitschriften, daneben lagen ein Kugelschreiber und eine Schere. Anstatt in ihren Sessel zurückzukehren, blieb Muriel stehen und blickte ihn abschätzig an. Aus dem hinteren Teil des Hauses ertönte ein Pfeifen, das sich zu einem schrillen Geschrei auswuchs.

Natürlich wußte Victor sehr gut, was das wahrscheinlich war, wenigstens fiel es ihm im Bruchteil einer Sekunde ein. Beim ersten Ton jedoch war er zusammengefahren, und aus irgendeinem Grund hatte sich deshalb ein Grinsen auf Muriels Gesicht breitgemacht.

«Ich war gerade dabei, mir einen Kaffee zu kochen», sagte sie.

Victor folgte ihr den Korridor entlang zur Küche. Muriel schlurfte voraus, und der Gürtel ihres Morgenmantels schleppte hinter ihr her. Aus unverständlichen Gründen machte sie den Gürtel nie zu, sondern hielt die beiden Seiten des Morgenrockes immer mit der linken Hand zusammen. Der Kessel hüpfte über der Gasflamme und schrillte ohrenbetäubend. Muriel war sehr langsam. Sie tat einen Teelöffel Instantkaffee in jede Tasse, taxierte sorgfältig, ob auch beide die gleiche Menge enthielten, indem sie jedes der beiden Häufchen streng begutachtete und dann dem zweiten noch eine Messerspitze voll hinzufügte. Victors Nerven ertrugen das Scheppern und Kreischen des Kessels nicht länger, er stürzte an ihr vorbei und hob den Kessel von der Gasflamme. Sie blickte ihn ärgerlich und verdutzt an. Dann machte sie den Kühlschrank auf und holte einen kleinen Pappbehälter mit Kaffeesahne heraus. Den stellte sie zusammen mit einer der Kaffeetassen auf ein rundes Tablett, dazu eine Zuckerdose und einen Teller mit zwei Keksen darauf. Es waren Kekse für Kinder, Zuckerbären genannt, denn sie hatten die Form von Teddybären und waren mit buntem Zucker verziert. Auf ein zweites kleines Tablett stellte Muriel die andere Tasse Kaffee und schob es über den Tisch zu Victor hinüber.

Er traute seinen Augen nicht. Das Tablett mit der Sahne und den Keksen war ausschließlich für sie selbst bestimmt, sie hatte die Hände schützend um den Rand gelegt und drückte es förmlich an sich. Nicht mal einen Teelöffel war er ihr wert gewesen. Aber was hatte es für einen Sinn, sich mit ihr herumzustreiten? Er langte einfach über den Tisch und nahm sich den Zucker, mußte dazu sozusagen über ihre Hände klettern wie jemand, der den Zaun zu einem verbotenen Park übersteigt. Er nahm seine Tasse und ging hinaus in die Garage, um sich die Möbel noch einmal anzusehen. Es war wundervoll, wie bloßes Material, lächerliche Stücke bunten Stoffes so viele Erinnerungen freisetzen konnten. Über ein Bettgestell und eine Truhe waren die Vorhänge gebreitet, die einmal am Fenster seines Zimmers gehangen hatten, als er ein Junge war. Es mußte eine sehr gute Qualität gewesen sein, wenn sie so lange gehalten hatten, mit ihrem Muster aus blaugrünen und roten Rechtecken auf schwarzweißem Untergrund – die Mode der Nachkriegszeit und der frühen fünfziger Jahre. Er konnte sich noch genau erinnern, wie er im Bett gelegen und immer dieses Muster betrachtet hatte, wie das Sonnenlicht hindurchschien und es transparent machte; wenn es dagegen draußen dunkel war, dann wirkte es milchig verschleiert. Er hatte immer dagelegen und gewartet, daß seine Mutter heraufkam, ihn schön zudeckte und ihm einen Gutenachtkuß gab. Manchmal, als er noch nicht lesen konnte, hatte er auch auf eine Geschichte gehofft. Sie versprach zwar immer zu kommen, aber sie tat es dann doch selten. Sie war unten bei seinem Vater, abgelenkt durch die stärkere Faszination seines Vaters, seine stärkere Anziehungskraft. Die Zurücksetzung war denn aber doch nicht so schlimm, daß er geweint hätte, und wenn er schließlich einschlief, so waren das letzte, das sich seiner Netzhaut einprägte, diese Vorhänge mit ihrem Muster aus blaugrünen und roten Blöcken auf schwarzweißem Grund.

Vielleicht sollte er Jupp doch nicht all dies Mobiliar überlassen. Wenn er zum Beispiel irgendwo in Epping eine Bleibe für sich fände, dann könnte er es doch gebrauchen. Aber auf einmal begriff Victor, daß es ihm gar nicht möglich wäre, mit diesen Sachen zu leben, die ihn umgeben hatten, als er ein Junge war. Es war sogar schon schmerzlich, sie nur anzuschauen. Das Vorhangmuster war aus irgendeinem Grund am schlimmsten, aber auch die Betten waren schlimm und dieses braune Samtsofa. Das einzige, was ihm nichts ausmachte, war seines Vaters Rollstuhl, stellte er fest, und das lag vielleicht daran, daß er nicht dagewesen war, als sein Vater ihn bekam, und daß er nie gesehen hatte, wie sein Vater ihn benutzte. Victor trank seinen Kaffee aus, deckte das Bett und die Truhe wieder zu und fragte sich plötzlich, wieso er es eigentlich für beschlossene Sache hielt, daß er in Epping wohnen würde? Er hatte doch nichts dergleichen entschieden, er war sogar noch nie richtig in Epping gewesen, bloß durchgefahren auf dem Weg nach Stansted. Einmal allerdings hatte er draußen im Wald angehalten, bei einer Kneipe, die *Robin Hood* hieß, soweit er sich erinnerte. Und dort, ein paar hundert Meter von der Straße entfernt, in einer Lichtung voller Farnkraut und kleiner Birken, war er auf eine Frau gestoßen, die ganz allein dort herumspazierte – weder jung noch hübsch noch auf irgendwelche Weise attraktiv, aber eben eine Frau und allein...

Victor ging in die Küche zurück. Seine Tante war fort. Er fand sie wieder in ihrem Lehnsessel vor dem elektrischen Ofen, in dem beklemmenden, kampfergeschwängerten Mief, und sie schnitt eben mit ihrer Schere aus einem Nachrichtenblatt etwas aus.

«Hier werd ich dir mal was zeigen», sagte sie.

«Nein danke. Ich weiß, was es ist.» Aus den Augenwinkeln hatte er einen Fotoausschnitt von Fleetwoods Haus gesehen, ein Stückchen Giebel, ein Stückchen Schornstein.

Sie nahm es nicht zur Kenntnis, sondern fuhr mit dem Ausschneiden fort, wobei sie sich Papier und Schere dicht an die Nase hielt. «Er schreibt ein Buch», fuhr sie unbeirrt fort, «es wird alles drinstehen über sein früheres Leben.»

«Ich weiß», sagte Victor, «ich hab die Zeitung schon gelesen. Du sagst mir nichts, was ich nicht schon wüßte.»

«Du wirst auch drinstehen.»

Wieder fühlte er den Zorn in sich hochquellen, eine heiße Flüssigkeit, die im Kessel seines Körpers aufwallte.

«Da steht bestimmt eine Menge über dich drin, mit Bildern.» Sie legte die Schere weg und faltete das ausgeschnittene Stück zusammen. Ihr Gesicht war aufwärts gerichtet, und das welke Fleisch ihres Halses hing ihr in einer Doppelfalte vom Kinn. «Das ist nur, was du verdienst», meinte sie.

Victor hatte mal irgendwo gelesen, daß Spazierengehen oder sonstige heftige Bewegung den Körper von Spannungen befreit und Ärger mildert. Er stellte fest, daß das in seinem Fall nicht stimmte. Während er durch die Gunnersbury Avenue zurückging, war er von geradezu mörderischer Wut erfüllt, wirklich bis zum Platzen. Der Mangel an Verständnis machte ihn verrückt, nicht bloß bei seiner Tante, sondern bei allen, bei all diesen Leuten, die nicht begreifen konnten, wie Dinge eben passierten, wie einem Dinge passieren konnten, nahezu ohne daß man sich dessen bewußt war, und dann – ja, dann wurde man einfach für sein Lebtag bestraft, und selbst dann noch sagten sie, es sei nicht genug.

Er würde in Fleetwoods Buch stehen. Victor war kein großer Leser, er hatte immer Film und Fernsehen vorgezogen, aber wenn er mal etwas gelesen hatte, dann waren es Biographien und Memoiren gewesen. Wenn Fleetwood also dabei war, ein Buch über sein Leben zu schreiben, beziehungsweise das schon getan hatte, dann würde Victor allerdings darin vorkommen, mit einem eigenen Kapitel wahrscheinlich sogar und mit Fotos von ihm. Während sein Prozeß lief, hatten die Zeitungen eine Studio-Porträtaufnahme benutzt, die auf Drängen seiner Mutter zu seinem einundzwanzigsten Geburtstag gemacht worden war. Seine Mutter hätte das Bild bestimmt nicht an einen Reporter gegeben, also mußte Muriel es getan haben. Ein anderes Foto zeigte ihn, wie man ihn zwischen zwei Polizisten aus dem Haus Solent Gardens 62 brachte. Wahrscheinlich würden sie alle beide in Fleetwoods Buch erscheinen – es sei denn, er könnte es durch juristische Schritte verhindern, obwohl er nicht wußte, wie er das anfangen sollte. Und er hatte auch Angst, daß das einen Haufen Geld kosten würde.

Durfte Fleetwood in seinem Buch einfach alles über ihn sagen, was er wollte, und er, Victor, bekam keine Entschädigung? Kein Zweifel, Fleetwood würde ihn einen Psychopathen nennen, und jene Worte, die er aus dem Fenster gerufen hatte, würden wiederum zitiert werden: *Ich schieße ihr in den Rücken, in die untere Wirbelsäule!* Als sie im Zeugenstand diese Worte wiederholte, da war Rosemary Stanley in Tränen ausgebrochen – sie stammelte die Worte hervor und fing an zu weinen. Eine höchst effektive Methode, fand Victor, sich die gesamte Sympathie des Gerichts zu verschaffen. Als ob sie die nicht ohnehin schon hatte! Das alles stand bestimmt in Fleetwoods Buch, obwohl er bei der Gerichtsverhandlung doch gar nicht dabeigewesen war. Und Fleetwoods Buch würde überall verkauft werden, auch noch als Taschenbuch, und ein Fernsehfilm würde bestimmt auch noch daraus gemacht werden! Bei dem Gedanken wurde Victor ganz übel. Sobald er wieder in seinem Zimmer war, zog er den *Standard* aus der Ablage unter dem Rattancouchtisch und las den Artikel noch einmal, um daraus möglichst viel zu erfahren. Aber er hatte die Zeitung so zusammengefaltet, daß die Geschichte von der Vergewaltigung im Gunnersbury Park zuoberst lag, und da fiel ihm eine Zeile ins Auge, eine Art kleingedruckter Überschrift in Anführungszeichen: ‹Vergewaltigung ist kein sexueller Akt, sondern ein Akt der Aggression.› Irgendein Psychiater hatte das gesagt. Er überlegte eben, was das wohl heißen sollte, wie es bitteschön was anderes als sexuell sein konnte, ein Mädchen zu ficken, da klingelte es an der Haustür. Victor hatte die Türklingel schon öfter gehört, gewöhnlich abends, und dann war immer einer der anderen Mieter aufmachen gegangen. Wer immer da klingelte, für ihn konnte es nicht sein, und er würde auch jetzt nicht aufmachen gehen. Es klingelte noch einmal. Victor hörte Schritte und dann Stimmen. Irgend jemand machte die Haustür auf, und das überraschte ihn, beunruhigte ihn sogar ein bißchen, denn er war nahezu sicher gewesen, daß niemand sonst im Haus wäre.

Schritte kamen die Treppe herauf. Er wußte, sie würden an seiner Tür vorbeigehen, weiter nach oben, sie mußten es einfach tun, denn es gab ja niemanden, der womöglich zu ihm wollte! Es waren mindestens zwei Leute, die die Treppe heraufkamen. Das Klopfen an seiner Tür war wie ein Donner, jener unverhoffte Donner, der einen zusammenfahren läßt, weil ihm kein warnender Blitz vorausgegangen ist. Victors Ruhe, seine gesunde Gelassenheit, seine Euphorie, alles war auf einen Schlag dahin, und er spürte die Panik wie ein Gewirr prickelnder elektrischer Drähte. Er öffnete die Tür, und ihm war klar, wie hilflos, wie verletzbar er aussehen mußte.

Draußen stand eine Frau mit einem Hut auf und zwei Männer in jener Art lässiger Kleidung, von der die Polizisten meinen, sie mache sie unkenntlich. Victor wußte sofort, die Frau mußte Mrs. Griffith sein, seine Hauswirtin; er wußte es durch den Ausdruck auf ihrem Gesicht – betont nachsichtig, geduldig, tugendhaft und doch leise mißbilligend, ein Gesicht, wie es Leute aufsetzen, deren soziales Gewissen so ausgeprägt ist, daß sie Ex-Gefangene in ihr Haus aufnehmen, ungeachtet aller unvermeidlichen Konsequenzen.

«Kriminalpolizei», sagte der ältere Mann, der in dem melierten Tweedjackett. «Können wir Sie kurz sprechen, Vic?»

6

Nie hatte ihn jemand so genannt. Vic – er haßte das, es klang wie das Zeug, mit dem seine Mutter ihm immer die Brust einrieb, als er ein Kind war. Und was für ein Recht hatten die überhaupt, ihn beim Vornamen zu nennen? Er hörte den jüngeren Mann, den in der schäbigen Lederjacke, sagen: «Vielen Dank, Mrs. Griffith. Tut uns leid, Sie belästigen zu müssen.» Die nannten sie nicht Betty oder Lily oder wie immer ihr Name war! Aber er war ja im Gefängnis gewesen, klar, er hatte seine menschliche Würde, sein Recht auf Respekt ein für allemal eingebüßt!

Sie kamen herein, und Schäbiges Leder schloß die Tür. Der melierte Tweed sagte: «Schöne kleine Bleibe haben Sie hier.»

Victor sagte nichts. Die Innenflächen seiner Hände prickelten, er fühlte ein Kribbeln in den Schultern, als ob ein Insekt über seinen Rücken kröche. Er setzte sich hin. Sie taten es nicht.

«Ausgehen tun Sie wohl nicht viel, was? Einen Job haben Sie nicht?»

Er antwortete darauf mit einem Kopfschütteln, und er fragte sich krampfhaft, ob er es wohl schaffte, seine Stimme wiederzufinden. Seine Kehle war wie zugeschnürt. Er hätte lieber gefragt, was sie von ihm wollten, anstatt dieses geistreiche Vorspiel über sich ergehen zu lassen, aber er wagte nicht, sich auf ein Experiment mit seiner Sprache einzulassen. Beide blickten ihn unverwandt an. Wenigstens die schäbige Lederjacke hatte sich jetzt hingesetzt.

«Aber trotzdem werden Sie heute doch wohl draußen gewesen sein – man braucht ja manchmal ein bißchen frische Luft, stimmt's? Und wir haben ja auch einen schönen Frühling, nicht wahr? Das ist oft so nach einem schlechten Sommer. Aber das können Sie ja eigentlich gar nicht wissen, wo Sie – wie soll man sagen –, wo Sie zu der Zeit noch aus dem Verkehr gezogen waren. Für die meisten Leute in Ihrer Situation, Vic, sind die ersten Ausgänge eine Art Zerreißprobe, aber bei Ihnen war das wohl nicht so, hab ich recht?»

Victor hob schwerfällig seine kribbelnden Schultern.

«Nein, bei Ihnen war das sicherlich nicht so», wiederholte der melierte Tweed. «Sie sind tüchtig unterwegs, bieten der Welt die Stirn. Was glauben Sie so, wie oft sind Sie schon ausgegangen? Jeden Tag, jeden zweiten Tag, zweimal am Tag? Wie war's denn letzten Montag zum Beispiel? Sind Sie da ausgegangen?»

Seine Stimme funktionierte wieder, schlechter als eine Stimme, aber besser als ein Krächzen. «Warum wollen Sie das wissen?»

Schon während er fragte, wußte er es. Und trotzdem war es ein entsetzlicher Schock für ihn. Am Montag abend war im Gunnersbury Park ein Mädchen vergewaltigt worden, er hatte das ja im *Standard* gelesen; er hatte sich den *Standard* gekauft und ihn auf dem Rückweg von Jupps Laden gelesen. Er war nicht wegen Vergewaltigung ins Gefängnis gekommen, er war im Gefängnis gewesen, weil er auf David Fleetwood geschossen hatte. Aber er hatte damals, nachdem er schuldig gesprochen worden und noch ehe die Strafe festgesetzt war, durch seinen Anwalt – und auf dessen Empfehlung – darum gebeten, bei der Strafzumessung auch zwei Fälle von Vergewaltigung mit einzubeziehen. Das war vorsorglich geschehen für den Fall, daß die Polizei versuchte, ihn dieser Vergehen anzuklagen, nachdem er seine Strafe verbüßt hatte. Victors Anwalt brauchte ja nicht zu wissen, daß diese beiden Fälle nicht die einzigen Vergewaltigungen waren, die Victor begangen hatte.

Er hatte überhaupt das alles nicht zur Sprache bringen wollen damals, er hatte nicht gewollt, daß seine ... seine Neigung allgemein bekannt würde, aber dann hatte er sich eben doch überreden lassen. Und jetzt wußte die Polizei natürlich Bescheid, jetzt war er irgendwo ‹erfaßt›, erfaßt von einem dieser Computer, die die Welt erobert hatten, während er einsaß. An die möglichen Folgen wollte er erst gar nicht denken.

«Machen wir's doch so», sagte Melierter Tweed, «zuerst beantworten Sie mal meine Fragen. Wie wäre das?»

«Ich bin meine Tante besuchen gegangen.»

Melierter Tweed verzog keine Miene, aber um den Mund des anderen zuckte ein Grinsen.

«Und wo, bitte, wohnt diese Dame?»

«Gunnersbury.»

Sie waren stumm und starr. Für einen Moment jedenfalls.

«Was Ihre Frage betrifft, Vic, ich glaube, das können wir vergessen, meinen Sie nicht auch? Sie wissen ganz genau, auf was wir es abgesehen haben. Sie wissen, was für einer Sie sind, und wir wissen das auch. Es würde uns allen eine Menge Zeit und Ärger sparen, wenn wir jetzt alle zusammen in den Wagen steigen und zum Polizeirevier runterfahren.»

Sie wollten ein paar Tests durchführen. Der melierte Tweed hatte alle möglichen Euphemismen für den Aufenthalt im Knast auf Lager, und er brachte sie einen nach dem anderen leutselig an, vielleicht weil er Victors Unruhe sah und den überheblich geschürzten Mund seines Kollegen mit der schäbigen Lederjacke. Zuerst weigerte sich Victor und sagte, er verlange seinen Rechtsanwalt. Den Namen des Anwaltes, der ihn vor nahezu elf Jahren vertreten hatte, wußte er noch, aber nicht die Büroadresse oder die Telefonnummer des Mannes. Auch hatte er keine Fünf- oder Zehnpencestücke für das Telefon. Der melierte Tweed meinte, er könne seinen Anwalt kriegen, kein Problem, die leichteste Sache der Welt, er könne ihn ja vom Polizeirevier aus anrufen. Da gab Victor nach, weil er dachte, womöglich könnten sie ihn zwingen, zum Polizeirevier mitzukommen; obwohl er das nicht genau wußte.

Der Name des Mädchens war Susan Davies. Sie war im Krankenhaus und würde dort noch lange bleiben müssen. Sie hatte den Täter als einen Mann zwischen fünfundzwanzig und fünfunddreißig beschrieben, dunkelhaarig, mittelgroß. Das alles sagten sie ihm. Als Victor betonte, daß er achtunddreißig sei, meinte der melierte Tweed, den meisten Leuten gefiele es doch, für jünger gehalten zu werden, als sie wirklich seien. Und überhaupt altere man ja nicht so rasch, wenn man hinter Schloß und Riegel vor der Welt bewahrt werde.

Sie erklärten Victor, sie würden gern eine Blutuntersuchung machen. Wieder sagte Victor, er verlange seinen Anwalt. Nichts leichter als das, sagte ein Kriminalbeamter, den Victor vorher noch nicht gesehen hatte, aber als er um ein Telefonverzeichnis bat, da meinte der Mann, er habe im Moment gerade keins griffbereit, und warum Victor nicht erst mal einfach mit Sergeant Latimer (Schäbige Lederjacke) rüberginge ins Labor und sein Blut testen ließe, während er sich nach einem Telefonbuch umsähe? Natürlich ging Victor mit. Er war ziemlich durcheinander. Latimer erklärte ihm etwas, das er noch nicht gewußt hatte – vielleicht war es noch nicht allgemein bekannt oder noch gar nicht entdeckt gewesen, ehe er ins Gefängnis kam –, nämlich daß manche Männer sogenannte *Sekretoren* sind, mit anderen Worten, man kann ihre Blutgruppe aus ihrem Sperma und aus anderen Körpersekreten ermitteln. Ohne daß dieser Test durchgeführt wurde, konnte man aber nicht wissen, ob Victor ein Sekretor war oder nicht.

Jetzt begriff Victor, daß es durchaus in seinem eigenen Interesse lag, diesen Test durchführen zu lassen. Er wollte auch gar keinen Anwalt mehr, er wollte bloß noch eins – hier rauskommen, nach Hause –, frei von allem Verdacht! Er hatte Susan Davies nicht vergewaltigt, aber er sah es schon kommen, es würde ihm – ‹bedingt durch die Umstände› – gar nicht gelingen zu beweisen, daß er zur fraglichen Zeit nicht im Gunnersbury Park gewesen war. Es gab keine Zeugen, die er benennen konnte, um nachzuweisen, daß er zu Hause gewesen war. Und seine Tante Muriel konnte – wenn es überhaupt vorstellbar war, daß jemand etwas Vernünftiges aus ihr herausbekam – ja höchstens sagen, daß er am Nachmittag ein, zwei Stunden bei ihr gewesen sei. Aber der Bluttest würde es beweisen. Drei Viertel aller Menschen wären Sekretoren, sagte Latimer.

Sie hielten ihn dort fest, bis sie die Ergebnisse des Tests bekamen. Von einem Telefonbuch war nicht mehr die Rede, und auch Victor erwähnte es nicht mehr. Es wurde nahezu Abend, und sie hatten ihm schon einen Hamburger und eine Tasse Tee gebracht, ehe sie ihm das Resultat mitteilten. Das heißt, man teilte es ihm nicht genau mit, sie sagten bloß, er könne jetzt nach Hause gehen und sie wollten ihn bitteschön nicht wiedersehen. Ähnlich wie Judy und Tom, bloß noch deutlicher, behandelten sie ihn, als sei er ein Untermensch, ein Schwachsinniger. Victor sagte, dann vermute er also, daß er ein Sekretor sei? Ganz richtig, sagte der Inspektor. Welche Blutgruppe er denn habe, fragte Victor noch, ohne jedoch eine Antwort zu erwarten, vielmehr darauf gefaßt, daß man ihm sagte, dies sei ein Polizeirevier, wenn's recht sei, und kein Sprechzimmer in der Harley Street. Aber der Inspektor sagte es ihm tatsächlich, lakonisch und um ihn loszuwerden. Anscheinend sei er B positiv, ob ihm das etwas sage? Victor ging fort.

Auf dem Heimweg ging er in eine Spirituosenhandlung und kaufte eine Viertelflasche Whisky und zwanzig Zigaretten. Bald nachdem er ins Gefängnis eingeliefert worden war, hatte er das Rauchen aufgegeben, obwohl es dort zu bestimmten, vorgeschriebenen Zeiten erlaubt war zu rauchen. Aber er hatte trotzdem aufgehört. Heute aber hatte er das dringende Bedürfnis nach etwas Starkem und Tröstlichem. Zumindest hatte er sich nicht von seiner

Panik überwältigen lassen, hatte nicht verrückt gespielt und versucht, sie am Kragen zu packen, zu schütteln und auf sie einzuschlagen. Dazu gratulierte er sich im stillen. Die Zigaretten und der Scotch würden ihn schon kurieren von dem Zittern, das seine Hände befallen hatte und manchmal auch seine Knie, von dem Augenblick an, da er das Polizeirevier verlassen hatte.

Er schloß die Haustür auf und ging hinein. Mrs. Griffith, in Hut und Mantel und Handschuhen, stand in der Diele und sprach mit einer jungen Frau, die Victor noch nie gesehen hatte. Die junge Frau blickte sofort weg. Mrs. Griffith bedachte ihn mit einem verkniffenen Lächeln, das Victor zu verstehen gab, es sei eben doch eine Sache für sich, Ex-Gefangene in sein Haus aufzunehmen, und Voraussetzung sei doch wohl, daß sie ein ganz neues Leben anfingen. Es war sieben Jahre her, seit er zuletzt eine Zigarette geraucht hatte. Der erste Zug krempelte ihm den Magen um, und er erbrach sich in den Ausguß. Schlotternd setzte er sich auf sein Bett.

Und auf einmal sah er die Dinge mit erschreckender Klarheit: Gewiß hatte es zum gegebenen Zeitpunkt in seinem Interesse gelegen, diesen Test durchführen zu lassen, aber auf lange Sicht betrachtet, war das eine Katastrophe! Sie hatten seine Blutgruppe festgestellt, sie hatten festgestellt, daß er ein Sekretor war, und damit nicht genug – zu allem Unglück gehörte er auch noch einer sehr seltenen Blutgruppe an! Dabei fiel ihm völlig unzusammenhängend ein, daß er vor Jahren einmal eine Fernsehsendung gesehen hatte, in der der Komiker Tony Hancock in einem Sketch über Blutgruppen auftrat. Es ging darum, daß bei ihm die seltenste Blutgruppe festgestellt wurde, die es überhaupt gab, AB negativ. B positiv, Victors Blutgruppe, war nicht ganz so selten wie jene, aber dennoch gehörten ihr bloß sechs Prozent der Bevölkerung an.

Jedesmal, wenn im westlichen London ein Mädchen überfallen würde – nein, genaugenommen in ganz London und auch noch in den umliegenden Grafschaften –, und wenn die Gewißheit bestand, daß der Täter ein B-Sekretor war, dann würden sie zu ihm kommen. Aber das war eine Sache, mit der sich wohl noch leben ließ, weil es schließlich nur ganz wenige Fälle geben würde. Was aber, wenn er selbst der Täter wäre? Victor wußte, es würde die Zeit kommen, wo er wieder über ein Mädchen herfallen würde. Gewiß, ein Teil seines Ich beteuerte, das werde nie wieder geschehen, er werde um seiner selbst willen kämpfen, das zu verhindern, aber im gleichen Moment wußte er, daß alles Kämpfen letztlich nichts ausrichten würde.

Er goß sich Whisky in einen von Mrs. Griffiths dicken Preßglasbechern – die Sorte, die man bei Abnahme von mehr als dreißig Litern Benzin gratis als Zugabe bekommt. Beim Whisky bestand keine Gefahr, daß er ihn erbrechen würde. Er durchwärmte ihn, und er stieg ihm in den Kopf. Falls es wieder einmal so weit kommen sollte, daß er ein Mädchen anfiel, wenn es so weit war, dann würden die das machen, was man eben mit einem Computer anstellte – etwas hineintippen wie in eine Schreibmaschine, und schon erschiene da ein Ausdruck: Victor Jenner, 38, Tolleshunt Avenue 46, Acton, W 5, Sekretor, Blutgruppe B positiv... Und das würde unweigerlich jedesmal geschehen. Bloß, daß es dann gar kein ‹jedesmal› mehr gab, denn das erste Mal würde auch das letzte sein, und den Rest seines Lebens verbrächte er dann im Knast. Er konnte sich richtig vorstellen, wie der Richter ihn ‹ein gefährliches Tier› nannte, das eingesperrt gehörte ‹zum Schutze des Gemeinwesens›, eine wilde Bestie, die, wenn man sie nicht unschädlich machte, blindlings weiterhin Frauen überfallen und Männer morden werde. Die Sache war bloß die, dachte Victor, daß er doch ganz und gar nicht so war. Er hatte bloß oft Angst, und er geriet leicht in Panik, und er war so allein. Er hätte gerne Hilfe gehabt, aber er wußte nicht, wo er sie bekommen konnte – von Tom und Judy jedenfalls bestimmt nicht, die würden bloß wieder ihre Abendschule oder die Fürsorge oder sonstwas vorschlagen.

Wie anders mußte das Leben von David Fleetwood aussehen, dessen Schuld all dies schließlich war! Fleetwood, der war fein raus, rundherum versorgt mit Haus und Pension. Dessen sexuelle Probleme hatten sich erledigt, auf die gesündeste Weise, ein für allemal. Wie er da so auf seinem Bett saß und in dem dämmrig werdenden Zimmer seinen Whisky trank, dachte Victor, daß auch er selbst eigentlich nichts gegen eine derartige Lösung seines Dilemmas einzuwenden hätte. Dann wäre es doch endgültig vorbei mit dieser Lust, mit dieser Versuchung und der unkontrollierbaren Gier. Vor allen Dingen aber – Fleetwood genoß Respekt. Jeder respektierte ihn, bewunderte und verehrte ihn geradezu. Wenn *er* aufs Polizeirevier gemußt hätte, um eine Blutuntersuchung machen zu lassen, dann hätten sie ihn wahrscheinlich ‹Sir› genannt. Es war wirklich paradox. Fleetwood hatte diese ganze Sache durch seine Borniertheit verursacht, und trotzdem war jetzt er es, der den ganzen Ruhm davon erntete, und Victor den ganzen Schlamassel, und das über Jahre und Jahre. Vielleicht hatte Fleetwood das mit Absicht gemacht? Menschliches Verhalten war unbegreiflich, das wußte schließlich jeder. Vielleicht hatte Fleetwood vorsätzlich auf sich schießen lassen, weil er wußte, daß dann sein Leben lang für ihn gesorgt sein würde und daß die Leute einen verkrüppelten Helden besonders verehrten?

Victor ging die Twyford Avenue in Richtung High Street hinunter. Er hatte zwei entsetzliche Nächte und einen schlimmen Tag hinter sich. In beiden Nächten war er aufgewacht, weil sein Herz raste und sein Körper ein einziges Prickeln war. Zuerst hatte er weinend dagelegen, und dann hatte er das Gesicht in sein Kissen gepreßt, um die Schreie zu ersticken, die er anders nicht kontrollieren konnte. Am Morgen traf er auf dem Flur einen der anderen Mieter, einen Mann, der ihn fragte, ob er auch in der Nacht was gehört hätte, jemanden, der laut geweint habe, und dann so ein Geräusch, als ob Sprungfedern rhythmisch quietschten. Victor brummte, er habe nichts gehört. Den größten Teil des Tages schlief er dann. Es fiel ihm nicht schwer, einzuschlafen, dankbar in den Schlaf zu flüchten wie in ein Refugium vor dem Leben. Aber in der Nacht darauf überfiel ihn die Panik mit doppelter Gewalt, umschloß ihn wie eine Zwangsjacke, ließ seine Glieder wie im Veitstanz zucken, so daß er nicht ruhig liegenbleiben konnte, sondern aus dem Bett springen und sich den ersten besten Gegenstand in Reichweite greifen mußte. Das war zufällig der Rohrstuhl, den er wie unter einem fremden Willen packte und auf und nieder stieß, immer wieder, immer wieder, zuerst gegen die Wand, dann auf den Fußboden. Seine Zähne waren krampfhaft zusammengebissen, und er hörte sich knurrende Laute ausstoßen.

Eins der Stuhlbeine brach krachend ab und hing lose an einem Peddigrohrstrang. Völlig verausgabt warf Victor sich keuchend aufs Bett. Und fast im selben Augenblick klopfte jemand an die Tür. Victor beachtete es nicht. Sein Herz schlug so hart, daß es ihn schmerzte mit seinem Pumpen; es war, als wolle es sich seinen Weg durch den Brustkorb nach außen pumpen. Wer immer da an die Tür geklopft hatte, jetzt brüllte er wütend, er wolle gern wissen, was zum Teufel hier eigentlich los sei? Victor taumelte zur Tür, legte seinen Mund dicht daran und flüsterte, es sei nichts, es sei schon vorbei. «Geb's Gott!» stöhnte die Stimme.

Victor konnte nicht mehr schlafen. Er stand sehr früh auf und ging in den Flur hinaus, mit einem Riegel Seife und einem Topfschrubber. Damit brachte er die Kritzelei zum Verschwinden. Sie hatte ihren Sinn verloren, es war bereits soweit: Die Scheiße stand bis zur Decke!

Er ging in die Bibliothek, um nachzusehen, was er über Blutgruppen in Erfahrung bringen konnte. Es gab eine Menge Literatur darüber. Victor wußte, daß er ein intelligenter Mensch war – irgend jemand hatte mal seinen Intelligenzquotienten gemessen, als er aufs College ging, und er hatte sich auf 130 belaufen – und daß er für gewöhnlich imstande war, wissenschaftliche Daten zu begreifen, aber die Blutgruppen waren doch zu viel für ihn; das war einfach zu kompliziert und abstrus, um da folgen zu können. Was er immerhin begriff, war, daß das A-B-O-System bereits vor langer Zeit, etwa um 1900, entdeckt worden war, daß man aber seither ein Dutzend oder mehr anderer Systeme erfunden hatte, einschließlich des Rhesus-Systems. Und jedes für sich ließ sich testen, was einer immer breiteren Auffächerung der Möglichkeiten gleichkam, festzustellen, welches Blut wem gehörte. Da gab es das MNS-System, das Luther-, das Kell-, das Yt- und das Domrock-System. Wirklich, es sah aus, als käme bald die Zeit, in der die Blutgruppe eines jeden Menschen von der aller anderen unterscheidbar war.

Später dachte er nüchterner über alles das nach. Er war ja nie wegen Vergewaltigung angeklagt worden, nie hatte man ihm eine Vergewaltigung nachgewiesen. Außerdem hatte er nicht vor, je wieder eine Frau zu überfallen. Wenn er zehn Jahre im Gefängnis überstanden hatte, ohne eine zu überfallen, dann konnte er auch noch den Rest seines Lebens so überstehen. ‹Vergewaltigung ist kein sexueller Akt, sondern ein Akt der Aggression›, hatte es in der Zeitung geheißen. Waren es also Zorn und Wut, die ihn über Frauen herfallen ließen? Und wenn er mit dieser Wut auf andere Weise fertig wurde, würde er dann gar nicht mehr über sie herfallen wollen?

Tom wohnte in North Ealing, draußen in der Nähe der Park Royal Station. Victor fand nicht, daß das Haus dazu angetan war, eine

Station auf seiner geträumten Lebensstraße zu werden, klein, wie es war. Doppelhaushälfte, eines jener typischen Gemeindesiedlungshäuser, wie sie zwischen den Kriegen im Nordwesten Londons nur so aus dem Boden geschossen waren. Wahrscheinlich gehörte es Tom sogar. Ein umgekipptes Dreirad lag auf dem Rasenfleckchen davor und daneben ein Teddybär mit dem Gesicht nach unten. Er sah aus, als habe ihm jemand in den Rücken geschossen. Victor zuckte förmlich zusammen, und er fragte sich, warum ihm ausgerechnet dieser Vergleich einfallen mußte! Er hatte eigentlich überhaupt nicht herkommen wollen, sondern den Tag dazu benutzen, sich einen Plan für seine Zukunft zurechtzulegen – zuerst spazierenzugehen, also seine Gewöhnung an die Außenwelt weiter zu betreiben, und später zu Hause in seinem Zimmer auszurechnen, wieviel Geld er besaß und wieviel er flüssigmachen konnte. Aber er war nur bis zum Ealing Park gekommen, als es anfing zu regnen, und da war er in die U-Bahnstation gegangen, um sich unterzustellen. Es wollte und wollte nicht aufhören, es schüttete nur so, ein typisches sommerliches Unwetter. Park Royal lag nur zwei Stationen weiter auf dieser Linie, und wenigstens kriegte er da ein Mittagessen vorgesetzt.

Das Dreirad glitzerte von Wassertropfen, und der Teddybär sah klatschnaß aus, obgleich der Regen jetzt aufgehört hatte. Toms Kinder mußten die Sachen im Stich gelassen haben, um schnell ins Haus zu rennen. Victor mochte Kinder nicht besonders. Eine dünne Frau öffnete ihm die Tür. Sie lächelte bei weitem zu enthusiastisch und versicherte ihm auf äußerst herzliche Weise, wie froh sie sei, daß er da wäre, wie sehr sie und die Kinder sich darauf gefreut hätten, ihn kennenzulernen. Ein merkwürdiger Erinnerungsfetzen schoß Victor durch den Kopf, als er das Wohn-Eßzimmer betrat. Es handelte sich um einen Zeitungsartikel, den er vor vielen Jahren gelesen hatte, lange bevor er ins Gefängnis kam. Darin wurde die Theorie aufgestellt, daß niemand länger als fünf Jahre im Gefängnis zubringen und dabei geistig ganz gesund bleiben könne. Ein Psychiater, der sich als Verhaltensforscher bezeichnete, hatte den Aufsatz geschrieben. Während all der Zeit, die er im Gefängnis verbracht hatte, war es ihm nicht eingefallen, aber ausgerechnet jetzt tat es das, und zwar wie eine Art Blitz oder wie ein Schock... Er konnte sich nicht erklären, warum er sich jetzt plötzlich daran erinnerte, denn an Liz Welch oder an dem kleinen, schäbigen, vollgestopften Zimmer war bestimmt nichts, das es ausgelöst haben konnte.

«Tom ist gerade losgeflitzt, um eine Flasche zu besorgen», sagte sie, «Wein, meine ich. Möchten Sie vielleicht jetzt erst mal eine Dose Bier?»

Sie lebten also mehr oder weniger von der Hand in den Mund, dachte Victor, und mußten darum jedesmal wohl oder übel zur Weinhandlung laufen, wenn einer zu Besuch kam. Wahrscheinlich war auch nur eine einzige Dose Bier im Haus. Er hatte noch nie Bier getrunken, er mochte es nicht. Die Welchs waren arm. Tom kriegte nichts bezahlt für seine Arbeit bei der Bewährungshilfe, er war von Beruf Schullehrer. Aber er tat Victor nicht sonderlich leid. Ihm kam es einfach schwachsinnig vor, zu heiraten und sich mit diesem ganzen Kram zu belasten.

Die Kinder kamen herein, verschüchtert und glotzend. Das kleine Mädchen trug eine Stahlbrille. Der Junge, der ein wenig kleiner war, hatte einen Verband ums Knie, aus dem das Blut zu sickern begann. Als der Kleine das Blut sah, brach er in lautes Geschrei aus. Da nahm ihn die Mutter auf den Schoß und tröstete ihn. Mrs. Welch redete mit Victor über das Wetter, andere Themen schienen ihr wohl zu heikel.

«Dieser ewige Regen, Tag für Tag», seufzte sie und wickelte dabei den Verband ab. «In der letzten Woche hat es doch keinen einzigen Tag ohne Regen gegeben. Genauso schlimm wie letztes Jahr, nicht wahr?»

Sie merkte, was sie gesagt hatte, und wurde rot. Victor genoß ihre Verlegenheit. Er überlegte, ob es wohl Tom gewesen war, der der Polizei erzählt hatte, wo er zu finden wäre. Aber Tom wußte doch nichts von seiner Vergangenheit als Frauenschänder, oder? Tom kam herein, als Liz eben das Knie des Kindes frisch verband. Es hatte wieder angefangen zu regnen, und das Wasser rann an seinem hellblauen Nyloncape herunter. Er schüttelte Victor herzlich die Hand, brachte eine Flasche bulgarischen Rotwein zum Vorschein, den er eingekauft hatte, und meinte, jetzt wollten sie sich's gutgehen lassen.

Victor beschloß plötzlich, Tom lieber nicht zu erzählen, daß er die Absicht hatte, aus London wegzuziehen. Je weniger alle Welt von seinem Tun wußte, desto besser. Wären sie allein gewesen, vielleicht hätte er dann seine Befürchtungen erwähnt, daß er womöglich in Fleetwoods Buch vorkommen werde, und er hätte ihn gefragt, wohin er sich um Rat wenden konnte, um juristische

Schritte dagegen zu unternehmen. Aber er würde doch nicht in Gegenwart dieser Frau darüber reden – er hoffte bloß, sie wüsche sich die Hände, ehe sie das Essen servierte – oder vor diesem greinenden Jungen oder dem Mädchen, das, seit er das Zimmer betreten, nichts anderes getan hatte, als wie angewurzelt vor ihm zu stehen und ihn anzuglotzen.

Endlich kam das Mittagessen. Es gab Schweinebraten, Apfelsauce, Konservenerbsen und alte Kartoffeln, gekocht, nicht geröstet. Hinterher gab es eine Sainsburytorte mit Himbeeren und roten Johannisbeeren und einer Creme darüber, die aus Pulver angerührt war. All das erinnerte Victor an bessere Sonntagsessen im Gefängnis. Tom redete über Fernsehprogramme, und Victor sagte, er dächte daran, sich einen Fernseher zu mieten. Das belebte die Welchs sichtlich, weil es ihnen Gelegenheit gab, verschiedene Verleihfirmen zu empfehlen und zu vergleichen, was sie über die unterschiedlichen Gebühren wußten. Tom ging hinaus, um Kaffee zu machen, während Liz den Tisch abräumte.

Mit den Kindern allein gelassen, verschanzte sich Victor hinter dem *Sunday Express*. Soweit er sah, stand nichts darin über die Vergewaltigung oder über Fleetwood. Das einzige, was ihn stutzen ließ, war auf einer der inneren Seiten das Foto eines Mannes zu Pferde, der durch den Epping Forest ritt. Ihm war, als wolle das etwas bedeuten, als wolle ihn das Schicksal in diese Richtung weisen. Und eigentlich war das auch gar nicht außergewöhnlich. Es war doch bekannt, daß aller guten Dinge drei waren, daß man zum Beispiel bloß auf einen neuen Namen oder ähnliches stoßen mußte, und schon begegnete er einem am gleichen Tag noch zwei weitere Male.

Er fuhr zusammen unter einem Faustschlag, der von hinten gegen das Papier knallte, und er rettete die Zeitung zur Seite, dachte aber nicht daran, sie sinken zu lassen. Aber das kleine Mädchen griff nach dem oberen Rand und zog sie herunter, und über das Papier hinweg brachte sie ihr Gesicht dicht an seins heran.

«Was ist ein Galgenvogel?» fragte das Kind.

Victor stammelte: «Weiß ich nicht.»

«Mein Vati hat zu meiner Mammi gesagt, es hilft nichts, Sonntag müssen wir mal einen meiner Galgenvögel einladen.»

Manchmal dachte Victor, er habe seine ganze Bildung einzig und allein aus Zeitschriften bezogen; die meisten Informationen, die er in seinem Hirn gespeichert hatte, stammten anscheinend daher. Vielleicht lag das Zeitschriftenlesen in seiner Familie, vielleicht war es auch eine Leidenschaft, die nur bei ihm und bei Muriel zutage getreten war, denn er konnte sich nicht erinnern, daß sein Vater und seine Mutter sonderlich viel gelesen hätten. Aber er konnte sich sehr wohl entsinnen, daß Muriel ihm Comic-Hefte mitbrachte, als er sehr klein war, und vielleicht war das der Anfang dieser Gewohnheit gewesen?

Ein Aufsatz in einem Magazin hatte in ihm den Glauben genährt, er könne sich von seiner Phobie selbst heilen. Das war Jahre her, lange vor dem Gefängnis, lange vor dem Haus in Solent Gardens, lange bevor er Sydneys Pistole klaute. In dem Aufsatz hieß es, die darin beschriebene Methode entstamme modernster psychotherapeutischer Behandlung – bloß übe man sie eben alleine aus, ohne Psychotherapeuten. Man beginne damit, daß man sich Bilder des Objektes ansah, das man fürchtete. Ein oder zwei Wochen zuvor war unter den Zeitschriften, die Victor gekauft hatte, zufällig ein Natur-Magazin gewesen, dessen Mittelteil einen ausführlichen Bericht über die Landschildkröten Nordamerikas enthielt, besonders über das Liebeswerben der Gopherschildkröte. Kaum hatte er auch nur einen flüchtigen Blick darauf geworfen, da hatte Victor das Magazin hastig zugeklappt und sogar noch eine andere Zeitschrift darübergelegt, damit nicht einmal mehr der Umschlag zu sehen war. Dabei war das Titelbild harmlos genug, es zeigte einen Schmetterling, der an einer blühenden Orchidee hing, aber da Victor nun einmal wußte, was sich auf den Innenseiten befand, genügte dieses unschuldige und wirklich sehr schöne Foto, ihm einen Schauer über den Rücken zu jagen. Trotzdem warf er das Magazin nicht weg, denn es stand darin noch ein anderer Artikel, den er gern lesen wollte – falls er je den Mut aufbrachte, auch nur die äußeren Seiten noch einmal anzufassen. Bevor er die Sache über die moderne Psychotherapie gelesen hatte, brachte er diesen Mut nicht auf. Aber gut, er würde es versuchen.

Als Halbwüchsiger, während er noch zur Schule ging, hatte er einmal mit seiner Klasse das Victoria und Albert Museum besucht. In dem Museum war eine Whieldon-Teekanne aus Staffordshire ausgestellt gewesen, etwa von 1765 – er wußte das noch ganz genau, nie würde er es vergessen –, geformt in der Gestalt einer Schildkröte, das Steingut gemustert wie ein Schildkrötenpanzer. Da hatte sie gestanden, direkt vor ihm, und sie blickte ihn an! Ein vollkommen unerwarteter Anblick. Victor war in Ohnmacht gefallen.

Niemand wußte damals, warum. Und er dachte nicht daran, es ihnen zu sagen. Allein der Gedanke, seine Schulkameraden wären dahintergekommen, hinter eine solche Macke! Jungen in dem Alter kannten keine Gnade. Die Lehrer, die sie begleiteten, dachten, er sei krank, und tatsächlich hatte sich der Vorfall auch ereignet, als er noch nicht lange wieder zur Schule ging, nachdem er Grippe und Bronchitis gehabt hatte. Seitdem war seine Phobie schlimmer geworden, sehr langsam aber stetig war sie immer schlimmer geworden, bis sie den Punkt erreichte, wo er nicht nur kein Bild dieser Kreatur ansehen konnte, sondern wo er nicht einmal mehr ein Buch berühren konnte, in welchem das Bild vorkam, wo er nicht einmal nahe an das Regal oder den Tisch herangehen konnte, auf dem es lag. Alles dies durchlitt er im geheimen, ganz für sich und in aller Stille. Pauline besaß eine Haarbürste mit einem Schildpattrücken, die er zwar berühren konnte – eben gerade anfassen –, aber sie war ihm doch zuwider, und er mochte es nicht, wenn der Name erwähnt wurde.

Natürlich konnte man ganz gut durchs Leben kommen und den Landbewohnern unter den Schildkröten der Familie testudinae dabei nur selten begegnen. Es war nicht so, als habe man eine Phobie gegen Katzen oder gegen Spinnen. Aber daß er im Victoria und Albert Museum glatt in Ohnmacht gefallen war, das hatte ihn wirklich erschreckt, oder vielmehr die Wirkung, die das Tier auf ihn ausübte. Was würde passieren, wenn er eine echte sähe?

In der Absicht, seine Phobie zu heilen, oder wenigstens in dem Versuch, sie zu heilen, schlug er jenes Magazin in der Mitte auf und zwang sich, hinzusehen. Zuerst war es eine böse Erfahrung. Er schauderte, fühlte sich elend, ihm wurde übel, und dann fing er an, unkontrollierbar zu schlottern. Aber er befolgte stur die Anweisungen. Er redete sich immer wieder ein, daß dies ein harmloses Reptil sei, daß dies hier lediglich Fotos des harmlosen Reptils seien, in glänzenden Farben zu Papier gebracht. Sie konnten ihm doch nichts anhaben, und es stand ihm ja frei, das Magazin zuzuklappen, wann immer er wollte. Und so weiter.

Bis zu einem gewissen Grade klappte es. Er schaffte es, die Bilder zu betrachten, er schaffte es sogar, ihnen gegenüber ganz gleichgültig zu bleiben, obwohl er nach jeder solchen Sitzung eine enorme Müdigkeit, ein Gefühl totaler Erschöpfung an sich feststellte. Er ging in die Bibliothek, schlug in der *Encyclopedia Britannica* unter ‹Schildkröte› nach und zwang sich, seine Augen auf den gräßlichsten Anblick zu heften, der ihm in seinem ganzen Leben begegnet war – eine Farbfotografie des testudo elephantopus, der riesigen Galapagos-Schildkröte, eines ungeheuer mächtigen Reptils, einen Meter dreißig lang und an die dreihundert Pfund schwer. Zum Glück war das Bild von ihr sehr klein.

Der nächste Schritt sollte der Besuch in einer Tierhandlung sein. Aber da versagten seine Nerven. Auch die Anweisungen des Artikels versagten, denn etwas war dabei unerläßlich – die Gegenwart eines Psychotherapeuten, und wenn auch nur in der Rolle eines mitfühlenden menschlichen Wesens. Victor konnte es für sich allein nicht schaffen. Er rief tatsächlich eine Tierhandlung an und fragte, ob sie wohl Schildkröten hätten – er sprach das Wort am Telefon laut aus! –, und sie sagten, ja, sie hätten welche, und er machte sich auf den Weg dahin... Aber die ganze Anstrengung hatte ihn total geschafft, und sein Kampfgeist war gebrochen. Was hatte es schließlich auch für einen Sinn, wo man doch kaum je so eine Kreatur zu Gesicht bekam, wenn man sie nicht geradezu suchte?

Immerhin bildete er sich ein, daß es ihm seitdem nicht mehr ganz so schlecht gehe. Einen gewissen Fortschritt hatte er gemacht, einen gewissen Erfolg errungen. Er konnte jetzt an Tierhandlungen vorübergehen, er mußte nicht mehr einen Bogen um sie machen, und er konnte die Umschlagseiten von Naturmagazinen betrachten und auch anfassen, ungeachtet dessen, was vielleicht, ganz zufällig, drinnen war. Seit seiner Entlassung aus dem Gefängnis war diese leichte Besserung, die er bei seiner Phobie erreicht zu haben glaubte, nicht auf die Probe gestellt worden. Das geschah erst am vierten oder fünften Morgen, nachdem er so außer sich in seinem Zimmer herumgewütet hatte.

Gegen halb zehn am Morgen klopfte jemand an seine Tür. Es war Mrs. Griffith, die Victor zum erstenmal richtig zu Gesicht bekam. Angezogen war sie eher wie eine Frau, die zu einer Gartenparty in den Buckingham Palast eingeladen war, so, wie sie vor runden dreißig Jahren stattgefunden hatten: marineblaues Kostüm, Rüschenbluse, Strohhut mit weißer Nylonblume darauf, weiße Handschuhe und sehr hochhackige, ausgeschnittene, weiße Schuhe. Am linken Aufschlag ihrer Kostümjacke steckte eine goldene Brosche in Form einer Schildkröte, deren Panzer aus Steinen gebildet war, mochten es nun echte Saphire sein oder nicht.

«Es sind mir Klagen gekommen Ihretwegen, Mr. Jenner», sagte sie.

Es lag ihr fern, sich Zurückhaltung aufzuerlegen, zunächst zu zögern oder ihre Worte einzuleiten mit einem ‹Ich fürchte...› oder ‹Sie werden's mir nicht verübeln, wenn ich Ihnen sage...› Sie haute gleich voll drauflos, und sie sprach in einem vulgären Tonfall, schon beinahe Cockney, der in krassem Widerspruch stand zu ihrer vornehmen Aufmachung. Victor hatte nur einen einzigen Blick auf die Brosche geworfen; er mußte schlucken, und dann blickte er fort. Aber immerhin war ihm nicht so, als ob er in Ohnmacht fiele, ihm wurde nicht mal übel. Er meinte sogar, er würde es schaffen, noch einmal hinzublicken, vorausgesetzt, er heftete seinen Blick nur auf die blauen Steine und vermied den winzigen, goldenen, vorstehenden Kopf.

«So herumzulärmen in der Nacht», schimpfte sie, «herumzutrampeln und gegen die Wand zu ballern und ich weiß nicht was sonst noch alles!» Er sah, wie sie mit den Augen die Möbel absuchte nach Bruchstellen oder fehlenden Beinen. «Was wollten Sie denn eigentlich?»

«Ich hab schlechte Träume gehabt», sagte er, und seine Augen wanderten zurück zu der Brosche.

«Legen Sie sich gefälligst nächstes Mal ins Bett, wenn Sie wieder welche haben», sagte sie, und da sie seinen hypnotischen Blick und vielleicht auch seine fahle Gesichtsfarbe bemerkte, meinte sie noch: «Ich hoffe, Sie sind in Ordnung, Mr. Jenner? Ich hoffe, wir kriegen keinen Ärger mit Ihnen. Zum Beispiel...» fügte sie zögernd hinzu «... muß man etwa damit rechnen, daß die Polizei noch mal kommt?»

«Nein», sagte Victor, «oh, nein.»

Es würde gut sein, so bald wie möglich hier auszuziehen, dachte Victor, als sie gegangen war. Wenn er seine Augen schloß, dann sah er noch immer diese Brosche, ein dunkel glühendes Abbild auf weißem Hintergrund. Aber langsam wurde es undeutlicher und verschwand.

7

Auf dem Bahnsteig hing eine Übersichtskarte des U-Bahnnetzes, so wie es sie auch früher schon auf den Bahnhöfen gegeben hatte. Aber Victor machte sich nicht die Mühe, daraufzuschauen, denn die Anzeigentafel sagte ihm, daß der als nächstes eintreffende Zug nach Epping fuhr. Das war nicht ganz das äußerste andere Ende der Central Line, aber doch fast. Eine kleine Nebenlinie ging während der Hauptverkehrszeiten noch weiter nach North Weald und Ongar. Er stand auf dem Bahnsteig, mit einer Rückfahrkarte nach Epping in der Tasche, und wartete auf den Zug, der ohnehin nur bis Epping fuhr. Später, in den darauffolgenden Wochen, sollte er sich noch oft fragen, was wohl geschehen wäre, wenn er auf die Übersichtskarte geblickt hätte. Hätte das sein Leben grundlegend verändert, wäre es dann in anderen Gleisen verlaufen, sozusagen auf einer alternierenden Linie? Gewiß, womöglich hätte er seine Absicht, an diesem Tag nach Epping zu fahren, geändert, aber auf lange Sicht betrachtet, hätte sich wahrscheinlich nichts geändert. Wahrscheinlich war er zu diesem Zeitpunkt bereits auf bestimmte Schritte festgelegt, auf einen bestimmten, unausweichlichen Kurs, auch wenn das seinem bewußten Denken nicht bekannt war.

Die Fahrt war lang und langsam, denn die Linie verlief schon bald in dem Tunnel, den sie bis zu den östlichen Randbezirken Londons nicht wieder verlassen sollte. Victor hatte sich zum Lesen *Ellery Queen's Magazine* und *Private Eye* gekauft. In Notting Hill Gate begann der Zug voll zu werden. Eine ältere, stark übergewichtige Frau warf sehnsüchtige Blicke auf seinen Sitzplatz und seufzte jedesmal, wenn jemand sie anrempelte oder sich an ihr vorbeidrängte. Victor bot ihr seinen Platz nicht an. Warum sollte er auch? Keine Frau hatte jemals etwas für ihn getan, sie hatten sich ihm gegenüber sogar feindlich verhalten: seine Mutter, die ihn vernachlässigt hatte, die boshafte alte Schachtel Muriel oder Pauline, Rosemary Stanley, die geschrien und das Fenster eingeschlagen hatte, als er sich ihr auf Gedeih und Verderb ausgeliefert hatte, und dann dieses Weib, die Griffith, mit ihrem harten Gesicht... Nein, er schuldete den Frauen nichts, und er nahm es geradezu übel, als ein Mann, etwa in ihrem Alter, aufstand und der Dicken seinen Platz anbot.

Endlich, hinter Leyton, schlüpfte der Zug aus dem Tunnel heraus. Victor war auf dieser Strecke noch nie so weit gefahren. Dies hier waren bereits entlegene Vororte. Der Blick ging auf die Hinterfronten von Häusern mit großen, weitläufigen Gärten voller Gras und Blumen und in Blüte stehenden Birnbäumen, die sich bis an den Bahndamm erstreckten. Noch vier weitere Stationen ähnlicher Art und dann, hinter Buckhurst Hill, geradezu das Hereinbrechen der Landschaft, des Grüngürtels, der London umgab! Loughton, Debden und dann etwas, das aussah wie ein riesiger Bezirk von Gemeindesiedlungen mit Fabrikanlagen dazwischen. Danach kam der Zug wieder durch mehr oder weniger unverdorbene Landschaft, verlangsamte das Tempo und kam zum Halten. Die Station hieß Theydon Bois.

Victor starrte den Namen an. Er hatte nicht auf die Übersichtskarte geblickt, und ihm war nie klar gewesen, daß Theydon Bois hier in diesem Waldwinkel lag, direkt anschließend an Epping... Essex, hatte es im *Standard* geheißen, und natürlich, dies war Essex, zum Großstadtbereich gehörend zwar, aber doch schon Essex. Das war eine der größten Grafschaften Englands, und sie erstreckte sich von Woodford im Süden bis nach Harwich im Norden. Den Namen vor sich zu sehen, die Buchstaben dieser beiden Worte, die ihn anzuspringen, die zu vibrieren schienen, das wirkte auf ihn wie ein Schock, der ihm Brechreiz verursachte. Er stand auf und starrte darauf hin, lehnte sich über die Sitzbank und stützte die Hände auf das Fenstersims. Die Türen schlossen sich, und der Zug setzte sich wieder in Bewegung. Victor wandte sich ab und blickte, ohne etwas zu sehen, in das Gesicht eines Mitreisenden, eines Mannes in mittleren Jahren.

Der Mann grinste ihn an. «Theydon Bois», sagte er, «oder *Theydong Boa*, wie die Einwohner es *nicht* nennen.» Und er lachte wiehernd über seinen Witz.

Victor sagte nichts. Völlig benommen setzte er sich wieder hin. Hier also, hier wohnte Fleetwood. Dort draußen, irgendwo hinter den Stationsgebäuden und den Bäumen stand das Haus mit den Holzschindeln und dem Giebel, mit den Rosen um die Tür und der Vogeltränke im Garten. Wenn er auf die Übersichtskarte geblickt hätte, dachte Victor, dann wäre ihm aufgegangen, wo Theydon Bois lag, und dann wäre er nicht hergekommen. Wenn er seine Augen schloß, dann sah er diesen Namen vor sich, Theydon Bois, in grellweißen Buchstaben, die ein wenig vibrierten, auf und nieder tanzten. Er wünschte so sehr, er wäre nicht hergekommen, denn jetzt wurde ihm übel, richtig körperlich übel. Welchen Sinn hatte es überhaupt, daß er nach Epping fuhr? Was glaubte er eigentlich, was dabei für ihn herauskommen würde? Er konnte es sich doch gar nicht leisten, ein Haus zu kaufen, und Mietwohnungen gab es hier bestimmt nicht, so was gab es nie in Gegenden wie dieser. Als ob er daran dächte, nur einen Kilometer von Fleetwood entfernt zu leben!

Der Zug hielt in Epping, und Victor stieg aus. Dies war ja sowieso die Endstation. Zuerst hatte er gezögert, hatte gemeint, er könne ebensogut im Zug sitzen bleiben und wieder zurückfahren, aber seine Übelkeit hinderte ihn daran. Frische Luft würde ihm guttun – er malte sich aus, er müsse sich im Zug übergeben, und die Leute sahen ihm zu!

Epping hatte sich nicht sehr verändert, soweit er sehen konnte. Die High Street schien allenfalls ein bißchen ruhiger, weniger verstopft, und es gab Verkehrsschilder, die darauf hindeuteten, daß während seiner verlorenen zehn Jahre hier neue Straßen gebaut worden waren, um den Verkehr abzuleiten. Der weite Marktplatz sah noch ziemlich genauso aus, ebenso der Wasserturm in Form einer Burg mit dem einsamen Türmchen, das an einer Ecke aufragte und kilometerweit zu sehen war, die graue Steinkirche, die große, dreieckige Grünfläche und die hohen, schattigen Bäume. Victor ging von einem Ende der Stadt bis zum anderen, von der Waldseite des Turms fast bis zum St. Margaret's Hospital. Viel sehen tat er nicht, der Prozeß des Sehens, des Registrierens war gleichsam in die Schwebe geraten. Er konnte an nichts anderes denken als an Fleetwood und an die Tatsache, daß Fleetwood nicht weiter als ein, zwei Kilometer von ihm entfernt war, drüben hinter jenem Hügel gegen Südosten. Oder vielleicht sogar noch näher, denn wenn die Leute aus Theydon Bois einkaufen gingen, dann kamen sie doch sicherlich hierher?

Als er zurückging, hügelabwärts, wurde er sich bewußt, daß er nach Fleetwood Ausschau hielt. Es parkten überall Autos, und Victor betrachtete sie alle, auf der Suche nach jenem Aufkleber mit einem Strichmännchen in einem Rollstuhl, wie Behinderte ihn an der Windschutzscheibe haben. Wenn Fleetwood hier in der Stadt einkaufte, dann würde auch er in einem Rollstuhl sitzen. Victor entdeckte auch wirklich einen Rollstuhl vor einem Supermarkt. Er ging darauf zu, und wieder stellte sich die Übelkeit ein. Aber schon auf eine Entfernung von fünfzig Metern konnte er erkennen, daß die Person, die mit dem Rücken gegen ihn gewandt darin saß, blonde Haare hatte. Während er an der sitzenden Gestalt vorüberging und den Speichel hinunterschluckte, der sich in seinem Mund gesammelt hatte, blickte er flüchtig zurück und sah einen Jungen mit hochgezogenen Knien und verdrehten, spastischen Händen.

Es war noch früh, noch nicht einmal Mittag. Der Regen, über den Liz Welch so gejammert hatte, kam unverhofft als stürmischer Schauer zurück, begleitet von Donnergrollen über dem Wald. Victor trat in ein Lokal, das halb Café und halb Weinbar war, bestellte sich eine Tasse Kaffee, und weil es regnete und ohnehin beinahe Mittagszeit war, noch einen Hamburger und Salat und ein Erdbeerjoghurt dazu. Die Übelkeit war vergangen. Ebenso der Regen, jedenfalls vorübergehend, und die Sonne war wieder zum Vorschein gekommen, mit tropischer Hitze und Helligkeit. Sie schien in die Pfützen auf dem nassen Pflaster und machte sie zu gleißenden Spiegeln, zu grell, um hinzublicken.

Victor studierte die Anzeigenkästen vor dem Zeitungsladen. Diverse möblierte Zimmer waren zu vermieten, zwei oder drei in Epping selbst, eins in North Weald und eins in Theydon Bois. Er notierte sich die Telefonnummern. Auf der Anzeige für North Weald stand ‹Anfrage im Laden›, aber als er hineinging, sagte das Mädchen hinter dem Ladentisch, sie wisse ganz bestimmt, daß das Zimmer schon vor Wochen, ach, vor Monaten vergeben worden sei; man habe sich bloß nicht die Mühe gemacht, die Anzeige herauszunehmen; warum, wisse sie auch nicht.

«Kann man von hier nach Theydon Bois laufen?» fragte er sie.

Mit einem Grinsen auf dem flachen Gesicht sah sie ihn an. «Sie könnten das vielleicht. Ich könnte es nicht, das weiß ich.» Sie dachte wohl, er sei auch an dem Zimmer interessiert, das auf der Karte daneben angezeigt war. «Ich nehme an, das da ist auch längst weg. Der meiste Kram hier ist völlig veraltet.» Sie sprach mit jener Gleichgültigkeit gegenüber den Interessen eines Arbeitgebers, die so typisch ist für jemanden, dessen Job langweilig war und nicht den Fähigkeiten entsprach.

Er hatte gar nicht die Absicht, nach Theydon Bois zu gehen, und er hatte keine Ahnung, weshalb er die Frage gestellt hatte. Als ob er dort wohnen wollte! Er verließ den Laden und ging in Richtung U-Bahnstation. Wenn er schon außerhalb Londons wohnen wollte, warum dann nicht irgendwo am Fluß, in Kew oder Richmond zum

Beispiel, oder ganz oben im Norden, an der Grenze zu Hertfordshire?

Es stand zwar ein wartender Zug da, aber es dauerte noch lange, ehe er abfuhr. Eine alte Frau mit zwei Tragetaschen stieg in den Zug. Er und sie waren die einzigen Menschen im Wagen. Victor merkte bald, daß mit ihr etwas nicht stimmte, daß sie vermutlich mehr als nur ein bißchen verrückt war, auf jeden Fall litt sie an Wahnvorstellungen. Sie trug einen langen, rotgeblümten Rock und dazu ein Sweatshirt mit einer Nummer drauf, wie ein amerikanischer Baseballspieler – beides höchst unpassende Kleidungsstücke für jemanden in ihrem Alter. Ihre Schuhe und Strümpfe jedoch waren höchst konventionell, ebenso der für alte Damen typische Strickhut, der mit Häkelschnüren unter dem Kinn gebunden war.

Zuerst saß sie einfach nur da, lächelnd und nickend, hantierte mit ihren Taschen herum, stellte die eine rechts, die andere links neben sich, dann beide auf die rechte Seite, dann beide zwischen ihre Knie. Die Türen schlossen sich, vibrierten und gingen wieder auf. Sie stand auf, ließ ihre Taschen stehen, wo sie waren, trippelte zum einen Ende des Wagens, ließ das Fenster zwischen diesem und dem nächsten herab, rannte dann das ganze Stück bis zum gegenüberliegenden Ende und machte mit dem Fenster dort dasselbe. An der offenen Tür lehnte sie sich weit hinaus und blickte nach beiden Seiten den leeren, sonnenbeschienenen Bahnsteig entlang. Victor begriff, daß sie so tat, als sei sie der Schaffner, und ein kalter Schauer fuhr ihm das Rückgrat entlang. Sie war mindestens siebzig. Er konnte sich nicht entsinnen, jemals einen Schaffner in der U-Bahn gesehen zu haben, nicht mal in den früheren Jahren, aber geben tat es sie wahrscheinlich, sie existierten tatsächlich, und so spielte sie hier eben Schaffner. Auch wenn ihm das klar war, er fuhr doch zusammen, als sie sich hinauslehnte und schrie: «Vorsicht beim Schließen der Türen!»

Entweder war es Zufall, oder sie wußte etwas, das er nicht wußte, denn noch während sie es rief, begannen die Türen sich zu schließen. Sie sprang zurück und rieb mit sichtlicher Zufriedenheit ihre Hände aneinander. Dann rief sie Victor zu: «Alles einsteigen nach Liverpool Street, Oxford Circus, White City und Ealing Broadway!»

Victor sagte nichts. Er war verlegen, aber ihn beschlich auch ein Gefühl, das schlimmer war als Verlegenheit. Er mußte an diesen

Ausspruch denken, der ihm gestern bei den Welchs plötzlich wieder eingefallen war, an diesen Verhaltensforscher, der gesagt hatte, daß das Gefängnis jeden verrückt macht, der länger als fünf Jahre drinnen ist. Er, Victor, war zweimal so lange dort gewesen. Und auch er bemerkte an sich eigenartige Verhaltensweisen, Abweichungen von der Norm und Impulse, die er kaum verstehen konnte. Würde er eines Tages auch so werden wie diese alte Frau? Sie saß jetzt wieder ihm gegenüber, räumte mit ihren Taschen umher, flüsterte Unverständliches und lächelte. Der Zug hatte das Tempo beschleunigt und fuhr auf Theydon Bois zu. Sie schlingerte den Gang zwischen den Sitzen entlang, packte den Griff der letzten Tür am anderen Ende des Wagens und mühte sich ab, sie zu öffnen. Ihm kam der entsetzliche Gedanke, sie könne vorhaben, sich hinauszustürzen. Er wußte nicht, was er tun sollte. Die Taschen standen jetzt auf dem Fußboden, ihm gegenüber, und er sah, wie sich eine von ihnen bewegte. Ja, er sah in einer der Taschen eine leichte Bewegung, das Oberteil schien sich zu heben und zu senken. Möglich, daß da drinnen ein Tier war... ein Kaninchen vielleicht? Oder das Ding, dessen Namen er lieber nicht aussprach? Oder war es lediglich das Plastikmaterial der Tasche selbst, das auf Temperaturveränderungen reagierte? Aber Victor glaubte nicht, daß es letzteres war. Er stand auf und stellte sich an die Tür. Sie kam, stellte sich dicht neben ihn und blickte ihm von unten her ins Gesicht.

Der Zug schien Stunden zu brauchen, um nach Theydon Bois zu kommen. Er kam schon beinahe zum Halten, dann beschleunigte er wieder, und endlich hielt er in der Station. Die Türen öffneten sich, und Victor stieg aus, ungeheuer erleichtert. Er hatte die Absicht, den Bahnsteig entlangzulaufen und in den nächsten Wagen wieder einzusteigen, und er wußte selbst nicht, weshalb er statt dessen einfach dastand und die Erleichterung genoß. Hinter ihm schrie sie wieder: «Vorsicht beim Schließen der Türen!»

Er sah, wie der Zug abfuhr und die Verrückte mit sich nahm. Später fand er, er wäre in jedem Fall aus dem Zug ausgestiegen, sein Schicksal oder seine Sterne oder seine Bestimmung oder sonstwas habe eben verfügt, daß er aus dem Zug stiege – im Moment aber war er verärgert über das, was ihm hier passierte. Wahrscheinlich würde er jetzt eine halbe Stunde auf den nächsten Zug warten müssen.

Es war nicht nur Geldverschwendung, es war auch Zeitverschwendung, fand er, als er die Station verließ und seine Rückfahrkarte abgab. Jetzt würde er nämlich wieder einen Einzelfahrschein nach West Acton kaufen müssen, wenn er erledigt hatte, was immer er hier in Theydon Bois wollte. Und was wollte er hier? Nach Fleetwoods Haus suchen, antwortete eine ruhige kleine Stimme in ihm.

Der Ort war viel größer, als er gedacht hatte. Eine mächtige Grünanlage, durchschnitten von einer Baumallee, bildete das Zentrum. Um diese Grünfläche herum standen Häuser, eine Kirche und ein Gemeindesaal, und von hier gingen Straßen ab, die aussahen, als führten sie zu weiteren, ähnlichen Wohnsiedlungen. Victor ging eine Ladenzeile entlang. Er fühlte sich schwach und verletzlich und doch zugleich angespannt wach. Er hatte bereits einen Wagen mit dem Behindertenaufkleber auf der Windschutzscheibe entdeckt. Aber Tausende von Leuten hatten solche Dinger. Alan hatte ihm mal erzählt, daß sie ganz leicht zu bekommen wären. Jeder Arzt konnte sie einem verschaffen für nichts Schlimmeres als Hühneraugen oder Anfälle von Zipperlein. Es gab also keinen Grund zu der Annahme, daß dieser Wagen, der vor den Läden parkte, ausgerechnet Fleetwood gehörte. Und weit und breit war kein Mann im Rollstuhl oder mit Krücken zu sehen. Zufällig sah Victor sein Gesicht, das sich in einer Schaufensterscheibe spiegelte – dunkel, ziemlich mitgenommen, die Augen fiebrig glänzend, die Augenhöhlen, die allmählich immer dunkler wurden wie bei einem Inder, das kurze, schwarze Haar, an den Schläfen von grauen Fäden durchzogen und grauschimmernd auch in dem zurückgekämmten Büschel über der Stirn. Ein Vergleich, phantasievoller als die, die ihm sonst einfielen, kam ihm in den Sinn: Daß das Alter wie Frost sei, der vorüberstreicht und alles weiß geworden zurückläßt, weiß und welk und schrumpfend, ein Gifthauch, der jeden Hoffnungsschimmer zunichte machte. Würde Fleetwood ihn überhaupt erkennen, wenn er ihn jetzt sähe?

Der ehemalige Polizist hatte sich, wenn die Fotos nicht trogen, fast gar nicht verändert. Aber was hatte *er* schließlich auch für Gründe gehabt, sich zu verändern? In Krankenhäuser hinein und wieder heraus, bedient, umsorgt, verhätschelt... Der hatte ein Leben geführt, das jung hält, hatte nichts getan und nichts erlebt, das ihn alt aussehen ließ. Wieder hatte Victor eine blitzartige Vision jenes Schlafzimmers in Solent Gardens 62, wie er selbst dort mit dem Rücken gegen den Schrank stand und Rosemary Stanley vor sich hielt, einen Arm um ihre Taille geschlungen, und wie dann die Tür aufflog und Fleetwood dastand – Fleetwood, der nicht wissen konnte, daß nur noch wenige Minuten verstreichen sollten, zwei oder drei höchstens, und daß er danach für den Rest seines Lebens nie wieder stehen oder gehen würde. Nur zwei oder drei Minuten lang hatten sie einander angesehen und miteinander gesprochen, bevor er das Mädchen zu Fleetwood hinübergehen ließ und sie sich in seine Arme warf. Vielleicht waren es auch im ganzen fünf Minuten gewesen, ehe der Wind den Vorhang hochblies. Und da hatte er dann unter dem wehenden Vorhang draußen den Mann auf der Leiter gesehen, und Fleetwood hatte ihm den Rücken zugewandt, und da hatte Victor auf ihn geschossen. Allerhöchstens fünf Minuten lang also hatten sie jeweils das Gesicht des anderen studiert, hatten einander in die Augen geblickt, und Fleetwood hatte sich geweigert, ihm zu glauben, hatte sich mit einer derartigen Gläubigkeit auf diese Weigerung versteift, daß er ihm sogar noch den Rücken zukehrte und dadurch Victor ja förmlich herausforderte. Die Herausforderung wurde angenommen – die Pistole war losgegangen. Aber vorher hatte einer des anderen Gesicht besser kennengelernt, als jeder von ihnen das Gesicht der eigenen Mutter kannte, ebenso gut, wie sie ihr eigenes Gesicht kannten, wenn es sie aus dem Spiegel anblickte.

Oder war das alles nur Einbildung? War es Unsinn, und hatte er bloß das Gefühl, er werde Fleetwood mit solcher Leichtigkeit wiedererkennen, weil er immer wieder durch einen Haufen von Zeitungsbildern daran erinnert worden war? Fleetwood dagegen hatte von ihm keine Bilder mehr zu sehen bekommen nach jenen ersten von damals: wie er zwischen zwei Polizisten Solent Gardens 62 verließ, und dann jenes andere, das Victor zu vergessen trachtete – die gesichtslose Aufnahme des Mannes, der angeklagt war, Fleetwood zum Krüppel gemacht zu haben, wie er in einen vor dem Gerichtsgebäude wartenden Polizeiwagen hastet, eine dunkle Jacke über den Kopf geworfen. Sie würde für Fleetwood zu Identifikationszwecken unbrauchbar sein.

Victor blickte über die Schulter zurück. Er sah eine Frau mit bandagiertem Bein aus einem Geschäft kommen und in den Wagen mit dem Behindertenaufkleber einsteigen. Nach Fleetwoods Haus Ausschau haltend, ging er durch die gewundenen Straßen, durch ein Netzwerk von Straßen, wo die Gärten voller rosa und weißer Blüten waren, wo die Bäume ihre grünen Schleier spreizten, Häuser, von denen viele im gleichen Stil gebaut waren wie Fleetwoods, zur gleichen Zeit und aus ähnlichen Materialien – und dennoch waren sie alle nicht jenes *eine*.

Die Straße, die er entlangging, machte eine Schleife, die ihn zu der Grünanlage mit der Baumallee zurückbrachte. Jenseits davon erstreckte sich etwas, das aus der Ferne aussah wie unzählige weitere hübsche, blühende, von Gärten gesäumte Straßen, weitere Häuser aus Backsteinen und Putz und Schindeln, mit Rankengewächsen, die an ihnen hochkletterten und mit Tulpen in den Blumenbeeten. Victor überquerte die Straße und ging über die Grünfläche, mittlerweile voll leiser Befürchtungen. Er zweifelte zwar nicht daran, daß er das Haus sofort erkennen würde, wenn er es sah, aber er zweifelte doch an der Methode, die er gewählt hatte, es zu finden. Warum hatte er nicht das Naheliegendste getan, war in ein Postamt oder in eine Telefonzelle gegangen und hatte Fleetwoods Adresse im Telefonbuch gesucht? Dann hätte ihm jedermann sagen können, wo Fleetwoods Straße war, dazu brauchte er keinen Stadtplan.

Victor hatte die Baumallee erreicht, einen Schotterweg, der die Grünanlage diagonal durchschnitt. Sie führte zum Zentrum dieses ländlichen Vororts und zu der Ladenzeile zurück. Zwei Reihen Eichen bildeten die Allee, und Victor war kaum in den Schatten ihrer Zweige getreten, als er etwas sah, das sein Herz stocken und gleich darauf in schmerzhaften Stößen schlagen ließ. Vom anderen Ende der Allee her, unter den Bäumen und mitten auf dem Weg, kamen sehr langsam ein Mann und eine Frau ihm entgegen, und der Mann saß in einem Rollstuhl.

Sie waren noch weit von Victor entfernt, er konnte ihre Gesichter nicht sehen und auch sonst nicht viel an ihnen erkennen, außer, daß die Frau eine rote Bluse trug und der Mann einen blauen Pullover, aber er *wußte*, es war Fleetwood.

Das Mädchen schob den Rollstuhl nicht, Fleetwood bewegte ihn selbst mit den Händen vorwärts, aber sie ging dicht neben ihm, und sie unterhielten sich angeregt. Es war ein Ort, wo Stimmen weit trugen, und Victor hörte sie lachen, ein klares, glückliches, sorgenfreies Lachen. Dies war also Clare, dachte er, dies war seine Freundin, die Clare hieß. Selbst wenn sie so langsam weitergingen, gleich würde er ihre Gesichter sehen können und sie seins. Er würde in Fleetwoods kantiges, frisches Gesicht mit den regelmäßigen Zügen und den dunklen Brauen blicken, würde es zum erstenmal seit zehn Jahren leibhaftig vor sich sehen, insgesamt überhaupt erst zum zweitenmal. Victor traf nicht bewußt die Entscheidung, dieser Konfrontation auszuweichen, seine motorischen Nerven taten es für ihn. Sie lenkten ihn hastig seitwärts von der Baumallee fort, wieder auf die Grasfläche, trugen ihn über den Rasen zur Hauptstraße, wo die Garage lag und die Häuserreihe und die Kneipe, und als er den Bürgersteig auf der anderen Seite erreicht hatte, da rannte er, rannte zur U-Bahnstation wie einer, der nur noch eine Minute Zeit hat, um seinen Zug zu erreichen.

8

Früher, in den alten Zeiten pflegte Victor mindestens zwei Tages- und eine Abendzeitung zu kaufen, dazu die *Radio Times* und die *TV Times*, *Reader's Digest*, *Which* und *What Car?* und manchmal sogar noch *Playboy* und *Forum*, obgleich das erstere ihn langweilte und ihm von letzterem schlecht wurde. Cals Vorliebe für Pornographie, hart oder weich, überstieg sein Begriffsvermögen. Als Fahrer bei Alan hatte er oft lange Wartezeiten ausfüllen müssen, und den größten Teil seines Lesepensums absolvierte er, während er wartend im Wagen saß. Er versuchte es manchmal sogar mit echt hochkarätigen Zeitschriften, dem *Spectator* oder dem *Economist*, aber nach einer Weile gestand er sich ein, daß er das nur tat, um auf seine Fahrgäste Eindruck zu machen, die natürlich verblüfft sein würden, einen Mietwagenchauffeur in Literaturkritik oder polemische Artikel vertieft zu sehen. An den meisten Tagen lag auf dem Couchtisch seiner Wohnung in Finchley ein Haufen Zeitungen und Magazine, obgleich Victor sie nie derartig gehortet hatte, wie Muriel es tat.

Ein Psychiater, der in *Reader's Digest* schrieb, hatte einmal dargelegt, wie die Lebensgewohnheiten eines Menschen sich immer wieder behaupten, auch wenn sich die Lebensumstände verändern oder eine Periode zwangsweiser Unterbrechung stattgefunden hat. Es war ziemlich genau das, was Victor an sich selbst erlebt hatte – wenn man lange Worte liebte, dachte er. Seine Gewohnheiten behaupteten sich tatsächlich immer wieder, wenigstens die Gewohnheit, Zeitungen und Magazine zu kaufen. Was andere Gewohnheiten betraf, so sollten sie seinetwegen lieber in der Versenkung bleiben, so lange sie wollten. Jedenfalls hatte er sich wieder angewöhnt, zwei Tageszeitungen und eine Abendzeitung zu kaufen und sie von vorn bis hinten durchzulesen, alles, aber auch alles zu lesen, was drinstand. Auf diese Weise stieß er auch auf den kleinen Absatz über die Verhaftung eines Mannes wegen der Vergewaltigung jenes Mädchens im Gunnersbury Park. Ein winziger Absatz auf einer der inneren Seiten, das war alles. Der Name des Mannes war weggelassen, aber es hieß, daß er dreiundzwanzig Jahre alt sei, in Southall wohnte und daß er heute morgen auf dem Amtsgericht Acton erschienen sei, wo ihm der Prozeß gemacht werde. Victor überlegte, ob der wohl auch ein Sekretor war, und noch dazu mit einer nicht allzu gängigen Blutgruppe? Aber wenigstens bedeutete dies, daß die Polizei ihn jetzt in Ruhe lassen würde – bis zum nächstenmal natürlich.

In keiner der Zeitungen stand etwas über Fleetwood. Es gab ja auch keinen Grund, weshalb etwas drinstehen sollte, denn Fleetwood war ja keine Berühmtheit mehr mit Nachrichtenwert. Wahrscheinlich würde auch nichts mehr kommen, bis dieses Buch von ihm erschien. Es lag bestimmt an diesem Buch und an der Wahrscheinlichkeit, daß er darin vorkam, daß er so viel an Fleetwood dachte! Zuerst hatte er bitter bereut, daß er genau an dem Punkt, da eine Begegnung zwischen ihm und dem ehemaligen Kriminalinspektor unausweichlich schien, weggerannt war, obgleich er wußte, daß es seine typische Panik gewesen war, die ihn fortgetrieben hatte, also etwas, über das er wenig Kontrolle besaß. Und nach einer Weile fand er auch, es sei so am besten gewesen, denn was hätten sie einander schließlich zu sagen gehabt, außer Anschuldigungen, außer ihrem Zorn Luft zu machen? Aber was war mit dem Buch? Würde er nun vorkommen in dem Buch, und natürlich in solchem Licht, daß jeder, der es gelesen hatte und mit ihm zu tun bekam, ihn nur noch haßte und verfluchte?

Eines Morgens kam Tom vorbei, um ihm zu sagen, er habe von einem Job gehört – falls Victor daran interessiert sei? Der Besitzer einer Weinhandlung in Toms Nähe suchte einen Fahrer für seinen Lieferwagen. Tom hatte die Anzeige im Schaufenster gesehen. Es war das Geschäft, in dem er Sonntag mittag gewesen war, um den bulgarischen Claret zu kaufen.

«Sie werden natürlich über Ihren Hintergrund Angaben machen müssen», meinte Tom verlegen.

«Angenommen, da sind an die hundert Leute scharf auf den Job, und ich bin der einzige, der zehn Jahre auf dem Buckel hat, dann bin ich bestimmt ein aussichtsreicher Kandidat, was?»

«Ich möchte ja bestimmt nicht den Eindruck erwecken, als wäre meine Einstellung autoritär, Victor, das wissen Sie ganz genau, aber Sie müssen wirklich ein bißchen positiver denken!»

Victor fand, da Tom nun schon einmal da war, konnte er ihn ebensogut fragen. Er zeigte ihm also den Artikel im *Standard* über Fleetwoods Buch.

«Ich bin nicht qualifiziert genug, um Ihnen sagen zu können, ob das Verleumdung wäre oder nicht», sagte Tom und schaute bekümmert drein. «Ich weiß es einfach nicht. Ich könnte mir denken, daß er über Sie nicht einfach sagen darf, was er will, aber ehrlich gesagt, ich weiß es nicht.»

«Ich könnte ja mal einen Anwalt fragen.»

«Ja, aber das wird Sie viel Geld kosten, Victor. Ich werd Ihnen was sagen: Fragen Sie doch mal im Rathaus beim öffentlichen Auskunftsbüro nach. Die haben einen Anwalt, der regelmäßig kommt und kostenlosen Rat erteilt.»

Statt zum öffentlichen Auskunftsbüro ging Victor zur öffentlichen Bücherei, wo es die Telefonverzeichnisse des ganzen Landes gab. Dort suchte er nach Fleetwood und fand ihn eingetragen als ‹Fleetwood, D. G., *Sans Souci*, Theydon Manor Drive, Theydon Bois.› Victor wußte, daß der Name des Hauses französisch war, aber er wußte nicht, was es bedeutete. Er ging hinüber zur Lexikonabteilung und schlug ‹souci› nach. ‹Sans› wußte er schon. Die Übersetzung hieß ‹ohne Sorgen› oder ‹sorgenfrei›, ein merkwürdiger Name für ein Haus, fand er. Ob Fleetwood selbst ihm diesen Namen gegeben hatte? War er denn ohne Sorgen? Ja, vielleicht war er es. Er hatte ja wirklich nichts, um das er sich Sorgen machen mußte, keine schreckliche Vergangenheit zu vergessen, keine unsichere Zukunft zu befürchten. Er brauchte keinen Job, er hatte bestimmt eine hübsche fette Pension, und das Älterwerden konnte ihm auch nicht viel ausmachen.

Victor wollte keinen Spirituosen-Lieferwagen fahren, die Idee war grotesk. Außerdem würde es ja auch kein Fahren sein, oder wenigstens nicht viel – Schleppen würde es sein, große, schwere Kisten, die Treppen rauf in riesigen Mietkasernen. Trotzdem fuhr er mit der U-Bahn nach Park Royal hinaus und fand auch richtig das Geschäft, einen kümmerlichen, kleinen Laden, dessen Fenster mit Billigangeboten und ‹einmaligen Gelegenheiten› vollgekleistert war. Ein Stellenangebot war nicht dabei, und als Victor hineinging, um zu fragen, wurde ihm gesagt, die Stelle sei schon besetzt.

Während er zur U-Bahn zurückging, wurde er sich darüber klar, daß er den Job ausgeschlagen hätte, falls er ihm angeboten worden wäre. Den Job anzunehmen, das hätte Hierbleiben bedeutet, entweder weiterhin in Mrs. Griffiths Haus zu wohnen oder in der Nachbarschaft was anderes zu finden. Er wollte immer noch wegziehen, weit wegziehen. Im Geiste sah er wieder Epping vor sich, den Wald und Theydon Bois mit seiner Grünanlage und der Baumallee mitten hindurch. In seiner Erinnerung war das alles mit Geruhsamkeit verbrämt – ein sanfter, sonnenbeschienener Friede. Aber Fleetwood wohnte dort und machte es ihm unmöglich, ebenfalls dort zu wohnen. Zum zweitenmal fühlte Victor heißen Groll gegen Fleetwood in sich aufsteigen, als ob dieser Mann ihn von neuem aus seiner Lebensbahn werfen wollte. Immerhin hatte *sein* Verhalten Victor für die besten Jahre seines Lebens zu Gefängnishaft verdammt, und jetzt vertrieb er ihn – gleichsam wie aus dem Paradies – von dem einzigen Platz in der Welt, wo er gerne leben wollte!

Die ganze Zeit über, seit er von Theydon Bois zurückgekommen, die ganze Zeit seit dieser endlos langen Reise von einem Ende Londons zum anderen verspürte er so etwas wie den Druck einer unerledigten Angelegenheit: Er hätte nicht wegrennen dürfen, er hätte sich stellen, sich behaupten müssen! Seither verfolgte ihn hartnäckig eine sonderbare Idee, unentwegt, ob er nun die Twyford Avenue entlangging, wie eben jetzt, oder ob er in seinem Zimmer saß oder auf seinem Bett lag, die Zeitung sinken ließ, weil er sich nicht mehr konzentrieren konnte... Immer diese Idee, daß der Bann gebrochen sein würde, sobald er Fleetwood gesehen und mit ihm gesprochen hätte. Dann zum Beispiel wäre es ihm nicht länger unmöglich, in Epping oder sogar in Theydon Bois selbst eine Bleibe zu suchen, weil er dann ja nicht länger Angst haben mußte, Fleetwood zufällig in die Arme zu laufen, und er mußte nicht mehr jedesmal, wenn er ausging, auf der Hut sein, um eine Begegnung zu vermeiden. Vielmehr, es war sogar möglich, daß sie, nachdem sie die Dinge zwischen sich einmal geklärt hatten, sich gelegentlich auf der Straße oder unter jenen Bäumen begegneten und mit einem ‹Hallo› und vielleicht mit einer Bemerkung über das Wetter aneinander vorbeigingen... Möglich, aber doch nicht allzu wahrscheinlich, mußte Victor zugeben. Denn schließlich konnte man dieses Buch nicht außer Betracht lassen, dieses nie zu verwindende, große Unrecht, das Fleetwood ihm da antat. Natürlich fanden manche Leute, vielleicht sogar die meisten, daß da nur Gleiches mit Gleichem vergolten werde, und Fleetwood sei schließlich auch Unrecht geschehen. So weit, so gut, dachte Victor, aber Unrecht bemaß sich doch sicherlich nach seiner Langzeitwirkung, und Fleetwood war jetzt zufriedengestellt, eine bekannte, hochgeehrte Person, demnächst ein Bestseller-Autor, ein Mann, der in einem Hause namens ‹Sorgenfrei› lebte, während er, Victor... Aber es hatte keinen Sinn, sich das alles noch einmal zu vergegenwärtigen. Es änderte nichts an dem Faktum der unerledigten Sache, einer Sache, die ihn nie in Ruhe lassen würde, ehe er sie nicht erledigt hatte.

In Mrs. Griffiths Haus gab es im Erdgeschoß, in einem dunklen Winkel hinter der Treppe, ein Münztelefon. Früher war dort wohl mal eine Art Wandschrank gewesen, nahm Victor an, und später hatte man einfach Wände und Türen weggenommen, um mehr Platz zu schaffen. Wenn man am Telefon stand und nach oben blickte, sah man die Unterseite der Treppenstufen, rohes Holz, ungestrichen, obwohl das Haus bald an die hundert Jahre alt sein mußte. Über die Jahre hin hatten Hausbewohner Telefonnummern mit Bleistift oder Kugelschreiber auf das rohe Tannenholz jener Stufen gekritzelt.

Victor hatte Fleetwoods Telefonnummer auf demselben Stück Papier notiert, auf das Tom die Adresse der Weinhandlung geschrieben hatte. Jetzt schrieb er sie auf das Holz der Stufen und setzte, einem Impuls folgend, ‹David Fleetwood› dazu in der konfusen Vorstellung, er notiere sie dort für künftige Telefonbenützer, bloß so, zum Draufschauen und zum Rätseln, während sie darauf warteten, daß das Rufzeichen aufhörte und ihr Teilnehmer sich meldete... Er schrieb also Fleetwoods Namen hin, und dann wählte er Fleetwoods Nummer. Er war so gut wie sicher, daß er allein im Haus war; um diese Tageszeit war er das meistens, denn um die Mittagszeit war auch Noreen immer schon fort. Das Rufzeichen ertönte.

Es ertönte siebenmal, und dann mußte der Hörer abgenommen worden sein, denn das Piepen des Zahlzeichens erklang. Die Schnur des Telefonhörers war auf volle Länge ausgestreckt, denn Victor kauerte am Boden, weil er sich nicht zutraute, stehenzubleiben, oder genauer, weil er seinen Beinen nicht traute, daß sie ihn trügen. Er hatte ein Zehnpencestück in der Hand, und er reckte sich und schob es in den Schlitz. Eine Männerstimme sagte: «Hallo? Hier David Fleetwood.»

Victor war auf die Knie gesunken. Die Stimme war unverändert. Er hätte sie wiedererkannt, egal, welche Worte sie sagte, auch ohne Nennung dieses Namens. Das letzte Mal, da er sie gehört hatte, dort in jenem Schlafzimmer, da hatte sie in mattem Ton gefragt: «Wessen Blut ist das?»

Jetzt sprach Fleetwood wieder, diesmal mit einem leisen Unterton von Ungeduld. «Hallo?»

Victor hatte noch nie Fleetwoods Namen ausgesprochen. In jenem Zimmer hatte er ihn natürlich nicht mit Namen angeredet. Jetzt aber sprach er ihn aus, heiser und flüsternd:

«David.»

Er wartete nicht, was Fleetwood als nächstes sagen würde. Der Hörer entglitt seiner Hand und baumelte der Länge nach an seiner Schnur. Victor erhob sich mühsam und legte ihn wieder in die Gabel. Wie von fern hörte er sich stöhnen, und er stand mit der Stirn gegen die Treppenstufe gelehnt, auf der Fleetwoods Name und Telefonnummer geschrieben standen. Warum hatte er nicht mit Fleetwood gesprochen? Er hätte Fleetwood erklären sollen, wer er war, und wenn Fleetwood dann aufgehängt hätte – na bitte! Das hätte ihn nicht gekränkt, das hätte ihm wirklich nichts anhaben können. Aber wahrscheinlich hätte Fleetwood gar nicht aufgehängt, sondern wäre distanziert höflich geblieben, und vielleicht hätte er tatsächlich zugestimmt, wenn Victor gefragt hätte, ob er mal kommen und ihn besuchen könne, um mit ihm über das Buch zu sprechen.

Die Stimme klang noch in seinen Ohren und hallte als Echo nach. Er ging nach oben und legte sich mit dem Gesicht nach unten auf sein Bett. Fleetwoods Stimme hörte nicht auf, in seinem Kopf zu sprechen – sie sagte alles das, was er gesagt hatte während der Stunde zwischen seiner Ankunft in Solent Gardens und seinem Zusammenbruch auf dem Treppenabsatz unter dem Schuß in den Rücken. Victor wußte noch jedes Wort, das gesprochen worden war, so deutlich, als trüge er eine Tonkassette in seinem Hirn, die er nur in einen Recorder zu schieben und einzuschalten brauchte.

«Sehr vernünftig von Ihnen. Kommen Sie hier herüber, Miss Stanley, bitte. Hier sind Sie in Sicherheit!»

Dann hatte Victor gesagt, Fleetwood müsse ihm eine Zusicherung geben.

«Was denn?» Der gleiche Unterton von Ungeduld wie eben am Telefon.

Und dann seine Forderung nach einer Fluchtmöglichkeit durch das Badezimmerfenster und nach fünf Minuten Zeit, um wegzukommen – fünf Minuten Vorsprung, als wenn Kinder Verstecken spielen. Aber Fleetwood hatte nichts versprochen, denn gerade in dem Augenblick war der andere Polizist oben auf der Leiter erschienen, als der Wind die Vorhänge in die Höhe wehte und ihn sichtbar werden ließ.

«Los, bringen Sie sie runter», hatte Fleetwood gesagt.

Die Pistole in Victors Hand war losgegangen und hatte den Raum, das ganze kleine Haus mit dem lautesten Geräusch erfüllt, das er je in seinem Leben gehört hatte. Es schüttelte seinen Körper in panischem Schock von den Zehen bis zum Kopf, jagte den Schock durch ihn hindurch, daß er fast umfiel. Aber es war Fleetwood, der umfiel; er kippte vorwärts, hing über dem Geländer, klammerte sich mit den Händen daran fest und glitt daran abwärts, schweigend, während Victor schrie – ein Schweigen und ein Schreien, das eine unvorstellbare Ewigkeit zu dauern schien, bis Fleetwoods ruhige Stimme sich hineinmischte und fragte: «Wessen Blut ist das?»

Victor erinnerte das alles haargenau, sein Hirn ließ das Tonband laufen. Wann hatte Fleetwood ihm eigentlich gesagt, er glaube nicht, daß die Pistole echt sei? Er *mußte* es ihm gesagt haben, immer und immer wieder, denn das war es doch, was Victor herausgefordert hatte, auf ihn zu schießen, zu beweisen, daß er nicht log! Victor konnte diese Äußerungen des Unglaubens nicht einordnen in das Tonband. Und doch mußte es sie geben, sie waren ganz bestimmt gefallen. Vielleicht war er jetzt einfach zu sehr durcheinander, zu sehr aus dem Gleichgewicht geworfen durch das neuerliche Hören der Stimme, um sich exakt erinnern zu können.

Er stand vom Bett auf und betrachtete sein Gesicht im Spiegel, ganz dicht brachte er es an das Glas. Er sah blaß aus und mitgenommen, die Augen glänzten unnatürlich, und die Augenhöhlen waren so dunkel wie Blutergüsse. Ein Muskel zuckte in seinem Mundwinkel. Chorea nannte man das, auch Veitstanz oder *lebendes Fleisch*. Er hatte einen Artikel darüber in *Reader's Digest* gelesen. Der Spiegel war ihm vergällt, er nahm ihn von der Wand und legte ihn mit der Spiegelfläche nach unten auf die Ablage neben dem Ausguß. Mrs. Griffith (oder Noreen) versorgte ihn jede Woche montags mit einem frischen Handtuch, einem dünnen, fadenscheinigen Ding, größer als ein Händehandtuch, aber als Badetuch sehr klein, und immer in einem kränklichen Rosa. Vermutlich sollte es zu der rosa Nylonbettwäsche passen. Victor nahm sein Handtuch und das Stück Seife vom Ausguß und ging den Korridor entlang zum Badezimmer. Weil er nur noch zwei Zehnpencestücke hatte, um den Badeboiler zu füttern, reichte es nur für ein ziemlich dürftiges Bad, keins, in dem man sich entspannen konnte, das einen verwöhnte und tröstete... Er zog saubere Jeans und das einzige gute Hemd an, das er besaß, dazu das Jackett, das zu den Sachen gehörte, die er in Finchley schon gehabt hatte, ein Cordsamtjackett in Dunkelgrün, für das er die damals horrende Summe von fünfundzwanzig Pfund bezahlt hatte. Es sah ein bißchen schäbig und auf undefinierbare Weise unmodern aus, aber es war das Beste, was er hatte.

Mittlerweile war er nicht mehr in Panik, auch nicht mehr verstört oder verängstigt. Er war nur aufgeregt. Er war so aufgeregt, daß er sich bremsen mußte, um nicht die paar hundert Meter zur Station West Acton zu rennen. Und obgleich er wirklich ging, sich zwang, ganz nonchalant zu gehen, geradezu in den Bahnhof zu schlendern, war seine Stimme atemlos und heiser, als er eine Rückfahrkarte nach Theydon Bois verlangte.

Ein Mann, der an der Tankstelle gegenüber der Grünanlage die Benzinsäule bediente, erklärte ihm, wo der Theydon Manor Drive war. Er deutete zur gegenüberliegenden Seite der Grünanlage und dann weiter nach links. Es war halb vier Uhr nachmittags, und Victor hatte kein Mittagessen gehabt, nicht mal eine Tasse Kaffee. Aber er war nicht hungrig. Bei dem Gedanken an Essen wurde ihm sogar leicht übel. Er setzte sich in Bewegung, die Baumallee entlang.

Das Wetter war ziemlich das gleiche wie das letzte Mal, als er hier war, gerade vor einer Woche: Schwere Schauer wechselten ab mit strahlendem, sehr heißen Sonnenschein. Das Wasser stand noch in Pfützen am Straßenrand, die Baumblüte war im Laufe der Woche verregnet, und überall lagen die Blütenblätter in rosa und weißen Streifen. Soeben begannen die Apfelbäume zu blühen und der weiße Schierling. Victor wanderte die Eichenallee entlang, wo er neulich Fleetwood gesehen hatte, wie er mit dem Mädchen auf ihn zukam. Angenommen, Fleetwood ginge immer am Nachmittag spazieren? Angenommen, er wäre auch jetzt unterwegs? Wenn er unterwegs war, überlegte sich Victor, dann würde er einfach warten, bis er zurückkam, obgleich die Vorstellung des Wartenmüssens, überhaupt jede Art der Tatenlosigkeit, ihm unerträglich war. Er mußte sich schon wieder bremsen, daß er nicht einfach losrannte.

Victor befolgte die Anweisungen, die der Tankwart ihm gegeben hatte und überquerte die Grünanlage im oberen Teil, rechter Hand neben einem von Bäumen umstandenen Teich. Hier begann der Theydon Manor Drive, eine Straße, die eher eine ländliche Allee war und wo die Häuser aussahen, als seien sie in einen wundervollen, vielgestaltigen Wald hineingebaut worden. Hohe Kastanienbäume standen in voller Blüte, jeder von ihnen trug Hunderte cremigweißer Blüten, die wie Kerzen aussahen. Goldlack in allen Farbschattierungen persischer Teppiche umsäumte Rasenflächen von sattem Grün, verspätete Narzissen und Tulpen füllten Kübel und Blumenkästen, als ob Beete nicht ausreichten, all die Blumen aufzunehmen, die die Leute hier unbedingt haben mußten. Die Häuser waren alle verschieden, auch in der Größe, und jedes stand für sich, umgeben von einem Garten. Als er die Nummer 20 erreicht hatte, sah Victor *Sans Souci* vor sich; die Straße machte plötzlich einen kleinen Bogen nach rechts, und da blickte ihn Fleetwoods Haus diagonal über die Straße an.

Es war eines der kleineren Häuser, weniger großartig und imposant, als es auf dem Foto ausgesehen hatte. Der Vorgarten mit der Vogeltränke war nicht größer als vier mal fünf Meter. Der Vogel auf dem Rand des geriffelten Steinbeckens war nicht mehr da, also war es doch ein echter gewesen. Auch Fleetwood war nicht mehr da und auch die Tulpen nicht, deren Köpfe säuberlich abgeschnitten waren. Er mußte einen Gärtner beschäftigen, dachte Victor, denn alles war sehr gut geschnitten und gepflegt, das Gras gemäht und die Kanten getrimmt, die Kletterrose mit Draht an ihrem Spalier befestigt. Atemlos, obgleich er doch gar nicht gerannt war, blieb

Victor eine Weile stehen und betrachtete das Haus. An der weißgestrichenen Gartenpforte stand in schwarzen Buchstaben der Name *Sans Souci*, aber über der Haustür, einer verzierten Eichentür, stand die Nummer 28. Victor konnte nirgends ein Lebenszeichen bemerken, obgleich er eigentlich nicht wußte, was für Zeichen er denn erwartet hatte.

Den ganzen Weg hier heraus hatte er in einer wahren Weißglut von Aufregung und Zielstrebigkeit zurückgelegt, aber jetzt, da er am Ziel angekommen war, erfaßte ihn widerstrebendes Zögern. Auch jetzt noch gab es ja nichts, das ihn hinderte, sich umzudrehen und den Weg zurückzugehen, den er gekommen war. Allein die ahnungsvolle Aussicht auf die Selbstvorwürfe, die Bitterkeit und das Entsetzen, die das zur Folge haben würde, hielt ihn davon ab. Er befeuchtete seine Lippen, schluckte ein paarmal und griff mit der Hand nach der Pforte. Seine Finger berührten die schwarzen Lettern des Namens, die ein wenig über die glatte Fläche des weißen Holzes hinausragten. Zwar war es ein schattiges Grundstück wegen all der Bäume und Büsche, zahlreich und hoch, aber der Weg, der zur Haustür führte, lag doch im hellen Sonnenschein. Es lag etwas in der Luft, als käme jetzt eine Periode stabilen Wetters, als finge jetzt der Sommer richtig an. Die Sonne fiel auf Victors Gesicht, köstlich warm. Er überlegte, ob er auf die Klingel drücken oder den Klopfer benutzen sollte, der aus Messing war und die Gestalt eines römischen Soldaten hatte. Er entschied sich für die Klingel, und er zog scharf den Atem ein, als er den Finger darauf legte und drückte.

Niemand kam. Er drückte noch einmal, und wieder kam niemand. Natürlich, falls Fleetwood allein im Haus war, würde es ihn ein bißchen Zeit kosten, an die Tür zu kommen, denn er mußte sich ja in seinem Rollstuhl allein zur Tür manövrieren. Victor wartete, ohne irgend etwas zu empfinden, ohne sich auch zurechtzulegen, was er sagen wollte. In der Luft lag ein süßer Blumenduft, einer, den er schon einmal gerochen hatte, irgendwann, vor langer Zeit, aber er konnte ihn nicht einordnen. Zum drittenmal läutete er. Fleetwood mußte wohl unterwegs sein.

Victor blickte durch zwei nach vorn gelegene Fenster in ein komfortabel möbliertes Zimmer. Regale, voll mit Büchern, Bilder an den Wänden, Blumenvasen. Auf einem Couchtisch lag zusammengefaltet der *Guardian*, daneben ein Päckchen Zigaretten, ein Tischfeuerzeug aus Achat und etwas, das aussah wie ein Adressenbüchlein. Er ging seitlich am Haus entlang. Hier gab es keine weiteren Fenster außer einem, hinter dem offenbar ein Badezimmer oder eine Toilette lag. Jener bestimmte Blumenduft wurde noch stärker, als Victor das Ende der Seitenwand erreichte, dort, wo es zur Rückseite des Hauses ging, zum Hintergarten. Da sah er, daß der Duft von einer hohen Kletterpflanze herrührte, die mit einer dichten Masse rosagoldener Blüten bedeckt war, ein Geißblatt vielleicht. Der Busch verbarg von hier aus die gesamte Rückfront des Hauses. Victor ging noch ein paar Schritte tiefer den Weg entlang und drehte sich dann um. Auf der Steinterrasse, die an der ganzen Länge des Hauses entlanglief und an deren diesseitigem Rand das Geißblatt seine Farbe und seinen Duft ausbreitete, stand eine Frau und blickte ihn an. Sie stand hinter einem runden Gartentisch aus Teakholz. Aus seiner Mitte ragte der Schaft eines Sonnenschirms, dessen blauweiß gestreiftes Baumwolldach jedoch noch nicht aufgespannt war.

Es war das Mädchen, das vorige Woche mit Fleetwood in der Baumallee gewesen war. Irgendwie wußte er das ganz genau, obgleich er sie bei jener Gelegenheit doch nur aus der Ferne gesehen hatte.

«Hallo», sagte sie, «haben Sie versucht zu läuten? Die Klingel funktioniert nicht, die hat einen Wackelkontakt oder so was.»

Er trat ein paar Schritte auf sie zu, über das Gras bis an den Rand der Terrasse. Mit einem leichten Lächeln, vielleicht in der Annahme, er sei irgendein Strom- oder Gasableser oder ein Vertreter, beugte sie sich über den Tisch, um den Sonnenschirm aufzuspannen.

«Und weshalb kommen Sie?»

Er gab keine Antwort, denn der Baumwollstoff klappte auseinander zu einem großen Schirm, und als das Mädchen zur Seite trat, gab sie den Blick auf die offene Terrassentür frei. Und auf der Schwelle, an der eine schräge Rampe angebracht war, stand ein Rollstuhl, und darin saß David Fleetwood. Seine Hände ruhten auf den Rädern. Es war klar, er erkannte Victor nicht sofort, auf seinem Gesicht lag ein höflich fragender Ausdruck. Eine merkwürdige, undefinierbare Gefühlsregung verschlug Victor die Sprache, und doch gewahrte er inmitten dieser Erregung – oder vielleicht auf einer anderen Bewußtseinsebene – so etwas wie Genugtuung darüber, daß Fleedwood im Leben weit älter aussah als auf den Fotos. Victor fuhr sich mit der Zunge über die Lippen. Damit, daß Fleetwood ihn nicht wiedererkannte, hatte er nicht gerechnet, und jetzt wußte er nicht, was er tun sollte. Fleetwood bewegte die Räder mit geübten Händen, rollte den Stuhl die Rampe hinunter und hielt etwa einen Meter vom Tisch entfernt an.

Da sagte Victor: «Ich bin Victor Jenner.» Und dann: «Den Namen kennen Sie wohl.»

Das Mädchen kannte ihn nicht. Sie hatte sich einen der gestreiften Kanvasstühle an den Tisch gezogen und setzte sich hin. In Fleetwoods Gesicht, kantig, braunhäutig, mit schwarzen Augenbrauen und klaren blauen Augen, vollzog sich sehr langsam eine Veränderung. Sein Ausdruck war nicht so sehr Zorn, als Verwunderung, Ungläubigkeit.

«Was sagen Sie da?»

«Ich sagte, ich bin Victor Jenner.»

«Großer Gott», sagte Fleetwood, «o ja, großer Gott.»

Das Mädchen sah ihn fragend an. Er sagte: «Clare, du wolltest uns doch gerade eine Tasse Tee machen. Würdest du...? Du nimmst es doch nicht übel, wenn ich dich bitte, uns für fünf Minuten allein zu lassen, ja?»

Sie blickte ihn verwirrt an. «Allein lassen? Warum?»

«Bitte, Clare. Tu es mir zuliebe.» Seine Stimme klang beschwörend, fast als hätte er Angst.

«Also gut.»

Sie stand auf. Sie war eine schöne Frau. Ein Wunder, daß er solche Dinge in einem solchen Moment bemerkte, aber diese Tatsache prägte sich Victors Hirn ein – neben all den anderen Wundern. Er stellte fest, daß er verwirrt, daß er wie gelähmt war durch ihr Aussehen, durch die Wolke blonden Haares, die makellose Haut, die zarten perfekten Gesichtszüge. Jene Augen, von klarem Blaugrün, wandten sich zweifelnd von Fleetwood zu ihm und dann wieder zu Fleetwood. «Kommst du zurecht?»

«Natürlich. Ganz bestimmt.»

Da ging sie ins Haus. Zuerst bewegte sie sich zögernd, dann schneller und verschwand durch eine Tür, die wahrscheinlich zur Küche führte.

Fleetwood sprach mit ruhiger, stetiger Stimme. Einmal Polizist, immer Polizist, dachte Victor. Aber immerhin, Fleetwood klang doch so, als müsse er sich zwingen, ruhig zu bleiben, jene Selbstkontrolle zu wahren, um die Victor andere Menschen immer beneidete.

«Warum sind Sie gekommen?»

«Ich weiß es nicht», sagte Victor, und er wußte es auch nicht, er wußte jetzt plötzlich wirklich nicht mehr, weshalb er hergekommen war. «Ich wollte... Ich wollte Sie besuchen. Ich bin seit... seit drei Wochen draußen. Das heißt, beinahe schon einen Monat.»

«Ich weiß», sagte Fleetwood, «man hat es mir erzählt.»

Er ließ damit durchblicken, daß man ihm noch viel mehr erzählt hatte als bloß das, daß man ihn wahrscheinlich gewarnt hatte, weil Victor wieder auf freiem Fuß war. Vielleicht hatte auch die Mitteilung allein ihm genügt, um auf der Hut zu sein. Seine starken, schlanken, braunen Hände griffen in die Schwungräder des orthopädischen Stuhls.

«Ich hatte nicht gedacht, daß wir uns... auf diese Weise begegnen würden.»

Ziemlich verzweifelt wiederholte Victor: «Ich wollte Sie besuchen.»

«Waren vielleicht zufällig *Sie* es, der um die Mittagszeit angerufen hat?»

Victor nickte. Er befeuchtete seine Lippen und fuhr sich mit dem Handrücken über den Mund. Die Tischkante drückte sich gegen seine Schenkel, und er stützte sich schwer mit den Händen darauf.

«Setzen Sie sich erst mal, ja?» sagte Fleetwood ein wenig freundlicher, und als Victor sich in einem der Stühle niederließ, fügte er hinzu: «Ja, so.» Es war, als sei er erleichtert oder als habe er sein Gleichgewicht wiedergewonnen. «Möchten Sie eine Zigarette? Nein? Ich sollte eigentlich auch nicht, ich rauche zu viel, aber jetzt hab ich das Gefühl, ich brauche dringend eine. Und das ist noch eine Untertreibung. Ich bin froh, daß Sie es waren, der angerufen hat.»

Victor merkte, daß er sich an dem Sitz seines Stuhls festhielt, er umklammerte krampfhaft das Leinenkissen. «Warum... warum sind Sie froh?»

«Ich kriege öfter sehr unangenehme Anrufe. Nicht bloß obszöne, sondern, na ja, brutale, beleidigende. Auch anonyme Briefe krieg ich. Aber die Telefonanrufe waren schon manchmal ein bißchen... nun ja, ein bißchen beunruhigend. Und gerade kürzlich hat es wieder angefangen damit.»

Das Mädchen namens Clare kam zurück und trug ein Tablett.

«Ja, die sind wirklich entsetzlich», mischte sie sich ein. «Sie nennen David ‹Bulle› und ‹Schnüffler›, und ihr Hauptthema ist immer, es sei bloß ein Jammer, daß dieser Verbrecher nicht ganze Arbeit geleistet und ihn totgeschossen hätte.»

Victor gab einen kleinen, unartikulierten Laut von sich. Es war klar, Clare hielt ihn für einen Freund von Fleetwood aus der Zeit, bevor sie ihn kennengelernt hatte. Fleetwood war selbst erschrocken über das, was sie gesagt hatte. Er sog an seiner Zigarette, atmete aus und sagte: «Dies ist Clare Conway. Wenn Sie, wie ich vermute, durch den Artikel im *Standard* herausgefunden haben, wo ich wohne, dann werden Sie auch schon wissen, wer sie ist.» Er stockte, als Victor kaum erkennbar mit dem Kopf nickte. «Und wo wohnen Sie selbst?»

In seiner Stimme lag eine Art Autorität, befehlend und freundlich zugleich. Vielleicht lag es an diesem Ton, daß Victor antwortete wie einer, der sich um einen Job bewirbt oder ein Dokument beantragt. «Tolleshunt Avenue 46, Acton, West 7.» Und er setzte hinzu: «Ich hab da ein Zimmer.»

Clare blickte verdutzt und befremdet drein. Sie reichte Victor eine Tasse Tee und zeigte auf die Zuckerdose. Ihre Hände waren klein und gebräunt, ziemlich fleischig mit spitz zulaufenden Fingern. Sie war kein dünnes Mädchen, aber man konnte sie auch nicht rund nennen, höchstens vielleicht gut gebaut, wohlproportioniert. Als sie sich vorbeugte, um die Zuckerdose zurückzunehmen und sie Fleetwood zu reichen, sah Victor im Ausschnitt ihres rosa und weißen Kleides den Ansatz ihrer glatten, runden Brüste. Ihre Augenbrauen waren vor Verwirrung zusammengezogen wie Mottenflügel.

Fleetwood zündete sich an seiner Zigarettenkippe eine neue an.

«Ich will auch eine», sagte Victor, «bitte.»

«Aber sicher», sagte Fleetwood und schob das Päckchen über den Tisch.

Nach dem ersten Zug begann ihm der Kopf zu schwindeln, und jenes Gefühl der Übelkeit, zu dem er neigte, stieg ihm in den Mund. Er schloß die Augen und beugte sich über den Tisch.

«Na, na», erklang Fleetwoods aufmunternde Stimme, «nun mal Mut! Geht's denn?»

Victor stammelte: «Gleich geht's wieder, Moment... Es ist Jahre her... Jahre her, seit ich zuletzt geraucht hab.»

Er zwang sich, die Augen zu öffnen, er starrte Fleetwood an, und Fleetwood sagte in einem Ton, der gar nicht mehr stetig war: «Wissen Sie, als Sie eben hier ankamen und sagten, wer Sie sind, da hab ich gedacht, jetzt tut der, was dieser anonyme Anrufer sagt – jetzt schießt der noch mal auf dich, jetzt macht der ganze Arbeit!»

Victor sagte blöde: «Ich hab doch gar keine Waffe.»

«Nein, natürlich haben Sie keine.»

«Ich hab es nicht mit Absicht getan!» Fast ohne seinen Willen brach es aus ihm heraus. «Ich wollte es nicht. Ich hätte es nie getan, wenn Sie nicht dauernd gesagt hätten, die Pistole sei nicht echt!»

Clare war aufgesprungen. Das Blut schoß ihr ins Gesicht, es wurde dunkelrot. Victor roch eine schwere Wolke des Geißblattduftes, wie ausgelöst durch die Luftbewegung und die intensive Spannung, selbst Fleetwood wand sich und spannte seinen Oberkörper, lehnte sich vorwärts mit erhobenen Händen.

«Soll das heißen, dies ist der Mann, der auf dich geschossen hat?»

Fleetwood zuckte die Achseln. «Das soll es heißen, ja.» Er ließ sich gegen die Rückenlehne seines Rollstuhls fallen und wandte den Kopf zur Seite, weg von ihr.

«Das glaube ich nicht!»

«Oh, Clare, du weißt genau, daß du es glaubst. Du findest bloß, es ist so unbegreiflich, was hier passiert, ich meine, daß er... daß Victor hier herkommt. Glaubst du vielleicht, ich bin nicht verblüfft?»

Victor verspürte ein ungewöhnliches Wärmegefühl auf der Haut, ähnlich wie vorhin im Sonnenschein auf dem Gartenweg, aber diese Wärme drang nach innen und schien den ganzen Körper zu füllen. Ausgelöst worden war sie dadurch, daß Fleetwood seinen Vornamen benutzt hatte. Aber während er dem noch nachspürte, gewahrte er die Augen des Mädchens, die auf ihn gerichtet waren, den Ausdruck auf ihrem Gesicht – ein Ausdruck, so voller Haß und Entsetzen, wie er sich wohl auf dem Gesicht einer Frau malt, wenn sie sich einem giftigen Reptil gegenübersieht. Sie hatte sogar die Hände von der Tischplatte gehoben und sie vor der Brust gekreuzt, eine Hand auf jeder Schulter.

In einem Ton unermeßlichen Zorns sagte sie: «Warum sind Sie gekommen? Um sich zu entschuldigen?»

Victor hielt den Blick gesenkt auf die braunen, polierten Teakholzlamellen, auf die blaue Porzellantasse und Untertasse, auf seine glimmende Zigarette, von der ein langer Schaft weißer Asche auf den Steinboden der Terrasse fiel.

«Sind Sie gekommen, um sich dafür zu entschuldigen, daß Sie sein Leben ruiniert haben? Daß Sie ihm seinen halben Körper weggenommen haben? Daß Sie seine Karriere verdorben haben? Sind Sie deshalb hier?»

«Clare», sagte David.

«Jawohl, Clare! Und wenn das heißen soll: ‹Sei still, Clare, nimm dich zusammen, paß auf, was du sagst...› Nein, ich will's nicht, ich kann's nicht! Wenn *du* nicht sagen kannst, wie dir zumute ist, dann werde *ich* es für dich tun! Ich werde diesem Subjekt, diesem Tier – nein, denn Tiere machen so etwas nicht, die tun einander so was nicht an, nicht ihrer eigenen Art –, ich werde diesem Untermenschen klarmachen, was er dir angetan hat! All den Schmerz und das Leiden, all das Elend und den Verlust, alles, was du durchgemacht hast, all die wachsenden Hoffnungen, die dann am Boden zerschellten, die Schmerzen und Kämpfe, das grauenvolle Begreifen, was Gelähmtsein bedeutet, das...»

«Ich wollte, du tätest das nicht.»

Sie war stählern, die Stimme, dieselbe, die damals gesagt hatte: «Ich kann Ihnen nichts Konkretes versprechen, aber ich sage Ihnen, es schlägt zu Ihren Gunsten aus.» Und wieder sagte sie ihren Namen:

«Clare, bitte, Clare!»

Victor hatte sich schwerfällig erhoben. Schwankend stand er da, hielt sich an der Tischkante fest und blickte hinunter in seine Teetasse, in der die Teeblätter ein Muster bildeten wie Inseln. Sein Kopf schmerzte von jenem allgegenwärtigen, durchdringenden Geißblattduft.

«Er ist zehn Jahre lang im Gefängnis gewesen, Clare. Die meisten Menschen würden finden, das ist Sühne genug.»

«Dich hat er *lebenslänglich* ins Gefängnis geschickt!»

«Das stimmt nun wirklich nicht», sagte Fleetwood, «das ist eine Übertreibung, und das weißt du auch.»

«Das hast du selbst doch erst vorige Woche gesagt, genau das waren deine Worte!» Sie bewegte sich ein wenig um den Tisch herum auf Victor zu. Er hatte das Gefühl, sie werde ihn schlagen, und er wußte nicht, was er tun sollte.

«Sie sind gekommen, und Sie haben gesehen», sagte sie. «Ich

hoffe, Sie sind zufrieden mit dem, was Sie gesehen haben? Er wird nie wieder gehen können, egal, was die Zeitungen schreiben, und er weiß das, und alle Ärzte wissen es auch. Leute wie Sie verstehen ja nur ungeschminkte Grobheiten, also werde ich ungeschminkt und grob sein: Er wird auch nie wieder ficken können, nie wieder! Obwohl er es immer noch möchte! So, und jetzt können Sie abhauen. Hauen Sie ab und kommen Sie nie wieder! Raus, raus, raus!!»

Er blickte keinen von beiden noch einmal an. Hinter ihm weinte sie. Er hatte den verschwommenen Eindruck, als sei sie zusammengebrochen oder hätte sich über den Tisch geworfen und weinte jetzt. Von Fleetwood war kein Ton zu hören. Victor ging wieder seitlich am Haus entlang, zurück in den Sonnenschein, der jetzt noch heller und heißer war, obwohl der Nachmittag zur Neige ging. Eine helle, blaßgraue Taube mit einem dunkleren Streifen um den Hals saß auf dem Rand des Vogelbades und trank Wasser. Victor schloß die Pforte mit dem Namen *Sorgenfrei* hinter sich, und er fühlte nichts, er war wie ausgedörrt und leer und taub. Aber auf dem Rückweg zur Station, während er über die federnde Grasfläche ging, bemächtigte sich ein ungeheurer, wohlbekannter und willkommener Zorn seines Körpers und füllte jene entleerten Hohlräume mit seiner siedenden Glut.

9

Der Zorn nährte ihn, rettete ihn, hielt ihn aufrecht. Er war eine Quelle enormer Energie, einer Energie, die er behalten und nicht verausgaben wollte. Und wirklich verspürte er auch keine Versuchung, mit den Fäusten auf das Bett, auf die Möbel loszugehen. Er saß still in seinem Zimmer und nährte sich von seinem Zorn, konzentrierte ihn auf das Mädchen, diese fette, aufgemotzte Blondine, wie er sie in seiner wütenden Verfassung nannte, diese zeternde Hure, bei der die Titten durchs Kleid zu sehen waren und die diese dreckigen Ausdrücke benutzte, die er aus dem Mund einer Frau schon immer gehaßt hatte. Fleetwood hatte nichts gesagt, kein einziges Wort des Vorwurfs – falls er denn fände, er hätte Grund, gekränkt zu sein –, aber dieses Mädchen, die wahrscheinlich noch nicht länger als ein, zwei Jahre mit Fleetwood zusammen war, *die* maßte sich an, über Victor zu Gericht zu sitzen, *die* tobte und kreischte... Jetzt diktierte der Zorn Victor all die Worte, die er hätte sagen können, wenn sie ihm nur rechtzeitig eingefallen wären, mit denen er sie vor Fleetwood hätte fertigmachen können, einfach mit ein paar wohlgewählten Worten, die ihn selbst total rechtfertigten und zugleich die Wahrheit enthüllten – nämlich, daß niemand verantwortlich war, daß alles Schicksal war, daß es die Macht der Umstände und der Bestimmung gewesen war, welche dem Mann, den sie liebte, ein so entsetzliches Unrecht zugefügt hatte.

In der Nacht träumte er von Vergewaltigung. Sein kochender Zorn machte ihn potent und unerschöpflich, er schändete Frauen wie ein Soldat beim Plündern einer Stadt, gesichtslose Frauen, die er sich im Dunkeln packte. Und wenn er mit ihnen fertig war, dann hob er sie an den Schultern hoch und schmetterte ihren Kopf auf den steinernen Boden. Er ging zwischen den Frauen umher – tot oder bewußtlos lagen sie da in ihren zerrissenen Kleidern und in ihrem Blut –, und er hielt eine Taschenlampe in der Hand, suchte nach Clares Gesicht, fand es aber nicht, fand es nie, blickte statt dessen auf die welken Hängebacken und den schlaffen Mund seiner Tante Muriel, und er sprang davon mit einem Schrei des Entsetzens.

Ob es der Traum war oder die Nacht oder der Schlaf, der seinen Zorn mit sich fortnahm, das wußte er nicht, aber am Morgen war er verflogen und kam auch nicht wieder. An seiner Stelle verspürte er eine gewisse Befriedigung, nämlich daß er am Ende trotz allem David Fleetwood wiedergesehen und daß er mit ihm gesprochen hatte. «David», sagte er vor sich hin, kostete den Namen aus und wiederholte ihn: «David.» Wie wäre wohl alles gekommen, wenn David allein, wenn das Mädchen nicht dagewesen wäre, ausgegangen vielleicht oder einfach nicht existent? Er konnte sich zwar keine klare Vorstellung machen, was in Abwesenheit des Mädchens geschehen wäre, aber er hatte das bestimmte Gefühl, daß etwas Gutes dabei herausgekommen wäre, befriedigend für beide Seiten. Jeder von ihnen hätte seinen persönlichen Anteil an ihrer beider Schicksal – seiner Gefängnishaft und Davids Behinderung – zugeben können, um dann zu dem Schluß zu kommen, daß keinem von beiden mehr vorzuwerfen war als dem anderen und daß das Gute, was dabei herausgekommen war, darin bestand, daß sie sich nun gegenübertreten und das Thema diskutieren konnten... Und das hatte nur deshalb nicht passieren können, weil diese zeternde blonde Schlampe dazwischengekommen war! Dabei war Victor ganz sicher, daß es passiert wäre, es wartete sozusagen nur darauf zu passieren, und der notwendige gute Wille dazu war ja auf beiden Seiten vorhanden.

Victor kaufte sich eine Menge Zeitschriften. Erst suchte er sich aus den Fächern bei W. H. Smith alles zusammen, was in Frage kam, und später kaufte er bei der Bahnhofsbuchhandlung noch weitere Blätter. Er kaufte auch ein Päckchen Zigaretten, obwohl er nicht recht wußte, weshalb, denn er wollte im Grunde gar nicht rauchen, und er konnte es sich auch gar nicht leisten. Bei seiner derzeitigen Lebensweise – auswärts essen, Wein kaufen und jetzt auch noch Zigaretten –, da schaffte er es bestimmt nicht, mit seiner Unterstützung vom Sozialamt auszukommen, und bald würde er anfangen müssen, das kleine Kapital anzugreifen, das ihm seine Eltern hinterlassen hatten. Er mußte sich einen Job verschaffen!

Erst während er all die Zeitschriften las, wurde ihm klar, daß er einen Artikel oder einen Bericht über David Fleetwood suchte. Aber jetzt, wo er gern etwas über David lesen wollte, da gab es natürlich nichts! Es war wie verhext. Aber David war eben kein Sänger oder Schauspieler oder Fernsehstar, sondern bloß jemand, der... nun, der tapfer gewesen war, konnte man sagen. Kein Zweifel, ja, er war tapfer gewesen, obwohl... man konnte es auch tollkühn nennen, aber nun ja, damals in Solent Gardens 62 hatte er Mut bewiesen, das mußte Victor zugeben. Sie hatten alle beide ganz schön Mut bewiesen oder – wie war doch das Wort, das sein Vater zu benutzen pflegte? – Mumm.

Ob David von den Vergewaltigungen wußte? Die Polizei hatte, soweit Victor wußte, immer unterstellt oder doch halbwegs unterstellt, daß er der Mann war, der für diverse Fälle von Vergewaltigung in den Londoner Stadtteilen Kilburn, Kensal Rise und Brondesbury verantwortlich war. Und er war auch dafür verantwortlich, daran war nicht zu deuteln, denn durch diese Stadtteile führte seine Route nach Heathrow. Aber man hatte es ihm nie nachweisen können, und deshalb war er auch wegen Vergewaltigung nie bestraft worden. Aber weil Heather Cole vor der Polizei ausgesagt und später bei seinem Prozeß bestätigt hatte, daß Victor der Mann sei, der sie im Park überfallen habe, war er natürlich sofort als Vergewaltiger abgestempelt gewesen, als *der* Vergewaltiger! Und dann hatte er sicherheitshalber auch noch veranlaßt, daß zwei solche Fälle bei seiner Strafzumessung mit einbezogen würden! Das war vielleicht doch ein Fehler gewesen, mindestens hatte sich dadurch der Verdacht verstärkt, er habe die Absicht gehabt, Rosemary Stanley zu vergewaltigen. Dabei war er doch nur in das Haus eingedrungen, um sich zu verstecken, und seine Begegnung mit Rosemary Stanley war für ihn genauso ein Schock gewesen wie für sie. Über sie herzufallen, das war ihm nie in den Sinn gekommen, um so mehr, als er weder im Gefängnis noch seit seiner Entlassung an Vergewaltigung gedacht hatte. Und für seine Träume war ein Mann schließlich nicht verantwortlich; das war etwas ganz anderes.

Da er nie wegen Vergewaltigung bestraft und ihm auch nie etwas Derartiges nachgewiesen worden war, hatte die Polizei überhaupt kein Recht zu solchen Unterstellungen. Aber bei seinem Prozeß hatte die ganze Zeit die unterschwellige Vermutung vorgeherrscht, daß hinter alledem eine Vergewaltigungsabsicht gesteckt habe und daß diese Vergewaltigung die untergründige Ursache dessen war, was der Ankläger die ‹abschließende Tragödie› nannte. Der wirkliche Grund, seine Suche nach einem Versteck vor seinen Verfolgern und seine verständliche Reaktion auf David Fleetwoods Schmähungen, der wurde nie erwähnt. Aber alles das konnte ihm keinen Aufschluß darüber geben, ob David von den Vergewaltigungen wußte und ob er das, was er wußte, dem Mädchen, dieser Clare, weitererzählt hatte. Möglich, daß er es nicht wußte. Er war ja zur Zeit des Prozesses noch im Krankenhaus gewesen, und wenn er ein fair denkender Mensch war – was Victor allmählich zu glauben bereit war –, dann würde er einen Mann doch wohl für unschuldig halten, solange er nicht als schuldig überführt war, selbst wenn Gerüchte zu ihm gedrungen waren, Victor und der Vergewaltiger von Kensal Rise seien ein und derselbe. Nicht daß es ihn kümmerte, was diese Frau von ihm dachte, sagte sich Victor, aber Davids Meinung, das war etwas anderes. Es war so lange her, seit er eine Frau vergewaltigt hatte, und er würde es ja auch nie wieder tun, da war es doch schrecklich, wenn er wegen dieser Sache aus seiner Vergangenheit ein für allemal stigmatisiert sein sollte. Daß er auf David geschossen hatte, war *eine* Sache – das war ein Unfall gewesen, herbeigeführt durch die Umstände, durch den Verlust der Kontrolle über seine eigenen Reaktionen und auch durch Davids eigene Torheit –, aber die Vergewaltigungen, die gehörten in eine ganz andere Kategorie. Sie waren bedauerlich, waren etwas, von dem Victor sich vorstellen konnte, daß er eines Tages darüber Reue empfinden könnte, besonders wegen des Mädchens, das er im Epping Forest so furchtbar zugerichtet hatte. Es wäre ihm gar nicht lieb, wenn David davon wüßte, nein, daran lag ihm ganz und gar nichts.

Vergeblich blätterte er seine Zeitschriften nach einer Notiz oder einer Mitteilung über David durch. Er hatte sich angewöhnt, früh zu Bett zu gehen, denn es gab ja so wenig zu tun. Er lag also da und las eine Kurzgeschichte über einen alten Mann, einen französischen Bauern, der sein Geld, anstatt es zur Bank zu bringen, in die Wände seines Hauses einmauerte. Er faltete die Banknoten zusammen und wickelte sie in Streifen aus den Plastiksäcken, in denen der Dünger für den Acker geliefert wurde. Und dann klemmte er sie zwischen das Lattenwerk unter dem Putz, verschmierte es neu und übermalte es.

Keine Nacht verging ohne Träume, und in dem Traum dieser Nacht saß er in einem Zug der Northern Line in Richtung Finchley. Niemand außer ihm war im Wagen, aber dann, am Archway, stieg seine Mutter mit David Fleetwood ein. David konnte gehen, aber nicht gut, er hatte einen Stock und hing schwer am Arm von Victors Mutter. Sie nahmen keine Notiz von Victor, sie benahmen sich, als sei er nicht da, als sei überhaupt niemand da, sie tuschelten miteinander, die Gesichter dicht beieinander, und dann küßten sie sich. Sie küßten sich leidenschaftlich, als ob sie allein wären. Victor sprang auf und schrie und protestierte, es sei widerwärtig, was sie da machten, es sei unanständig, so in aller Öffentlichkeit! Da wachte er auf, schreiend, aufrecht im Bett sitzend, und er schüttelte die Faust.

Heute war der Tag, an dem er sich mit Jupp in Muriels Haus treffen sollte, aber um ein Haar hätte er es vergessen. Um die Mittagszeit kaufte er sich den *Standard* und fand darin einen Fahrerposten inseriert; ein Fahrer für ein Kleintaxi wurde gesucht, und das Attraktive an der Sache war, daß es hieß: ‹Wagen wird gestellt›. Die Firma war in Alperton. Victor fuhr sofort mit der U-Bahn hin und suchte das Kleintaxiunternehmen in der Ealing Road auf.

Kaum jemand, so überlegte er sich, hatte den *Standard* früher zu Gesicht bekommen als er, und wer ihn doch schon gelesen hatte, würde sich wahrscheinlich der Anzeige entsprechend zuerst telefonisch dort melden. Es konnte also sein, daß er der erste Bewerber war, der sich persönlich vorstellte. In seiner einzigen guten Hose, einem frischen Hemd und dem Cordsamtjackett sah er ganz präsentabel aus, das wußte er. Bevor er die Zeitung kaufte, hatte er sich zum Glück zufällig die Haare schneiden lassen. Zuerst hatte er daran gedacht, sie wieder lang wachsen zu lassen, so, wie sie am Tag seiner Inhaftierung gewesen waren, aber das war jetzt altmodisch, und er wurde mittlerweile auch reichlich alt für so was. In ein paar Wochen wurde er neununddreißig.

Das Kleintaxiunternehmen fand er in einer Ladenhälfte, einem sehr kleinen, schäbigen Raum, wenig mehr als eine Abstellkammer. Dort saß eine Frau mittleren Alters mit blond und braun gesträhnten Haaren und bediente zwei Telefonapparate. An Frauen als Chefs war er nicht gewöhnt, denn das hatte es sehr viel seltener gegeben, ehe er ins Gefängnis kam. Er wußte bereits, daß er verspielt hatte, als sie seine Vermutung, sie sei eine Art Sekretärin und Telefonfräulein und der Chef sei wohl irgendwo anders, energisch richtigstellte. Ihren Namen erfuhr er nicht. Sie wollte eine Referenz von seiner vorigen Stellung, und sie wollte wissen, warum er zehn Jahre lang keine Stellung gehabt hatte. Zehn Jahre?

«Mein Gott, bei Frauen sind's immer Kinder», meinte sie, «aber das kann's bei Ihnen ja wohl nicht gewesen sein. Wo waren Sie denn, im Knast oder sonstwo?»

Sie machte Spaß, aber er sagte kein Wort mehr. Wütend, wie er war, hätte er ihr an den Hals springen und sie an der Kehle packen können! Nur unter riesiger Anstrengung bewahrte er die Selbstkontrolle, drehte sich um, verließ den Laden und knallte mit aller Kraft die Tür hinter sich zu. Der ganze Laden wackelte. Der Nachbarladen wackelte gleich mit, und eine Verkäuferin kam ans Fenster, um zu sehen, was das für ein Krach war. Im Zurückblicken sah Victor in der Auslage hinter ihr alte Möbel, ein Messingbettgestell, Vasen, eine Blumenkrippe, und blitzartig erinnerte er sich an seine Verabredung mit Jupp – an Muriels Haus im Popesbury Drive um drei Uhr! Jetzt war es zehn vor!

Wenigstens konnte er das Mobiliar verkaufen und auf diese Weise an ein bißchen Geld kommen. Er stieg in Alperton wieder in die U-Bahn, und sie brachte ihn bis nach Acton Town, der Muriel am nächsten gelegenen Station. Die purpurroten Blüten, die die felsigen Hänge in Muriels Steingarten überwucherten, waren heute schier noch purpurfarbener, und ihre Ranken waren länger geworden, so daß das Steinornament, das Victor nach Möglichkeit nicht ansah, völlig verdeckt war. Herausfordernd blickte er in die Richtung, und er verspürte nichts. Seit seinem letzten Besuch war ein Goldregenstrauch von besonders stechendem Giftgelb aufgeblüht. Zwei tratschende Frauen standen auf dem Bürgersteig, betrachteten den Goldregen und meinten, wie wundervoll er doch sei, welch entzückender Anblick. Aber Victor fand durchaus nicht, daß er wundervoll aussah oder daß Blumen überhaupt zwangsläufig schön wären, bloß weil es Blumen waren. Irgendwo im Hinterkopf glaubte er jenen Geißblattduft wieder zu riechen, obwohl keine der Blumen hier duftete und der einzige Geruch ein leichter Dieselöldunst war.

Ein Lieferwagen mit der Aufschrift J. Jupp stand auf der Rampe, die zur Garage hinunterführte, mit dem Heck zum Garagentor. Victor ging hinten herum, durch die seitliche Pforte in den schmalen Gang zwischen der Garage und der Hintertür des Hauses. Der rückwärtige Garten war eine einzige Wildnis. Blühende Apfelbäume standen in Gras, das bis zur halben Höhe ihrer Stämme reichte. Victor klopfte an die Hintertür und faßte nach der Klinke. Zu seiner Überraschung war die Tür nicht abgeschlossen. Seine Tante und Jupp saßen am Küchentisch und tranken Tee.

Was hatte Jupp bloß getan oder gesagt, um Muriel so milde zu stimmen, daß er bis ins Haus, bis in die Küche vorgedrungen war? Anscheinend störte Victor ihre Unterhaltung, mindestens aber unterbrach er eine Anekdote, die Jupp der eifrig lauschenden Muriel erzählte. Sie schienen beide wenig erfreut, ihn zu sehen. Muriel trug ihr rosa Haarnetz, und der linke Bügel ihrer Brille, den sie anscheinend zerbrochen hatte, war mit rosa Heftpflaster umwickelt. Schließlich meinte Jupp, das Teetrinken allein mache den Kohl nicht fett, stand auf und ging mit Victor hinaus in die Garage. Heute trug er die Hose des schwarzen Nadelstreifenanzugs, zu dem auch die Weste von neulich gehörte, dazu ein schwarzes T-Shirt und eine lange rotbraune Wildlederjacke mit Fransen. Sein langes Haar und sein Walroßbart sahen heute noch fülliger aus, vielleicht aufgrund einer kürzlich stattgefundenen Wäsche. Er nahm eine Pfefferminzpastille aus der Tasche und schob sie sich in den Mund.

«Bemerkenswerte Frau, Ihre Tante», sagte Jupp. «Faszinierendes Leben hat sie hinter sich. Es passiert nicht oft, daß man jemanden trifft, der frank und frei zugibt, daß er bloß des Geldes wegen geheiratet hat. Das nenn ich mal ehrlich! Und muß auch mal verdammt gut ausgesehen haben, die Tante. Überreste davon sind sogar noch vorhanden, könnte man sagen.»

Victor sagte nichts. Es war, als ob sie nicht ein und dieselbe Frau im Sinn hätten.

«Ist doch ein Jammer, daß sie nie ausgeht. Wenn Sie mir's nicht übelnehmen, daß ich's so offen sage – da sollten Sie mal was tun, sollten sie mal auf Trab bringen, sollten ihr mal 'n bißchen Salz auf den Schwanz streuen!» Victor nahm es sehr wohl übel, daß er das sagte. Stumm fing er an, die Türen aufzuschließen. «Wieso hat sie das eigentlich gemacht, all dies Zeugs hier für Sie unterzustellen? Waren Sie weg?»

Der einzige Grund, weshalb Muriel ihm die Wahrheit nicht erzählt hatte, konnte nur sein, daß sie noch keine Gelegenheit dazu gehabt hatte, dachte Victor. Als er ein kleiner Junge war, noch sehr klein, da hatte er es gehaßt, wenn seine Eltern von einer Zeit sprachen, wo er noch nicht existierte, das hatte er einfach nicht ertragen können, und er hatte geschrien und gestrampelt, wenn seine Mutter davon sprach. Das war seine erste Erinnerung an Zornausbrüche, die er schon damals gehabt hatte. Weil ihm diese Zeit seiner Nichtexistenz unerträglich war, hatte er angefangen zu erklären, da sei er in Neuseeland gewesen. Wenn seine Mutter von etwas redete, ‹bevor du geboren warst›, dann korrigierte er sie und sagte, da sei er in Neuseeland gewesen. Und jetzt sagte er es zu Jupp.

«Ich war lange weg. Ich war in Neuseeland.»

«Wirklich?» meinte Jupp. «Hübsch, sehr hübsch. Na also, nu riskieren wir doch mal 'n Blick, werfen wir mal 'n Auge auf die guten Stücke!»

Er schob sich zwischen den Möbeln hindurch, riß die Vorhänge weg, die grobgewebten goldenen, den grünen Rips und Victors Schlafzimmervorhänge mit den roten und blaugrünen Rechtecken auf schwarzweißem Grund, riß sie fort und warf sie achtlos zur Seite. Er lugte unter Tischplatten und klopfte Oberflächen ab mit einem ziemlich langen Fingernagel. Victor überlegte, ob er die Sachen auf Holzwurmbefall untersuchte. Den Rollstuhl schob er hin und her wie jemand, der ein Kind zum Einschlafen bringen will. Victor fiel auf, daß der Rollstuhl dasselbe Fabrikat war wie Davids, obwohl er wie ein jüngeres Modell aussah. Jupp schob die Unterlippe vor.

«Ich will Ihnen was sagen – ich geb Ihnen fünfhundert Pfund für alles zusammen.»

Victor war enttäuscht. Neue Möbel, so hatte er beim Betrachten der Schaufenster gesehen, waren sehr teuer. Auch die Preise für Möbel aus zweiter Hand waren in die Höhe geschnellt. Na ja, wenn er ein paar Sachen für seine eigene Wohnung hätte behalten wollen... Aber bloß alte Anrichten und Eßtische wurden die Händler wohl schwer los; die Dinge hatten sich eben geändert. Die dreiteilige Garnitur allein war bestimmt vierhundert Pfund wert.

«Fünfhundert also», sagte er resigniert.

«Nein, Moment mal. Ich muß ja noch einem Kumpel gutes Geld zahlen, damit er mit mir hier rauskommt und den Kram wegschafft. Und ich muß Unterhalt und Saft für den Lieferwagen rechnen. Und dann verlier ich auch einen halben Tag im Geschäft.» Er nahm ein neues Pfefferminz, betrachtete es und steckte es in die Tasche zurück.

«Ich nehme an, der Rollstuhl ist allein einen Hunderter wert», sagte Victor. «Sehen Sie ihn sich an, der ist so gut wie neu.»

«Wir haben aber gerade keinen Boom auf dem Rollstuhlmarkt, um ehrlich zu sein, Freundchen. Sich einen Krankenstuhl von der Zimmerdecke hängen zu lassen, das hat sich in Acton noch nicht so recht durchgesetzt, ist nicht ganz das, was man schick nennen würde, klar? Vierhundertzwanzig.»

Sie einigten sich auf vierhundertvierzig Pfund, und Jupp sagte, er käme am nächsten Mittwoch wieder, um das Zeug aufzuladen. Er sah das hüfthohe Gras in Muriels Garten und meinte, was für eine verdammte Verschwendung, wo doch Löwinnen und ihre Jungen so dringend nach einer Heimstatt suchten! Victor ging zurück ins Haus. Muriel wusch gerade Tassen und Teller ab. Sie wusch jeweils eine Tasse ab, spülte sie, trocknete sie mit dem Geschirrhandtuch, stellte sie in einen Schrank und begann dann dieselbe Prozedur mit einem Teller. Victor sagte, er müsse mal ins Bad, ging den Flur entlang und dann die Treppe mit dem roten türkischen Läufer hinauf. Die Behauptung, es hätte sich nichts verändert, seit er vor etwas weniger als elf Jahren auf der Suche nach Sydneys Pistole diesen gleichen Weg gegangen war, wäre nicht ganz richtig gewesen. Das Haus war viel schmutziger. War es womöglich Sydney gewesen, der hier die Hausarbeit gemacht hatte? Oder lag es einfach nur daran, daß Muriel nichts mehr getan hatte, seit er gestorben war? Die damals gebohnerten Seitenteile der Treppenstufen lagen unter einer Schicht grauer Flocken, und der Läufer selbst war von einer Matte bedeckt, die größtenteils aus Haaren bestand, Muriels Haaren vermutlich, ausgefallen und liegengelassen über die Jahre hin. Draußen schien die Sonne, genau wie an jenem Abend, als er sich mit dem Schlüssel, den er hatte nachfertigen lassen, ins Haus geschlichen hatte, damals, als Muriel und seine Mutter ins Krankenhaus gegangen waren, um Sydney zu besuchen. Und genau wie an jenem Abend war das Innere des Hauses dunkel, trostlos und still, und jetzt war auch noch alles von Staub bedeckt. Vielleicht waren die Fenster während all dieser Jahre nie geöffnet worden. Der Kampferdunst war noch immer da, angereichert und überlagert von dem scharfen, säuerlich-stickigen Geruch, der altem Staub eigen ist.

Es war früher einmal ein ansehnliches Haus gewesen, denn es war zu einer Zeit gebaut worden, als Material relativ billig war, als es schönes Hartholz die Menge gab und als es wohl auch noch mehr Zeit, mehr Handwerker und mehr Fertigkeit gegeben hatte, um Holzpaneele, Schnitzereien und kunstvolle Stuckverzierungen an Zimmerdecken herzustellen. Aber die Erbauer oder vielleicht nur der Architekt waren dabei entschieden zu weit gegangen, so daß am Ende die schweren, bleigefaßten Fenster mehr Licht ausschlossen als einließen. Und die Vorhänge besorgten den Rest: Vorhänge, die bestimmt irgendein großes Geschäft – Whiteley, nahm er an, oder Bentall – nach Maß gefertigt und selbst aufgehängt hatten, Bahnen von dickem Samt oder schwerer, grobgewebter Seide, gefüttert und verstärkt und in Falten gelegt, mit Schabracken verziert, seitlich gerafft mit quastenverzierten Kordeln. Sie waren nie gereinigt oder auch nur abgebürstet worden, und in ihren Falten hafteten Staub und überpuderte Spinnweben. In dem Zimmer, wo er damals die Pistole in ihrem Versteck unter dem Schrankbrett gefunden hatte, versetzte Victor einem der Vorhänge einen leichten Schlag, und eine Staubwolke flog ihm ins Gesicht, daß er husten mußte. Der Staub lag so dick auf dem Teppich, daß man das Muster aus gelben Trauben und grünen Weinblättern nicht mehr erkennen konnte. Lediglich der vage Eindruck eines bläulich-grauen Musters war übriggeblieben.

Die Wildwest- und Cowboyromane standen noch immer auf dem Regal, ungestört seit mehr als einer Dekade. Er verließ das Zimmer und ging in das Schlafzimmer seiner Tante. Ein großer Spiegel, gerahmt und beweglich aufgehängt zwischen zwei Pfosten, stand in der Mitte des rosageblümten Teppichs, rosa und weiße Rosen aus Kreppapier häuften sich im Kamin. Der Ruß von zehn Jahren war auf sie herabgefallen und hatte ihre Blütenblätter fleckig gemacht. Das Bett war überraschenderweise gemacht, und mitten darauf lag ein rosa Plüschhund. Der Reißverschluß an seinem Bauch stand offen und enthüllte ein weißes Nachthemd. Es mußte wohl das sein, welches Muriel anzog, wenn sie das Nachtgewand auszog, das sie tagsüber trug.

Im Gedanken an die Geschichte von dem französischen Bauern fuhr Victor mit der Hand unter die Kissen, zwischen Unterbett und Matratze. Er zog die Schubladen in den Nachtkästen auf, öffnete die Türen des Einbauschrankes und sah, daß er vollhing mit Sydneys Anzügen. Die Taschen durchzusehen, kostete ja nichts. Von den Seitenfächern des Schrankes war eins vollgestopft mit alten Handtaschen – dunkelblau und schwarz und weinrot und weiß, rissig und aufgeplatzt, die Metallverschlüsse angelaufen, Schnallen zerbrochen. Victor zog eine schwarze heraus, imitiertes Krokodilleder, und griff hinein. Das Knistern von Banknoten ließ seinen Atem stocken. Aber er war schon zu lange hier oben, er würde nächste Woche wiederkommen, wenn Jupp die Möbel abholte. Ohne das Geld zu zählen, bediente er sich mit einer Handvoll Noten verschiedener Farbschattierung, machte die Tasche eilig wieder zu, schloß die Schranktür und rannte die Treppe hinunter.

Muriel saß an ihrem elektrischen Ofen und war mit Schere und Zeitschriften beschäftigt, mit Exemplaren von *Country Life* und *Cosmopolitan*. Anscheinend stellte sie eine Sammelmappe über die Ereignisse im Leben der Herzogin von Grosvenor zusammen.

«Du warst ja lange oben», meinte sie zu Victor.

Sie hatte eine Art, ihn anzublicken, die an eine Maus erinnerte, wenn sie aus ihrem Loch kommt: wachsam, argwöhnisch, scharf witternd und total selbstbezogen. Man konnte förmlich ihre Nase zucken, die Schnurrhaare vibrieren sehen unter den flinken, nervösen Bewegungen der Augen. Der Ring mit der Kuppel aus Diamanten saß an ihrem Finger. Vielleicht nahm sie ihn nie ab?

Er hatte die Hand in der Tasche und befühlte die spröden Banknoten, eine, zwei, drei, vier – mindestens vier, vielleicht sogar fünf, das war schwer zu sagen. Es konnten Zehner sein.

«Ich möchte dir was sagen», fing sie an.

Er ging durchs Zimmer und stellte sich ans Fenster. Aber dort war es genauso stickig, der beklemmende Geruch nach Mottenkugeln und alten, ungewaschenen Kleidern, nach vergilbendem Zeitungspapier und nach Staub, der auf den Heizelementen des Ofens verbrannte, war hier genauso streng. Aber man konnte wenigstens das Tageslicht sehen, und man spürte sogar die Wärme der Sonne, die sich durch die schmutzigen rautenförmigen Fensterscheiben kämpfte. Die langen gelben Rispen des Goldregens hingen gegen das Glas.

Muriel sagte: «Ich habe nie Lust gehabt, mein Testament zu machen. Wahrscheinlich bin ich abergläubisch und möchte die Vorsehung nicht herausfordern.» Sie blickte von ihrer Ausschneidearbeit auf und richtete den Blick zur Zimmerdecke, als ob Gott oben in ihrem Schlafzimmer Residenz genommen und sein Ohr am Fußboden hätte. «Aber einmal kommt die Zeit, da muß man tun, was richtig ist, und nicht, was man möchte. Und ich weiß eben, das Richtige ist, dafür zu sorgen, daß du nie etwas in die Finger kriegst, was mir gehört hat.»

«Vielen Dank», sagte Victor.

«Also habe ich am Tag, nachdem du das letzte Mal hier warst, mein Testament gemacht. Jenny von nebenan, die für mich einkauft, die hat mir ein Testamentsformular besorgt und hat es meinem Rechtsanwalt gebracht, und der hat getan, was ich wollte, und jetzt ist es unterschrieben und beglaubigt. Du kannst eine Kopie sehen, wenn du willst. Ich vermache alles der British Legion. Das würde Sydney freuen. Ich hab mir gesagt, der arme alte Sydney war sein ganzes Leben lang darauf bedacht, dich zu erfreuen, Muriel, und jetzt kannst du wenigstens dies tun, um ihn zu erfreuen.»

Victor stand wie angewurzelt und starrte sie an. Er spürte, wie jenes Pulsieren in seinem Mundwinkel wieder begann, jenes Zukken des Fleisches. Seine Hand in der Tasche fühlte das Geld, und er rieb die Finger über die Noten.

«Die Legion tut eine Menge Gutes», sagte Muriel, «sie werden es nicht vergeuden. Sydney würde sich im Grabe umdrehen, wenn *du* es in die Finger kriegtest.»

«Er ist doch verbrannt worden», sagte Victor.

Es war das einzige Mal, daß er geistesgegenwärtig reagierte, zur rechten Zeit eine schlagfertige Antwort gab, anstatt sie sich hinterher auszudenken. Er knallte die Haustür hinter sich zu, genau wie er die Tür des Taxiunternehmens zugeknallt hatte. Auf dem Heimweg durch verschiedene kleine Straßen hinauf zur Uxbridge Road zog er die Banknoten aus der Tasche. Es waren fünf Scheine, zwei Zwanziger, ein Zehner und zwei Fünfer. An die Möglichkeit, daß Zwanziger unter den Noten sein könnten, hatte er gar nicht gedacht, und seine Stimmung hob sich. Muriels Haus und ihr Geld zu verlieren, war im Grunde kaum ein Unglück, denn er hatte nie damit gerechnet, es zu bekommen. Aber die Boshaftigkeit ihrer Blicke und ihrer Worte wurmte ihn doch.

Eingedenk der Haltung, die sie ihm gegenüber eingenommen hatte, dieser Mischung aus Angst und Abscheu, war er richtig froh, daß er das Geld genommen hatte, er wünschte bloß, er hätte kräftiger zugelangt.

Victor hatte noch nie etwas gestohlen, außer man rechnete die Schokoladenriegel mit, die er von den Ladentischen bei Woolworth hatte mitgehen lassen, als er noch die Grundschule besuchte. Das machte jeder, und es war mehr ein Spiel als ein Vergehen. Als Erwachsener hatte er sich immer viel zugute gehalten auf seine Ehrlichkeit. Er und Alan und Peter, der andere Fahrer, hatten ein System gehabt, wonach sie ihre Trinkgelder teilten, die manchmal ganz beträchtlich waren, und Victor hatte seine fast immer in voller Höhe zur Verteilung abgeliefert. Nur ein- oder zweimal war die Versuchung doch zu groß gewesen, so zum Beispiel, als jener Amerikaner bei einem ersten Englandbesuch Pfund und Dollar verwechselt und ihm fünfundzwanzig gegeben hatte, aber im allgemeinen war er ehrlich gewesen. Wenn das, was sie ihm hatte sagen wollen, anders ausgefallen, wenn es – mal angenommen – das genaue Gegenteil von dem gewesen wäre, was sie dann tatsächlich sagte, nämlich, daß sie ein Testament zu seinen Gunsten gemacht hätte, dann, so redete er sich ein, hätte er das Geld wieder nach oben gebracht und es wieder in ihrer Handtasche verstaut. Jetzt war seine einzige Sorge, daß sie es vermissen könnte. Was wäre, wenn sie es tat? Es war wohl kaum wahrscheinlich, daß sie ihrem eigenen Neffen die Polizei auf den Hals hetzen würde, so sehr sie ihn vielleicht auch haßte.

Im Gedanken an das, was er von seinen Eltern geerbt, was er von

Jupp bekommen würde und was er Muriel gestohlen hatte, ging Victor eine halbe Stunde vor Ladenschluß in eins der Geschäfte in der High Street und kaufte einen Fernsehapparat.

Seit er in Mrs. Griffiths Haus eingezogen war, hatte Victor praktisch nie Post bekommen. Alles, was er bekam, waren Postwurfsendungen und Mitteilungen des Sozialamtes. Briefe und Karten wurden immer von demjenigen, der zuerst wegging und die Post von der Fußmatte aufsammelte, auf dem Tisch im Korridor ausgebreitet. Für Freitag morgen hatte man ihm die Lieferung seines Fernsehers zugesagt, und als zehn Uhr vorbei war, ohne daß etwas geschehen war – zwischen neun und zehn Uhr hatte man ihm gesagt –, da ging er hinunter, um nachzusehen, ob die Klingel funktionierte. Elektrische Klingeln konnten ausfallen, wie er ja gerade erlebt hatte. Er sah sich die Post auf dem Tisch nur an, weil womöglich eine Karte der Fernsehfirma dabei sein konnte, die erklärte, weshalb sie nicht gekommen waren oder wann sie nun kommen würden. Zwischen zwei Postkarten aus ausländischen Seebädern lag ein Umschlag, der in kräftiger, aufrechter Handschrift an *Victor Jenner* adressiert war, kein *Mr.* oder *Esq* oder sonstwas davor. Auf dem Poststempel stand Epping.

Victor vergaß den Fernseher. Er trug seinen Brief nach oben. Die Kehle wurde ihm trocken, und mit jener Verkrampfung, die der Übelkeit vorausging, setzte er sich auf sein Bett und riß den Umschlag auf. Der Brief war mit der Maschine geschrieben, auf beiden Seiten eines Bogens, und mit *Clare Conway* unterschrieben. Victor las:

Lieber Victor Jenner.
Sie werden überrascht sein, von mir zu hören, nach der Art und Weise, wie ich am Montag mit Ihnen gesprochen habe. Darf ich sagen, daß Sie das sehr gut hingenommen haben? Die meisten Leute hätten mich ihrerseits gröblich beschimpft, und ich glaube, Sie wären im Recht gewesen, wenn Sie es auch getan hätten. Dieser Brief ist zum Teil eine Entschuldigung. Ich hatte keinen Grund und kein Recht, so mit Ihnen zu sprechen, ich war ja nicht betroffen, weder Kläger noch Beklagter, ich war bloß, was ich häufig bin – ein wenig zu sehr Partisan.

Es fällt mir schwer zu sagen, was ich sagen muß. Es ist nicht leicht, aber versuchen will ich es. David und ich finden, es war sehr mutig von Ihnen, herzukommen, wirklich ein sehr mutiges Unterfangen, weil Sie ja nicht wissen konnten, welcher Empfang Ihnen bereitet würde, und tatsächlich war er von meiner Seite denn ja auch so schlecht wie überhaupt möglich. Sie haben nicht gesagt, weshalb Sie gekommen sind, obgleich es natürlich eigentlich klar war, daß Sie kamen, weil Sie das Gefühl hatten, an David irgendwie etwas wiedergutmachen zu müssen. Ich vermute, daß das Geschehene Sie einfach verfolgt und gejagt hat und daß Sie das Bedürfnis hatten, so bald wie möglich positive Schritte zu unternehmen.

Ich gestehe offen, daß ich Ihnen nicht schreiben würde, wenn es hier lediglich um Ihr Gewissen ginge. Damit müssen Sie selbst fertig werden. Es ist David, um den ich mir Sorgen mache, so wie ich es fast immer tue, seit ich ihn vor beinahe drei Jahren kennengelernt habe. David ist ein wundervoller Mensch, bei weitem der gerechteste, ehrlichste und großzügigste, der intakteste Mensch, den ich kenne, was sich gewiß absurd anhören muß, denn körperlich ist er natürlich alles andere als intakt. Sie können nicht wissen – und keiner kann es außer denen, die ihm sehr nahestehen –, daß auch er noch immer verfolgt und gejagt wird von dem, was vor elf Jahren in jenem Haus in Kensal Rise passierte, ebensosehr, wie meiner Vermutung nach Sie es sind. Er träumt immer wieder davon, jede noch so weit hergeholte Assoziation erinnert ihn daran, die Erinnerung überfällt ihn jeden Tag. Das Schlimmste aber ist, er kann sich nicht damit abfinden, daß es unabwendbar gewesen wäre. Er macht sich Vorwürfe, ich meine, er denkt dauernd darüber nach, was passiert wäre, oder eher, was verhindert worden wäre, wenn er anders gehandelt oder vielleicht etwas anderes gesagt hätte.

Nun ist es aber so, daß er, seit er Sie am letzten Montag gesehen und ein wenig mit Ihnen geredet hat, trotz allem, auch trotz meines Verhaltens, irgendwie erleichtert scheint. Jedenfalls kommt er mir ein wenig erleichtert vor. Und als ich ihm sagte, ich würde Ihnen schreiben, da begrüßte er diese Idee und sagte, er würde Sie gern wiedersehen. Sehen Sie, ich bin überzeugt, wenn Sie beide noch weiter miteinander sprechen, wenn einer dem anderen sagen könnte, was er empfindet, wenn Sie beide dieser Sache im Gespräch auf den Grund gingen, dann könnte sich vieles lösen. David wäre vielleicht endlich imstande, sich abzufinden mit dem, was für ihn in alle Zukunft ‹Leben› bedeutet, und Sie ... nun, es könnte auch für Sie manches lösen und Ihnen Seelenfrieden bringen.

Ich hoffe, dies alles klingt nicht zu hochtrabend – oder, noch schlimmer, wie eine Art Psychotherapie. Wenn Sie bis hierher gelesen haben, werden Sie vielleicht erraten, was ich Sie fragen will. Wollen Sie kommen und uns besuchen? Ich weiß, es ist ein langer Weg für Sie, deshalb kommen Sie doch bitte für den ganzen Tag, einen Sonnabend oder Sonntag, und bitte tun Sie es bald. Ich denke, es war ein Wink des Schicksals, daß David Ihre Adresse im Kopf behalten hat. Er hat eben ein gutes Gedächtnis – zu gut, wie ich manchmal finde.

In der Hoffnung, daß wir Sie bald bei uns sehen,

Ihre Clare Conway

Victor konnte sich nicht erinnern, wann er das letzte Mal richtig glücklich gewesen war. Es mußte gewesen sein, bevor er ins Gefängnis kam, denn seitdem hatte es ganz sicher keine Glücksgefühle mehr für ihn gegeben, nicht einmal, als er erfuhr, daß er entlassen werden sollte und dann auch tatsächlich entlassen wurde. Resignation, ja, und ein gewisser Grad an Zufriedenheit, die relative Ruhe, die sich zwischen Anfällen von Wut und Panik einstellte, aber Glück niemals. Das letzte Mal war wohl gewesen, als er erfuhr, daß er die Wohnung im Ballards Lane kriegen würde, oder damals, sechs Monate, bevor er Sydneys Luger nahm, als Alan ihm für die Zukunft eine geschäftliche Partnerschaft versprochen hatte. Es war ein ungewohntes Gefühl, aber er erkannte es wieder: Glück. Es war wie Wut, bloß anders, ohne den brennenden Schmerz und das rasende Herz füllte es das ganze Gefäß des Körpers und des Geistes mit dem Moussieren eines prickelnden Weins. Es stieg ihm bis an die Lippen und ließ ihn laut loslachen – er wußte selbst nicht, warum.

Es stand keine Telefonnummer in dem Brief, und er hatte Toms Stück Papier weggeworfen. Wenn der Fernsehlieferant dagewesen war, würde er noch einmal in die Bibliothek gehen. Er ging in den Flur hinunter, sah nachdenklich das Telefon an, wünschte, er könnte sich auf Davids Nummer besinnen, und da, als er den Kopf wandte, sah er sie. Er hatte sie ja auf das rohe Holz auf der Unterseite der Treppenstufe geschrieben und Davids Namen daneben. Da stand es: David Fleetwood.

Seine Hand zitterte, er mußte sie mit der anderen am Gelenk umklammern, um sie zu beruhigen. Wegen dieses Zitterns in den Fingern war er nicht sicher, ob er die Nummer korrekt gewählt hatte, aber er mußte es wohl getan haben, denn als das Rufzeichen ertönte und er seine Zehnpence eingeworfen hatte, antwortete Clares Stimme.

Mit vor Aufregung flatternder Stimme sagte er: «Hier ist Victor.» Es war nicht sehr wahrscheinlich, daß sie noch einen anderen Victor kannten, also war es nicht notwendig, seinen Nachnamen zu sagen.

«Schön von Ihnen, daß Sie sich so schnell melden.» Sie hatte eine schöne Stimme, tief und ausgewogen, ein bißchen formell, lauter Dinge, die ihm nicht aufgefallen waren, als sie ihn beschimpft hatte. «Ein bißchen peinlich ist es mir ja schon, mit Ihnen zu sprechen», meinte sie. «Es war so entsetzlich neulich.»

«Oh, vergessen Sie es.»

«Gut, ich werd's versuchen. Ich hoffe, dieser Anruf bedeutet, daß Sie kommen werden. Und wann? Wann würde es Ihnen passen? Wenn es nach uns ginge, recht bald. Ich bin berufstätig, und David muß manchmal zu Untersuchungen und Behandlungen ins Krankenhaus, aber abgesehen davon, sind wir immer hier. Wir gehen nicht viel aus. Es ist kompliziert für David, auszugehen – wir müssen immer so viele Vorbereitungen treffen.»

«Ich könnte jederzeit kommen.»

Es klingelte an der Haustür, und er wußte, das mußte der Fernsehlieferant sein, aber das war für ihn jetzt nicht mehr als eine lästige Nebensache, etwas, dem man keinerlei Bedeutung beimessen durfte.

«Könnten Sie nicht gleich morgen kommen?» fragte sie.

10

Mit sechzig Pfund kam man heutzutage nicht sehr weit, wenn man Kleidung kaufte. Nachdem nahezu alles, was ihm seine Eltern hinterlassen hatten, beim Kauf des Fernsehers draufgegangen war, hatte Victor beschlossen, das Geld, das er von Muriel ‹hatte›, für eine Hose, ein Hemd und ein Paar Schuhe auszugeben. Er zog es vor, es so auszudrücken: was er von Muriel ‹hatte›, als: was er ‹genommen hatte›.

Zum Einkaufen ging er nach Ealing, wo die Auswahl größer war. Die Hälfte des Geldes ging für die Hose drauf, die andere Hälfte für die Schuhe; noch ein Hemd dazu, das überstieg seine Mittel. Mehr als je war er überzeugt, daß er einen Job brauchte und möglichst einen weit weg von hier, wo so vieles ihn an Muriel und Sydney, an seine Eltern und an seine Jugend erinnerte.

Victor hatte nie wirkliche Freunde gehabt. Wahrscheinlich schon deshalb, weil seine Eltern nie welche gehabt hatten. An Besuchern, die in sein Elternhaus kamen, erinnerte er höchstens Muriel und später, ein- oder zweimal, Muriel und Sydney und dann noch eine Nachbarin, die gelegentlich zum Tee kam, und ein Ehepaar namens Macpherson, um deren Gesellschaft seine Mutter sich jedoch gebracht hatte, weil sie, wie sein Vater es nannte, ‹die Freundschaft nicht warmhielt›. Sie hatte sich eben nie etwas gemacht aus Eindringlingen in die Einheit, die sie und ihr Mann darstellten. Die beiden waren sich selbst genug, wie Victor sie einmal zu Mrs. Macpherson sagen hörte; und außerdem waren ihr Gastgeberpflichten, selbst in bescheidenster Form, einfach zu viel, es machte sie hysterisch. Als Victor zur Schule ging, ermunterte sie ihn nie, andere Jungen mit nach Hause zu bringen, und aus diesem Grund wurde auch er selten in andere Häuser eingeladen.

Einmal, zu seinem neunten Geburtstag, wurde die Idee einer Kindergesellschaft erörtert. Nie würde er die entsetzlichen Umstände vergessen, aber wessen Idee es gewesen war, die seiner Mutter oder seines Vaters, das wußte er nicht mehr. Sein Geburtstag war im Juni, aber die Pläne für die Party wurden schon Wochen vorher geschmiedet. Victors Mutter fand, die Einladungen müßten per Post geschickt werden, aber dann wußte sie nicht, wie man sie abfassen sollte. So wurde eine Menge Energie mit allen möglichen Bedenken verschwendet, wirklich getan wurde nichts. Wenn es ein schöner Tag wäre, dann könnte man die Party im Garten veranstalten, aber wer konnte sagen – in England! –, ob der 22. Juni ein schöner Tag sein würde oder nicht? Victors Mutter wollte nicht all die kleinen Jungen – kleine Mädchen waren als Gäste nicht vorgesehen –, in ihrem Haus haben. Nicht, daß sie eine pingelige Hausfrau gewesen wäre, aber allein die Vorstellung, daß all die kleinen Jungen drinnen herumrannten, war ihr zuwider. Sie erlaubten Victor nicht, in der Schule schon irgend etwas von der Party zu sagen; sie hatten ihm verboten, Einladungen mündlich auszusprechen, aber natürlich hatte er Andeutungen fallenlassen, daß eine Party stattfinden werde. Dann ging es um das Essen. Es war wirklich sehr die Frage, welche Art Essen den geringsten Dreck und die geringste Mühe der Vorbereitung machte. Victor war einmal auf einer Party gewesen, wo die Kinder sich gegenseitig mit dem Essen beworfen hatten, und er war unklug genug gewesen, das zu Hause zu erzählen. Seine Mutter redete jeden Tag von der Party, und sie redete davon, als sei es ein reißender Strom, an dessen diesseitigem Ufer sich unvorstellbare Anstrengungen und Sorgen und Probleme ausbreiteten und am fernen gegenüberliegenden – falls man es je erreichte! – wunderbarer Friede und Freiheit. Manchmal weinte sie deshalb. Eines Abends – es war die erste Juniwoche, und noch waren keine Einladungen weggeschickt worden – brach sie in Tränen aus und fragte, warum sie bloß erwogen hätten, eine Party zu geben? Was war denn bloß in sie gefahren, waren sie verrückt? Victors Vater beruhigte sie, er liebkoste sie und sagte, sie müßten auch gar keine Party geben, wenn sie es nicht wolle. Dies löste in Victors Mutter eine wunderbare Veränderung aus. Sie trocknete ihre Tränen und lächelte und sagte, im Grunde wollten sie es ja auch alle wirklich nicht, nicht wahr? Und augenblicklich war sie wieder glücklich, stellte das Radio an und brachte Victors Vater dazu, mit ihr zu tanzen. Sie tanzte und sang *‹Mister Sandman ...›* und eine Party gaben sie nie.

Als Victor älter war, fand er sich gelegentlich an der Peripherie solcher Gruppen wieder, wie sie sich aus einem Kern von zwei Freunden und zwei oder drei weniger engen Freunden und allerlei Mitläufern bilden, und Victor war immer einer der Mitläufer. Er wußte nie viel zu sagen, aber ein guter Zuhörer war er auch nicht. Still oder lakonisch lebte er in seiner eigenen Welt, wie es einer seiner Lehrer in einem Schulzeugnis ausdrückte. Wenn die Mädchen in seiner Schule nicht um die Zeit, wo sie vierzehn waren, einen Jungen hatten, mit dem sie ausgehen konnten, dann fühlten sie sich in ihrer Weiblichkeit gekränkt, kamen sich unzulänglich und unattraktiv vor. Einen Jungen dagegen, ob mit oder ohne Freundin, traf solch Stigma nicht. Als Victor aufs Polytechnikum kam, hatte er noch kaum je mit einem Mädchen gesprochen, und ganz bestimmt war er noch nie mit einem allein gewesen.

Pauline suchte sich *ihn* aus, nicht umgekehrt. Seine Mutter, die Pauline nicht mochte, sagte, sie wolle ja bloß jemanden, um zu heiraten, und es sei ihr nicht weiter wichtig, wer das sei, solange er nur jung war und gut aussah und die Voraussetzungen für ein angenehmes Leben mitbrachte. Victor sah damals sehr gut aus, das sagte jeder. Er war auch ein bißchen eingebildet auf seine Erscheinung, und er war glücklich, als es Mode wurde, sich die Haare lang wachsen zu lassen.

Pauline hatte Freundinnen, aber er kam mit ihnen nicht zurecht. Frauenstimmen irritierten ihn, das Schrille darin, die Modulationsfähigkeit, das Auf und Ab. Er hatte auch nicht das Bedürfnis nach Männerfreundschaften. Alan war das, was einem Freund noch am nächsten kam, aber sie sahen sich selten außerhalb der Arbeitsstunden, und die Arbeitszeit verbrachten sie in verschiedenen Wagen. Und sie hatten auch eigentlich nichts gemeinsam außer Alter und Geschlecht. Alan hatte eine Frau und ein Kind in Golders Green, eine Freundin in Camberwell und war besessen von Autoveteranen und Rugby. Victor konnte sich für Autos zur Not noch interessieren, aber das war auch ziemlich alles. Und was war das denn auch für ein Freund, dachte er, der einen im Stich ließ, wenn einen das Glück verlassen hatte, der einem nicht mal eine Postkarte schrieb! Nein, er hatte nie einen Freund gehabt, aber vielleicht sollte sich das jetzt ändern? Diese ungewohnte Aussicht erregte ihn. Als er seine neue Hose und seine neuen Schuhe anzog, da fühlte er sich selbst ganz neu, ein Mensch im Prozeß der Neuerschaffung. Seine Vergangenheit lag heute morgen wie im Nebel, als ob das alles in einem früheren Leben geschehen sei – allen Ernstes in Neuseeland.

Und doch, ohne diese Vergangenheit wäre er natürlich nie dazu gekommen, David kennenzulernen. Ganz schön teurer Weg, einen Freund zu gewinnen, dachte er, als er in den Zug stieg, und ein Bild aus der Gefängniszeit erstand vor seinen Augen – merkwürdigerweise die Nacht, als Cal und die drei anderen ihn vergewaltigt hatten. Warum mußte er ausgerechnet jetzt daran denken? Er setzte sich auf seinem Sitz zurecht, schlug die erste der Zeitschriften auf, die er gekauft hatte, und schob die Erinnerung beiseite.

Es war ein schöner Tag, der schönste seit seiner Entlassung. Die Sonne war heiß wie im Hochsommer, obgleich es doch erst Mai war. Clare hatte gesagt: ‹so gegen eins›, aber er hatte vor, ganz pünktlich zu sein, dort Punkt eins zu erscheinen. Zu spät fiel ihm ein, daß es in manchen Kreisen als höflich galt, bei solchen Gelegenheiten Blumen mitzubringen oder vielleicht eine Flasche Wein. Blumen, das wäre hier wie Kohlen nach Newcastle tragen. Vielleicht konnte er ihnen die *New Society*, *Country Life* und das *Time Magazin* schenken, die alle noch ganz neu und wie ungelesen aussahen?

Überall in den Grünanlagen waren Menschen, warfen Bälle, spielten Spiele und dressierten Hunde. Victor schlenderte langsam dahin, denn es war erst Viertel vor eins. Ihm fiel das Zimmer wieder ein, das er im Aushangkasten des Zeitungshändlers angezeigt gesehen hatte, und er überlegte, ob es wohl noch frei wäre. Der Ort war so grün und so friedvoll, die Luft so frisch, verglichen mit London, und dabei war London kaum zwanzig Kilometer entfernt. Langsam spazierte er auf den Theydon Manor Drive zu, spürte die Sonne auf dem Gesicht, dachte daran, wie beeindruckt sie sein würden von seiner Erscheinung, seinem knappen Haarschnitt, den neuen Sachen. Den Geißblattduft roch er schon den ganzen Weg die Straße hinunter, und er verstärkte seine Aufregung, sein Hochgefühl der Erwartung.

Er hatte gedacht, Clare werde ihm die Tür öffnen. Diesmal beging er nicht den Fehler, auf den Klingelknopf zu drücken, sondern er pochte mit dem Türklopfer, dem römischen Soldaten. Niemand kam, und er wartete. Er wartete, klopfte wieder und hielt angstvoll den Atem an. Die Tür wurde von David geöffnet, was die Verzögerung erklärte. David hatte sich aus seinem Rollstuhl gebeugt und die Tür geöffnet, und jetzt saß er da mit einem Lächeln auf dem Gesicht.

«Hallo, Victor. Ist das recht, oder würden Sie lieber Vic genannt?»

«Nein, lieber Victor», sagte Victor.

Er legte die Zeitschriften auf den Korridortisch. Es war das erste Mal, daß er seinen Fuß in dieses Haus setzte. Es war kühl und ziemlich dunkel, aber nicht so dunkel wie Muriels Haus, hier hatte man eher das Gefühl, die Räume seien eine Art Zuflucht aus dem Sonnenschein, aber wenn man wollte, brauchte man nur Türen und Fenster und Vorhänge aufzureißen, und das Licht strömte herein. Der Dielenboden war mit einem leuchtend weinroten Teppich ausgelegt. An der Treppe war ein Aufzug, der über eine Schiene oberhalb des Geländers lief und groß genug war, um Davids Rollstuhl aufzunehmen.

«Es ist schön, daß Sie kommen.»

Victor fiel darauf keine Antwort ein. Ausgerechnet jetzt, wo er es überhaupt nicht gebrauchen konnte, wo er unbedingt einen guten Eindruck machen wollte, stellte sich jenes Zucken wieder ein und ließ sein linkes Augenlid flattern. Er folgte David in das Zimmer mit der Terrassentür. David trug dieselben weiten Hosen, die er auch am letzten Montag angehabt hatte, aber oben herum trug er ein T-Shirt, und zu Victor sagte er, er solle doch sein Jackett ausziehen, wenn er wolle. Und einen Drink solle er sich bitte nehmen, das stünde alles auf der Anrichte. Victor goß sich einen Whisky ein, einen ziemlich großen Whisky. Er brauchte das – einmal als Hilfe, um mit David sprechen zu können, und zum anderen für die Begegnung mit Clare, die jetzt jede Minute stattfinden konnte. David, der ihn unverwandt beobachtete, zündete sich eine Zigarette an.

«Was haben Sie?» fragte Victor.

David schüttelte den Kopf. Victor spürte, er wurde einer faszinierten Musterung unterzogen. David schien jede seiner Bewegungen mit brennendem Interesse zu verfolgen, als überlege er, wie es möglich war, daß dieser Mann Routinehandlungen ausführen konnte wie andere Männer: Flüssigkeit aus einer Flasche in ein Glas gießen, durch das Zimmer gehen, sich hinsetzen... Vielleicht bildete Victor sich das aber auch nur ein. Vielleicht war David bloß still, weil er auch nach Worten suchte. Und jetzt lächelte er. Da kam Victor ein Gedanke.

«Wo ist der Hund?» fragte er.

«Mandy?» sagte David. «Oh, die ist gestorben. Sie wurde alt und ist dann gestorben.»

«Ich hab sie auf dem Foto in der Zeitung gesehen», erklärte Victor.

«Sie war schon kein Welpe mehr, als ich sie bekam. Sie war zwei Jahre alt. Sie werden gewöhnlich nicht älter als elf, diese Labradors. Sie fehlt mir sehr. Ich denke immer noch, ich sehe sie, wissen Sie – irgendwo in der Tür oder hier neben meinem Stuhl.»

Victor sagte darauf nichts, denn Clare kam herein.

Er fragte sich, wie er sie je hatte fett nennen können, selbst als er sie haßte, als nichts zu böse war, um es von ihr zu denken. Sie gehörte zu den Frauen, die zugleich schlank und rundlich sind. Ihre Figur war perfekt. Nur, daß sie eben keins von diesen insektendürren Mädchen war, die, wie er oft gesehen hatte, in Designermodellen in den Magazinen posierten. Sie trug einen dunkelblauen Rock und eine weiße Bluse, und ihr Gesicht war ohne Make-up. In diesem Mittagslicht sah man deutlich, daß es ohne Make-up war. Diese Farben, dieses rosige Gold und das sanfte Rosa und die federbraunen Augenbrauen, das war Natur...

Sie hatte ihm geschrieben, hatte am Telefon mit ihm gesprochen, sie hatte gewußt, daß er kam, wußte, daß er gekommen war, aber als sie ihn sah, wurde ihr Gesicht rot. Sie errötete und lächelte ein bißchen. Dabei legte sie eine Hand an die Wange, als könne sie die Röte fortwischen. Er streckte ihr die Hand hin, obwohl er das bei David nicht getan hatte. Sie schüttelten sich die Hände, und er mußte daran denken, daß dies seit Jahren und Jahren das erste Mal war, daß er eine Frau berührte... Aber das stimmte nicht, denn er hatte Muriel berührt, hatte sie gepackt und geschüttelt, als sie ihm zuerst die Zeitungsausschnitte über David gezeigt hatte.

«Victor, wir dachten uns, wir essen unser Mittag draußen, wenn Ihnen das recht ist. Wir haben so wenig Sommer, es ist schade, wenn man ihn nicht ausnutzt, aber wenn Sie es gar nicht mögen, draußen zu essen, dann bitte sagen Sie es.»

Er konnte sich nicht erinnern, es je ausprobiert zu haben, aber das würde er nicht zugeben. Clare trank Gin und Tonic und David Weißwein mit Perrier-Tafelwasser gemischt, und Victor zeigte sich interessiert an dem Perrier, das es wahrscheinlich noch nicht gegeben hatte, als er ins Gefängnis kam – oder wenigstens war es damals noch nicht das allgemein bekannte Getränk, das es seither geworden war.

«Nein, nicht bevor... na, Sie wissen schon», sagte David, und damit war das Eis gebrochen. Man konnte es förmlich klirren hören, als es brach.

«Ja, eine Menge Dinge haben sich geändert», sagte Victor.

«Ich weiß. Ich war... Ich war ja auch eine ganze Weile außerhalb der Welt. Mal drinnen, mal draußen, immer abwechselnd. Und immer, wenn ich wieder rauskam, dann fand ich irgendwas Neues vor, über das die Leute redeten oder das sie aßen und tranken.»

«... oder sagten oder sangen», ergänzte Clare. «Fünf Minuten weg, und man verliert den Anschluß. Aber Sie waren zehn Jahre weg, Victor, und Sie haben ihn trotzdem nicht verloren.»

Das Kompliment tat ihm gut. «Ich habe eine Menge gelesen», sagte er.

Sie aßen Mittag. Es gab kalte Suppe, weiß und grün mit einem Hauch Zitronengeschmack, und dann einen Zwiebelkuchen mit Speck und Käse und dazu Salat. Clare hatte das Kochen besorgt, und sie war eine gute Köchin, was er irgendwie nicht erwartet hatte. Schon der Whisky hatte bei Victor seine Wirkung getan, und der Wein, den sie jetzt tranken, verstärkte sie noch. Seine Zunge hatte sich gelockert, und er erzählte von dem Zimmer in Mrs. Griffiths Haus, von Acton und Ealing, die schließlich seine heimatlichen Gefilde waren; aber er fügte doch hinzu, wie gerne er von dort wegzöge, aus London hinaus, irgendwo nach draußen. Er habe einen Job auf dem Verkaufssektor in Aussicht, erzählte er, weil er es nicht ertrug, daß sie womöglich glaubten, er sei auf ewig arbeitslos und ohne Zukunftschancen. Eine anständige Wohnung, das wäre, was er am liebsten wollte, mit einer eigenen Küche, so daß er auch kochen könne. In Wirklichkeit hatte er kaum je etwas gekocht außer Rührei und Käsetoast, aber während er es sagte, glaubte er selbst daran. Und er versicherte Clare, was für eine gute Köchin sie sei – ganz wie ein kulinarischer Experte einen anderen beurteilt.

«Ja, da sollte man doch denken, er würde mich heiraten, nicht wahr, Victor? Ich habe ihm oft genug einen Antrag gemacht, aber er läßt mich immer abblitzen.»

Victor wußte nicht recht, wie er das verstehen sollte. Er blickte David von der Seite an.

«Ich lebe jetzt schon zwei Jahre mit ihm zusammen. Es ist wirklich Zeit, eine ehrbare Frau aus mir zu machen.»

David sagte sehr ernst: «Ich habe nie eine unehrenhafte Frau aus dir gemacht.»

Ein Frostschauer fiel auf sie hernieder. Es war, als sei die Sonne verschwunden. Victor glaubte zu verstehen, was hier angedeutet wurde, aber ganz sicher war er nicht.

Da meinte Clare aufmunternd: «Wenn wir Kaffee getrunken haben, dann, dachten wir, könnten wir einen Spaziergang machen. Ich meine, wir alle drei zusammen? Der Wald ist so schön im Mai, es ist die allerschönste Zeit.»

Eine Weile war er wieder allein mit David, während Clare den Tisch abräumte. Das Eis schien sich wieder verdichtet zu haben, Victor suchte verzweifelt nach Worten, die es wieder zum Tauen bringen konnten. Er bildete sich ein, David, obwohl ruhig und schweigsam, habe seine Augen starr auf ihn gerichtet. Der immer noch überwältigende Duft des Geißblattes hatte seine beste Zeit hinter sich, war jetzt kränklich, leicht widerwärtig, war von fauliger Süße.

«Hier oben am Horizont», sagte David unvermittelt, «kann man nachts die Lichter der neuen Schnellstraße sehen. Ich sage ‹neu›, dabei ist sie schon seit drei Jahren da. Gelbe Lampen ziehen sich über ihre ganze Länge hin, und sie sind die ganze Nacht an wie eine Art phosphoreszierendes gelbes Band, das sich über die Felder legt. Es ist wirklich ein Jammer, sie verdirbt den ländlichen Charakter dieser Gegend. Sie werden es später sehen. Manchmal denke ich daran, von hier wegzuziehen, weit wegzuziehen – nun ja, zu emigrieren.»

«Ich habe auch ans Emigrieren gedacht, aber wer wollte mich schon haben? Ich müßte doch ehrlich sein. Und wo ich auch hinwollte, keiner wird mich haben wollen, mit meiner Vergangenheit.»

David erwiderte nichts. Er hatte seine Hände ineinandergeschlungen, umklammerte die linke Hand mit der rechten, daß die Fingerknöchel weiß waren. Victor redete davon, wie es war, einen Job zu suchen, wenn man eine ‹Vergangenheit› hatte, wie man jedem potentiellen Arbeitgeber die Wahrheit erzählen mußte, und zu spät fiel ihm ein, daß er ja gesagt hatte, er habe einen Job in Aussicht. Aber noch ehe er den schiefen Eindruck, den David von ihm haben mußte, korrigieren konnte, kam Clare zurück und fragte, ob es ihm etwas ausmache, ihr mit dem Abwasch zu helfen. Victor war ziemlich überrascht, denn er hatte nie etwas im Haushalt getan, als Pauline mit ihm zusammenlebte, und auch seinen Vater hatte er nie einen Finger rühren sehen, um seiner Mutter zu helfen. Aber er ging hinter Clare her, weil er nicht wußte, wie er es ablehnen sollte. Es war eine gut eingerichtete Küche, ausgestattet mit den gebräuchlichen Maschinen und Gerätschaften und darüber hinaus mit vielen ungewöhnlichen, all den Handläufen und Rampen und Griffen, die speziell für die Bedürfnisse einer behinderten Person entworfen und installiert worden waren. Denn Clare war ja nicht immer hiergewesen, um für David zu sorgen. Sie reichte Victor ein Geschirrhandtuch, aber es war nicht viel Geschirr abzutrocknen, denn David besaß eine Spülmaschine, die Clare bereits beladen hatte.

«Ich wollte einen Moment mit Ihnen allein sein», sagte sie. Sie beugte sich über den Ausguß und sprach mit abgewandtem Gesicht.

«Ich muß Ihnen doch sagen, daß ich, als ich Ihnen schrieb und am Telefon mit ihnen sprach... Ich habe das bloß David zu Gefallen getan. *Ich* hätte Sie am liebsten umgebracht! Es kam mir so irreal vor, daß Sie herkämen, ich meine, *Sie*, der Mann, der allen Ernstes auf David geschossen und ihn lebenslänglich zum Krüppel gemacht hat. Und dennoch schien es zugleich nur zu real, das einzig Richtige, die einzig mögliche Lösung... Ich kam einfach nicht klar. Können Sie verstehen, was ich meine?»

Victor war nicht sicher, ob er es verstand, immerhin glaubte er, sie lobe ihn, daß er hergekommen war, sie gratulierte ihm förmlich, und er wurde sich eines warmen Gefühls der Befriedigung bewußt.

«Ich dachte», fuhr sie fort, «wenn Sie herkämen, dann würde ich es nicht durchhalten können, ich meine, nett zu Ihnen zu sein, Sie höflich zu behandeln. Ich war halb verrückt vor Angst, seit wir gestern am Telefon miteinander gesprochen haben, und wünschte bloß immer, ich hätte Sie nicht gebeten, herzukommen – alles, bloß nicht das! Aber jetzt, wo Sie da sind, eigentlich schon vom ersten Augenblick an, als ich Sie wiedersah, wußte ich, es würde alles gutgehen. Ich glaube, entweder habe ich in Ihnen so eine Art Monster gesehen, oder... ja, eine Art Instrument des Bösen. Und als ich Sie heute wiedersah, da war mir klar, daß Sie ganz einfach nur ein menschliches Wesen, ein Mann sind, der tun *mußte*, was er getan hat, weil er unglücklich war oder Angst hatte.»

«Die Pistole ist aus Versehen losgegangen», sagte Victor. Aber war sie das? Er wußte es nicht mehr. «Sie ist einfach in meiner Hand losgegangen, bloß, das glaubt mir keiner.»

«Oh, ich kann das schon glauben.» Sie wandte sich um und blickte ihn an. «Ich denke manchmal, das ganze Leben ist so – bloß eine Sache zufälliger Ereignisse, Glück und Unglück.»

«Da haben Sie recht», sagte er mit Gefühl.

«Nehmen Sie mein Zusammentreffen mit David zum Beispiel. Ich bin Röntgenassistentin im Krankenhaus Epping, also könnte man meinen, das sei kein Zufall, sondern eine der landläufigen Arten, wie Leute sich kennenlernen: Er wird halt wegen einer Röntgenuntersuchung zu mir gekommen sein. Aber das ist er gerade nicht, er ist nie im St. Margaret's Hospital gewesen. Seine Behandlung hat immer im Stoke Mandeville stattgefunden – in etwa zwei Wochen muß er wieder hin. Nein, wir sind uns in der Reinigung in Theydon begegnet. Die Räder seines Rollstuhls hingen an den Stufen fest, und ich half ihm, sie wieder freizubekommen. Er ist sehr abgenutzt, dieser Rollstuhl, er brauchte mal einen neuen. Aber der Punkt ist, es war reiner Zufall, daß wir uns begegneten.

Ich kam an der Reinigung vorbei und hatte gar nicht vor, hineinzugehen. Aber die Sonne war gerade herausgekommen, und es war warm, und da fiel mir ein, ich könnte doch mal einfach meine Jacke ausziehen, gleich hier und jetzt, und sie reinigen lassen. Und das tat ich, und da kam David herein, und seitdem sind wir mehr oder weniger immer zusammengewesen. Das war im September vor zwei Jahren.»

«Dann wohnen Sie also hier?» fragte Victor.

«Oh, ja.» Sie lachte. «Ich bin ganz schön kompromittiert. Ich habe mich David auf Gedeih und Verderb ausgeliefert, denn eine Alternative gab es eigentlich nicht. Ich sagte Ihnen schon, er ist ein wundervoller Mensch.» Sie blickte ihn herausfordernd an. «Ich bin glücklich.»

An diesem Nachmittag waren anscheinend sämtliche Einwohner von Theydon Bois zum Spazierengehen unterwegs. Die meisten von ihnen kannten David und redeten und lächelten ihn an, und selbst die, die ihn nicht kannten, bedachten ihn mit Blicken voll Mitleid und Bewunderung. Victor fragte sich, wie das wohl sein müßte, auf solche Weise das Wohlwollen der Menschen zu erfahren. Er ging auf der einen Seite neben dem Rollstuhl her und Clare auf der anderen. Sie spazierten am Teich vorüber, über die Grünfläche und dann die Straße hinunter, die in den Epping Forest führte. Clare meinte, sie hielte diesen Teil des Waldes für einen der schönsten, weil er hügelig wäre, mit offenen Lichtungen zwischen den Baumgruppen. Überall wuchsen silberne Birken mit den blassen, gefleckten Stämmen, eingehüllt in frisches, grünes Blattwerk wie in einen getupften Schleier. Die ganze Gegend wirkte wie neu geschaffen durch die Frische der jungen Blätter, das leuchtendgrüne, dichte Gras und die Blumen, die darin wuchsen, gelb und weiß und sternförmig. Aber die Birken, das Vorherrschen dieser Birken weckte in Victor eine diffuse, unangenehme Erinnerung, und je weiter sie gingen, desto deutlicher wurde sie. Und dann, einen bösen Moment lang, nein, länger als einen Moment lang, quälte ihn die panische Vorstellung, Clare und David wüßten Bescheid, kannten jedes Detail seiner Vergangenheit mit allen Begleitumständen, und sie führten ihn hier ganz bewußt zum Tatort jener Vergewaltigung zurück, die er einst verübt hatte, um ihn zu testen oder um ihn zu verspotten. Denn hier, genau auf diesem Platz, war es geschehen!

Die Frau war damals in ihrem Wagen vor ihm hergefahren, auf

der Epping New Road, in nördlicher Richtung. Er war unterwegs zum Flugplatz Stansted, um ein Ehepaar mit seiner Tochter abzuholen, aber er war sehr früh dran. Wohin das Mädchen in ihrem Wagen wollte, wußte er nicht, aber er folgte ihr um den Kreisverkehr bei Wake Arms und dann bei der zweiten Ausfahrt hier diese Straße hinunter. Damals hatte er keine Ahnung gehabt, daß sie zu einem Ort namens Theydon Bois führte. Aber genau hier, an diesem Punkt, wo Clare vorschlug, die Straße zu verlassen und auf einem der Sandwege zwischen den Bäumen weiterzugehen, da hatte sie ihren Wagen geparkt und war ausgestiegen, um ihren kleinen Hund spazierenzuführen. Der Hund war zu klein, um ihr helfen zu können. Victor wußte noch, wie sein Kläffen ihn verrückt gemacht hatte. Dieses Kläffen und alles übrige hatte ihn dazu gebracht, das Mädchen so furchtbar zu schlagen – das einzige Mal, daß er so was getan hatte: Er hatte ihr ins Gesicht geboxt, mit beiden Händen ihren Kopf umklammert, ihn gegen den Boden geschmettert und ihr am Ende die eigene Strumpfhose in den Mund gestopft. Der Hund hatte gekläfft und dann jämmerlich geheult. Er war neben der leblosen Gestalt seiner Herrin sitzengeblieben, während Victor davonfuhr und jenes dünne, klägliche Geheul noch aus der Ferne hinter sich hörte. In den Zeitungen hieß es dann, der Hund habe dem Mädchen das Leben gerettet, weil ein Passant ihn gehört und sie gefunden habe. Zu der Zeit verstaute Victor bereits in Stansted das Gepäck seiner Fahrgäste im Kofferraum seines Wagens.

Er erkannte tatsächlich einen der Bäume hier wieder, eine knorrige Eiche mit einem Loch im Stamm, das aussah wie ein offener, schreiender Mund. Er mußte damals seine Augen auf dieses Loch fixiert haben, während er das Mädchen vergewaltigte und der Hund heulte. Sarah Dawson, so war ihr Name gewesen.

Victor merkte mittlerweile, daß Clare und David keine Ahnung hatten von den Assoziationen, die dieser Platz für ihn hatte. Für sie war es einfach nur ein Ort, den sie gern aufsuchten. Die Vergewaltigung der Sarah Dawson war ja auch vor mindetens zwölf Jahren geschehen, und sie hatten von dem Fall vermutlich nie gehört. Und Clare konnte damals nicht älter als fünfzehn Jahre alt gewesen sein, überlegte er.

Wie hatte er so etwas tun können? Was hatte ihn getrieben, jenes Mädchen so zu verletzen, ihr solche Schmerzen zuzufügen, solche Todesangst, auf sie einzuschlagen, bis ihr Kiefer gebrochen und sie später Operationen und endlose kieferorthopädische Behandlungen über sich ergehen lassen mußte? Victor hatte sich solche Fragen bisher noch nie gestellt, sie waren etwas Neues für ihn, und er war vollkommen durcheinander angesichts der Nachforschungen, die er hier über sich selbst anstellte. Aber das war einfach zu viel für ihn, er scheute sich, der Sache noch tiefer auf den Grund zu gehen! Er wußte nur, daß diese Ereignisse weit zurücklagen in der Vergangenheit, daß sie weit entrückt waren und sich unter keinen Umständen wiederholen würden.

«Sie sind ein ziemlich stiller Mensch, was, Victor?» meinte Clare, als sie sich eine Weile auf einem glatten grauen Buchenstamm niederließen.

Er dachte darüber nach. «Na ja, ich habe nie viel zu sagen gewußt.»

«Dann muß ich Ihnen ja wie eine furchtbare Schwätzerin vorkommen.»

«Wenn's was ist, worüber es sich lohnt zu reden, dann ist das doch ganz in Ordnung.»

«David und ich reden den ganzen Tag lang», sagte sie.

Sie lächelte David an, und er griff nach ihrer Hand und hielt sie in seiner. Sie hatten tatsächlich die ganze Zeit über geredet, fiel Victor erst jetzt auf – über Leute, die sie kannten, über den Wald, über Pflanzen und Bäume, und wohin sie in die Ferien fahren würden und über Clares Beruf und die Leute, mit denen sie zusammenarbeitete... Ihm war das ein bißchen rätselhaft, denn solche Unterhaltungen waren ihm fremd. David fragte ihn jetzt, ob es ihm hier gefiele, und da sagte er ja und auch, daß er daran dächte, hier zu wohnen und sich hier Arbeit zu suchen. Er war enttäuscht, als weder David noch Clare sagten, daß sie das für eine gute Idee hielten oder daß sie ihm helfen wollten, etwas zu finden, daß sie die Augen offenhalten würden.

Aber später, als sie wieder zu Hause waren und Clare sie beide allein ließ – wohl, um das Essen vorzubereiten, dachte Victor, aber dann wurde er unsicher –, da fragte David ihn, ob es ihm etwas ausmache, wenn sie sich ein bißchen über jenen Morgen in Solent Gardens 62 unterhielten? Victor sagte, nein, es mache ihm nichts aus. David, der die ganze Zeit, während sie unterwegs waren, keine Zigarette geraucht hatte, zündete sich jetzt eine an, und Victor nahm auch eine, bloß so zur Gesellschaft.

«Ich hab es nie geschafft, mich mit dem, was an jenem Tag passiert ist, offen und ehrlich auseinanderzusetzen», fing David an. «Ich meine, ich habe es immer bloß übelgenommen, ich war außer mir, ich habe mein Schicksal beklagt, wenn das nicht zu melodramatisch klingt. Aber es war ja auch eine melodramatische Sache, die an dem Morgen dort passiert ist. Nein, was ich sagen will, ist, ich habe die Sache noch nie mit kühlem, nüchternen Blick betrachten können, ich habe nie versucht, es ganz nüchtern noch einmal nachzuvollziehen. Ich habe es auch noch nie mit jemandem durchgesprochen, nicht einmal mit mir selbst.»

Victor nickte. Er konnte es verstehen, wenn David es so empfand.

«Ich habe schließlich ganz einfach gedacht, ich hätte etwas falsch gemacht damals, ich hätte die Sache nicht im Griff gehabt – oder vielmehr, ich hätte *Sie* nicht im Griff gehabt. Erinnern Sie sich auch noch so deutlich an jedes Detail, wie ich es tue?»

«Ich weiß alles noch ganz genau», sagte Victor.

«Ich war im Vorgarten, und ich sagte zu Ihnen, wenn Sie Rosemary Stanley ermordeten, dann würden Sie lebenslänglich kriegen. Wissen Sie das noch?»

Wieder nickte Victor. Er merkte, daß er seine Unterlippe vorschob, wie Jupp es tat.

«Und Sie sagten darauf, Sie würden sie nicht ermorden, Sie würden ihr bloß ...» Davids Stimme brach ab, und er befeuchtete seine Lippen. Dann beugte er sich in seinem Stuhl vor und schien sich vergeblich zu mühen, weiterzusprechen.

Victor fand, er sollte ihm weiterhelfen: «In den Rücken schießen, in die untere Wirbelsäule.»

«Ja. Ja, Sie erinnern sich wirklich noch. Damals fand ich – fanden wir alle –, es sei entsetzlich, so etwas zu sagen. Es war so eiskalt. Ich vermute, das war es, was der Ankläger später während Ihres Prozesses als Indiz grausamer Vorsätzlichkeit bezeichnete. So hat es mir jemand erzählt. Und dann, später, haben Sie das mit *mir* wirklich gemacht... Es fällt mir außerordentlich schwer, das auszusprechen, Victor. Ich habe es auch nicht anders erwartet, und nun ist es wirklich kein bißchen einfacher, als ich es mir gedacht hatte. Die Sache ist nämlich die, ich hatte immer das Gefühl, Sie hätten die ganze Zeit über die Absicht gehabt, es... es irgend jemand anzutun, und dieser Irgend-Jemand war dann zufällig ich.»

«Ich hatte nie die Absicht», sagte Victor, «ich habe das bloß so dahingesagt, denn ich hatte am Abend davor zufällig in einer Zeitschrift etwas über – wie nennt man das doch? – über Paraplegie gelesen, ich meine, wenn man da unten verletzt ist. Ich lese eben eine Menge, und das war mir im Kopf hängengeblieben.»

«Und bloß *das* war der Grund? Ist das wirklich wahr?» Ungläubiges Staunen lag in Davids Stimme.

«Allerdings ist das wahr.»

«Sie haben diese Drohung bloß ausgesprochen wegen etwas, das Sie zufällig gelesen haben? Wenn Sie also zufällig etwas über einen Schuß in die rechte Schulter gelesen hätten und über daraus resultierende Lähmungserscheinungen des rechten Armes, dann hätten Sie eben damit gedroht?»

«Richtig», sagte Victor.

Clare kam wieder, und sie brachte das Abendbrot. Es waren kalte Sachen auf einem Tablett, Pastete und Käse und verschiedene Sorten Brot, ein Obstkuchen und Äpfel und Weintrauben und eine Flasche süßlich-blumigen deutschen Weins. Sie tranken die Flasche leer, und David machte eine neue auf. Der Abend war warm, und sie saßen um den Tisch auf der Terrasse, die Luft war getränkt vom schweren Duft des Geißblattes, eine violette Dämmerung senkte sich auf den Garten nieder. Um sie vor den Mücken zu schützen, hatte Clare einen sogenannten Insektenkiller aufgestellt, und die Insekten schwirrten mit ihren fragilen Leibern gegen diesen glimmenden, blauen Ring, um dann mit einem Knacks und einem Zischen elektrisch hingerichtet zu werden. Victor war belustigt über diese effektive Abwehrmethode und meinte jedesmal, wenn ein Opfer verzischte, mit großer Zufriedenheit: «Schon wieder eine!» Davids Einstellung verblüffte ihn sehr. David nämlich konnte das nicht ertragen und sagte, wenn er die Wahl hätte, hier draußen zu sitzen und diese Hinrichtungen anhören zu müssen oder drinnen bei geschlossenem Fenster sitzen zu müssen, dann würde er lieber hineingehen. Für einen Expolizisten war das doch geradezu unglaublich, fand Victor.

Sie gingen also nach drinnen, und Clare legte Platten auf, Countrymusic und dann englische Volkslieder. Die Dunkelheit brach herein, und schließlich sagte Victor, er müsse wohl jetzt nach Hause. Es war spät geworden, wenn auch nicht zu spät für den letzten Zug, und ihm kam die Idee, wenn er hier lange genug herumhinge, dann luden sie ihn vielleicht ein, über Nacht zu bleiben? Er hätte gern erlebt, wie es hier frühmorgens war: Die ersten Vogelstimmen in der Morgendämmerung, der Garten, wenn die Sonne aufging; er malte sich aus, hier zu frühstücken – Clare vielleicht noch im Morgenmantel –, und er roch förmlich den Duft von Kaffee und Toast. Aber als er sagte, er müsse jetzt gehen, da schlug keiner von ihnen vor, er solle über Nacht bleiben. Immerhin sagte Clare, sie würden ihn benachrichtigen, wenn sie von irgendwelchen Wohnungen oder Zimmern hörten, die frei würden, und sie gab ihm die Lokalzeitung mit, damit er die Wohnungsanzeigen durchsehen konnte.

Als er ging, begleiteten sie ihn ein Stück Wegs zur Station. Der Rollstuhl fing an zu quietschen, und wieder meinte Clare, er sei reichlich abgenutzt.

«Er strapaziert die Dinger ja auch so sehr, Victor, er nutzt sie ab, wie andere Leute ihre Ledersohlen.»

Victor fand das ein bißchen taktlos, aber David mußte laut lachen. Als sie an den Grünanlagen ankamen, deutete David zum Horizont und auf den gelben Lichterstrang, der sich über seine ganze Länge hinzog, auf die helle Perlenkette der Schnellstraße, die über das gesamte Panorama hinlief. Das brachte London näher, fand Victor, und er hatte das Gefühl, daß Acton doch nicht gar so weit von Theydon Bois entfernt sei. Er schüttelte David die Hand, und dann schüttelte er Clare die Hand, obgleich es ungewohnt war bei einer Frau, aber noch ungewohnter wäre es gewesen, sie zum Abschied zu küssen.

Er drehte sich noch zweimal um, und beim erstenmal drehten auch sie sich um und winkten ihm zu. Beim zweitenmal konnte er ihre schattenhaften Umrisse eben noch in der Ferne erkennen, aber obwohl er ihnen lange nachblickte, wie sie in der Dunkelheit verschwanden, sie wandten ihre Köpfe nicht noch einmal.

Victor saß in dem nahezu leeren Zug, las die Zeitung, die Clare ihm gegeben hatte, und gelegentlich blickte er nach draußen – als sie an Leytonstone vorüberkamen und an Leyton und als der Zug in den Tunnel einfuhr –, und plötzlich fiel ihm ein, daß er Davids Buch ganz vergessen hatte. Er hatte das Buch glatt vergessen, hatte es überhaupt nicht erwähnt, oder gefragt, ob er nun darin vorkäme oder nicht!

11

Seine Mutter hatte immer gesagt, man brauche nur Dankeschönbriefe an Leute zu schreiben, wenn man bei ihnen übernachtet hätte. Bloß wegen einer Mahlzeit oder einer Party sei das nicht nötig. Wie sie zu diesen Benimmregeln kam, wußte Victor nicht recht, denn er hatte nie erlebt, daß sie eine Mahlzeit außerhalb ihres eigenen Hauses eingenommen hätte (abgesehen von den Weihnachtsessen bei Muriel), und noch weniger war sie über Nacht in anderer Leute Haus geblieben. Den ganzen Montag lang hatte er vor, an Clare oder David oder an beide zu schreiben, aber er wußte nicht, wie er den Umschlag adressieren sollte. *Mr. David Fleetwood und Miss Clare Conway*? Das wirkte so unbeholfen und vielleicht sogar taktlos, und außerdem mußte vielleicht *Miss* vor dem *Mr.* stehen. Und dann fiel ihm auch nichts zu schreiben ein, außer: *Vielen Dank, daß ich kommen durfte*, wie es Kinder sagten, wenn sie zum Tee eingeladen waren. In Victors Leben gab es große Lücken, leere Flächen, wo andere Menschen gesellschaftliche Erfahrungen hatten. Das fiel ihm erst jetzt auf. Er konnte sie ja auch anrufen, aber dann dachten sie womöglich, er hoffe bloß auf eine neue Einladung. Das tat er zwar auch, aber er wollte nicht, daß sie es merkten.

Die Immobilienseite der Lokalzeitung hatte ihm nichts gebracht – oder doch nichts, das für ihn attraktiv war. Nur eine Anzeige war verheißungsvoll gewesen, aber als er die Frau anrief, die eine Zweizimmerwohnung zu vermieten hatte, da verlangte sie tausend Pfund Kaution. Als er den Hörer aufgelegt hatte, überlegte er, daß er natürlich in einer besseren Lage sein würde, wenn Jupp ihm erst einmal die Möbel bezahlt hätte, aber andererseits war es dringend nötig, daß er sein Vermögen nicht noch weiter plünderte. Wenn er bis Ende der Woche von Clare und David nichts gehört hatte und damit sie nicht dächten, er wolle schnorren, wollte er sie einladen, mit ihm essen zu gehen. Es mußte doch dort in ihrer Umgebung gute Restaurants geben, die gab es doch immer in solchen Gegenden, und Clare besaß doch einen Wagen – genau gesagt einen Landrover. Er hatte den Landrover zwar nicht gesehen, der hatte in der Garage gestanden, aber sie hatte ihm erzählt, daß sie einen besäßen und daß er speziell für Davids Rollstuhl eingerichtet sei. Wenn er also bis Freitag nichts von ihnen hörte, ja, dann würde er das tun. Es ließ sich wohl irgendwie ein Weg finden, dieses Essen zu bezahlen, ohne sein Erbe anzugreifen.

Jupp war bereits da, als er am Mittwochmorgen zu Muriel kam. Er und Muriel tranken im Eßzimmer Kaffee, und ein Mann, von dem Jupp sagte, es sei sein Schwiegersohn, fing eben an, Möbelstücke auf den Lieferwagen zu laden. Zum erstenmal war Muriel ordentlich angezogen. Sie trug einen Rock und eine geblümte Bluse, Strümpfe und Schuhe statt Nachthemd und Morgenrock. Sie hatte sogar ihr Haar gekämmt und sich ein bißchen Rot auf die Lippen geschmiert. Das einzig Unveränderte war der Kampfergeruch. Sie mochte diesen Jupp, das war Victor klar. Es gab Kekse zum Kaffee und eine Schokoladenbiskuitrolle.

Victor sagte, er werde mal rausgehen und dem Schwiegersohn helfen. Statt dessen ging er leise nach oben in Muriels Schlafzimmer. Dieser Raum lag über dem Wohnzimmer, nicht über dem Eßzimmer, wo Muriel und Jupp saßen, und so war es wenig wahrscheinlich, daß sie ihn hörten. In ihrem Alter waren sie sicher ohnehin schon ein bißchen schwerhörig.

Muriel war wohl zu beschäftigt gewesen, sich für Jupp herauszuputzen, um noch ihr Bett zu machen. Heute waren es zwei Nachthemden – schmuddelige Nylon-Eingeweide –, die aus dem offenen Reißverschluß am Bauch des rosa Spielzeughundes hervorquollen. Eines der Fenster stand offen, ein rautenförmiges Oberlicht. Es fehlte nicht viel, und sie benahm sich noch wie ein normaler Mensch! Victor machte die Tür des Kleiderschrankes auf, und ein Luftzug vom Fenster blies ihm den Saum von Muriels schwarzseidenem Regenmantel ins Gesicht. Das war der Mantel, den sie an jenem Abend getragen hatte, als Victors Mutter mit ihr per Taxi ins Krankenhaus gefahren war. Und während ihrer Abwesenheit war Victor dann hineingegangen und hatte sich Sydneys Pistole genommen. Vielleicht konnte er wieder an einen Zweitschlüssel von Muriels Haus herankommen und danach einen neuen anfertigen lassen?

Die Handtaschen lagen noch in derselben Anordnung in dem Schrankfach, wie er sie das letzte Mal zurückgelassen hatte, die schwarze aus imitiertem Krokodil ganz vorn. Jetzt, wo Muriel unten mit Jupp beschäftigt war, hatte er mehr Zeit – Zeit, hinzusehen, nicht bloß zu tasten. Er öffnete den Verschluß der Tasche und sah drinnen die Banknoten, säuberlich verteilt, ein Bündel in jedem der vielen Innenfächer aus versteifter Seide. Die wohlbekannte, leise Übelkeit stieg ihm in die Kehle hoch. Er bemühte sich, tief und gleichmäßig zu atmen.

Warum sollte er nicht David und Clare irgendwo in was richtig Feines einladen? Nach allem, was er in den letzten Wochen gelesen hatte, wußte er, daß ein wirklich gutes Essen für drei Leute sich selbst draußen in den entlegensten Außenbezirken auf eine Summe bis zu hundert Pfund belaufen konnte. Und warum sollte er nicht hundert Pfund für die beiden spendieren?

Er zog einen Packen Scheine heraus, so daß dieses Fach leer war. Einige der Banknoten waren Fünfziger, goldgrün und sehr kostbar aussehend. Er konnte sich nicht erinnern, je zuvor eine Fünfzigpfundnote gesehen zu haben. Sie waren neu, neu jedenfalls für ihn. Dies mußten Muriels angesammelte Pensionsgelder sein, überlegte er sich, die Jenny von nebenan als Bevollmächtigte für sie abholte. Es gab wahrscheinlich irgendein Formular, das sie hatte ausfüllen müssen, um einen Bevollmächtigten zu bestimmen, der ihre Pension abholte. So glücklich hätte er mal sein sollen! Wie bezahlte sie wohl ihre Einkäufe und all die abonnierten Zeitungen? Mit Schecks für den Zeitungshändler sicherlich und vielleicht auch Schecks für den Lebensmittelhändler. Warum auch nicht? Er wunderte sich nicht darüber, daß sie all dies Geld in bar hortete, er begriff, warum: Es gab ihr ein Gefühl der Sicherheit, reichlich Geld im Haus zu haben, überall verteilt, Geld in jedem Schrank vermutlich, in jeder Schublade, in Schuhe gestopft wahrscheinlich und in Manteltaschen. Er verstand das, er würde in ihrer Situation – in jeglicher Situation, wo reichlich Bargeld verfügbar war – genau dasselbe tun.

Sydney hatte ihr eine Menge hinterlassen, und die Pension war im Grunde überflüssig, Zuckerguß auf einem reichen Kuchen, aber die Sorte Zuckerguß, die man abschabt und am Tellerrand liegenläßt. Sie wußte wohl gar nicht, wieviel Bargeld sie besaß, und würde folglich wohl auch nicht wissen, wieviel ihr fehlte. Er nahm auch alle Scheine aus dem nächsten Innenfach der Tasche und verteilte dann alles Übriggebliebene gleichmäßig auf die Fächer, wobei er sorgfältig zählte. Die nächste Tasche, die er aufmachte, war leer, dafür enthielt eine aus rotem Leder mit viel Goldverzierung ein Bündel Zehner, das mit einem Gummiring zusammengehalten war. Victor zog zwanzig Scheine aus dem Bündel. Das machte zusammen fünfhundert Pfund! Er konnte es schier nicht glauben.

Ganz gewiß würde er später wiederkommen, um mehr zu holen, und dann mußte er wissen, ob sie in der Zwischenzeit die Taschen angerührt hatte. Seiner Vermutung nach hatte sie in die diversen Behältnisse jeweils so viel hineingepackt, wie sie sich vorgenommen hatte, und war dann zu einem anderen ‹Tresor›, einer anderen ‹Bank› übergewechselt – einem Regal oder einer Schublade oder irgendeiner Schachtel, und vielleicht nicht mal in diesem Zimmer. Er riß sich über der Stirn ein Haar aus und legte es lose auf die Klappe der schwarzen Krokodiltasche. Jetzt bestand keine Möglichkeit, daß jemand diese Taschen bewegte, ohne die Lage des Haares zu verändern.

Von unten hörte er Jupps Stimme. Er und Muriel kamen gerade aus dem Eßzimmer, und Jupp würde jetzt natürlich direkt in die Garage gehen, wo er Victor vermutete. Wahrscheinlich fiel es nicht mal besonders auf, aber er machte wohl doch besser, daß er hinunterkam! Rein zufällig erblickte er sich in dem Spiegel zwischen den Fenstern. Der bösartige Ausdruck auf seinem Gesicht – gemein, scharf und berechnend – entsetzte ihn. Er reckte die Schultern in die Breite, er hob den Kopf... Wenn Muriel das neulich nicht gesagt hätte – von wegen, all ihr Eigentum und ihr ganzes Geld der British Legion zu vermachen... Dann hätte er sich bestimmt nicht an ihrem Bargeld vergriffen, dann hätte er sogar zurückgelegt, was er sich neulich genommen hatte! Wenn das Gegenteil wahr gewesen wäre, wenn sie ihm eröffnet hätte, daß sie es alles ihm hinterließe, dann wäre er nie auf den Gedanken gekommen, sich noch mehr zu holen. Aber jetzt geschah es ihr recht! In einem anständigen Rechtssystem müßte es ein Gesetz geben, welches die Leute zwang, ihren Besitz dem eigenen Fleisch und Blut zu vererben!

Jupp machte keine Bemerkung über seine Abwesenheit und fragte nicht, wo er gewesen wäre. Er war gerade dabei, den Rollstuhl von Victors Vater in den Wagen zu bringen, er schob ihn soeben die Laderampe hinauf. Fast alles war schon weg, und die Vorhänge lagen in einem unordentlichen Haufen auf dem Boden. Da hatte Victor eine wunderbare Idee. Davids Rollstuhl war doch so abgenutzt, Clare hatte das zweimal erwähnt. Warum sollte er David nicht diesen schenken? Es war ein guter Rollstuhl, das sah man, und sein Vater hatte ihn nur etwa sechs Monate lang benutzt. Es war ein orthopädischer Stuhl von Everett und Jennings, Leder und Chrom, und Victor malte sich aus, welch herrliches Geschenk das für David sein würde. Sicherlich, David besaß das Haus und schöne Möbel und hatte offensichtlich weiter keine Bedürfnisse, aber bestimmt verfügte er zum täglichen Leben nur über eine Art Behindertenrente, nicht über ein üppiges Polster an geerbtem Kapital wie Muriel. Er konnte bestimmt nicht einfach losgehen und einen neuen Rollstuhl kaufen, wenn es ihm in den Sinn kam.

«Wollen Sie 'n Pfefferminz, Freundchen?» fragte Jupp und hielt ihm das Päckchen hin.

«Mir kannst du eins geben», sagte der Schwiegersohn. «Ich nehme an, man tut dir jedesmal einen Gefallen, wenn man eins von den Dingern nimmt, wie wenn jemand einem süchtigen Raucher 'ne Zigarette abnimmt – pure Freundlichkeit, weil's sie von ihrem Gift abhält.»

«So schlimm bin ich doch gar nicht, Kevin», meinte Jupp kläglich, «ich bin doch schon tausendmal besser, als ich mal gewesen bin. Man kann mich doch nicht süchtig nennen, was? Abhängig vielleicht, aber süchtig – nein.»

«Der ist ein Minzoholiker», sagte der Schwiegersohn und lachte. «Joseph Jupp, A. M. – Anonyme Minzoholiker e. V.»

«Den Rollstuhl will ich nicht weggeben», unterbrach Victor, «ich hab's mir anders überlegt, ich behalte ihn.»

«Das erzählt der mir jetzt!» stöhnte Jupp. Er zog den Rollstuhl wieder hervor zwischen dem Bücherregal und dem Berg Kissen, wo er ihn verstaut hatte. «Das geht natürlich runter vom Pauschalpreis, das können Sie sich ja wohl denken. Vierhundert.»

«Vierhundertzwanzig», sagte Victor.

Jupp gab dem Stuhl einen Schubs, und er ratterte die Rampe hinunter. «Vierhundertzehn, und das ist mein letztes Wort! – Was glauben Sie, Freundchen, ob Ihre Tante mal mit mir auf einen Drink ausgeht? Oder vielleicht ins Kino?»

«Die geht nie aus.»

Eine neue Pfefferminzpastille verschwand in Jupps Mund. Das Päckchen war jetzt leer, und er drehte die Papierumhüllung zusammen und warf sie hinter sich in den Wagen. «Sie hat sich sonst wohl auch nie richtig angezogen, was? Aber nun sehen Sie sie sich mal an heute morgen: ganz Glamourgirl! Ich glaub, ich geh mal einfach rein und versuch mein Glück. Ein zaudernd Herz erobert keine Schöne!»

«Allmächtiger Himmel!» stöhnte der Schwiegersohn.

«Nun sei mal nicht so, Kevin.» Jupps Hand fuhr in die Tasche, aber der Pfefferminzvorrat war erschöpft. Zu Victor sagte er: «Ich bin übrigens Witwer – für den Fall, daß Sie denken, das hier wär nicht ganz koscher.»

«Ist mir doch egal», brummte Victor. Er hielt die Hand auf, die Innenfläche nach oben. «Ich bin ein bißchen knapp dran mit Zeit.»

Jupp schrieb ihm einen Scheck aus. Er war Linkshänder, er schrieb langsam und mit runder, weit ausholender Schrift. Der Scheck roch nach Pfefferminz. Der mit seinem Pfefferminz und sie mit ihrem Kampfer – die gaben ja ein feines Paar ab, dachte Victor angewidert.

Er wartete, bis Jupp ins Haus zurückgegangen war, und ließ dann Kevin allein, der sich auf einen Felsbrocken zwischen den purpurnen Hängepflanzen gesetzt hatte. Er ging um das Haus herum, um nachzusehen, ob vielleicht irgendwo unter einem losen Pflasterstein oder einem Blumentopf ein Schlüssel versteckt wäre. Aber er fand nichts.

Auf dem Garagenfußboden lag die braunkarierte Reisedecke, die immer über einer Seitenlehne des Sofas drapiert gewesen war; um ein Loch zu verbergen, das sein Vater mit der Zigarette hineingebrannt hatte, bekam Victor heraus, als er acht war. Einem Impuls folgend, hob er sie auf, faltete sie zusammen und legte sie auf den Sitz des Rollstuhls.

«Das geht natürlich runter vom Pauschalpreis», feixte Kevin augenzwinkernd, «das können Sie sich ja wohl denken.»

Weil Kevin Spaß machen wollte, brachte Victor ein Lächeln zuwege. Er sagte «Auf Wiedersehen» und ging davon. Den Rollstuhl schob er vor sich her. Statt auf direktem Weg zurückzugehen, überquerte er die Gunnersbury Avenue und ging die Elm Avenue hinunter in Richtung Ealing Park. Es war Wochentag, ein dunstiger Morgen, der nach Regen aussah. Alles war ruhig, kein Mensch weit und breit. Victor konnte sicher sein, daß er unbeobachtet war, und so setzte er sich in den Rollstuhl und bedeckte seine Knie mit der Decke. Es sah so einfach aus, damit umzugehen, wenn David es tat, er beschloß, es einfach auch mal zu versuchen – er wollte doch sehen, wie einfach das war. Auf den Rädern saßen Metallreifen, deren Durchmesser ein wenig kleiner war. Die mußte man vorwärts schieben, und sie drehten dann die größeren Räder.

Es lag etwas sehr Angenehmes und Befriedigendes darin, den

Stuhl so in Bewegung zu setzen. Victor nahm einen der Wege durch die Grünanlage. Ihm war ähnlich zumute wie früher, als er zum erstenmal die Kunst des Fahrradfahrens gemeistert hatte; es brachte eine neue Dimension ins tägliche Leben. Eine Frau mit einem Retriever an der Leine kam ihm entgegen. Victors erster Gedanke war, er müsse sofort raus aus dem Rollstuhl, weil die Frau doch wohl befremdet oder sogar schockiert sein würde über das, was er da tat, aber dann fiel ihm ein, daß sie das natürlich ganz und gar nicht sein würde: Sie würde ihn ganz einfach für einen Behinderten halten, der gezwungen war, einen Rollstuhl zu benutzen! Und genau das passierte denn auch. Es war interessant, ihr Verhalten zu beobachten. Obwohl Victor sich auf der einen Seite des Weges befand und sie auf der anderen, und obwohl sie durch gute zwei Meter voneinander getrennt waren, zog sie an der Leine des Hundes, verkürzte sie auf einen Viertelmeter, bedachte Victor mit einem schnellen, neugierigen Blick und sah dann betont gleichgültig fort, als wolle sie sagen: Natürlich weiß ich, daß Sie ein Krüppel sind, aber für mich – gebildetes Wesen, das ich bin – sind Sie nichts anderes als alle anderen Menschen auch, und ich werde doch nicht den gesellschaftlichen Fauxpas begehen und Sie anstarren. Denken Sie also bitte nicht, ich überlegte womöglich, was da unter dieser Decke verborgen ist oder was Sie zu dem gemacht hat, was Sie jetzt sind...

Victor glaubte alles das aus ihrem Verhalten herauslesen zu können, und es faszinierte ihn. Kein Zweifel, in einem Rollstuhl befand man sich im Zentrum allgemeiner Aufmerksamkeit. Er fuhr noch an mehreren Menschen vorüber, oder sie kamen ihm entgegen, und das Gefühl, das er so oft gehabt hatte, wenn er zu Fuß ging, nämlich, daß er ebensogut gar nicht da sein könnte, daß er gleichsam unsichtbar sei und niemand ihm auch nur ein Quentchen Aufmerksamkeit schenkte, wandelte sich zu dem sensationellen Empfinden, daß er in dieser neuen Maskierung jedermann naheging. Niemand, der ihn sah, konnte sich seiner Wirkung entziehen. Es mochte Mitleid sein, was sie empfanden, oder Verlegenheit, Ärger, Schuld oder Neugierde, aber sie fühlten etwas, egal, ob sie ihn anstarrten, ihn ostentativ nicht anstarrten oder ihn verstohlen von der Seite anblickten. Als er die Verkehrsampel an der großen Kreuzung erreichte, wo die Uxbridge Road den North Circular kreuzt, kam ein großer Mann auf ihn zu und sagte: «Machen Sie sich keine Sorge, Kumpel, ich bring Sie rüber.» Und als das Licht wechselte und der

Verkehr anhielt, ging er neben dem Rollstuhl her und geleitete Victor sicher hinüber. Dabei meinte er mit einem Blick auf die Autos: «Lassen Sie die ruhig warten, das wird denen wohl nichts schaden.»

Victor dankte ihm. Das machte Spaß! Noch etwas wurde ihm jetzt klar, nämlich, daß er immer ungern zu Fuß gegangen war, obgleich er sich das nie eingestanden hatte, nicht einmal in seinen privatesten Gedanken. Das war ein Pluspunkt für das Gefängnis: Mochte dort auch tägliche Bewegung Pflicht gewesen sein, so hatte es ja doch nichts gegeben, wohin man hätte gehen können. Und vor seiner Gefängnishaft hatte er die meiste Zeit seines Erwachsenenlebens einen Wagen zum Fahren gehabt. Der Rollstuhl war natürlich kein Auto, und bei schlechtem Wetter zum Beispiel kam er gar nicht in Betracht, aber in mancher Hinsicht hatte er doch auch seine Vorteile gegenüber einem Auto. Er hatte durchaus Vorzüge, die ein Auto nicht hatte, stellte Victor fest, als zwei tratschende Frauen zur Seite sprangen, um ihn vorbeizulassen. Aber hier gebot er seinen Gedanken Einhalt, nämlich als ihm deren Ungeheuerlichkeit aufging: Ein Mann im Vollbesitz seiner Beweglichkeit, mit gesunden Beinen, der sich wünscht, an einen Rollstuhl gefesselt zu sein!

Es war nicht einfach, den Rollstuhl die Treppe bei Mrs. Griffith hinaufzubekommen, aber unten war kein Platz, ihn abzustellen. Victor dachte flüchtig, wie schön es wäre, wenn das Telefon unter der Treppe just in diesem Moment klingelte und wenn es Clare wäre. Dann würde er ihr von dem Rollstuhl erzählen, und daß er ein Geschenk für David sein sollte, und sie würde begeistert sein und wahrscheinlich mit ihrem Wagen herüberkommen, so bald sie könnte, um ihn und den Rollstuhl abzuholen nach Theydon Bois. Und dieses Mal würde man ihn vielleicht bitten, über Nacht zu bleiben. Aber das Telefon klingelte nicht, natürlich tat es das nicht. Clare hatte bestimmt Dienst, machte ihren Röntgenjob im St. Margaret's Hospital.

Der Rollstuhl war zum Sitzen bequemer als alles, was Mrs. Griffith an Mobiliar zu bieten hatte. Victor saß darin am Fenster, blickte zum Dach seines Elternhauses hinüber und las den *Punch*. Das Dach war alles, was man von dem Haus noch sehen konnte, denn die Bäume waren jetzt voller Blätter. Der rosa und weiß gesprenkelte grüne Schleier war zu einer dichten Blätterdecke geworden. Im Garten unter ihm war das Unkraut so hoch gewachsen wie die Holzstapel und die Ölbehälter – Nesseln und Disteln und eine rosa Blume, mannshoch.

Victor zählte sein Bargeld. Zusammen mit seiner letzten Zahlung vom Sozialamt hatte er an die tausend Pfund in der Hand. Die Zeitungen, die er gekauft hatte, enthielten reichlich Reklamen von Restaurants, die im *Good Food Guide* oder vom Automobilclub oder von Egon Ronay empfohlen wurden. Victor saß in seinem Rollstuhl und überlegte sich, wo sie am besten hingingen. Wenn er von David und Clare bis Sonnabend nichts hörte, beschloß er, dann würde er sie am Samstag morgen anrufen und sie einladen, am gleichen Abend mit ihm essen zu gehen. Er hatte noch nie jemanden zum Essen eingeladen, außer, daß er mal mit Pauline in einem Café etwas gegessen hatte oder ein-, zweimal mit Alan ins *Steakhouse* in Highgate gegangen war.

Victor beschloß, den ganzen Freitag nicht aus dem Haus zu gehen. Entsetzlicher Gedanke, daß er unterwegs wäre und David riefe an, und dann niemand da, um es ihm auszurichten! Immer wieder während dieses Tages, der sehr lang war und sehr langsam verging, redete er sich ein, er habe eigentlich gar keinen Grund zu der Annahme, daß David anriefe. Er hatte ja schließlich nicht gesagt, daß er anrufen würde. Vielleicht warteten er und Clare darauf, daß er, Victor, anrief und sich für letzten Samstag bedankte? Um drei Uhr am Nachmittag, als er die Langeweile und das Warten satt hatte, ging Victor hinunter und wählte Davids Nummer. Keine Antwort. Er setzte sich wieder in seinen Rollstuhl, las eine halbe Stunde lang das Farbmagazin des *Observer* vom letzten Sonntag, dann ging er wieder ans Telefon und versuchte es noch mal. Noch immer keine Antwort. Er würde es für zwei Stunden gut sein lassen und es dann um halb sechs wieder probieren.

Als er zwanzig nach fünf herunterkam und noch auf der Treppe war, fing das Telefon an zu klingeln. Er rannte hinunter und nahm den Hörer ab. Es war Clare.

Ihre Stimme übte eine seltsame Wirkung auf ihn aus. Er wollte um keinen Preis, daß sie aufhörte zu sprechen: Ihre Stimme war so wunderbar, so warm und voll und mit einem Akzent, wie ihn wenige Frauen seiner Kreise, das heißt, seiner damaligen Kreise besessen hatten. Sie sprach ziemlich langsam und sehr präzise und dennoch mit einer gewissen Atemlosigkeit, die sehr anrührend war. Er horchte auf den Ton und die Schönheit ihrer Stimme, nicht auf den Sinn dessen, was sie sagte, darum mußte er sie schließlich bitten, alles noch einmal zu sagen.

«Eine Wohnung, Victor! Nicht hier bei uns, sondern in einer Gegend, die Epping Upland heißt. Das Haus gehört jemandem, den meine Mutter kennt. Ihr Mann ist gestorben, und sie möchte einen Teil ihres Hauses vermieten. Sie will inserieren, aber erst in ein, zwei Wochen. Also – das ist Ihre Chance! Ich habe meiner Mutter noch nichts gesagt. Ich dachte, ich warte damit, bis ich Sie gefragt hätte.»

Victor sagte, er würde sich gern die Wohnung ansehen, und Clare erwiderte, daß könne er ja mit Mrs. Hunter selbst ausmachen. Sie wolle ihm deshalb Mrs. Hunters Telefonnummer und Adresse geben. Es dämmerte Victor, daß sie gar nicht vorhatte, ihn nach Theydon Bois einzuladen oder auch nur etwas über ein Wiedersehen zu sagen. Beginnende Übelkeit krampfte ihm die Brust zusammen.

«Da wäre bloß noch eins, was ich Ihnen nahelegen möchte, Victor. Ich will Ihnen ja nicht raten, unaufrichtig zu sein – ich bin auch überzeugt, Sie würden solchen Rat gar nicht beherzigen –, aber... Also, ich an Ihrer Stelle würde Mrs. Hunter nichts weiter über Ihre Vergangenheit sagen. Es ist ja schließlich nicht so, daß Sie womöglich wiederholen könnten, was Sie getan haben, es ist ja nicht so, daß Sie was gemacht hätten, was jemandem, der Ihnen eine Wohnung vermietet, Schaden zufügen könnte – ich meine, daß Sie einen Diebstahl, oder – na ja, oder einen Betrug begangen hätten oder so was... Bitte verzeihen Sie, daß ich es erwähne.»

Victor schluckte. Dann sagte er: «Ist schon gut.»

«David und ich haben darüber gesprochen, und wir sind uns einig, wir sagen gar nichts darüber, wer Sie sind, nicht mal zu meiner Mutter.»

«Danke», sagte Victor, und dann: «Ich denke auch daran, meinen Namen zu ändern», obwohl er bis zu diesem Augenblick in Wirklichkeit überhaupt noch nicht daran gedacht hatte.

«Das wäre vielleicht eine gute Idee. Na ja, fein. Jetzt geb ich Ihnen mal Mrs. Hunters Telefonnummer. Haben Sie einen Stift?»

Er schrieb es mechanisch auf. Epping Upland war bestimmt kilometerweit entfernt von Theydon Bois, am anderen Ende von Essex wahrscheinlich. Sie wollten ihn möglichst weit weg haben.

Hatte er letzten Samstag irgend etwas falsch gemacht? Hatte er da irgendwelches Geschirr zerschlagen?

«Also gut – ich muß jetzt Schluß machen», sagte sie, «wir wollen weggehen.»

«Clare», sagte er, und sein Mund war trocken, «ich würde Sie gern... Ich meine, würden Sie und David morgen mit mir essen gehen? Irgendein nettes Restaurant, irgendwo draußen in Ihrer Nähe. Ich würde Sie wirklich gern einladen, aber ich kenne gar keine Restaurants.» Er war völlig verausgabt von der Anstrengung dieser langen Rede.

«Also...» sagte sie. Dieses kleine Wort klang so zweifelnd. Klang es auch erfreut? «Morgen können wir nicht...»

Die Enttäuschung war ein akuter Schmerz. Er hockte sich auf den Boden, kauerte sich eng zusammen in dem Versuch, ihn zu mildern.

«Victor? Sind Sie noch da?»

«Ich bin noch da», sagte er heiser.

«Wäre auch ein Abend irgendwann in der Woche möglich?»

«Oh, ja. Jeder Abend. Montag?»

«Sagen wir Mittwoch, geht das? Und soll ich irgendwo einen Tisch reservieren lassen? Wäre Ihnen das recht? Ich muß das immer vorher arrangieren, damit wir Davids Stuhl reinkriegen. Wir müssen immer erst anfragen, ob die Restaurants das mitmachen.»

Das beste, sagte Victor, das beste Restaurant, das sie wüßte, und um die Kosten solle sie sich keine Gedanken machen. Er würde sie abholen, wär das recht? Er würde sich einen Wagen mieten. Warum auch nicht.

«Aber nein! Wir fahren mit unserem. Kommen Sie recht früh, so um sechs.»

Er bat sie um eine Empfehlung an David, ja, bitte seine besten Grüße an David. Sie klang überrascht, als sie sagte, sie werde es ausrichten, überrascht und ein bißchen verdattert. Erstaunt wahrscheinlich, daß er sich diese Gastgeberrolle leisten konnte, sagte er sich, als er in sein Zimmer zurückging. Epping Upland würde auch nicht gar so weit von Theydon Bois entfernt sein, sehr wahrscheinlich nicht weiter als vier, fünf Kilometer. Ihm war, als könne er sich besinnen, auf seinen früheren Routinefahrten nach Stansted und zurück ein Hinweisschild gesehen zu haben. Wenn er erst mal in Mrs. Hunters Wohnung wohnte, dann war es ihm auch möglich, Clare und David zu sich zum Essen einzuladen. Und dann würde er auch schon einen neuen Namen haben. Er überlegte, wie er sich wohl nennen sollte. Seine Mutter und Muriel hatten den Mädchennamen Bianchi gehabt. Ihr Großvater war Italiener gewesen, aus Süditalien, daher Victors dunkle Haar- und Augenfarbe. Aber es gefiel ihm nicht sonderlich, sich einen italienischen Namen zuzulegen. Dann vielleicht Faraday, nach Sydney? Paulines Nachname (bestimmt längst geändert) war Ferras gewesen, aber an die wollte er nicht erinnert werden. Es war ja schließlich einfach genug, sich einen Namen aus dem Telefonbuch zu suchen.

Victor rief Mrs. Hunter an, nannte als Namen Daniel Swift und sagte, er sei ein Freund von Clare Conway. Sie meinte, er könne ja mal am Mittwoch vorbeikommen und die Wohnung ansehen, wenn er wolle. Da er nicht wußte, wie weit Epping Upland von Theydon Bois entfernt war, und da er unbedingt pünktlich um sechs bei David sein wollte, sagte Victor, er werde vormittags kommen. Um halb zwölf würde er kommen. Wieviel Miete sie haben wollte oder wann die Wohnung verfügbar sei, vergaß er zu fragen.

Am Dienstag ging er einkaufen, diesmal nach West End. Er konnte das grüne Samtjackett nicht noch einmal anziehen. Zum Essengehen brauchte man doch einen Anzug! Wenn er nur einen eigenen Wagen gehabt hätte! Die Chance, je wieder einen Wagen zu besitzen, lag in weiter Ferne. Er ging in die Herrenabteilung von Selfridge und kaufte einen dunkelgrauen Anzug. Er kostete zweihundert Pfund. Passend zum Anzug kaufte er sich ein Seidenhemd mit grauen und weißen Streifen, und er hätte auch noch einen grauen Schlips gekauft, aber der Verkäufer wandte schmeichelnd ein, das sei doch reichlich langweilig für einen Mann seines Alters, und er empfahl ihm statt dessen einen saftiggrünen mit einem einzelnen cremefarbenen Diagonalstreifen.

Angetan mit seinen neuen Sachen brach er am Mittwoch vormittag zeitig auf – zu zeitig, denn er war schon gegen elf Uhr in Epping. Ein Taxi brachte ihn nach Epping Upland und zu Mrs. Hunters Haus. Es war ein ziemlich weiter Weg, und Victor sah keinerlei Spuren öffentlicher Verkehrsmittel, obwohl es sicherlich welche gab, und der Gedanke, immer die ganze Strecke laufen zu müssen, behagte ihm gar nicht. Er bat den Taxifahrer zu warten, und er war froh, daß er es getan hatte, denn es stellte sich heraus, daß Mrs. Hunter, obgleich sie davon am Telefon nichts gesagt hatte, für die Wohnung lieber ein verheiratetes Paar haben wollte und Hilfe im Haushalt in Anrechnung auf die Miete. Victor fuhr nach Epping zurück, und der ganze leere Tag dehnte sich vor ihm aus.

Wenigstens konnte er sich, so wie er angezogen war und mit Geld in der Tasche, in einem der Hotels ein gutes Mittagessen geben lassen. Es war ein sehr gutes Mittagessen, und man behandelte ihn sehr respektvoll, bestimmt wegen seines Anzugs. Während er seine Crème Caramel aß und den Rest seines Weines trank, kam ihm zum Bewußtsein, daß er seit fast zwei Wochen keine Zustände von Panik und Wut mehr gehabt hatte. Jene gewaltigen Wutanfälle, die ihn packten und außer sich brachten, die ihm körperlich so zusetzten, daß seine Haut brannte und er sich buchstäblich fühlte, als ob sein Blut koche, sie lagen gleichsam in weiter Ferne, und ebenso die plötzliche Panik, die seine Gliedmaßen wie ein elektrischer Anzug umschloß und Vibrationen und Schocks ausstrahlte, wo er die Haut berührte. Er war dabei, sich von Grund auf zu verändern. Und während er das dachte, wurde er wieder diese Empfindung gewahr, die denn wohl Glück sein mußte, und mit ihr stellte sich eine sanfte, köstliche innere Ruhe ein.

Beginnend an einem Ende des Ortes ging Victor in jedes Maklerbüro und fragte, was sie an unmöblierten Wohnungen oder Häusern an der Hand hätten. Sie hatten nichts, aber einige von ihnen hatten in ihren Listen möblierte Wohnungen und Häuser, deren Eigentümer sich durch strikt limitierte Mietzeiträume absicherten. Das Sozialamt würde zwar seine Miete bezahlen, aber würde es jede Miete zahlen? Hundert Pfund pro Woche zum Beispiel? Das war wohl unwahrscheinlich. Victor beschloß, Tom oder Judy danach zu fragen. Er kaufte ein lokales Anzeigenblatt, obwohl es fast eine Woche alt war, er sah die Aushänge eines Maklers durch – es war nicht der, bei dem er schon einmal gewesen war – und schrieb sich zwei Telefonnummern auf, beides Eppinger Anschlüsse.

Nachdem er es bei beiden Nummern versucht hatte – einmal wurde eine Wohnung, das andere Mal ein Zimmer angeboten – und weder hier noch dort jemanden erreicht hatte, war es nahezu halb vier. Wenn er ganz langsam zur Station ging, einen Zug nahm und dann ebenso langsam zum Theydon Manor Drive ging, dann war er doch sicherlich nicht zu früh bei David? Na, wenn schon, dann würde er eben zu früh da sein, aber doch höchstens eine Stunde, und das machte David bestimmt nichts aus.

Ebenso wie eine Fahrt sehr lang sein kann, wenn man spät dran ist, kann sie auch mit unglaublicher Schnelligkeit vonstatten gehen, wenn man Zeit totzuschlagen hat. Der Zug stand schon da, und kaum war Victor drinnen, schlossen sich die Türen. Das letzte Mal, als er von Epping nach Theydon Bois fuhr, da war diese alte Frau mit ihm im Wagen gewesen, die Verrückte, die immer hin und her gerannt war und Schaffner gespielt hatte. Und irgendein Lebewesen hatte sie in einer Tragetasche bei sich gehabt. Heute nachmittag war er allein. Etwa vor einer Stunde war die Sonne hervorgekommen, und es war sehr heiß. Die Luft des Wagens war voll von nahezu unbeweglichen Staubteilchen, die in den hereinfallenden Lichtstrahlen hingen. Es war immer noch erst zehn Minuten vor vier, als er in Theydon ankam.

Sehr langsam ging er durch die Grünanlage, aber hinsetzen wollte er sich nicht, nicht auf eine Bank und schon gar nicht ins Gras, aus Angst, seinen Anzug schmutzig zu machen. Um zehn nach vier konnte er es nicht länger aushalten. Er spürte, wie seine innere Ruhe bedroht wurde durch ein Spannungsgefühl, das teils aus Langerweile bestand, teils aus Ungeduld gegenüber der zögernd verstreichenden Zeit und teils aus undefinierbarer Furcht. Um zu verhindern, daß dieses Gefühl überhandnahm und sein neues Selbst zerstörte, setzte er sich entschlossen in Bewegung und steuerte schnellen Schrittes auf *Sans Souci* zu.

Die Garagentür stand offen, und die Garage war leer. Victor klopfte an die Haustür – ein forsches, zweimaliges Klappern mit dem römischen Soldaten. Niemand kam, also ging er seitlich ums Haus, wie er es beim erstenmal getan hatte. Der Geißblattduft war verflogen, und überall lagen die Blüten verstreut. Auf der Terrasse saß David in seinem Rollstuhl und schlief fest. Sein Kopf hing in unnatürlichem Winkel vornüber. Einen Moment blieb Victor stehen und betrachtete ihn. So nach unten geneigt, sah Davids Gesicht gedunsen aus, die Wangen schlaff und hängend. Er wirkte alt und krank und traurig.

Victor bewegte sich leise auf den Tisch zu und setzte sich in einen der blauweißen Kanvasstühle. Fast augenblicklich, obwohl Victor ganz sicher war, kein Geräusch gemacht zu haben, wurde David wach. Er wachte auf, blinzelte und machte, als er Victor erblickte, eine unwillkürliche Fluchtbewegung; es war ein Zusammenzucken der Schultern und des Kopfes, und gleichzeitig rollte er den Stuhl ein Stück gegen die Terrassentür zurück.

«David», sagte Victor, «ich weiß, ich komme zu früh. Ich dachte, es macht Ihnen nichts aus.»

David brauchte einen Moment, um sich zu fangen. Er fuhr sich mit den Fingern über die Stirn und zwinkerte nochmals. «Ist schon gut. Ich hab fest geschlafen.»

Victor hätte ihn gern gefragt, ob *er* der Grund war, weshalb er Angst gehabt und zurückgezuckt sei, oder ob das bei jedem anderen auch so gewesen wäre. Er hätte das nur zu gern gefragt, aber natürlich tat er es nicht. Davids Zigaretten und das Feuerzeug lagen auf dem Tisch, und daneben stand eine leere Tasse, in der Kaffee gewesen war. Victor blickte nicht David an, sondern die Mauer dahinter, an der eine Kletterrose emporwuchs, deren Ranken schwer waren von Büscheln weißlicher Knospen.

David meinte: «Sie sehen sehr elegant aus, Victor. ‹Sonntagnachmittagsausgehfein› pflegte mein Vater das zu nennen.»

«Mein Vater nannte das auch so», sagte Victor, obwohl er sich nicht erinnern konnte, daß sein Vater das wirklich jemals gesagt hätte. Er erzählte David von der Wohnung, und David meinte, es sei sehr schade, daß Mrs. Hunter nicht daran gedacht hätte, die Sache mit dem Ehepaar schon Clares Mutter gegenüber zu erwähnen.

«Ich habe übrigens etwas, das ich Ihnen bringen möchte», sagte Victor, «ein Geschenk. Sie müssen es unbedingt annehmen. Ich konnte es jetzt leider nicht mitbringen, es ist zu groß und zu sperrig.»

«Da bin ich aber neugierig. Was ist es denn?»

«Ein neuer Rollstuhl. Na ja, nicht ganz neu, er hat meinem Vater gehört. Aber er ist kaum benutzt worden.»

David sah ihn unverwandt an mit gläsernem Blick, und mit gleichsam erstarrten, wie steifgefrorenen Lippen sagte er: «Ich *habe* schon einen neuen Rollstuhl, diesen hier. Haben Sie das nicht bemerkt? Ich habe ihn Ende letzter Woche bekommen.»

Jetzt bemerkte Victor es – das schimmernde Chrom, die weiche, neue, graue Polsterung. Er fuhr sich mit der Zunge über die Lippen. Der gläsern steife Ausdruck auf Davids Gesicht fiel in sich zusammen, und er lächelte. Aber er lächelte wie jemand, in dem sich innerlich alles gegen dieses Lächeln wehrt, der aber dennoch seinem Gesprächspartner weismachen möchte, es gäbe einen Grund zum Amüsieren.

«*Sie* wollen *mir* einen Rollstuhl schenken?»

«Warum lächeln Sie?» wollte Victor wissen.

«Sie haben keinen Sinn für Humor, Victor.»

«Nein, vermutlich nicht. In meinem Leben gab es nicht viel Anlaß zu Humor.»

«Nichts für ungut, Victor, es war nur die Ironie der Situation, die mir aufstieß. Nichts für ungut.»

Victor brauchte einen Moment, um zu begreifen, was David meinte, aber dann verstand er. Er stand auf und hielt sich an der Tischkante fest.

«David, ich habe nicht mit Absicht auf Sie geschossen. Es war ein Unfall. Oder vielmehr, ich habe die Selbstkontrolle verloren, und zwar durch Sie, weil *Sie* mich verspottet haben. Ich hätte nicht geschossen, wenn Sie nicht dauernd gesagt hätten, die Pistole sei nicht echt.»

David atmete tief ein und sah ihn an, Auge in Auge.

«*Ich* habe das gesagt?»

«Immer und immer wieder! Immerzu haben Sie gesagt, die Pistole sei eine Attrappe, die sei nicht echt. Da mußte ich es eben *beweisen*. Können Sie das nicht verstehen?»

«Ich habe nicht ein einziges Mal gesagt, die Pistole sei nicht echt», erwiderte David.

Victor traute seinen Ohren nicht. Nie hätte er gedacht, daß David imstande sei zu lügen. Es war, als täte sich ein Abgrund vor ihm auf, und er klammerte sich noch fester an den Tisch, um zu verhindern, daß er hineinfiele.

«Natürlich haben Sie das gesagt! Ich höre Sie doch geradezu noch: ‹Wir wissen, daß die Pistole nicht echt ist›, haben Sie gesagt – vier- oder fünfmal mindestens.»

«Es war Superintendent Spenser, der das gesagt hat, Victor – vom Garten her.»

«Und Sie haben es auch gesagt. Als wir in dem Zimmer waren, Sie und ich und das Mädchen. Sie haben das bloß vergessen. Das kann ich auch verstehen, aber ich habe es nicht vergessen. *Deshalb* habe ich doch auf Sie geschossen. Es kann... es kann Ihnen doch jetzt nichts mehr ausmachen, das zuzugeben!»

«Es macht mir sogar eine Menge aus, etwas zuzugeben, was nie geschehen ist.»

«Unglücklicherweise gibt es keine Möglichkeit, es zu beweisen.»

«Doch, die gibt es, Victor. Ich besitze ein Protokoll Ihrer Gerichtsverhandlung. Detective Bridges bekundet es in seiner Zeugenaussage und ebenso Rosemary Stanley. Beide erinnerten sich sehr deutlich an alles, was gesagt wurde. Der Ankläger hat beide eingehend zu diesem Punkt vernommen, nämlich, ob ich je gefragt hätte, ob die Pistole echt sei – beziehungsweise unterstellt hätte, daß sie nicht echt sei. Wollen Sie das Protokoll sehen?»

Stumm geworden, nickte Victor nur.

«Wenn Sie das möchten, gehen Sie bitte ins Wohnzimmer, den Raum an der Straßenseite des Hauses. Da finden Sie rechts neben der Tür ein Rollpult. Es hat drei Schubladen, und das Protokoll liegt in der obersten.»

Das Haus roch nach Zitronenpolitur und entfernt nach Davids Zigaretten. Es war kühl und sehr sauber. Die Wohnzimmertür stand einen Fußbreit offen und war fixiert durch einen Türstopper, eine Figur aus Stein, die Victor einen panischen Schrecken einjagte, bis sie sich als eine hockende Katze entpuppte. Victor betrat das Wohnzimmer. An einer Seite neben dem Kamin, auf dessen Rost Birkenkloben aufgeschichtet lagen, war der Schreibschrank, und an der anderen stand auf einem niedrigen Tisch eine Fotografie von Clare in einem silbernen Rahmen. Sie lächelte nicht, sondern sah den Betrachter mit geheimnisvoll traumverlorenem Blick an. Victor zog die oberste Schublade des Sekretärs auf und nahm einen blauen Hefter aus Pappe heraus, auf dessen Etikett in Maschinenschrift stand: PROTOKOLL – PROZESS VICTOR MICHAEL JENNER.

Vermutlich erwartete David, daß er die relevanten Passagen des Prozeßprotokolls draußen in seiner Gegenwart las. Victor ging also zurück in den Garten, wo David, der seinen Stuhl wieder an den Tisch herangerollt hatte, sich eben eine Zigarette anzündete. Er setzte sich David gegenüber und fing an zu lesen. Es war ganz still im Garten bis auf das unregelmäßige tiefe Brummen einer Hummel, die die letzten Pollen aus dem Geißblatt sog. Victor las Rosemary Stanleys Zeugenaussage und dann James Bridges' Zeugenaussage. Er konnte sich an nichts von alledem erinnern. Hier herrschte bei ihm totale Gedächtnisschwärze. Der ganze Prozeß war für ihn eine einzige verschwommene Angelegenheit, eine konfuse Erinnerung an Ungerechtigkeit und persönliche Anfeindung. David saß und rauchte, den Blick in die Tiefe des Gartens gerichtet, der durch Bäume und eine blühende Rotdornhecke begrenzt wurde. Das wohlbekannte Gefühl beginnender Übelkeit beschlich Victor, vermischt mit jenem inneren Vibrieren, das er nur zu gut als die Anfänge einer Panik kannte. Er hatte sich zu früh gefreut heute mittag, als er seinen Lunch beendete. Er zwang sich, die Zeugenaussagen noch einmal zu lesen. Er las auch das Kreuzverhör noch einmal. Ein tiefer Atemzug von David, mit dem er Zigarettenrauch ausblies, ließ ihn aufblicken. Und da fielen ihm – vielleicht zum erstenmal – die Beine dieses Mannes auf, der unnatürlich abgeknickte Winkel, ihre ganze nutzlose Leblosigkeit. Es waren die Gliedmaßen eines Toten, wie man sie auf Schlachtengemälden sah.

Victor sprang auf. Er zitterte am ganzen Leibe.

«Victor...» sagte David.

Fast ohne zu wissen, was er tat, hatte Victor seine Faust krachend auf die Teakholzlatten des Tisches geschmettert. Wieder rollte David seinen Stuhl zurück; und er sagte:

«Victor, da kommt Clare gerade. Ich höre den Wagen.»

Ohne etwas zu sagen, wandte Victor sich ab und ging ins Haus. Drinnen kam es ihm ungewöhnlich dunkel vor. Wie ein Blinder ging er durch den Raum, bis er an eine Wand stieß. Dort blieb er stehen und preßte die in den Händen vergrabene Stirn dagegen. In seinem ganzen Leben war ihm noch nicht vorgekommen, was ihm hier geschah – begreifen zu müssen, daß er unrecht hatte, daß er schuldig war! Der Boden unter den Füßen war ihm abhanden gekommen, er hing im Nichts, hing an dieser Wand mit seiner Stirn und seinen Händen!

Victor stieß ein tiefes, animalisches Stöhnen aus, einen Schmerzenslaut, und wie blind drehte er sich um. Da spürte er, wie ein anderer Körper den seinen berührte. Eine fremde Haut berührte sein Gesicht, weiches, warmes Haar hüllte ihn ein, und Arme umfingen seine Schultern. Clare war hereingekommen und hatte ihn wortlos in die Arme genommen. Sie umfaßte ihn anfangs leicht, dann aber mit zunehmend zärtlichem Druck, ihre Hände fuhren über seinen Rücken, hinauf über seinen Nacken und seinen Hinterkopf, und sie zog seinen Kopf in die Mulde ihrer Schulter. Seine Lippen spürten die Wärme ihrer Haut. Er hörte sie Sanftes, Tröstliches murmeln.

Als er auch sie umschlang, so wie sie ihn umschlungen hielt, als er einfach seinen Körper gegen den ihren preßte, mit jener sehnsüchtigen Hingabe, wie er sie in der Vergangenheit allenfalls in warmem Wasser oder einem weichen Bett erlebt hatte, da spürte er etwas Unglaubliches, das letzte, was er erwartet hätte – eine plötzliche sexuelle Begierde. Er war erigiert, und sie mußte das merken. Es war nichts Peinliches dabei. Peinlichkeit... Zu tief hatte es ihn in Extreme verschlagen, zuerst in Verzweiflung und Horror und jetzt in eine Art Glückseligkeit, zu tief in heftigste Emotionen für etwas so Belangloses. Er wußte nur, daß seine Gefühle hier und jetzt ganz neu waren, nie zuvor erlebt auf diese Weise und aus diesem Anlaß. Er preßte sie fest gegen die ganze Länge seines Körpers, er hob seinen Kopf, legte sein Gesicht gegen ihres, schob es mit zitternder, sinnlicher Zartheit über die glatte Haut, und er hätte seine Lippen auf ihren Mund gelegt und sie geküßt, wenn sie sich nicht mit einem Flüstern, das er nicht verstand, von ihm freigemacht hätte und fortgegangen wäre.

12

In den nächsten zwei Wochen sah Victor David und Clare etliche Male, aber nie wieder legte Clare die Arme um ihn oder küßte ihn oder berührte auch nur seine Hand. Sie kannten einander inzwischen gut genug, sie waren jenseits von Händeschütteln, sie waren Freunde. So jedenfalls empfand es Victor. Seine Schüchternheit, Verabredungen mit ihnen zu treffen, hatte er verloren. Es war ohnehin besser, wenn er sie anrief, denn er hörte das Telefon kaum, wenn er oben in seinem Zimmer war, und meist war sonst niemand im Haus, der hätte hingehen können.

An dem Abend in jenem Restaurant im alten Ortskern von Harlow, in das sie zum Essen gegangen waren, hatte Victor nicht viel gesagt. Er hatte zugehört, wie die beiden anderen sich unterhielten. Es war ihm nie schwergefallen zu schweigen, und wenn er sprach, dann waren es knappe Sätze, lapidare Mitteilungen. Ihm gefiel der Klang von Davids und Clares Stimmen, ihr Rhythmus, das Auf und Ab, und er staunte nur immer, wie sie so viel reden konnten, wo es doch eigentlich gar nichts zu sagen gab. Wie war es bloß möglich, sich so endlos auszulassen über ein Stück gebratener Ente – wo sie es in der gleichen Zubereitung schon mal gegessen hätten – oder über etwas, das sich *cuisine naturelle* nannte, oder etwas anderes, das *Tofu* hieß, oder über das Aussehen, Alter und Berufe des Paares am Nebentisch – und das alles als reine Vermutung? Nach einer Weile hörte er kaum noch auf ihre Worte. Er dachte über David nach und über das, was er ihm angetan hatte, und daß David ihm verzieh. Wieso hatte er sich all die Jahre hindurch eingeredet, er sei durch David selbst provoziert worden, auf ihn zu schießen? Vielleicht, weil er sich nie recht hatte eingestehen wollen, daß er auch ohne Provokation die Kontrolle über sich selbst verlieren konnte. Was immer David ihm gesagt und was immer das Protokoll bestätigt hatte, ihm, Victor, blieb es nun überlassen, sich zu fragen, *warum* er es getan hatte und *was* ihn dazu provoziert hatte.

Ihr Gespräch jedoch hatte ihm David nähergebracht; und noch viel mehr Clare. Victor fragte sich ein übers andere Mal, was er bloß gemacht, wie er es verkraftet hätte, wenn nicht Clare in jenem Augenblick gekommen wäre und ihn getröstet hätte. Wenn sie zusammen waren, fand er keine Worte oder doch nur wenige, die er an Clare richten konnte, aber zu Hause, da redete er mit ihr. Die ganze Zeit über führte er ein stummes inneres Zwiegespräch mit ihr, etwas, das er vorher noch nie mit jemandem getan hatte. Sie antwortete zwar nie, aber das war irgendwie unwichtig. Ihre Antworten ergaben sich schon aus dem, was er zu ihr sagte, oder aus den Fragen, die er ihr stellte. Er saß in seinem Rollstuhl, blickte hinaus über die raschelnden, grünen Baumwipfel, erzählte ihr vom Haus seiner Eltern und von seinen Eltern und der ungewöhnlichen Zuneigung, die sie füreinander gehabt hatten. Er fragte sie, ob er wohl mehr ausgehen, sich mehr Bewegung verschaffen solle? Und es wäre doch vielleicht besser für ihn, Bücher zu lesen anstatt all dieser Zeitschriften? Und später, wenn er aufstand und ausging, dann fragte er sie beim Zeitungshändler, welche Zeitschrift er heute kaufen solle.

Eine andere bemerkenswerte Sache war, daß er dauernd meinte, er *sähe* sie. Sie kam nie nach Acton – sie hatte ihm sogar selbst erzählt, sie sei noch nie dort gewesen –, aber immer wieder bildete er sich ein, er sähe sie vor sich auf der Straße oder in einem Geschäft oder beim Einsteigen in die U-Bahn. Es war natürlich jedesmal jemand anders, irgendein anderes hübsches Mädchen mit feingesponnenem Flachshaar und rosig-goldener Haut. Aber für einen Augenblick... Einmal war er sogar so sicher gewesen, daß er ihren Namen rief.

«Clare!»

Das Mädchen, das die Treppe zur Bibliothek herunterkam, wandte nicht einmal den Kopf. Sie dachte natürlich, er riefe jemand anderen.

Es war komisch, wie sehr David für ihn in den Hintergrund gerückt war. Natürlich mochte er David ungeheuer gern, er war sein Freund, aber er dachte jetzt nicht mehr so viel über ihn nach. Auf mancherlei Weise hatte sich Victor eine Menge Ideen über den menschlichen Geist und über menschliche Emotionen angeeignet, unter anderem durch die Zeitschrift *Psychology today*, und er überlegte, ob er David sozusagen *ausgelebt* hätte durch all die Gespräche, die sie geführt hatten, dadurch, daß sie alles *ausdiskutiert* hatten? Das war möglich. Ihm wurde erst jetzt bewußt, wie viel er über David nachgegrübelt hatte, wie bis zur Erschöpfung er geradezu auf ihn fixiert gewesen war während der Zeit zwischen seiner Entlassung und seinem ersten Besuch in *Sans Souci*. Jetzt beschäftigte er sich, wenn er nicht an Clare dachte oder mit ihr redete, im Geiste meistens mit seinen Eltern und ganz besonders mit der Liebe, die sie füreinander empfunden hatten. Damals, das begriff er jetzt, hatte er diese Liebe übelgenommen, war wahrscheinlich eifersüchtig gewesen, aber jetzt sah er das nicht mehr so. Jetzt war er dankbar, daß seine Eltern zusammen so glücklich gewesen waren, und wenn er an ihre Umarmungen auf dem Sofa zurückdachte, so tat er es mehr mit lächelndem Einverständnis als mit Abscheu.

Die meiste Zeit, die er zu Hause verbrachte, saß er in seinem Rollstuhl. Der war sehr bequem, und wenn er ihn schon in seinem Zimmer aufbewahren mußte, dann konnte er ihn ja auch ebensogut in Gebrauch nehmen. Ein paarmal stellte er ein Experiment an: Er setzte sich in den Rollstuhl und tat so, als könne er seine Beine nicht gebrauchen, als sei er von der Mitte abwärts wie tot. Das war sehr schwer zu bewerkstelligen. Er fand es weniger schwierig, wenn er seine Knie mit der Reisedecke verhüllte. Dann versuchte er, sich herauszuhieven, indem er nur die Kraft seiner Arme einsetzte. Und die ganze Zeit über redete er mit Clare, wobei er allerdings nicht zu sagen vermochte, ob sie sein Experiment billigte oder nicht. Einmal fiel er vornüber auf den Fußboden und lag hilflos da, blieb unbeweglich liegen, bis er sich sagte, daß er natürlich aufstehen *konnte*, daß *er* ja schließlich nicht gelähmt sei!

Als er zum erstenmal wieder nach Theydon hinausfuhr, nachdem sie zu dritt essen gegangen waren, geschah es, um ihnen ein Geschenk zu bringen – genaugenommen ein Geschenk für David, denn es war ja nicht Clares Haus, und Clare war nicht mit David verheiratet und nicht mal seine Freundin im üblichen Sinne des Wortes. Da es nicht möglich war, David den Rollstuhl zu schenken – und er sah jetzt ein, daß das ein taktloser Einfall gewesen war –, mußte er ihm nun doch etwas anderes schenken, das tat man doch. Wenn man jemandem ein Geschenk ankündigte und es wurde nicht akzeptiert, dann mußte man eben eine Alternative finden. Und was diese Alternative sein mußte, das lag auf der Hand – ein Hund! Davids Hund war gestorben, und er vermißte ihn, also mußte er einen neuen Hund haben.

Victor kaufte die Zeitschrift *Unsere Hunde*. Darin standen eine Menge Anzeigen, in denen gelbe Labradorwelpen angeboten wurden. Er war verblüfft, wie teuer Hunde waren. Um hundert Pfund war die Norm, und für seltenere Züchtungen waren auch zweihundert nicht ungewöhnlich. Victor rief den am nächsten gelegenen Hundezüchter an, der inseriert hatte, und als er hörte, daß noch Welpen verkäuflich seien, fuhr er nach Stanmore hinaus. Zum Glück fuhr die U-Bahn so weit, die Jubilee Line, die erweitert worden war und ihren Namen geändert hatte, seit er ins Gefängnis gekommen war. Er stellte fest, daß man nicht einfach einen Hund kaufen konnte, wie man etwa einen Fernseher kaufte. Der Züchter wollte alle möglichen Zusagen und Garantien, daß die zehn Wochen alte Hündin in gute Hände käme. Victor erzählte die Wahrheit. Alle Einwände schmolzen dahin, als der Züchter hörte, daß der neue Besitzer seines Hündchens der heroische Polizist David Fleetwood sein würde, an dessen Fall vor elf Jahren er sich noch gut erinnerte. Victor bezahlte den Hund und verabredete, er werde ihn am Mittwoch abholen.

Für Clare würde das kleine Tier wohl kein sonderlicher Gewinn sein, eher eine zusätzliche Belastung. Deshalb ging er in die Parfumerieabteilung bei Bentall und wählte einen ganzen Satz St. Laurent *Opium* aus, Eau de Toilette und Körperpuder und Badezusatz und Seife, aber als er der Verkäuferin erzählte, Clare sei jung und blond, da überredete sie ihn, doch lieber *Rive Gauche* zu nehmen.

Der Hund kostete hundertzwanzig Pfund und die Parfumerien nicht viel weniger als hundert. Victor besaß noch seinen Führerschein, und er war auch noch gültig. Er ging zu der Autovermietung in der Acton High Street und mietete sich einen Ford Escort XR3.

Mit einigem Glück hatte David sich um das Haus herummanövriert an die Vorderseite des Hauses und schnitt mit einer Gartenschere die welken Köpfe aller Frühlingsblumen ab, die in seiner Reichweite lagen. Wieder kam Victor zu früh. Er hatte zwei Stunden veranschlagt, um von Stanmore hierherzufahren, aber dank der Schnellstraße hatte er es in weniger als einer Stunde geschafft. Der Welpe steckte in einem Weidenkorb in Form einer Hundehütte, den Victor eigens gekauft hatte, und hatte den ganzen Weg über geheult.

David wirbelte den Rollstuhl an die Gartenpforte.

«Victor, du hast dir einen Wagen gekauft! Das hast du uns gar nicht erzählt!»

Er ist nur gemietet, wollte Victor gerade sagen. Aber es lag so ein bewundernder Glanz in Davids Augen statt der gewohnten geduldigen Höflichkeit – Bewunderung für ihn sicherlich ebenso wie für den Escort –, und diesen Glanz wollte er nicht verschwinden sehen.

«Er ist nicht neu», sagte er, denn ihm fiel das B auf dem Nummernschild ein.

«Na ja, vielleicht nicht, aber er ist sehr schön. Ich mag dieses Rot.»

Victor hatte das Gefühl, hier sei eine Erklärung nötig. Womöglich dachte David noch, er hätte den Wagen gestohlen oder das Geld, um ihn zu bezahlen!

«Meine Eltern haben mir ein bißchen was hinterlassen», sagte er.

«Was ist denn in dem Korb?» wollte David wissen.

Der kleine Hund mußte eingeschlafen sein. Während der letzten zehn Minuten war er still gewesen. Gerade in dem Moment, als er den Korb herausholte, kam Clare an. Der Landrover sah schäbig aus neben dem Escort, und Victor bedauerte sie und David insgeheim, aber zugleich war er auch stolz.

«Wir haben doch nicht Geburtstag, Victor», sagte sie, als er ihr das in buntes Papier eingewickelte Paket gab.

Victor genoß seine Überraschungsbescherung, als er den Deckel des Korbes öffnete, das dicke cremefarbene Hundebaby mit dem samtenen Fell heraushob und es in Davids Schoß legte. Hinterher wußte er, daß er ihre erschrockenen Blicke vorausgeahnt hatte. Er war nun mal ein Pessimist und manchmal sogar ein bißchen paranoid, das wußte er ja. Er neigte stets zu der Annahme, daß die Leute ihm mißtrauten und die Dinge, die er tat, nicht mochten. Immerhin, schon Sekunden später hätschelte David den kleinen Hund, der sich an ihn schmiegte, streichelte seinen Kopf und sagte, wie entzückend, was für ein schönes Tier, und – Victor, das hättest du aber nicht tun sollen...

Hinten im Garten tollte der Hund herum, untersuchte alles und jedes und grub ein Loch ins Blumenbeet. Clare sagte, obwohl sie dabei lächelte: «Ich weiß gar nicht, wie wir sie erziehen sollen, wo ich doch den ganzen Tag im Dienst bin. Mandy war schon abgerichtet, als David sie kriegte. Aber, ach, sie ist so süß, Victor! Wie willst du sie nennen, David? Wie wär's mit Victoria?»

«Ihr richtiger Name ist Sallowood Semiramis.»

«Ach», meinte David lachend, «ich meine aber doch, Hunde sollten lieber einfache, ganz gewöhnliche Namen haben. Sally tut's auch.»

Victor beschloß, den Mietwagen noch ein paar Tage zu behalten, denn er wollte die beiden während der nächsten Woche ja ohnehin wieder besuchen. In der Zwischenzeit fuhr er viel in den Außenbezirken Londons herum, sah sich zwei Wohnungen im städtischen Bereich von Essex an, eine in Buckhurst Hill und eine bei Chigwell Row, aber beide gefielen ihm nicht. Er stellte sich vor, Clare säße neben ihm auf dem Beifahrersitz, und er redete mit ihr, während er fuhr, jedoch ohne seine Lippen zu bewegen oder Laute von sich zu geben. Er fragte sie, ob sie nicht auch fände, er solle sich ein Paar wirklich guter Schuhe kaufen und einen Regenmantel und eine zusätzliche Jacke? Und er spürte, sie fand, er solle das tun. Von den neunhundertundzehn Pfund war jetzt nicht mehr viel übrig.

Auf dem Heimweg zu Mrs. Griffiths Haus überholte Victor Tom, der wie gewöhnlich zu Fuß ging. Er war noch ein gutes Stück von der Station West Acton entfernt, aber offensichtlich auf dem Weg dorthin. Zum erstenmal fiel Victor auf, wie schäbig Tom immer aussah. Er trug keine richtigen Schuhe, sondern Turnschuhe, eine dünne blaue Reißverschlußjacke aus Nylon und arg abgetragene, billige Jeans. Tom drehte sich um, als Victor neben ihm anhielt und seinen Namen rief. Sein dickes, blasses Gesicht mit der Brille lugte zwischen schwarzem, flusigem Haar und einem schwarzen, flusigen Bart hervor.

«Los, steigen Sie ein, ich bring Sie hin!»

«Na, Sie sind ja in der Welt vorangekommen!» staunte Tom.

Victor sagte, er habe einen Job, draußen in Essex. Zur Zeit pendle er noch, aber bald werde er umziehen. Kaum hatte er das gesagt, da fiel ihm ein, daß er Tom jetzt nicht mehr fragen konnte, ob das Sozialamt eine Wohnungsmiete von hundert Pfund die Woche für ihn zahlen würde.

«Gut sehen Sie aus, Victor! Die Arbeit bekommt Ihnen offenbar. Was ist das denn für ein Job?»

Victor erzählte ihm einen Haufen Lügen, deren Kern war, ein Grundstücksmakler in Epping hätte ihn eingestellt, weil zu dieser Zeit des Jahres viel Arbeit anfiele.

«Soll ich mir nicht Ihre Geschäftsadresse notieren, für den Fall, daß Sie umziehen, bevor ich Sie wiedersehe?»

Victor tat so, als hätte er nicht gehört. «So, da sind wir – West Acton», sagte er.

Es gab da noch eine andere Angelegenheit für ihn zu erledigen, solange er den Wagen hatte. Im Strom des Flughafenverkehrs fuhr er die Gunnersbury Avenue hinunter, aber anstatt mit dem Auto direkt bis zum Popesbury Drive 48 zu fahren, parkte er ihn eine Ecke weiter und ging zu Fuß bis zu Muriels Haus. Ihm kam der Gedanke, daß er womöglich Jupp dort antreffen würde – als permanenten Hausbewohner vielleicht sogar, wenigstens aber als Muriels ständigen Freund, als richtigen ‹Boyfriend›, wenn das Wort nicht zu grotesk war. Womöglich heiratete Muriel Jupp sogar noch, und dann würde er es sein und nicht die British Legion, der zu ihrem Geld käme.

Ein unerwarteter Anblick bot sich ihm, als er in Sichtweite des Hauses kam. Jupps Lieferwagen war nirgends zu sehen, aber die Haustür stand ein wenig offen, und dort, wo Kevin sich neulich niedergelassen hatte, auf einem flachen, grauen Steinbrocken, der zwischen den Steingartenpflanzen hervorragte, hockte jetzt ein Mann in Jeans und einer Weste und hatte eine Gartenschere in der Hand. Er war dabei, die grauen, ausgewachsenen Samenkapseln zurückzuschneiden, die von den Millionen roter Blüten übriggeblieben waren, welche kürzlich noch wie eine Draperie aus dickem, flusigem Stoff über den künstlichen Felsterrassen gehangen hatten.

Victor trödelte herum. Er hatte keine Lust, gesehen zu werden. Der Mann lud armvollweise die abgeschnittenen Samenstände in eine Schubkarre, die er auf das oberste Steingartenriff gestellt hatte, dann holperte er mit der Karre über die Steine in Richtung Garage. Er ging seitlich ums Haus herum und ließ die Seitenpforte pendelnd hinter sich. Victor warf einen hastigen Blick in Richtung der am tiefsten gelegenen Steine, aber das Stutzen der Pflanzen war nicht so weit gegangen, das Objekt seiner Ängste war noch immer darunter verborgen. Er rannte die Gartenstufen hinauf und zur Haustür hinein.

In der Diele war niemand, und die Türen zu den Zimmern im Parterre waren geschlossen. Es bestand also die Chance, daß Muriel sich hier unten hinter einer von ihnen aufhielt. Victor schlich die Treppe hinauf und ging in ein Schlafzimmer, das er, soweit er sich erinnerte, noch nie betreten hatte. Genau wie das andere, wo er unter dem Schrankboden die Pistole gefunden hatte, enthielt das Zimmer ein Bett, eine Kommode und einen Stuhl. Der Unterschied war lediglich, daß hier auf der Kommode ein holzgerahmter Klappspiegel stand, daß die Vorhänge von schmutzigem Goldgelb waren und der Teppich ebenfalls dunkelgelb mit braunem Rand. Staub bedeckte alles und jedes, häufte sich zu flaumigen Nestern in den Falten, dort, wo die Vorhänge zurückgerafft waren, und lag so dick auf der Kommode, daß man einen Augenblick brauchte, um zu erkennen, daß das Holz zum Teil mit einem gestickten Tischläufer bedeckt war. Victor zog die oberste Schublade auf. Sie war leer und mit braunem Papier ausgelegt, auf dem die Aktivitäten der Holzwürmer kleine Pyramiden von Holzmehl hinterlassen hatten. Die zweite Schublade sah genauso aus, enthielt aber Männerunterwäsche und Socken. Die unterste Schublade war voller Geld.

Nicht voll, das war eine Übertreibung. Auf den ersten Blick sah sie sogar aus wie die andere, leer, mit braunem Papier ausgelegt. Aber sie war zu flach. Victor hob den Papierbogen, der auf dem Boden lag, hoch, und darunter war das Geld, nicht in Taschen oder sonstwie verpackt, sondern einfach in säuberlichen Stapeln aus Ein- und Fünfpfundnoten – Hunderte von ihnen, ebenso akkurat zu Blöcken aufgestapelt wie Muriels Magazine.

Er räumte die oberste Schicht ab. Einen guten halben Zentimeter nahm er oben von jedem der zwanzig Stapel und füllte seine Taschen. Er war froh, daß er die modisch ausladende, gesteppte

Baumwolljacke anhatte, die er sich gerade gekauft hatte. Man hätte pfundweise Papier in diese Taschen hineinstopfen können, ohne daß es zu sehen gewesen wäre. Als er wieder am Kopf der Treppe stand, fiel ihm das Haar ein, das er über die Klappe der falschen Krokotasche gelegt hatte. Da konnte er doch gleich mal nachsehen. Das Haus war still, es war nichts zu hören. Muriel hatte ihr Bett heute gemacht, aber aus irgendeinem Grund hatte sie den rosa Hund, dessen Reißverschluß sogar geschlossen war, auf den rosa Satinsessel vor ihrem Frisiertisch gesetzt, ein Ausguck, von dem er fett und glasäugig Victors Bewegungen zu verfolgen schien. Er öffnete die Tür vom Kleiderschrank, kniete sich hin und sah sich die Tasche an. Das Haar war noch da.

Was würde Clare denken, wenn sie ihn jetzt sehen könnte? Dieser Gedanke kam ihm unwillkürlich, ungebeten, als er zur Treppe zurückging. Als sie ihm neulich geraten hatte, Mrs. Hunter nichts über seine Vergangenheit zu erzählen, da hatte sie gesagt: «Es ist ja nicht so, als ob Sie was gestohlen hätten...» Aber hier waren die Umstände anders, dachte er; dies hier war nicht Stehlen im landläufigen Sinne des Wortes, denn hätte man ihn nicht so ungerechterweise ins Gefängnis gesteckt für etwas, das ein Unfall, nichts Vorsätzliches gewesen war, dann hätte Muriel ihm bestimmt all ihr Geld vermacht und ihm wahrscheinlich auch schon im voraus etwas gegeben, so wie es die Leute zu tun pflegten – er hatte in einem Artikel in *Reader's Digest* etwas über Kapitalverkehrssteuer gelesen –, um Erbschaftssteuern zu sparen. Wenn, ja wenn... Wenn Sydney nicht 1945 durch Zufall in jenen Graben in der Nähe von Bremen geblickt hätte, wenn seine Aufmerksamkeit irgendwie abgelenkt worden wäre, sei es durch ein tieffliegendes Flugzeug oder ein Vehikel auf der Straße, dann hätte er niemals den toten deutschen Offizier mit der Luger in der Hand gesehen, und die Pistole hätte nie hier unter den Schrankbrettern gelegen, und Victor hätte sie nie genommen als unglückliches Vorspiel dazu, daß sie ihm später in der Hand losging und David für immer lähmte...

Er war die Treppe wieder hinuntergegangen und stand im Korridor, als sich die Wohnzimmertür öffnete und Muriel mit einer jungen Frau herauskam, die genau wie Clare aussah. Wenigstens dachte Victor das zehn Sekunden lang. Natürlich war sie in Wirklichkeit kein bißchen wie Clare, denn sie war zehn Jahre älter und zwanzig Pfund schwerer und hatte ein Gesicht, als ob man Clares zerbeult und geschmolzen und neu geformt hätte. Aber für einen kurzen Moment – die Farben, das Haar, die graugrünen Augen...

Plötzlich wußte Victor, wie Muriel ihn vorstellen würde. Sie würde sagen, dies sei ihr Neffe, der im Gefängnis gesessen hätte. Aber er hatte sie falsch eingeschätzt, sie stellte ihn überhaupt nicht vor.

«Ich bin Jenny von nebenan.»

Die Stimme war so verschieden von Clares, wie es überhaupt nur möglich war – schrill, unlebendig, voll falscher Wärme.

«Und Sie müssen der Neffe sein, von dem ich schon so viel gehört habe?»

Gehört? Was konnte Muriel von ihm erzählt haben?

«Ich nehme an, Sie möchten sich ein bißchen um Ihre Tante kümmern, jetzt, wo Sie wieder da sind? Wir tun ja, was wir können – ich schau immer mal rein –, aber das ist ein Tropfen auf den heißen Stein, denn schließlich führen wir unser eigenes Leben. Ich meine, im Garten zum Beispiel, da bräuchte man eine ganze Mannschaft, nicht bloß einen Mann. Aber wo Sie nun wieder da sind, wollen Sie bestimmt mit zupacken, nicht wahr?»

«Wieder da?» fragte er und wartete ab.

«Muriel hat mir erzählt, Sie waren in Neuseeland.»

Victor brachte es nicht fertig, sie anzusehen. War das – konnte das Zufall sein? Oder reichte Muriels Erinnerung fünfunddreißig Jahre zurück bis zu dem Tag, als sie ihre Schwester besuchte und deren kleiner Junge darauf beharrte, daß es nie eine Zeit gegeben hätte, in der er noch nicht lebte, bloß eine Zeit, wo er in Neuseeland gewesen war? Sicher war, daß Muriel sich seiner, Victors, Vergangenheit schämte und damit nichts zu tun haben wollte. Und sie wollte auch nicht, daß ihre Bekannten, Jupp oder diese Frau hier, es erfuhren.

Jenny hatte eine Einkaufsliste von Muriel bekommen, die war so lang, daß die einzelnen Wünsche beide Seiten des Blattes füllten. Gleichzeitig händigte Muriel ihr einen Blankoscheck aus, der auf J. Sainsbury PLC ausgestellt und mit Muriel Faraday unterschrieben war. So glücklich sollte ich mal sein! dachte Victor. Ob sie Jupp wiedergesehen hatte? Ob sie mit ihm ausgegangen war? Angezogen – oder ausgezogen – war sie wie sonst, mit Nachthemd und Morgenmantel, braunem Haarnetz und rosa Schlappen. Victor dachte, sie werde kein Wort mit ihm reden, aber er irrte sich.

Ihre Nase zuckte wie bei einer Maus. «Weshalb kommst du heute her?»

«Ich dachte, ich könnte mal das Einkaufen für dich erledigen.»

Sofort mischte sich Jenny ein und unterband damit zum Glück jede Erwiderung, die Muriel auf Lager hatte. «Oh, das ist schon in Ordnung so, kein Problem, das versichere ich Ihnen. Ich meine doch nicht, Sie müßten sofort ran, kaum daß Sie wieder da sind; ich meine, wenn Sie sich erst mal wieder eingelebt haben und auf dem laufenden sind, ich meine, dann steht es Ihnen frei, Ihr Scherflein beizutragen, aber im Augenblick... Ich meine, Brian fährt mich doch morgen mit dem Wagen zu Sainsbury, und ganz ehrlich gesagt, ich hab da selber so einen riesigen Einkauf zu erledigen, daß ihr bißchen Krimskram nun wirklich nichts mehr ausmacht.» Sie und Victor hatten sich gemeinsam auf die Haustür zubewegt, während sie redete. Muriel folgte ihnen nur bis dorthin. Nicht nur, daß sie nie nach draußen ging, sie schien sogar Angst vor der Berührung mit frischer Luft zu haben oder vor dem Anblick jenes ‹Draußen›, sogar von innen her. Sie blieb zaudernd im Hintergrund und hielt krampfhaft mit beiden Händen die Seitenteile ihres Morgenmantels zu. Jenny sagte: «Also, Wiedersehen bis morgen denn, so gegen sechse, ja? Und halten Sie mal schön den Sherry bereit und die gerösteten Erdnüsse!» Sie zwinkerte Victor zu und zog die Tür hinter sich zu.

«Was für ein Leben! Die könnte ebensogut schon im Sarg liegen. Mir entgeht hier nie etwas, das sag ich Ihnen ganz offen, hier unten in der Straße geschieht nichts, was ich nicht von meinen Fenstern aus sehe; und ich kann Ihnen nur sagen, bevor Sie zurückkamen und dann dieser alte Bursche, der immer Pfefferminz ißt, auftauchte, da hat sie außer uns jahrein, jahraus keine Seele gesehen.»

«Dann haben Sie mich also kommen sehen?»

«Aber sicher. Dies ist bei Ihnen das vierte Mal in genau so vielen Wochen», sagte Jenny mit beängstigender Genauigkeit. «Wenn Sie ungesehen an mir vorbei wollen, dann müssen Sie samstags gegen Mittag kommen, das ist immer die Zeit, wo Brian mich zu meinem Großeinkauf fährt, was, Brian?»

Brian sah sich im Garten um und meinte: «Hier hab ich noch nicht mal das Oberflächlichste geschafft, nicht mal das Notwendigste.»

«Wenn ich anfange, hier manchmal was für sie zu tun, dann

müßte ich wohl einen Schlüssel haben», sagte Victor. Es war ihm unangenehm, aber er drängte weiter: «Könnten Sie mir vielleicht Ihren leihen, damit ich mir einen nachmachen lassen kann?»

«Wir haben keinen Schlüssel, Vic, jedenfalls keinen eigenen. Wissen Sie denn nicht, wo der Schlüssel liegt? Nein, wie sollten Sie auch. Ich würde das jetzt lassen, Brian, du überanstrengst dich bloß wieder, und dann hab ich wieder die halbe Nacht mit deinem Rükken zu tun.» Sie deutete auf die Hecke. «Unter der Schildkröte, Vic. Der Schlüssel liegt unter der Schildkröte.»

Der 22. Juni war Victors Geburtstag, sein neununddreißigster. Er konnte sich nicht entsinnen, je seinen Geburtstag gefeiert zu haben, außer daß er in jungen Jahren von seinen Eltern Geschenke bekam. Damals, als seine Mutter und sein Vater über eine Geburtstagsgesellschaft für ihn gesprochen hatten und seine Mutter bei der Aussicht darauf schier verzweifelte, waren sie zum Trost dann mit ihm nach Kew gefahren. In Botanischen Gärten gibt es nicht viel für einen Jungen von acht Jahren, aber seine Mutter war begeistert von Kew. Sie zitierte irgendein Gedicht: «*... wandering hand in hand with love in summer's wonderland...*» Und sie und sein Vater wanderten auch wirklich Hand in Hand, rochen an den Blumen und sagten immerfort, wie wundervoll alles sei. Victor überlegte sich, als er am Woodford Park entlangfuhr, wo die Kastanienbäume am Verblühen waren und ihre Blüten abwarfen, daß er dieses Jahr seinen Geburtstag feiern würde. Ja, er würde etwas unternehmen mit Clare und David, ehe David wieder ins Krankenhaus mußte.

Den Wagen hatte er für noch einen weiteren Tag behalten – genauer gesagt übers Wochenende, denn er wollte ihn am Sonntagabend wieder bei der Verleihfirma abliefern. Er trug seine neue Baumwollsteppjacke aus zwei Grautönen, taubengrau und schiefergrau mit schieferfarbenen Bündchen, dazu Designer-Jeans und, um nicht zu exklusiv zu wirken, ein dunkelrotes Sweatshirt von Marks and Spencer über dem grau und weiß gestreiften Hemd. Auf dem Rücksitz des Wagens lagen zwei Flaschen deutscher Wein – *Walsheimer Bischofskreuz* – und zweihundert Zigaretten. Ein leichter Wind wehte, und die Sonne schien. Kein schlechter Tag, warm genug, um an der Fahrerseite das Fenster offen zu haben. Victor gehörte nicht zu denen, die im Auto Radio hören. Er liebte die

Stille. Aus der Kommodenschublade in Muriels zweitem Gästeschlafzimmer hatte er vierhundertsechzig Pfund genommen. Unfähig, noch länger zu warten, hatte er die Scheine sofort gezählt, als er wieder in seinem Auto saß. Auf wieviel Bargeld das wohl insgesamt schließen ließ, wieviel Muriel wohl tatsächlich im Haus hatte? Tausende? So an die Zehntausend womöglich? Es war eine bekannte Tatsache, über die man dauernd in den Zeitungen las, daß alte Leute riesige Summen in ihren Wohnungen versteckten. Das war nichts Ungewöhnliches, es war sogar eher das Normale.

Das Haar auf der Klappe der Handtasche war nicht bewegt worden, also hatte Muriel bis jetzt keine Ahnung, daß Teile ihres Ersparten fehlten. Aber angenommen, sie kam darauf, angenommen, sie merkte es, würde sie dann etwas unternehmen? Mit ‹etwas unternehmen›, so gestand sich Victor ein, meinte er, es der Polizei melden. Ihr Verhalten ließ ihn aber eher annehmen, daß sie es nicht täte. Sie hatte weder in Jupps Gegenwart noch in Jennys von nebenan etwas über seine Vergangenheit oder seine Gefängnisstrafe verlauten lassen, und das mußte doch bedeuten, sie wollte das lieber im dunkeln lassen. Denn sie war von Natur boshaft und mitleidlos, und es bestand nicht die Möglichkeit, daß sie mit Rücksicht auf seine Gefühle diskret gewesen wäre. Wenn sie entdeckte, daß er sich an dem Inhalt ihrer Taschen und Schubladen vergriffen hatte – an einem Bruchteil dessen, was sie enthielten –, so bestand die Chance, daß sie ihn zwar beschimpfen, daß sie es zurückverlangen, sonst aber weiter nichts tun würde. Die Respektabilität ihrer Familie, wie sie nach außenhin erschien, war Muriel wichtig.

Wenn er sich bloß einen eigenen Wagen beschaffen könnte, dachte Victor, dann könnte er eine eigene Autovermietung starten, könnte auf eigene Faust das tun, was er früher für Alan getan hatte. Für sechstausend Pfund konnte er einen neuen Wagen kaufen oder zwei aus zweiter Hand und dazu einen weiteren Fahrer einstellen... Während ihm solche angenehmen Ideen durch den Kopf gingen – eine Wohnung in Loughton zum Beispiel, ein Telefonbeantworter und als Spezialservice Zubringerdienste zu den drei Flughäfen –, nahm er beim Kreisverkehr von Wake Arms die zweite Ausfahrt und fuhr hügelab durch den Wald nach Theydon.

Es war Samstag, also mußte Clare zu Hause sein. Seine Gedanken lösten sich von David und wandten sich Clare zu, als er in den Theydon Manor Drive einbog, und er wurde sich einer immer stärker werdenden angstvollen Spannung bewußt, bei der die gewisse Übelkeit nicht weit war. Letzte Nacht hatte er wieder von der Straße geträumt, die seinen Weg durchs Leben darstellte, mit den bedeutungsvollen Häusern zu beiden Seiten. Bei keinem der Häuser war er versucht gewesen, hineinzugehen, bis er *Sans Souci* erreichte, das nach einer scharfen Kurve in der Straße in Sicht kam. Der Teil der Straße, der abknickte, verlief durch einen dunklen Wald von Fichten, die in regelmäßigen Reihen sehr dicht aneinandergepflanzt waren. Jenseits des Waldes lag *Sans Souci*; es war in Sonnenlicht gebadet. Victor ging in den Vorgarten und holte sich den Schlüssel, der immer unter dem Vogelbad lag. Er schloß auf, trat ins Haus und rief ihre Namen, «Clare» zuerst und dann «David». Eine Zeitlang blieb alles still, und dann hörte er jemanden lachen, zwei Leute lachten. Die Wohnzimmertür öffnete sich, und Clare kam heraus, und David war neben ihr, bloß, David saß nicht in seinem Rollstuhl, er ging zu Fuß. Er war wieder gesund, nicht mehr gelähmt – er ging auf seinen Beinen!

Clare sagte: «Schau mal, ein Wunder!»

Ein entsetzliches Gefühl von Übelkeit und Verzweiflung kam über Victor, denn er wußte – warum, konnte er nicht sagen –, daß er sie jetzt, da David wieder gehen konnte, beide verloren hätte. Aber fast sofort hinterher wachte er auf, und die Erleichterung über die Realität war unermeßlich nach diesem seltsamen und erschreckenden Traum.

Aber er wollte sich jetzt nicht daran erinnern. Er stellte den Wagen ab und ging seitlich ums Haus. David hatte gesagt, er würde sie sicherlich im Garten antreffen, wenn es ein schöner Tag wäre. Der Geißblattduft war durch den Duft der Rosen ersetzt. Clare schnitt das Gras mit einem elektrischen Rasenmäher an einer langen Schnur, und David sah ihr aus seinem Rollstuhl unter dem weißblauen Sonnenschirm dabei zu. Sie stellte den Strom ab und kam auf ihn zu.

«Hallo, Victor.»

Lächelnd hob David eine Hand zum Salut. Die beiden waren jetzt ganz ungezwungen mit ihm, sie akzeptierten ihn, er war schon beinahe wie ein Familienmitglied. Clare trug ein cremefarbenes Baumwollkleid mit offenem Hemdkragen und großen Puffärmeln. Das Kleid wurde in der Taille zusammengehalten von einem breiten Gürtel aus dunkelbraunem Leder mit Doppelnähten, und an den

Füßen hatte sie flache Riemchensandalen. Das Haar, vielleicht frisch gewaschen, hing nicht wie sonst auf die Schultern herab, sondern stand ihr wie eine schimmernde Tüllwolke um den Kopf. In seinem Traum war sie viel weniger hübsch gewesen als jetzt, und wenn er daran dachte, daß er sogar eine Ähnlichkeit zwischen ihr und Jenny von nebenan festgestellt hatte, dann kam er sich vor, als habe er sie irgendwie betrogen.

Die kleine Hündin Sally lag auf Davids Schoß, aber als sie Victor sah, sprang sie herunter und ließ ein erstaunlich erwachsenes Bellen hören, worüber alle lachten.

«Du sollst uns nicht immer all diese Sachen mitbringen, Victor», sagte Clare, als sie den Wein und die Zigaretten sah.

«Ich möchte es aber, ich kann es mir doch leisten.»

«Du verschwendest dein Vermögen, damit wir in Saus und Braus leben», meinte David. «Eines Tages wirst du dieses Erbe noch brauchen.»

Das inspirierte Victor, David von seinen Plänen über eine eigene Autovermietung zu erzählen. David schien das zu billigen, aber er hielt es für das klügste, wenn Victor dabei klein anfinge, mit nur einem Wagen.

«Wir werden dich jedesmal engagieren, wenn David nach Stoke Mandeville muß», versprach Clare.

«Besonders, wenn du einen Wagen in der Größe eines Lasters parat hältst, mit einer Rampe, um einen Rollstuhl hineinzukriegen, und mit Haltevorrichtungen, wenn er drinnen ist, und mit einem extra angefertigten Spezialgurt.» David lächelte die ganze Zeit, während er das sagte, und Victor glaubte nicht, daß er ihn verspottete. Wie konnte er auch? David brauchte ja tatsächlich alle diese Dinge, und Clares Landrover besaß sie. Er, Victor, war wirklich überempfindlich, und bestimmt bildete er sich die Seitenblicke nur ein, die Clare David zuwarf, und ihr kaum merkliches Stirnrunzeln.

Zum Mittag gab es Lachs mit einer Mayonnaise, die Clare durch feingehackte Kräuter grün gemacht hatte, dazu Gurkensalat und Baguettebrot. Victor hatte noch nie solche Art Lachs gegessen, bloß immer aus der Konserve, und ein- oder zweimal auch Räucherlachs. Hinterher gab es Erdbeeren mit Schlagsahne. David zündete sich eine Zigarette an.

«Macht es dir was aus, mir etwas zu holen, Victor?» sagte er. «Du findest es auf dem Tisch, wo Clares Foto steht. In einem braunen Umschlag.»

«Es ist sein Buch», sagte Clare.

«Jetzt ist sie hin, meine Überraschung!»

«Aber Liebling, Victor muß doch von deinem Buch wissen. Es war doch der Artikel über dein Buch, aus dem er erfahren hat, wo du lebst.»

«Stimmt», sagte David.

Sein versonnener Blick ruhte auf Victor, und um seine Lippen lag wieder das kleine, ironische Lächeln. Davids Gesicht hatte heute wieder das schwere, schlaffe Aussehen, das es immer bekam, wie Clare ihm erzählt hatte, wenn er in der Nacht zuvor schlecht geschlafen hatte. Victor stand auf und ging ins Haus und betrat das Wohnzimmer, indem er die kauernde Türstopperkatze mit dem Fuß beiseite schob. Clares Blicke trafen ihn aus dem silbernen Rahmen. Er würde dieses Bild so gerne haben, und er überlegte, ob es nicht eine Möglichkeit gäbe, das zu bewerkstelligen. Aber es stand an so prominenter Stelle, und offenbar bedeutete es David viel...

Die Unruhe, die ihn beschlich, war ähnlich wie damals, als sie ihn auf jenem Spaziergang in den Wald mitgenommen hatten – das Gefühl, daß sie sich allem äußeren Anschein zum Trotz über ihn mokierten, daß sie sich verschworen hatten, um sich an ihm zu rächen, daß sie ihn nur zu jener Lichtung geführt hatten, um ihn mit den abscheulichsten Aspekten seiner Vergangenheit zu konfrontieren. Genauso fühlte er sich auch jetzt, als er den großen braunen Umschlag nahm. In dieser oder jener Form war darin Davids Buch. Würde David ihn auffordern, es zu lesen – es vielleicht sogar laut zu lesen, damit er auf entsetzliche Bloßstellungen seiner selbst stieße? War er, Victor, darin abgebildet und als ‹Psychopath›, als ‹kaltblütiger Krimineller›, als ‹wahnsinniger Triebtäter› beschrieben? Angenommen, es wäre so, was sollte er dann tun?

Mit dem Umschlag in der Hand stand er da, und ihm wurde bewußt, daß ihm davor graute, hineinzusehen. Plötzlich war er in Versuchung, das Haus durch die Vordertür zu verlassen, den Umschlag mitzunehmen und einfach wegzufahren. Aber er ging wieder zurück durch das Haus, hinaus in den Garten. Die kleine Hündin war auf dem Rasen eingeschlafen. Clare stand über Davids Stuhl gebeugt, den Arm um Davids Schultern, die Wange gegen seine gelegt. Für einen, der sich immer damit gebrüstet hatte, er wisse gar nicht, was Einsamkeit hieße, fühlte sich Victor sehr allein, verloren, ein Außenseiter. Er warf David den Umschlag hin.

«Hast du schon jemals einen Fahnenabzug gesehen?» fragte David. «Ich muß gestehen, ich noch nie. Faszinierend ist das!» Er lächelte, und Victor wußte, er wollte ihn auf die Folter spannen. «Ich soll das alles hier lesen und für den Drucker korrigieren – typographische Fehler markieren, verstehst du, oder auch meine eigenen Fehler.»

Es waren einfach die Seiten eines Buchs, Seite eins und zwei zum Beispiel auf einer Seite des Bogens und drei und vier auf der anderen. Im Text war ein Wort rot umrandet, und am Rand stand eine Hieroglyphe.

«Woher weißt du, wie man das machen muß?» wollte Victor wissen.

«In *Pears Encyclopedia* stehen sämtliche Korrekturvorschriften.»

Es waren keine Bilder dabei, natürlich nicht, und auch kein Umschlag oder Schutzumschlag, lediglich der dicke Packen bedruckter Seiten. Auf der ersten Seite stand der Titel: *Zwei Arten Leben – von David Fleetwood.* Victor fühlte ihre Blicke auf sich, und ihm war übel, als er die Seiten durchblätterte. Er tat es ziellos und wie blind, er sah nichts als eine tanzende Masse schwarzer und weißer Strudel.

Clare sagte leise: «Victor, du brauchst nichts zu befürchten.»

«Zu befürchten?» fragte er.

«Ich meine, es steht nichts über dich drin. Das Buch beschreibt nur, was es ankündigt – zwei Arten Leben. Das Leben, das David als Polizeioffizier geführt hat und alles, was damit zusammenhing, und das Leben... na ja, hinterher. Es soll den Menschen bloß zeigen, daß das Leben nicht vorbei ist, weil man querschnittgelähmt ist, es handelt von all den Dingen, die David zuwege gebracht hat – seinen Universitätsabschluß zunächst einmal, ferner Reisen, ins Konzert zu gehen, ein Musikinstrument zu erlernen... Wußtest du, daß er nicht nur Geige spielt, sondern auch gelernt hat, Geigen zu bauen? Von alledem handelt das Buch; es ist heiter und optimistisch, es ist voller Hoffnung.»

«Armer alter Victor», meinte David, «was hattest du denn gefürchtet?»

Früher einmal hatte Victor ihn gehaßt. Eine Woge jenes alten Hasses schlug erneut über ihm zusammen, bitterer Groll, weil er wußte, David hatte den Weg seiner Gedanken sehr wohl verfolgt, jeden Schritt bis zu diesem Punkt. David hatte sehr wohl gewußt, wie ihm zumute war, hatte ihn seelenruhig weiter auf die Folter gespannt, vielleicht in der Annahme, Victor habe es sich die ganze Zeit seit ihrer ersten Begegnung vor einem Monat verkniffen, nach dem Buch zu fragen. Wie hätte er auch wissen sollen, daß Victor viel zu glücklich gewesen war in dieser neuen Freundschaft, um dem Buch auch nur einen Gedanken zu widmen; bis jetzt...

«Sieh mal», sagte Clare, «dies ist die einzige Stelle, wo Solent Gardens erwähnt wird.»

Victor las es, und seine bösen Gedanken über David verflüchtigten sich. Vielleicht hatte er sich das alles wirklich nur eingebildet. Er wußte ja, er war manchmal ein bißchen paranoid, das Gefängnis machte einen paranoid, sagten die Leute, die es eigentlich wissen mußten.

Die «Belagerung» von Solent Gardens – mit Belagerung hatte das kaum etwas zu tun, und sie war ja auch von sehr kurzer Dauer – ist an anderer Stelle zu oft beschrieben worden, als daß ich darüber noch viel sagen könnte. Darum in wenigen Worten: Man hat auf mich geschossen, und der Schuß machte mich für den Rest meines Lebens zum Krüppel. Heutzutage, nachdem die Zeiten sich geändert haben – manche Leute sagen, zum Schlechteren verändert –, würden Polizisten, die zu einem solchen Einsatz herangezogen werden, zweifellos mit Schußwaffen ausgerüstet, und es besteht durchaus die Wahrscheinlichkeit, daß nicht auf mich geschossen worden wäre, wenn...

Aber ‹wenn› und ‹hätte›... all das Rückwärtsgrübeln ist eine ebenso sinnlose wie destruktive Tätigkeit. Das Vergangene ist vergangen. Der Schuß ging in meine untere Wirbelsäule, das Rückenmark wurde verletzt, und mein Körper unterhalb der Körpermitte ist für alle Zeit gelähmt. Meine letzte Erinnerung für lange Zeit war, daß ich in einer Blutlache lag, meinem eigenen Blut, und daß ich fragte: «Wessen Blut ist das?»

Die nächsten Monate meines Lebens, meines zweiten Lebens, verbrachte ich im Stoke Mandeville Hospital, und davon handelt das folgende Kapitel.

«Es wird noch ein Vorwort geben, geschrieben von einem älteren Polizeioffizier», erklärte David, «in dem er diese sogenannte ‹Belagerung› näher beschreiben wird. Aber ohne dich namentlich zu nennen, das haben wir beschlossen.» Er lächelte hintergründig. «Meinen Verlegern paßte das ganz und gar nicht, das muß ich der Wahrheit zuliebe sagen. Aber sie hatten dann doch wohl Angst vor einer Verleumdungsklage oder so was, denke ich. Also – keine Bilder, Victor, und keine harten Worte, klar?»

Das mit den Verlegern konnte wahr sein, dachte Victor, und ebenso stimmte es auch, davon war er überzeugt, daß David ihm nichts Böses wollte. David hatte begriffen, daß es ein Unfall gewesen war. Aber warum lag dann in seinem Blick, der ausgiebiger als sonst auf Victor ruhte, immer dieser Abglanz von Ironie, dieses tolerante Amüsement? Warum beobachtete er Victor fortwährend, so als warte er – ja, das war es! –, als warte er förmlich darauf, daß er wieder etwas Schreckliches täte, als erwarte er einen neuerlichen, entsetzlichen Unfall, bei dem er, David, wieder das Opfer sein würde?

Victor schob die Fahnenabzüge wieder in den Umschlag zurück und wandte seinen Blick Clare zu, einen Blick voller Dankbarkeit. Denn sie war es gewesen, die seine Gedanken erraten, die seine Ängste richtig interpretiert hatte; sie war es gewesen, die ihn getröstet hatte, ohne daß er darum gebeten hatte. Ihre ringlose Hand lag auf dem Tisch, diese Hand, der David einen Verlobungs-, einen Ehering verweigerte. Victor sehnte sich danach, sie mit seiner eigenen Hand zu bedecken, sie zu halten, aber er wagte es nicht.

13

Es waren noch zwei Wochen bis zu seinem Geburtstag. Victor hatte es schlau anfangen müssen, sich zu vergewissern, daß David und Clare an jenem Sonntagabend nichts Besonderes vorhatten und wie gewöhnlich zu Hause sein würden. Von seiner geplanten Überraschung sagte er nichts, ließ sie aber doch wissen, daß er an jenem Tag Geburtstag hätte, denn er war überzeugt, daß sie sich ohnehin während der nächsten vierzehn Tage noch sehen würden.

Während der Heimfahrt – sehr spät, erst in den frühen Morgenstunden des Sonntags – beschloß er, er werde es diesmal ihnen überlassen, ihn anzurufen. Denn natürlich konnten sie ihn erreichen, wenn sie es wollten, er war ja abends fast immer zu Hause, und wenn er die Tür ein wenig offenließ, dann hörte er auch das Telefon. Vielleicht war es ein bißchen zuviel des Guten gewesen, sie zweimal in einer Woche zu besuchen. Er mußte aufpassen, daß er die Dinge in diesem frühen Stadium nicht übertrieb. Warum auch, sie hatten ja noch Jahre vor sich. Es würde wahrscheinlich ein ganzes Jahr oder noch länger dauern, um wirklich enge Freunde zu werden. Und während er die leere Straße zwischen den Buchenwäldern entlangfuhr, an den dunklen Hängen und den blasseren Lichtungen des Waldes, sann er darüber nach, ob wohl der Tag käme, wo sie alle drei zusammenwohnten, sich irgendwo ein Haus teilten? Eine faszinierende Wunschvorstellung: Er betriebe sein Autovermietungsunternehmen, und wenn das so erfolgreich geworden war, wie er erwartete, dann würde auch Clare für ihn arbeiten, würde als Partnerin bei ihm eintreten, während David, dessen Buch ja unweigerlich ein Erfolg werden mußte, in ein drittes Leben überwechselte, das Leben eines Schriftstellers... Aber er wünschte sich doch, er besäße jenes Foto von Clare. Er hätte sie einfach bitten können, ihm ein Foto zu schenken. Warum hatte er das nicht getan? Aus Angst, sich lächerlich zu machen, gestand er sich ein. Wenn er die beiden das nächste Mal sah, würde er ihnen ein Foto von sich schenken und sie um Bilder von sich bitten. Auf diese Weise würden sie nicht merken, daß es vor allem Clare war, von der er ein Bild wollte.

Angetan mit seinem neuen Anzug ging Victor ein paar Tage später zu einem Fotografen, der sein Atelier am Ealing Park hatte. Der Fotograf schien ein bißchen überrascht von seinem Verlangen und nahm wohl zunächst an, Victor wolle eine Aufnahme für ein Paßfoto. Anscheinend kam es selten vor, daß alleinstehende, erwachsene Männer, ohne Frau und Kind, Porträtaufnahmen von sich selbst machen lassen wollten. Und dann spürte Victor förmlich seine Enttäuschung, daß er nicht Pfeife rauchte und auch weder einen Hund an der Leine noch einen Golfschläger in der Hand halten wollte. Aber schließlich wurden die Aufnahmen gemacht, und der Mann versprach Victor innerhalb der nächsten Tage eine Kollektion von Probeabzügen zum Aussuchen.

Er kaufte sich den *Tatler*, die *Radio Times*, die *TV Times*, *What Car?* und *House and Garden* und setzte sich in seinen Rollstuhl, um sie zu lesen. Am Abend saß er vor seinem neuen Fernseher, hatte den Ton leise gestellt und die Tür aufgemacht, so daß er das Telefon hören konnte. Am Freitag rief Clare dann wirklich an – um ihn zu fragen, ob er gemerkt habe, daß er seinen Sweater vergessen hätte? Sie hatte ihn eingepackt und ihn heute morgen per Einschreiben an ihn abgeschickt. Es war das rote Marks-and-Spencer-Sweatshirt, von dem sie sprach. Victor hatte es noch gar nicht vermißt, weil das Wetter sehr warm war, aber er wünschte, es wäre sein Jackett gewesen, das er vergessen hätte, oder sonst etwas mit einem exklusiveren Etikett.

Clare lud ihn nicht ein, aber sie meinte doch, kurz ehe sie das Gespräch beendete, na, sie sähen sich dann ja. Victor gefiel das, diese leichte Beiläufigkeit, mit der er als Freund akzeptiert wurde. Da gab es nichts Formelles mehr, keine Notwendigkeit zu sagen, wie anregend der Samstagnachmittag mit ihm gewesen sei, wie wunderbar sein Wein, und wie sie sich darauf freuten, ihn wiederzusehen. Das war vorbei, darüber waren sie hinweg. Und er redete sich ein, er sei froh, *nicht* eingeladen worden zu sein. Wenn er dieses Wochenende wieder hinausfuhr, dann würde das womöglich seine Geburtstagsfeier um so schwieriger machen. In einer Freundschaft mußte es auch Pausen geben, dachte er, Pausen zum Atemschöpfen. Aber als Clare eingehängt hatte, da stand er doch in der dämmerigen Diele, den Hörer noch in der Hand, und da sagte er laut in die Sprechmuschel, was er nicht gesagt hatte, als sie noch am anderen Ende der Leitung war: «Gute Nacht, Clare. Gute Nacht, Clare, Liebling.»

Das war ein Wort, das er während seines ganzen Lebens noch nie zu jemandem gesagt hatte. Er nahm den Bleistift, der oben auf dem Telefonkasten lag, und schrieb auf das Holz neben Davids Namen und Telefonnummer: Clare.

In der Lebensmittelabteilung von Harrods sah sich Victor die Delikatessen an, Käse und kaltes Fleisch und Fisch und Salate. Er sah sich Kuchen und Früchte an, rechnete Preise aus und war unfähig, irgendeine Wahl zu treffen angesichts dieser Vielfalt, dieses Überflusses, dieser unglaublichen Auswahl. Am nächsten Samstag wollte er wiederkommen und alles einkaufen, was er für sein Geburtstagsessen haben wollte. Er würde sich wieder den Wagen mieten. Es war ein Jammer, daß er sich nicht auch einen Kühlschrank mieten konnte.

Der Fotograf schickte die Aufnahmen und betonte, daß sie unfertig, daß es lediglich Rohabzüge seien, bloß zum Aussuchen. Victor fand, sie waren für ihn auch im gegenwärtigen Stadium gut genug.

Er hatte nicht gewußt, daß er so jung aussah. Sein gutes Aussehen war durch die Jahre im Gefängnis weniger ruiniert, als er angenommen hatte. Es war ein ernstes, hübsches, ziemlich reserviertes Gesicht, das ihn da anblickte, der Mund sensibel, und allein die Augen mit ihren düsteren Erfahrungen verrieten, daß der Mann auf dem Porträt die Dreißig überschritten hatte und kein Twen mehr war. Auf einem Bild war er im Profil abgebildet, auf zwei anderen blickte er nach vorn, die Augen ein wenig seitlich gerichtet. Sollte er das Bild für David und Clare rahmen lassen, oder sollte er es ihnen einfach in dem cremefarbenen, gerippten Papierumschlag mit dem Büttenpassepartout überreichen, den der Fotograf beisteuern würde? Er wandte sich mit dieser Frage in Gedanken an Clare, aber wie gewöhnlich antwortete sie nicht.

Muriel besaß einen Kühlschrank. Sie hatte sogar einen sehr großen Kühlschrank mit geräumigem Gefrierfach, so wie es für jemanden, der lebte wie sie, ja auch notwendig war. Aber es widerstrebte Victor, sie zu bitten, ob er in ihrem Kühlschrank über Nacht Sachen aufbewahren dürfe, die er bei Harrods kaufen wollte. Die kriegte es fertig und sagte nein. Außerdem hatte er das bestimmte Gefühl, jetzt, da er ihr Haus als eine Art Bank benutzte, dürfe es darüber hinaus keine Beziehungen mehr zwischen ihnen geben. Sie hatten aufgehört, Tante und Neffe zu sein. Das hatte sie nun erreicht durch ihre aggressive Haltung ihm gegenüber!

In gewisser Weise war Muriels Haus wirklich wie eine Bank mit Selbstbedienungsschalter, mit automatischem Außenschalter (ehe er ins Gefängnis kam, gab es sie noch nicht), wo man eine Karte einschob und eine geheime Nummer wählte, und schon kam das Geld heraus. Bei Muriel dagegen brauchte man bloß den Schlüssel und eine gute Portion Nerven. Im Moment brauchte er kein weiteres Geld, er hatte genug, um damit einigermaßen über die nächste Woche zu kommen. Victor ging die Acton High Street entlang und blieb stehen, um sich in den Schaufenstern eines Ausstellungsraumes Kühlschränke anzusehen. Sowie er eine Wohnung hatte, brauchte er bestimmt einen Kühlschrank, aber gegenwärtig hatte er wohl kaum Platz dafür, wo doch der Rollstuhl schon so viel Raum einnahm.

Auf dem Rückweg kam er an Jupps Laden vorbei. Mitten im Schaufenster, hinter dem Tablett mit dem viktorianischen Schmuck, stand der Schreibtisch seines Vaters. Das Preisschild, das an einem Bindfaden hing, war so gedreht, daß es von der Straße her nicht einsehbar war, eine Technik, die allen Antiquitätenhändlern und Trödlern eigen war. Aber in diesem Falle war es nicht vollständig umgedreht, und indem er seinen Kopf verdrehte und ihn so tief hinabbeugte, daß er fast die Knie berührte, konnte Victor die mit Kugelschreiber geschriebene Summe entziffern: 359.99 Pfund! Und ihm hatte Jupp für alles zusammen nur 410 Pfund gezahlt! Er mußte auch da schon gewußt haben, daß der Schreibtisch eine Antiquität war. Und wenn der Schreibtisch so viel wert war, wieviel dann wohl der ganze Rest? Wahrscheinlich hatte der Wert seiner Möbel näher an viertausend Pfund gelegen als an vierhundert.

Immerhin begriff er, während er den Schreibtisch und die beiden Messingkerzenhalter seiner Mutter betrachtete, die obendrauf standen, daß es jetzt zu spät war, irgend etwas dagegen zu tun. Dennoch betrat er den Laden. Die Türglocke schepperte. An prominenter Stelle, gleich hinter der Tür, stand das braune Samtsofa, auf dessen Armlehne jemand den ausgestopften Pfau gesetzt hatte, so daß seine hornigen Klauen das Zigarettenloch verdeckten, das sein Vater hineingebrannt hatte. Es war weder Jupp noch der Junge, sondern Kevin, der aus dem Hintergrund trat.

«Der hat mich ganz schön übers Ohr gehauen, was?» sagte Victor. «Verlangt für den Schreibtisch schon fast so viel, wie er mir für den ganzen Kram gezahlt hat!»

«Vollkommen richtig, die reine Halsabschneiderei», meinte Kevin vergnügt. «Na ja, er macht's ja schließlich nicht als Zeitvertreib, bloß der Gesundheit zuliebe, nicht wahr? Da wir gerade von Gesundheit reden: Sie werden's kaum glauben, aber er hat die Pfefferminzpastillen aufgegeben. Richtig total aufgegeben, ganz in echt!»

Victor interessierte das nicht. Der gesamte Inhalt seines Elternhauses war hier über Jupps Laden verteilt, außer einigen Sachen, von denen Victor annahm, daß er sie schon verkauft oder in den Laden an der Salusbury Road gebracht hatte. Er ging umher und las die Preisschilder: Hundertfünfzig Pfund für den Eßtisch und die sechs Stühle, fünfundzwanzig Pfund für das Doppelbett seiner Eltern (Schauplatz so vieler Liebesakte und -seufzer), zehn Pfund für das satinbezogene Kopfteil des Bettes, fünfundsiebzig Pfund für ein Bücherregal und hundertfünfundzwanzig Pfund für den chinesischen Glasschrank.

«Möchten Sie vielleicht einen Kaffee?» fragte Kevin, der aus der Tiefe des Ladens wieder auftauchte. «Kommen Sie nur.» Victor folgte ihm, bückte sich unter einem zur Seite gerafften Vorhang hindurch. Auf einer Kochplatte fing gerade ein Topf an, überzukochen. Weißer Schaum stieg blasig auf und lief über den Rand, ehe Kevin zur Stelle war. «Zwecklos, über verschüttete Milch zu weinen», seufzte er.

Der Raum war wie eine Küche eingerichtet, aber mit Lehnsesseln und einem schmiedeeisernen Tisch mit Marmorplatte, wie man sie manchmal in Kneipen fand.

«Wohnen Sie hier?» fragte Victor.

«Sie machen wohl 'nen Witz, wie?» Kevin reichte ihm einen Becher mit gekochter Milch und Wasser und einem halben Teelöffel Pulverkaffee darin. «Zucker? – Also, der hat Ihr Tantchen ganz schön auf Trab gebracht, das können Sie mir glauben. Ich weiß gar nicht, was seit kurzem in den alten Joe gefahren ist. Er ist sogar mit ihr ausgegangen.»

«Die geht doch nie aus.»

«Na ja, das ist auch mehr so eine Redensart, oder? ‹Ausgehen› – was heißt das schon! Alles, ob sie nun Ihrem Mädchen ein halbes Foster spendieren oder sie bis zur Besinnungslosigkeit vögeln. Er braucht wohl jetzt was, das ihn von seinen Entzugssymptomen ablenkt.»

«Dann wohnt *er* also wohl hier?» Victor beharrte entschlossen auf dem Thema.

«Kein Mensch wohnt hier», sagte Kevin geduldig. «Meine Frau und ich, wir wohnen in Muswell Hill, und der alte Joe hat eine Maisonette über dem Laden unten in Salusbury. Nun zufrieden? Warum wir dann diese Sessel und den Kühlschrank hier im Hinterzimmer haben? Weil es nämlich, wenn man in dieser Branche tätig ist, an einem Wochentag verdammt lange Pausen gibt, wo – gelinde ausgedrückt – keine Sau aufkreuzt. Klar?»

«Kann ich mal etwas in Ihrem Kühlschrank aufbewahren, über Nacht? Samstag nacht, genauer gesagt.»

«Was ist denn mit Ihrem eigenen los?»

Victor erklärte, daß er keinen Kühlschrank hätte. Es dauerte eine Weile, Kevin davon zu überzeugen. Anscheinend war es ihm noch nie in den Sinn gekommen, daß es tatsächlich Leute gab – ganz gewöhnliche Leute, solche, die um ihn herum lebten, nicht Ureinwohner, Mennoniten oder sonstwas –, die keinen Kühlschrank besaßen.

«Ist das wohl zu glauben!» staunte er und sah Victor mit ganz neuen Augen an. Und dann fing er an, von dem Kühlschrank zu erzählen, den er mit Jupps Tochter teilte, dem größten und effizientesten auf dem britischen Markt, mit enormem Rauminhalt, ausgerüstet mit Gefrierabteil, mit Eiswürfelautomatik und einem Behälter zum Kühlen von Getränken mit Zapfhahn dran. Mühsam brachte Victor aus ihm heraus, daß das Geschäft am Samstag bis sechs offen wäre und er, Kevin, es inoffiziell am Sonntag bis mittags öffnete. «Strikt gegen das Gesetz, aber dem Touristengeschäft sehr zuträglich», meinte er grinsend.

Victor war drauf und dran, darauf zu pochen, daß Jupp ihm etwas schulde, nachdem er ihm sein Mobiliar praktisch gestohlen hätte, aber es bedurfte bei Kevin gar keines weiteren Überredens. Sie hatten in dem Kühlschrank ja sowieso nie was außer Milch und vielleicht einem halben Dutzend Bierdosen, Victor solle nur ruhig kommen.

«Dann also am Samstag gegen zwölf», sagte Victor.

Mal angenommen, Jupp wollte seine Tante heiraten? Es waren schon verrücktere Sachen passiert auf der Welt. Und schließlich mußte es das sein, worauf Jupp aus war, denn Sex oder ihre trauliche Gesellschaft konnten es ja wohl nicht sein, woran er bei ihr interessiert war. Es konnte nur ihr Geld sein. Victor schloß die Tür auf und trat ein in die muffige Stille des Griffithschen Hauses, in die Ruhe eines langen Tages, wenn er hier allein war. Das Päckchen auf dem Dielentisch war für ihn, die Adresse in Clares Handschrift geschrieben. Das Sweatshirt natürlich, und dabei die neueste Ausgabe der lokalen Wochenzeitung. Victor hoffte auf einen beiliegenden Brief, fand aber nur eine Postkarte mit einer Zeichnung drauf – eine Statue auf einem Platz und ein paar Gebäude –, von der er dachte, Clare hätte sie vielleicht selbst gemacht, aber auf der Rückseite stand: *Versailles, Raoul Dufy*. Darauf schrieb sie: *Ich dachte, du brauchst ihn vielleicht; falls wir uns für eine Weile nicht sehen. Alles Liebe – Clare.*

Er nahm die Sachen mit nach oben. Und er zog das Sweatshirt an, obwohl es eigentlich zu warm dazu war. Dann setzte er sich in den Rollstuhl und studierte die Mitteilung noch einmal. Was hieß das, *für eine Weile*? Ein paar Tage? Eine Woche? Einen Monat? Aber eigentlich kam es nicht weiter drauf an, was es heißen sollte, wo er doch sowieso am Sonntag hinausfahren und sie überraschen würde. Sie hatte *Alles Liebe* geschrieben, wo sie doch ebensogut einfach mit *Deine Clare* hätte schließen können. Letztes Mal hatte sie noch *Ihre* geschrieben. Sie hätte auch schreiben können: *Freundliche Grüße* oder *Herzlich Deine* oder *Immer Deine*, aber nein, sie hatte *Alles Liebe* geschrieben. Man schrieb doch nicht *Alles Liebe*, wenn man nicht ein starkes Gefühl für einen Menschen hegte, nicht wahr? Er konnte sich nicht vorstellen, daß er an irgend jemanden *Alles Liebe* schriebe – außer an sie...

Das Sweatshirt war von ihr angefaßt worden, sie hatte es zusammengefaltet. Er konnte sie darin riechen, tatsächlich, er roch einen deutlichen, wenn auch schwachen Hauch jenes *Rive Gauche* darin, das er selbst ihr gekauft hatte.

In der Zeitung wurde eine annehmbar klingende Wohnung angeboten. Wahrscheinlich war sie mittlerweile schon vergeben, fürchtete Victor, aber er rief die Nummer doch an. Dabei stand er in der Diele, den Blick auf Clares bleistiftgeschriebenen Namen auf der Unterseite der Stufen geheftet. Die Wohnung war noch zu haben, fünfzig Pfund in der Woche, und direkt in Theydon Bois gelegen. Victor malte sich aus, daß er Clare und David dann jeden Tag sehen würde. Sie würden bei ihm hereinschauen, wenn sie von ihren Spaziergängen zurückkamen, würden mit ihm draußen sitzen unter einem gestreiften Sonnenschirm und weißen Wein trinken. Es war eine Parterrewohnung, großes Wohnschlafzimmer mit ‹Patio›, Küche und Bad. Eine Garage war gegen Extramiete zu haben, falls gewünscht. Victor vereinbarte, daß er die Wohnung am Sonntag nachmittag besichtigen werde.

Ohne viel darüber nachzudenken, was er tat, einzig und allein, weil es ihm richtig erschien, weil es das war, was er tun *wollte*, holperte er den Rollstuhl die Treppe hinunter und zur Haustür hinaus. Kaum war er damit in der Twyford Avenue, stieg er hinein, setzte sich darin zurecht und bedeckte seine Beine mit der braunkarierten Reisedecke. Es war ein warmer Tag, aber doch nicht so warm, daß die Decke lächerlich gewirkt hätte.

Victor bewegte sich auf den Ealing Park zu. In dunkler Vergangenheit einmal waren solche Gegenden um ihrer Möglichkeiten willen für ihn attraktiv gewesen: Dort konnte er auf Frauen ohne Begleitung treffen, und dort war niemand in Hörweite ihrer Schreie. Hunde hatte er immer als höchst unzulänglich empfunden, wenn es darum ging, ihren Frauchen zu Hilfe zu kommen, immerhin stimmte es andererseits, daß er nie Frauen überfallen hatte, die von großen Hunden begleitet waren. Er hielt den Rollstuhl unter ein paar Bäumen an. Ein Kind, das mit einem Ball spielte, wurde von seiner Mutter streng fortgerufen – aus Sorge, es könne für den behinderten Mann eine Belästigung sein, vermutete Victor. Der Sexualtäter, der er einmal gewesen war, erschien ihm wie eine andere Person, und das nicht nur, weil er zur Zeit die Rolle eines Behinderten spielte. Vergewaltigung erschien ihm so abwegig wie jedem anderen normalen Durchschnittsbürger auch. Warum hatte er es nur früher getan? Was hatte er davon gehabt? Er fragte Clare, die ihm einfühlsam zuhörte, aber wie gewöhnlich antwortete sie nicht. Er hatte es getan, weil er immer so voller Wut gewesen war, dachte er, und jetzt war er es überhaupt nicht mehr, er konnte sich gar keinen Grund vorstellen zum Wütendsein.

Er kehrte um und fuhr nach Hause. Ein junges Mädchen, das Clare sehr ähnlich sah, kam und half ihm über die Kreuzung an der Uxbridge Road. Sie ging neben seinem Rollstuhl her, die Hand an der Rückenlehne. Als er an der Ecke der Tolleshunt Avenue angelangt war, waren seine Arme erlahmt, aber als er aus dem Rollstuhl ausstieg, um ihn bis zu Mrs. Griffiths Haus zu schieben, da waren ihm die Beine steif geworden durch die ungewohnte Ruhigstellung.

Am nächsten Tag holte er wieder seinen Mietwagen. Mit einigem Glück bekam er denselben wie voriges Mal. Er erwischte gerade noch einen Parkplatz vor Harrods. In der Lebensmittelabteilung kaufte er Spargel und Himbeeren, geräucherte Forelle und Wachteln – bei denen er hoffte, daß Clare wüßte, wie man sie zubereitete –, winzige englische junge Kartoffeln, die ersten der Saison, Kräuterbutter, Crème fraîche, Schotenerbsen, Brie und Double Gloucester und einen Ziegenkäse, der aussah wie eine Biskuitrolle mit Zuckerguß. Er kaufte Champagner, *Moët et Chandon*, und zwei Flaschen *Orvieto*.

Es kostete nahezu hundert Pfund. Victor hatte nicht gewußt, daß man hundert Pfund ausgeben konnte für eine so kleine Menge Essen. Er fuhr zu Jupps Laden. Jupp war persönlich da und versuchte vergeblich, einer Frau, die offensichtlich nur hereingekommen war, um sich umzusehen, eine häßliche Art-Nouveau-Lampe zu verkaufen. Kevin hatte natürlich nicht daran gedacht, ihm zu erzählen, was er und Victor vereinbart hatten.

«Bißchen eigenartiges Ansinnen, was?» sagte Jupp mit Leidensmiene zu Victor. «Bißchen sehr merkwürdig, wie?»

«Ihr Schwiegersohn meinte, das ginge schon in Ordnung.»

«Ach, meinte er das! Der denkt wohl, ihm gehört das hier, der fühlt sich als Monarch, so weit das Auge reicht, was? Aber machen Sie nur, was Sie wollen, Freundchen, fühlen Sie sich ganz wie zu Hause!»

Jupp trug seine Jeans und seine gestreifte Weste, aber völlig unpassend dazu ein konventionelles weißes Hemd und einen Schlips mit einem Regimentskreuz darauf. Mit der Fingerspitze polkte er etwas von der Unterseite eines Spiegelrahmens ab und schob es in den Mund. Victor ging zum Wagen zurück und holte den Karton mit Lebensmitteln. Als er wiederkam, fiel ihm auf, daß seines Vaters Schreibtisch fort war. Jupp stand, sein Kaugummi mampfend, und hielt ihm die Kühlschranktür auf. Er beäugte alles eingehend, was Victor hineinpackte, und beim Anblick des Champagners fuhren seine buschigen weißen Augenbrauen in die Höhe.

«Habe ich Ihnen nicht gesagt, Sie sollen nicht alles auf einmal ausgeben, Freundchen?»

«Na, Sie schlagen doch wohl genug Profit daraus, sollte man meinen», erwiderte Victor.

Jupp knallte die Kühlschranktür zu. «In der Liebe und im Krieg ist alles erlaubt.» Er erläuterte nicht, was Liebe oder Krieg mit einer nüchternen geschäftlichen Transaktion zu tun hatten. Victor sagte, er werde morgen früh kommen und das Zeug abholen, und damit ging er hinaus.

Er fuhr sehr früh wieder hin, schon vor zehn, denn er war im Morgengrauen aufgewacht mit dem entsetzlichen Gedanken, was werden sollte, wenn sie ausgerechnet an diesem Sonntag das Geschäft nicht aufmachten, wenn Kevin es zum Beispiel einfach vergaß? Aber Kevin war da. Er half Victor, die Sachen wieder einzupacken, nachdem er einen ausgekauten Kaugummi, der am Kühlschrankgriff klebte, abgepolkt und weggeworfen hatte.

«Ekelhaft, so was, wie? Der ist einfach ein süchtiger Mensch. Als nächstes raucht er bestimmt.»

Das brachte Victor auf den Gedanken, ein paar Zigaretten für David zu kaufen. Er nahm noch ein Paket Hamlet-Zigarren dazu. Als er wieder zu Hause bei Mrs. Griffith war, kleidete er sich sorgfältig an, heute mal ganz lässig in ein dunkelblaues T-Shirt, das er sich gekauft hatte, dazu dunkelblaue Cordjeans und darüber die zweifarbig-graue Steppjacke. Er schnürte gerade seine neuen Schuhe zu – makellos glattes, feines, graues Leder, das teuerste Paar, das er je besessen hatte –, da fiel ihm ein, daß ja heute sein Geburtstag war. Der ganze Aufwand geschah doch zu Ehren seines Geburtstages, und er hatte unter der Anstrengung der Vorbereitungen den Anlaß glatt vergessen! Er betrachtete sich im Spiegel. Neununddreißig war er heute, er begann sein vierzigstes Lebensjahr. Niemand hatte ihm eine Karte geschrieben, aber wen gab es denn auch, der seine Adresse kannte, außer David und Clare? Trotzdem verspürte er im Unterbewußtsein ein unangenehmes Gefühl, das leise Gefühl, im Stich gelassen zu sein, aber er weigerte sich, den Grund dafür beim Namen zu nennen: David und Clare, denen er doch gesagt hatte, daß heute sein Geburtstag war, hatten ihm keine Glückwunschkarte geschickt!

Um zwölf brach er auf, den Karton mit den Essenssachen im Kofferraum des Wagens, und in einem festen braunen Umschlag auf dem Sitz neben sich sein Porträtfoto, das gestern mit der Post eingetroffen war. Victor hatte vierhundert Pfund in der Tasche seiner Jacke, alles, was von dem Geld noch übrig war, das er bei seiner ‹Bank› in Muriels Haus abgehoben hatte.

Er aß in einem Hotel in Epping zu Mittag und fuhr den Piercing Hill hinunter nach Theydon Bois. Ihm wurde klar, daß er jetzt in einem Stil lebte, auf den er es schon immer abgesehen, den er aber früher nie ganz erreicht hatte: einen schicken neuen Wagen fahren, gut angezogen sein, essen in guten Restaurants, drauf und dran, sich ein neues und attraktives Heim zu suchen und seine Freunde zu luxuriösen Mahlzeiten einzuladen... Gewiß, da war noch die Vergangenheit, aber sie war nicht einmal mehr wie ein böser Traum, so weit war sie entrückt, so unpersönlich war sie geworden. Sie war wie die Vergangenheit eines anderen oder wie etwas, über das er in einem Magazin gelesen hatte.

Die Wohnung war ein Teil eines der älteren Häuser, die direkt an den Wald stießen. Sie war sehr klein, ursprünglich ein großes Zimmer mit Fenstertüren, das in drei Räume unterteilt worden war.

Der ‹Patio› erwies sich als eine winzige Betonfläche vor diesen Fenstertüren, mit einem Geländer ringsherum, über das eine Klematis wucherte, die zur Zeit von Myriaden weißer Blüten bedeckt war. Die Frau, der das Haus gehörte – ihr Name war Mrs. Palmer –, erklärte ihm eifrig, dies sei eine Klematis, und die blauen Blüten in den nahegelegenen Rabatten, das sei Günsel, und der Eisentisch und die Stühle seien ganz neu und von bester Qualität. Victor hielt nicht sonderlich viel von den Möbeln aus Preßspanplatten, dem angeknacksten Waschbecken und dem Haargarnteppich, aber er malte sich aus, wie er hier wohnte und draußen auf dem Patio äße, und wie David und Clare etliche Male in der Woche bei ihm hereinschauen würden. Am Telefon hatte er eingedenk dessen, was Clare ihm geraten hatte, seinen Namen als Michael Faraday angegeben, und jetzt wiederholte er ihn, und sein Klang gefiel ihm ausnehmend gut. Mrs. Palmer wollte eine Kaution in Höhe einer Monatsmiete und eine Referenz. Victor händigte ihr zweihundert Pfund aus und versprach eine Referenz, wobei er daran dachte, daß Clare ihm sicherlich helfen würde. Schließlich war sie es ja gewesen, die ihm geraten hatte, einen anderen Namen anzunehmen und sich von seiner Vergangenheit zu befreien.

Es war noch nicht mal vier Uhr. David und Clare waren bestimmt noch auf ihrem Spaziergang, wenn sie heute überhaupt spazierengegangen waren. Als er in Acton aufgebrochen war, da war es hell und sonnig gewesen, aber jetzt bezog es sich und wurde kälter, und als er langsam an den Grünanlagen entlangfuhr, schlugen ein paar Regentropfen gegen seine Windschutzscheibe. Bis halb fünf schlug er die Zeit tot, saß in seinem geparkten Wagen und las *Time out*.

Es regnete ununterbrochen, als er vor *Sans Souci* hielt. Heute waren die beiden bestimmt nicht draußen im Garten. Er pochte mit dem Türklopfer, dem römischen Soldaten, an die Haustür. Der Karton mit dem Essen und den Flaschen stand zu seinen Füßen. Ein Vorhang an einem der Vorderfenster bewegte sich, und Clare blickte heraus. Er konnte sich nicht verhehlen, daß sich, als sie sah, wer es war, ein Ausdruck unverhohlenen Entsetzens darauf breitmachte. Das Lächeln, das im nächsten Augenblick darauf erschien, war unnatürlich und forciert. Ihm war auf einmal sehr kalt.

Clare öffnete die Tür. Sie trug weiße Baumwollhosen und ein blaues Hemd, in dem sie sehr jung aussah, und sie hielt die kleine

Hündin im Arm. Clare sah immer jung aus, sie war jung, aber jetzt sah sie wie achtzehn aus. Sie sagte: «Victor, was für eine Überraschung!»

«Es sollte auch eine Überraschung sein», sagte er, aber es war mehr ein verlegenes Stammeln.

Sie sah den Karton. «Was hast du denn diesmal mitgebracht!»

Er antwortete nicht. Er hob den Karton auf und trug ihn ins Haus. Und da blieb er stehen in dem plötzlichen Gefühl, daß irgend etwas anders war als sonst, daß irgend etwas fehlte, irgend etwas fort war.

«Leider ist David nicht da», sagte sie. «Man hat ihn gebeten, schon eine Woche früher ins Krankenhaus zu kommen, als vorgesehen war. Sie wollten das unbedingt, und ihm war es einerlei. Er kommt morgen wieder.»

Da wußte Victor, was fehlte – der Geruch von Davids Zigaretten.

«Schau nicht so enttäuscht drein!»

«Tut mir leid. Es war bloß ...»

«Du wirst dich eben mit mir begnügen müssen. Komm rein und begrüß Pauline.»

Wieder sprang ihn das Gefühl an, ihm werde ein übler Streich gespielt: Sie hatte das arrangiert, sie hatte das ausgeklügelt, und da hinter der Tür wartete Pauline Ferras auf ihn, hervorgeholt aus der Versenkung, mühsam aufgestöbert, hierhergeschleppt, um ihm gegenüberzutreten und ihn zu peinigen. Aber natürlich war es eine ganz andere Pauline, eine Freundin oder Nachbarin, eine junge Frau in Clares Alter, dunkelhaarig und hübsch, und sie trug einen goldenen Ehering.

Die beiden hatten Tee getrunken, da standen noch die Teekanne und zwei Becher und Kekse auf einem Teller. Während Clare ging, um einen weiteren Becher zu holen, versuchte er, sich mit Pauline zu unterhalten. Er sagte, es sei ein schöner Tag gewesen, bloß jetzt regne es. Sie pflichtete ihm bei. Clare kam wieder und fing an, von David zu erzählen, von der Behandlung, der er sich unterziehen mußte, irgendwelche Elektroschocks ins Rückgrat, die aber eigentlich noch nicht über das Versuchsstadium hinaus wären. Sie wollte ihn selbst abholen und nach Hause zurückbringen, sie nahm sich dafür einen Tag frei, denn ihm war das lieber, als mit dem Krankenwagen zu fahren, mit dem man ihn sonst befördert hatte.

Victor war mehr als enttäuscht. Er war wie vor den Kopf gestoßen und verstummte völlig. In Gegenwart dieser Frau war es ihm unmöglich zu sprechen, und er hatte sich bereits resigniert damit abgefunden, daß sie für den ganzen Tag, den ganzen Abend gekommen war. Die ganze Absurdität seines Plans, seiner ‹Überraschung›, wurde ihm deutlich, und er sah ein, wie dämlich er gewesen war, wie kindisch, nicht vorher anzurufen und sicherzustellen, daß sie beide zu Hause waren und auch Zeit hatten! Aber als Pauline dann aufstand und sagte, sie müsse jetzt gehen – es war nett, ihn kennenzulernen, sagte sie... wie das wohl stimmen konnte! –, da fühlte er sich schon etwas besser. Vielleicht ließ sich doch noch etwas retten, dachte er. Und obwohl immer noch verstört, war er zufrieden, als Clare, nachdem sie Pauline hinausbegleitet hatte, wieder hereinkam und meinte, sie habe nicht umhin können, den Champagner in dem Karton zu entdecken, und was sie denn eigentlich feierten?

«Meinen Geburtstag», sagte er, und weil er es sich nicht verkneifen konnte: «Das hab ich dir doch gesagt.»

«Oh, Victor, natürlich hast du! Jetzt fällt es mir ein! Es war bloß all dies Durcheinander mit David... daß er vorzeitig ins Krankenhaus ging – all seine Sachen mußten vorbereitet werden... es ist mir einfach entfallen!»

«Ach, macht doch nichts.»

«Du weißt selbst, daß es doch was macht. Es macht dir sogar sehr viel aus. Ich glaub, ich weiß schon, was in dem Karton ist. Sachen für ein Festessen, stimmt's? Wein, und gute Sachen zum Essen?»

Er nickte.

«Komm, laß mal sehen, laß uns auspacken!»

Victor schlug vor, sie könnten ja den Champagner trinken, während sie das täten.

«Meinst du nicht, wir sollten ihn aufheben, bis David nach Hause kommt? Du könntest doch an irgendeinem Tag in der nächsten Woche wiederkommen, und wir trinken ihn dann.»

«Aber mein Geburtstag ist *heute*», sagte Victor.

Sie kniete am Boden, und plötzlich blickte sie mit einem Lächeln zu ihm auf, das so freudig war und irgendwie so verschwörerisch – wie im Einverständnis mit seiner kindlich-trotzigen Antwort. Sie zog die Nase kraus. Ihm war wirklich nicht nach Lächeln zumute gewesen, aber jetzt brachte er eines zuwege. Die

Sachen, die aus dem Karton zum Vorschein kamen, verschlugen Clare den Atem.

«Das könnten wir doch sowieso nicht alles aufessen, bloß wir beide allein!»

Victor machte den Champagner auf. Sie hatte zwei Gläser bereitgestellt. Es war ihm nicht oft im Leben vergönnt gewesen, Champagnerflaschen zu öffnen, und wenn er es in der Vergangenheit doch einmal getan hatte, dann hatte es jedesmal eine Explosion gegeben, gefolgt von einer Überschwemmung. Aber diesmal ging die Aktion völlig glatt, und jeder der schäumenden Tropfen landete in Clares Glas.

«Kannst du all das Zeug kochen?» fragte er.

«Ich kann's versuchen. Die sehen so furchtbar rührend aus, diese Wachteln, so nach ‹Amsel, Drossel, Fink und Star ...›»

«Das wird ja anders durchs Kochen», meinte Victor.

«Muß es auch!» Clare hob das Glas. «Alles Gute zum Geburtstag, Victor!»

Er trank. Ihm fiel ihr entsetztes Gesicht wieder ein, das am Fenster erschienen war, als er an die Tür geklopft hatte, und es war plötzlich, als schäle sich eine Schicht seiner Paranoia von seinem Geist, denn auf einmal erkannte er darin etwas viel Naheliegenderes, etwas durchaus Verständliches.

«Wenn du heute abend lieber allein sein möchtest», sagte er, «wenn du lieber möchtest, daß ich gehe... Es würde mir nichts ausmachen, ganz bestimmt nicht.»

Sie streckte ihre Hand aus und legte sie auf seinen Arm. «Ich möchte, daß du dableibst.»

Kein Zweifel, sie meinte es ehrlich. Er war sich ihrer Berührung sehr deutlich bewußt, des Gewichtes jener kleinen braunen Hand, obwohl sie ganz leicht, fast schwebend auf seinem Ärmel lag. Er verspürte den seltsamen Wunsch, seinen Kopf hinunterzubeugen und seine Lippen darauf zu pressen. Sie nahm die Hand fort, lehnte sich zurück und lächelte ihn an.

«Natürlich möchte ich, daß du bleibst. Wir schulden dir eine Menge, Victor.»

Er starrte sie an, witterte Sarkasmus.

«Ich weiß, das klingt merkwürdig, wenn man bedenkt... Ja, schon, wenn du nicht gewesen wärst, dann wäre David erst gar nicht in diesen Zustand geraten, das ist natürlich wahr, aber wir sind eben in verschiedenen Lebensstadien auch verschiedene Menschen, findest du das nicht auch?»

Und ob er das fand! Er nickte leidenschaftlich und ballte die Hände zu Fäusten.

«Der Mann, der auf David geschossen hat, ist nicht der Mann, der jetzt hier bei mir ist, nicht der Mann, mit dem David sprechen kann und... irgendwie die Dinge zurechtrücken kann, sie einordnen. Und selbst jenen ersten Mann... David sieht ihn nicht mehr als Monster, als das Böse schlechthin, er fängt an zu verstehen. Victor, es hat eine Zeit gegeben, da dachte ich, David würde verrückt werden. Er bewegte sich auf einen totalen Zusammenbruch zu. Er konnte über die Sache mit dem Schuß einfach nicht sprechen, und er hätte darüber auch nicht schreiben können, und das ist auch der wahre Grund, weshalb nichts davon in seinem Buch steht. Nicht aus Mitleid mit dir, falls du das gedacht hast. Und dann bist du plötzlich aufgetaucht. Zuerst dachte er, du kämest, um ihn zu töten, und dann – glaub es oder glaub es nicht –, dann hätte er am liebsten *dich* getötet.»

Stumm hörte Victor zu, den Blick auf ihr Gesicht geheftet.

«Und dann fing er langsam an, dich zu mögen. Du hast etwas – ich muß das richtige Wort finden –, etwas Liebenswertes an dir. Hast du das gewußt? Ich glaube, es kommt daher, weil du sehr verwundbar wirkst.»

Vielleicht war es ja der Champagner, obgleich Victor das nicht glaubte, aber irgend etwas schien sich im Innern seines Körpers zu bewegen, zu zittern, sich zu entfalten. Ihre Worte wiederholten sich wie ein Echo in seinem inneren Ohr.

«Ja, etwas Liebenswertes», sagte sie. «Und ich weiß, David spürt das. Verzeih mir, wenn ich das sage, aber ich glaube nicht, daß er dir schon ganz und gar traut, nicht völlig, aber bedenke, wie sehr er verletzt worden ist. Er wird... er wird schon noch dahin kommen. Er wird am Ende wieder mit dem Leben zurechtkommen... durch dich.»

Victor war zumute, als habe sie ihm ein überwältigendes Geburtstagsgeschenk gemacht. Es gab nichts Materielles, mit dem sie ihm auch nur halb so viel Freude hätte bereiten können. Er hätte ihr das gerne gesagt, aber er war unfähig, solche Gedanken in Worten auszudrücken, sie blieben ihm im Halse stecken, und er brachte keine Silbe heraus.

Er packte die Essenssachen wieder in den Karton und trug ihn in die Küche. Der Regen floß an den Fenstern herunter, und der grüne, blumige Garten war nichts als ein flirrendes Zerrbild hinter dem überspülten Glas. Sie kam hinterher und brachte den Champagner mit. Sie nahm seine Hand und drückte sie.

«Clare», sagte er und hielt ihre Hand fest, «Clare!»

Sie beschlossen, die Wachteln nicht zu essen, sondern sie im Kühlschrank zu verwahren, bis David wieder daheim war. Clare kochte den Spargel, und sie aßen die Forelle und hinterher die Erdbeeren mit Schlagsahne. Sie aßen einfach am Küchentisch, und Victor genoß das Unkonventionelle daran, das rotweiß gewürfelte Tischtuch, das Clare über den Kiefernholztisch breitete, die rote Kerze in dem Leuchter aus Zinn, die man jetzt um acht bereits ruhig anzünden konnte, so winterlich dunkel machte der Regen den Theydon Manor Drive an diesem Abend.

Er erzählte ihr von der Wohnung, für die er bereits eine Vorauszahlung geleistet hatte. Und Clare sagte das, was sie in seinen Wunschträumen gesagt hatte, ohne daß er es recht geglaubt hatte:

«Da können wir ja bei dir vorbeikommen, wenn wir von unseren Spaziergängen kommen.»

Victor fragte: «Er ist jetzt wieder im Krankenhaus? Gibt es denn... ich meine, heißt das, es besteht eine Chance, daß man ihn heilt? Kann es mit ihm wieder besser werden?»

Sie hob die Schultern. «Wer weiß? Eines Tages vielleicht. Das ist eine Sache, über die ich nicht viel weiß. David weiß darüber alles, was man wissen kann, du mußt *ihn* danach fragen.» Sie lächelte über seinen zweifelnden Blick. «Ja, ich meine das ernst. Es würde ihm guttun, darüber zu reden. Aber eine echte Heilung? Gegenwärtig nicht, nicht beim derzeitigen Stand der... nun, der Wissenschaft. Sie experimentieren ein bißchen an ihm herum – mit seinem vollen Einverständnis natürlich, sogar auf seinen Wunsch. Darum ist er auch jetzt wieder dort. Aber es werden keine Wunder geschehen, Victor. Nicht etwa, daß ich morgen früh dort hinfahren und von einem Empfangskomitee freudestrahlender Ärzte empfangen würde, und mittendrin David, aufrecht gehend... Nein, bestenfalls bringen seine Reaktionen sie auf ein paar neue Ideen, wie sie weitermachen sollen.»

Er überlegte, ob ihr Hinweis auf den nächsten Morgen wohl ein Wink war, daß er jetzt gehen solle? Aber diese seine Überempfindlichkeit gehörte ja gerade zu den Symptomen jener Paranoia, von der er sich allmählich befreite. Sie hatte ihn ja gebeten zu bleiben, sie *wollte* ihn hier haben! Er half ihr beim Geschirrspülen, und dann öffnete er die Flasche italienischen Wein.

Es war merkwürdig, daß er bis jetzt keinerlei körperliches Verlangen nach ihr verspürt hatte. Er hatte oft daran zurückgedacht, wie sie ihn mit den Armen umschlungen hatte an jenem Nachmittag, als David ihm die Probeabzüge seines Buchs gezeigt hatte, und wie er auf ihre Umarmung reagiert hatte. Diese Art Verlangen nach einer Frau, das war etwas, das er kaum jemals empfunden hatte, seit Pauline ohnehin nicht mehr, und Pauline mit Clare zu vergleichen, das war die reine Travestie. Er hielt seine spontane körperliche Reaktion auf Clare an jenem Nachmittag für ein einmaliges Phänomen, interessant, auch sogar angenehm, aber doch etwas, das er vielleicht nie wieder empfinden würde. Als sie ihn vorhin berührt, als sie ihre Hand auf seinen Arm gelegt hatte und seine Hand drückte, da hatte er etwas empfunden, das weit entfernt war von körperlicher Begierde, etwas, das vielleicht geheimnisvoll verquickt war mit dem, was sie seine Verletzlichkeit nannte, seine Eigenschaft, liebenswert zu sein. Jetzt aber hatten sich die Dinge geändert, und während sie in der Küche herumhantierten, wurde er sich seiner veränderten Empfindungen bewußt, seiner veränderten Beziehung zu ihr. Er wollte, sie sollte ihn wieder umarmen.

Sie blies die Kerze aus, und sie gingen ins Wohnzimmer. Dort stand der Fernseher, und er dachte, nun würden sie sich davorsetzen. In seiner Vorstellung war Fernsehen zu etwas geworden, was man eben abends tat, was jedermann selbstverständlich tat, zu einer Art Lebensinhalt. Clare legte statt dessen eine Platte auf. Es war die Art Musik, von der er sich immer eingeredet hatte, er möge sie nicht, sie klänge alt und fremdartig, historische Musik, gespielt auf Instrumenten, die heute keiner mehr benutzte. Sie reichte ihm die Plattenhülle zum Lesen, und er sah, daß es eine Suite für Clavicembalo von Purcell war. Die kalte Süße der Musik ergoß sich ins Zimmer, und seine innere Zufriedenheit ging ihm darin verloren; an ihrer Stelle erfüllte ihn Traurigkeit, Elend beinahe, und ein Gefühl des Überflüssigseins, der Einsamkeit.

Unvermittelt fragte er: «Kann ich das Bild von dir haben?»

«Was haben? Du? Du meinst – das Bild da in dem Rahmen haben?»

Er nickte. Und dann fiel es ihm wieder ein. «Ich hab etwas für dich. Ich meine, noch etwas. Das hab ich beinahe vergessen.»

Er hatte den Umschlag, in dem seine Fotografie steckte, auf dem Beifahrersitz des Wagens liegengelassen. Jetzt holte er ihn, schloß aber die Tür nicht wieder ab, denn er würde ja sowieso bald gehen. Der Regen hatte aufgehört, und die Luft war bläulich kalt und sehr klar. Ein weißer Mond war aufgegangen, umgeben von einem Hof, und am Horizont war das gelbe Band der Schnellstraße zu sehen, deren Licht einen hellen Schimmer in den dunklen Himmel warf. Sie stand auf, als er wieder hereinkam, und nahm ihm die Fotografie aus der Hand. Die Musik war jetzt anders, war wärmer, fast wie ein Tanz klang sie, wenn auch noch immer aus ferner Vergangenheit.

«Hast du das extra machen lassen?»

So ausgedrückt, klang es, als sei er nicht ganz bei Trost. Er nickte.

«Ach, dank dir», sagte sie. «Das Bild von mir dort kannst du nicht haben, es gehört David, aber ich gebe dir ein anderes.»

Er sah ihr zu, wie sie im Schreibschrank herumsuchte. Ein Gedanke nahm in ihm Gestalt an und verfestigte sich zur unbeirrbaren Überzeugung: Er *konnte* heute abend nicht mehr nach Hause fahren, das ginge irgendwie über seine Kräfte. Die Einsamkeit würde neben ihm sitzen und ihn überwältigen, ihn fertigmachen. Wie ein gewalttätiger Anhalter würde sie über ihn herfallen, ihn bezwingen und ihn wie tot auf der Strecke lassen. Er konnte ihr einfach irgendwelche Lügen erzählen, dachte er, von wegen, der Wagen spränge nicht an oder sonstwas – jeder Vorwand war ihm recht, wenn er nur hierbleiben konnte.

Möglich, daß sie seine Gedanken las, denn ohne den Kopf zu wenden, meinte sie: «Es ist spät, Victor. Warum bleibst du nicht einfach über Nacht hier? Ich muß morgen sehr früh losfahren, aber das wird dich nicht stören.» Sie lachte und wandte sich in ihrem Sessel um. «Um die Wahrheit zu sagen, ich bin in diesem Haus nicht besonders gern allein. Pauline hat hier bei mir gewohnt, aber jetzt ist ihr Mann von einer Reise zurück, und sie mußte gehen.»

Er bemühte sich, beiläufig zu klingen, lässig, als ob er es sei, der ihr einen Gefallen täte. «Könnte ich machen. Kein Problem.»

Das Bild, das sie ihm gab, war anders als das in dem Rahmen, viel früher aufgenommen, eine junge, fast kindliche Clare. Er saß da und betrachtete es unverwandt, starrte es so ungeniert an, wie er es bei einer lebendigen Frau nie gewagt hätte. Sie würde ihm das Gästezimmer geben, wo Pauline geschlafen hatte, sagte sie. Davids Zimmer war so voller persönlichem Kram und der ganzen speziellen Behindertenausstattung. Ihre Stimme hatte einen seltsam angestrengten Unterton bekommen, stellte er fest. Sie hatte eine ziemliche Menge Wein getrunken, viel mehr, soweit er sich erinnerte, als sie sich sonst erlaubt hatte bei den Mahlzeiten, die er mit ihr gemeinsam gegessen hatte. Ihre Wangen waren hektisch gerötet, und ihre Augen wirkten sehr groß. Wenn sie mir gute Nacht sagt, wird sie mich wieder küssen, dachte er.

Und doch hatte er nur einen Wunsch – diese Trennung hinauszuzögern. Er blickte sie stumm an, unverwandt, so wie er ihr Bild angestarrt hatte. Sie hatte die ganze Zeit geredet, höchst konventionell, über ihre Fahrt morgen, diese lange Fahrt über Land, und er war darauf eingegangen, hatte ihr Fragen gestellt über die Route, hatte ihr angeboten, sie selbst hinzufahren – ein Angebot, das abgelehnt wurde –, und die ganze Zeit hingen seine Blicke an ihrem Gesicht mit einem Verlangen, das sich so steigerte, bis es nahezu als körperliche Ausstrahlung spürbar sein mußte. Und zugleich spürte er auch bei ihr diese Ausstrahlung. Zuerst dachte er, das müsse Einbildung sein, aber er irrte sich nicht, er konnte sich nicht irren. Ihm fiel ein, daß sie gesagt hatte, er sei liebenswert... Innerlich zitterte er, obwohl sein Körper und seine Hände ruhig blieben. Seine Gefühle waren ganz anders als neulich, als sie ihn umarmt hatte – viel verworrener, viel zarter, weniger habgierig.

Genau dieses Wort münzte er auf sich, und es ließ ihn schaudern. Plötzlich fragte er barsch: «Was weißt du über mich? Über meine Vergangenheit? Was hat David dir erzählt?»

Sie sagte ruhig: «Daß du in einem Haus warst mit einem Mädchen, einer Art Geisel, und David mußte hineingehen und sie retten, und du hast auf ihn geschossen. Müssen wir jetzt darüber sprechen?»

«Ist das alles?»

«Ich glaube, ja.» Sie stand auf, und er erhob sich ebenfalls. Sie blieb stehen und blickte ihn an, stand einfach da und ließ die Hände hängen. «Es ist spät. Darüber müssen wir heute abend nicht reden.»

Dieser hungrige, unruhige Ausdruck auf ihrem Gesicht, den er nicht zu deuten wußte! Er hatte ihn vorher noch nie bei einer Frau gesehen. Er hatte noch nie eine Frau in seine Arme genommen, die

Hand um ihren Kopf gelegt, ihr Gesicht an seins herangezogen und ihre Lippen geküßt. Dies war sein neununddreißigster Geburtstag, und noch nie hatte er annähernd so etwas getan. Die Gefühle, die es in ihm auslöste, waren neu und unerwartet, ungeheuerlich, überwältigend, und trotzdem nicht auf schnelle, sofortige Sättigung ausgerichtet.

Sie erwiderte seinen Kuß ganz anders als beim letztenmal. Er spürte, sie war genauso sinnlich wie er. Ihr Kuß nahm seinen ganzen Mund in Besitz, und ihr Körper schmiegte seine Rundungen gegen seine harten Muskeln und seine verletzlichen Nerven. Und dann entwand sie sich ihm, blieb einen Moment stehen, blickte ihn an mit einer Art Entsetzen, einen Handrücken gegen die Lippen gelegt. Verwirrung verschlug ihm die Sprache, machte ihn ratlos. In diesen Dingen besaß er keine Erfahrung. Sie verließ das Zimmer, und als er ihr nachging, war sie verschwunden. Die Diele war leer. Er blickte in die Küche, aber dort war niemand, bloß die kleine Hündin Sally lag zusammengerollt in ihrem Korb. Er löschte die Lampen und ging die Treppe hinauf, an deren Geländer die Gleitschiene für Davids Rollstuhl entlanglief.

Oben kannte er sich mit den Räumen nicht aus. Er wußte nicht, wohin er gehen sollte, und geriet versehentlich in Davids Zimmer. Geigen in verschiedenen Stadien ihres Entstehens, eine ganz und gar fertig, lagen auf einem Holzbett. Ein großer Rundbogen führte in einen Duschraum, groß genug, um mit dem Rollstuhl unter die Wasserdüsen zu kommen. Er kehrte um. Sein Herz klopfte schmerzhaft, und beinahe wünschte er, er wäre nach Hause gefahren, selbst bei dem kalten Mondlicht, selbst mit der Einsamkeit als Beifahrerin. Das Haus war still. Durch ein Flurfenster konnte er den goldenen Faden der Schnellstraße sehen, der sich über Ebenen und Hügel spannte.

Er sog tief den Atem ein und öffnete eine Tür. Und da sah er sie nackt auf ihrem Bett sitzen. Sie blickte zu ihm auf und streckte ihm ohne ein Lächeln die Arme entgegen.

14

In der Nacht wachten sie beide zur gleichen Zeit auf. Victor erwachte und merkte, daß sie eng umschlungen geschlafen hatten, und jetzt bewegten sich ihre Lider, und ihre Augen öffneten sich. Er konnte sich nicht erinnern, daß er das Licht ausgemacht hatte, aber er mußte es wohl getan haben, denn jetzt sah er ihr Gesicht im weißen Mondlicht. Ihre Brüste waren sehr voll und weich, und er hielt sie in seinen Händen – auch etwas, das er bis zu dieser Nacht noch nie getan hatte. Früher war der ‹Liebesakt› für ihn immer ein Angriff gewesen und ein hastiges Pumpen, eine explosive Erleichterung, ein Stöhnen, ein Wegrollen. Und das nicht nur bei den Frauen, die er überfallen hatte – das war noch wieder etwas anderes, etwas, das noch weniger mit Liebe oder auch mit Sex zu tun hatte –, sondern bei Pauline, die ihn immer irgendwie frustriert, die ihn so weit gebracht hatte, daß er ihren Körper wie ein Loch mit ein bißchen Fleisch drumherum traktierte. Aber Clare mußte ihm die Liebe nicht erst beibringen – das hätte er sich auch von einer Frau, von jeder Frau, ungern gefallen lassen –, bei Clare geschahen Liebe und Zärtlichkeit ganz einfach und natürlich. Wie von selbst erforschten seine Hände ihren Körper, seine sensiblen Fingerspitzen, seine Zunge und seine streichelnden Lippen unter murmelndem Flüstern... Nie hätte er sich vorstellen können, was ihm als Belohnung zuteil wurde, ihr Nachgeben und Schmelzen unter seinen Berührungen, wie sie ihn einhüllte in ihren Körper und ihn empfing mit einer Art süßen, liebenden Dankbarkeit.

Sie war keine aktive Frau, nicht die Sorte, über die er in seinen Zeitschriften so viel las. Ein konvulsivisches Zucken der Gliedmaßen, ein Manipulieren seines Fleisches, ein Reiten, triumphierende Schreie, das hätte er nicht ertragen, damit wäre er nicht fertig geworden, wie überhaupt mit jeglicher fordernden Initiative. Leichthin, in träumerischer Reserve, die Gedanken nicht auf die Erfüllung des Augenblicks, sondern auf ein Leben voller geläuterter Genüsse gerichtet, hielt er seinen Höhepunkt zurück, bis er fühlte, wie sich der Druck ihrer Hände auf seinem Rücken verstärkte, bis ihre Lippen an seinem Mund stammelten: «Jetzt!» Am Abend zuvor war es nicht ganz so gewesen, nicht ganz so perfekt, weder für sie noch für ihn, nicht diese weltbewegende Gemeinsamkeit. Jahre der Verzweiflung und der Verworrenheit schlichen sich davon. Sein Körper füllte sich mit Licht, und er wußte, daß genau das gleiche auch ihr geschehen war, das Blut in ihren Venen hatte sich verändert, hatte sich aufgeladen.

«Ich liebe dich», sagte er. Ungewohnte Worte, Worte, die er gelesen hatte – sie aber jemals auszusprechen, das war ihm nie in den Sinn gekommen.

Als er wieder erwachte, war sie fort. Die Vorhänge waren zurückgezogen, und es war ein weißlichgrauer Morgen, der Himmel verhangen. Eine weiße Rose des Kletterstrauches am Haus, blasser als die Wolken, blickte aus dem Rahmen eines Fensterflügels. Clare kam herein, fertig angezogen. Sie brachte ihm Tee, setzte sich auf die Bettkante, gekleidet wie eine tüchtige Sekretärin, mit grauem Flanellkostüm und einer roten Bluse mit Schleife. Sie küßte ihn und entzog sich lächelnd, als er versuchte, sie in seine Arme zu nehmen.

«Laß mich dich hinfahren. Ich stehe auf und fahre dich hin.»

«Nein, Victor. Ich muß David alleine abholen. Das mußt du einsehen.»

Natürlich sah er es ein. Er sah ihrem Gesicht sehr genau an, was sie dachte. Nichts änderte ihre Zuneigung für David, ihre Loyalität ihm gegenüber, so wie ja auch Victors Loyalität ihm gegenüber unveränderlich war. Sie hatte ein Versprechen gegeben, und sie mußte es halten. Schließlich *war* sie in gewisser Weise Davids Sekretärin, war seine Krankenpflegerin oder eine liebevolle Schwester.

«Dann stehe ich auf und verdrücke mich», meinte er. «Ich fahre nach Hause.»

Sie nickte. «Wir sehen uns bald. Ich rufe dich an.»

«Ich würde David gern wiedersehen, weißt du.»

Sie schien überrascht. «Ja, ja natürlich.»

Er hörte aus der Garage direkt unter seinem Bett den Landrover herausfahren. Er hörte ihn abfahren, hörte das Schalten der Kupplung, die Pause, als die größere Straße erreicht war.

Als er nichts mehr hören konnte, stand er auf, zog sich an, räumte auf, spülte ihre Tassen und ihren Frühstücksteller und die Teekanne. Essen mochte er nichts, er brauchte kein Frühstück. Im Wohnzimmer fand er das Foto von ihr, das sie ihm geschenkt hatte. Clare, sagte er zu dem Bild, Clare. Er betrachtete es versunken, setzte sich in den Sessel, hielt das Bild vor sich und blickte es unverwandt an. Warum hatte er während all dieser Wochen nicht begriffen, daß er in sie verliebt war? Weil es ihm vorher noch nie passiert war. Jetzt auf einmal verstand er das ausschließliche Bedürfnis seiner Eltern nach der ausschließlichen Gesellschaft des anderen, und er fragte sich, wie er so blind und verbohrt hatte sein können.

Er schob die Fotografie in den Umschlag, in dem sein eigenes Bild gewesen war. Sein eigenes Foto ließ er auf dem Tisch liegen. Ursprünglich hatte er, wie es berühmte Leute machen, quer über eine Ecke eine Widmung für die beiden schreiben und es mit seinem Namen signieren wollen. Aber jetzt konnte er das nicht mehr tun, also ließ er es bleiben.

Es war noch nicht einmal acht Uhr. Er ging zu seinem Wagen hinaus und hörte ein schweres Brummen, wie von einem Flugzeug. Es war die Schnellstraße unter dem dichten morgendlichen Verkehr. Die Erfordernisse des Tages, die Pressionen des Alltags stellten sich wieder ein, das gewöhnliche Leben hatte ihn wieder. Heute morgen sollte er den Wagen wieder abliefern, aber es bestand gar keine Aussicht, ihn bis neun Uhr zurückzugeben. Er würde für einen weiteren Tag zahlen müssen. Dann mußte er auch Mrs. Griffith Bescheid geben, daß er auszog, und vielleicht sollte er es auch Tom oder Judy mitteilen. An all diese Dinge dachte er, aber dann wurden sie beiseite geschoben durch Clare, durch ihr Bild, die Erinnerung an ihre Stimme. Sein Kopf war voll von Clare, während er nach Acton zurückfuhr, sein Körper bisweilen erregt, wenn er an den Anblick dieser Frau dachte. Er wagte gar nicht, zu intensiv daran zu denken, wie sie nackt ausgesehen hatte, oder sich der Dinge zu erinnern, die sie gemeinsam getrieben hatten. Allein der Gedanke, wie sie im Mondlicht ihre Augen geöffnet hatte, ließ ihn zittern und jagte ihm einen Schauer den ganzen Rücken hinunter.

Und was nun? Sie hatten nicht davon gesprochen, ob sie es David erzählen wollten, obwohl Clare zugestimmt hatte, als Victor sagte, er würde David gern wiedersehen, und sie hatte doch gewiß verstanden, was er damit andeuten wollte. David würde wahrscheinlich verstehen, was geschehen war; womöglich war er sogar erfreut. Denn schließlich – mochte er auch an Clare hängen, mochte er sein Haus mit ihr teilen, mochte er in so vieler Hinsicht von ihr abhängen –, er konnte nicht ihr Liebhaber sein, konnte ihr niemals das geben, was Victor ihr in der letzten Nacht gegeben hatte. Wenn David wirklich so an ihr hing, dann würde er auch wollen, daß sie ein Liebesleben hatte, und dann wäre er wahrscheinlich froh, daß es mit jemandem wie Victor geschah, der sie wahrhaft liebte und schätzte und ihr von Herzen zugetan war.

Victor brachte den Wagen zurück, und weil es erst zehn nach neun war, berechneten sie ihm keinen Tag extra. Er ging zu Fuß in die Tolleshunt Avenue zurück, und er fühlte sich stark und fit und jung, obwohl er gestern neununddreißig Jahre alt geworden war und nahezu zwei Flaschen Wein getrunken hatte. Oben in seinem Zimmer setzte er sich in den Rollstuhl und versuchte sich vorzustellen, wie es sein mußte, in Davids Haut zu stecken, nur von der Taille aufwärts lebendig zu sein, fähig, zu denken und zu sprechen und zu essen und zu trinken und den Rollstuhl zu bewegen, aber sonst zu nicht viel mehr. Allerdings, wenn er ‹es› nicht konnte, weil die Nerven – oder was immer es dort unten sonst war – tot waren, dann kam es drauf an, ob er es überhaupt noch *wollen* konnte? Von sich selbst wußte Victor, er *wollte* es, denn er kriegte eine Erektion, sobald er bloß in dieser Hinsicht an Clare dachte. Auch jetzt wieder, hier im Rollstuhl sitzend, war er erigiert, eine steile Ausbuchtung unter der braunkarierten Decke, die er sich über die Knie gelegt hatte. Wie lächerlich und grotesk! Er sprang aus dem Rollstuhl und warf sich bäuchlings auf das Bett, mit dem Gesicht nach unten. Aber das Bett rief ihm ihren Körper in Erinnerung, und unversehens schüttelte ihn heftiges, schmerzhaftes Verlangen, daß sie da wäre, hier und jetzt – schmerzlich, weil für heute wenig Aussicht darauf bestand. Oder vielleicht doch? Wann war sie wohl wieder zu Hause? Wann würde sie ihn anrufen? Er malte sich aus, wie sie durch das junigrüne England fuhr, die Autobahnen entlang, auf schmalen, gewundenen Landstraßen durch die Dörfer, und sicherlich dachte sie genauso an ihn wie er an sie – ein goldhäutiges Mädchen mit blaßgoldenem Haar, in Sekretärinnenkostüm und roter Bluse mit Schleife.

Er zwang sich, aufzustehen, setzte sich an den Tisch mit dem von Zigarettenbrandstellen verunzierten Bambusrahmen und schrieb an Mrs. Griffith. Er gestand ihr nur eine Kündigungsfrist von einer Woche zu. Sie würde dabei nichts verlieren, denn das Sozialamt bezahlte sie ja. Er rechnete sich aus, daß Clare jetzt ungefähr dort angekommen sein mußte, aber als unten das Telefon klingelte, da dachte er, er müsse sich verrechnet haben und sie sei bereits wieder zu Hause. Und kaum zu Hause, rief sie ihn schon an! Er rannte die Treppe hinunter und griff nach dem Hörer. Eine Frauenstimme fragte, ob dort Curry sei. Eine falsche Nummer. Es war wohl besser, wegzugehen als hier herumzusitzen und auf das Telefon zu warten. Aber er wußte, er würde nicht weggehen.

All seine Gedanken kreisten um sie, und er machte Pläne, was sie machen würden, wo sie leben würden. Eine Weile vermutlich in der neuen Wohnung. Er mußte jetzt unbedingt Arbeit haben, mußte das Autoverleihunternehmen aufmachen, das er erwogen hatte. Ob sie ihn... ob sie ihn eines Tages heiraten würde?

Auch wenn es auf Geist und Körper eine geradezu selbstzerstörerische Wirkung hatte, auch wenn es ihm körperliche Qualen verursachte, wie er sie nie zuvor gekannt, er konnte nicht anders, er mußte immer daran denken, wie ihr Körper dem seinen geantwortet hatte, mit einer so süßen Hemmungslosigkeit, mit Erleichterung fast, als ob es etwas sei, wonach sie sich seit langer Zeit schmerzlich gesehnt hätte. Sie hatte sich ihm hingegeben – ein altmodischer Ausdruck, den er früher einmal von seiner Mutter gehört hatte, wenn auch im abträglichen Sinne: ‹Sie hat sich ihm hingegeben, und natürlich hat sie es bereut!› Clare, da war er ganz sicher, würde es nie bereuen. Und es war ja wirklich wahr – sie hatte sich ihm hingegeben, sie hatte ein jubelndes Geschenk der Liebe daraus gemacht, das zu empfangen reines Glück war. Er liebte sie, und sie liebte ihn. Hinter alledem steckte eine zwingende Folgerichtigkeit, die an dem Tag begonnen hatte, als er den Namen Theydon Bois auf dem Stationsschild gelesen und dann seine Suche nach David begonnen hatte. Ein glücklicher Tag auch für Clare, denn sie war gerettet worden aus einem Leben, das kein Leben war für jemanden, der so jung und so bezaubernd war wie sie, so sehr dazu geschaffen, Liebe zu geben.

Am Abend rief sie an. Es war sehr spät, gegen zehn, und er hatte schon alle Hoffnung aufgegeben, noch an diesem Tag von ihr zu hören. In gewisser Weise hatte er gar nicht fest damit gerechnet, von ihr zu hören, deshalb war er weder unglücklich noch besorgt. Aber nun die Telefonklingel und dann ihre Stimme – das war eine unverhoffte Zugabe.

«Victor? Hier ist Clare. David schläft, er hatte einen anstrengenden Tag.»

«Wann kann ich dich sehen?»

«David hat nach dir gefragt. Er meinte, ob's dir wohl recht sei, am Samstag zu kommen.»

«Ich meine, wann kann ich dich sehen?»

Sie schwieg und dachte wohl nach. Langsam begriff er, daß es Schwierigkeiten geben könnte. Zu Anfang mindestens würde es Schwierigkeiten geben. Nein, natürlich würde nicht von Anfang an alles reibungslos gehen.

«Ich nehme an, du hast ihm nichts gesagt, oder?»

«Gesagt?»

«Ich meine, ihm erzählt...»

«Nein, Victor, ich habe es ihm nicht erzählt.» Er sah ihr Gesicht so deutlich vor sich, als sei es ein Telefon mit einem Monitor. Es schwamm in der Dunkelheit der Diele wie ein Geistergesicht, ein schönes Gespinst auf seiner Netzhaut. Auf der Unterseite der Stufen war ihr Name geschrieben: Clare.

«Möchtest du mich noch vor Samstag sehen?»

«Natürlich möchte ich. Du mich nicht?»

«Doch.»

Sein Herz, das urplötzlich schon von schrecklichen Zweifeln und grundlosen Ängsten geplagt wurde, sprang vor Freude. Er konnte nicht singen, hatte es kaum jemals probiert, aber jetzt hätte er am liebsten lauthals gesungen. Die Tenöre in der Oper, röhrend vor Liebe und Glück, vor Trauer und Tragik, jetzt konnte er sie verstehen!

«Wann, Clare?»

«Nicht morgen. Da kann ich nicht. Mittwoch, nach der Arbeit, um halb sechs in Epping. Kannst du das einrichten, Victor?»

Er hätte auch Mittwoch halb sechs in Marrakesch einrichten können!

«Nicht in einem Pub. Dazu wäre es ohnehin zu früh. Im Bell Park, da können wir uns treffen, Victor. Ich parke den Landrover in der Hennal Street, gleich um die Ecke von der High Street, am Ende des Parks.»

«Ich liebe dich», sagte er.

Es war ein gräßlicher Traum, den er in der Nacht hatte – unerklärlich, unnötig, sagte er sich. Warum war es nötig, daß er von solchem Alptraum heimgesucht wurde? Sicher, was immer die Psychologen auch behaupten mochten, Träume hatten mit dem zu tun, was einem am Tag davor passiert war. Und an diesem Tag hatte im *Standard*, den er sich zusammen mit *Reader's Digest* und *Punch* und *TV Times* gekauft hatte, ein Artikel gestanden, der, obgleich ziemlich versteckt, Victor ins Auge gesprungen war. Alles, was mit Vergewaltigung zu tun hatte, tat das immer, auch wenn es ihn nicht mehr betraf. Darin hieß es, der Mann, den man den ‹roten Fuchs› nannte – weil er rote Haare hatte oder ein rotes Gesicht? –, jener, der eine siebzigjährige Frau in Watford vergewaltigt hatte, habe jetzt ein ähnliches Verbrechen an einem halbwüchsigen Mädchen in St. Albans begangen. Woher wußten sie, daß es der gleiche Mann gewesen war? Aufgrund der Beschreibungen, die die Frauen von ihm gegeben hatten?

Victor dachte nicht weiter darüber nach. Wenigstens glaubte er, es nicht zu tun. Aber wer wußte schon, was im Unterbewußtsein vor sich ging? Wenn man es wüßte, wäre es nicht mehr unbewußt, und da lag der Haken. Bevor er einschlief, las er in *Reader's Digest* einen Artikel über das Unterbewußtsein. Und dann, sehr bald nach dem Einschlafen anscheinend, hatte er diesen Traum. Keine Straße diesmal und keine Häuser. Er saß im Rollstuhl, war unterwegs für den Abend, und er fuhr durch einen Naturpark, in welchem Gehölze und Lichtungen abwechselten. Einmal kam er an eine Brücke, die über einen Strom führte. Es war eine schmale Brücke aus Holzplanken, wackelig und gebrechlich, mit Handläufen zu beiden Seiten, die aus Seilen bestanden. Ein Mann am anderen Ende der Brücke, eine Art Brückenwärter, kam herüber, um Victor zu helfen. Er ging rückwärts und zog den Rollstuhl, und er riet Victor, die Augen zuzumachen und nicht in den Abgrund hinunterzublikken. Victor dankte ihm und fuhr weiter auf dem Weg, der jetzt in eines der dunklen Wäldchen hineinführte. Eine Frau wandelte unter den Bäumen. Sie trug einen langen Staubmantel oder Regenmantel aus schwarzer Seide und über dem Kopf einen bestickten schwarzen Schleier wie eine Mantilla.

Als sie Victor herankommen sah, wandte sie sich um und blickte ihn an. Sie stand da in einer Haltung des Mitleids, warmherzigen Mitfühlens, die Hände vor der Brust zusammengelegt. Victor sprang aus dem Rollstuhl, rannte auf sie zu, umschlang sie mit den Armen, warf sie zu Boden und zerrte an ihren Kleidern. Sie trug unzählige Unterröcke, Schichten und Schichten steifer Spitzenunterröcke, und er mühte sich verzweifelt, sie ihr herunterzureißen, er vergrub seine Hände in dem gestärkten, knisternden Stoff, er vergrub sein Gesicht, seine Nase wie ein schnüffelndes Schwein ... Aber darunter war nichts, rein gar nichts, kein Fleisch, nur ein Kleiderständer aus hölzernen Stäben. Er riß alle Kleider herunter, einen ganzen Schrank voll, und auch den Schleier, aber es war nicht nur ein Schleier, es waren zwei, drei, ein Dutzend, ein Ballen seidiger, staubschwarzer Gaze, und unten drunter, ganz unten, unter der letzten durchschimmernden Schicht, lag das Foto von Clare, und ihre Augen blickten ihn an.

Alpträume verblassen schnell. Wen hat schon ein böser Traum länger als ein, zwei Stunden nach dem Erwachen bedrängt? Ebensowenig konnte ihm der Traum seine Freude an Clares Foto verderben. Er nahm es mit hinunter in die Acton High Street und fand drei oder vier Häuser von Jupps Laden entfernt ein Rahmengeschäft. Dort sagte man ihm, das könne sofort erledigt werden, und Victor wählte einen ovalen Rahmen aus nußbaumfarbenem Holz, vielleicht sogar aus echtem Nußbaum. In Jupps Schaufenster lag zwischen dem viktorianischen Krimskrams und den Schmuckstücken ein goldenes Medaillon in Herzform mit einer zarten Gravur aus Blumen und Blättern. Das hätte er nur zu gern gekauft, er wäre am liebsten sofort hineingegangen und hätte es für Clare gekauft, selbst wenn das bedeutete, noch mehr Geld in Jupps Taschen zu stopfen. Aber als er dann wirklich die Tür einen Spaltbreit öffnete und die Ladenglocke zu scheppern begann, da sah er, daß an dem braunen Samtsofa jetzt ein Schild befestigt war, auf dem in roten Lettern stand: VERKAUFT. Jupp kam kaugummikauend hinter dem Vorhang hervor, und da machte Victor auf dem Absatz kehrt. Nein, er würde anderswo ein Geschenk für Clare kaufen! Goldene Medaillons, überhaupt alles mögliche aus Gold gab es schließlich haufenweise in Londons Trödelläden.

Es war Pech, daß er nicht denselben Wagen wiederbekommen konnte, aber als er zur Autovermietung kam, da hatten sie dort nur noch einen kleinen Nissan Transporter, das war alles, was verfügbar war. Der rote Escort war vermietet. Allmählich wurde ihm auch das Geld wieder knapp, und nachdem er für Clare ein Geschenk gekauft hatte, wurde es Zeit, wieder mal ‹zur Bank› zu gehen. Die Abneigungen gegen all seine Manipulationen und Transaktionen bedrückten ihn immer stärker. Er wollte Clare nicht länger belügen, daß er ein Auto besäße, er wollte ihr nichts mehr vormachen über die Herkunft seines Geldes. Die Vorstellung, sie könne von seinen Raubzügen in Muriels Haus erfahren, war entsetzlich, denn er ahnte, daß die Rechtfertigungen, die er sich selbst gegenüber gelten ließ, bei ihr nicht verfangen würden. «Es ist ja schließlich nicht so, als wärst du wegen Diebstahls ins Gefängnis gekommen», hatte sie gesagt. In seinem Geiste nahm langsam eine vage Zukunftsvision Gestalt an: Clare würde ihn aus seiner Vergangenheit emporziehen, so wie allein schon ihre Bekanntschaft ihn von Zorn, Panik und Gewalttätigkeit erlöst hatte.

Versehentlich geriet er in einen Zug, der nur bis Debden fuhr, also würde er dort aussteigen und auf einen Zug nach Epping warten müssen. Es war ein warmer, schwüler Tag mit weißem Himmel, und die Luft war voller Fliegen. Eine dicke Schmeißfliege flog brummend gegen das Wagenfenster in dem Versuch, nach draußen zu kommen, der Sonne entgegen. In einem Magazin hatte Victor mal in einem Artikel gelesen, daß Insekten bei ihrem Bemühen, den Weg in die Freiheit oder nach Hause zu finden, sich stets nach der Sonne richten. Er war heilfroh, als er rauskam, fort von dem panischen Summen.

Aus irgendeinem Grund bildete er sich ein, Clare würde ihn gern genauso gekleidet sehen, wie er an seinem Geburtstag gewesen war, dem Tag, der seinem Bewußtsein für alle Zukunft als der Tag eingebrannt war, an dem sie sich gefunden hatten. Er trug also wieder seine dunkelblaue Cordhose und dasselbe dunkelblaue T-Shirt. Aber für die Steppjacke war es zu warm, also trug er sie über die Schulter gehängt. Manchmal erblickte er sich in der Spiegelung der Fenster, und dann fiel ihm auf, wieviel jünger er aussah seit seiner Entlassung aus dem Gefängnis, wieviel Gewicht er wieder verloren, und wie sein gutes Aussehen, auf das er früher so stolz gewesen war, sich wieder eingestellt hatte. Kein Zweifel, er sah jetzt um Jahre jünger aus als der arme David mit seinen Hängebacken und seinem Paar nutzloser Eier. Während der Zugfahrt hatte er über David nachgedacht, und ihm war klargeworden, daß es auch noch eine andere Möglichkeit gab, wie er reagieren konnte: Er konnte womöglich auch bitter und neidisch sein, er konnte sogar behaupten, erst habe Victor sein Leben ruiniert und jetzt setze er dem Unrecht die Krone auf, indem er ihm sein Mädchen wegnähme. Mit Unbehagen entsann sich Victor, daß Clare gesagt hatte, David möge ihn zwar, aber er sei noch nicht so weit, ihm völlig zu vertrauen – bis jetzt jedenfalls.

Ein Zug fuhr ein. Es war nicht der Pendelservice, sondern ein durchgehender Zug von London, der bis nach Epping fuhr. Victor stieg in einen leeren Wagen ein, den zweiten von hinten. Die Türen fingen eben an, sich zu schließen, da zwängte sich im letzten Moment die verrückte alte Frau hinein, einen zugedeckten Korb vor sich haltend.

Sie setzte den Korb auf den Fußboden zwischen die langen Sitzreihen, aber anstatt sich selbst hinzusetzen, ging sie im Wagen auf und ab und öffnete die Fenster. Victor betrachtete den Korb, der mit einem Stück zerschlissenem Frottee zugedeckt war, welches sich ganz deutlich langsam hob und senkte, eine Wellenbewegung, als ob eine lebende Kultur darunter am Werk war. Es waren die gleichen unregelmäßigen Regungen, die beim letztenmal die Tragetasche in Bewegung gesetzt hatten. Victor brachte es nicht fertig, den Blick davon abzuwenden. Aber keine Kultur, kein Hefepilz oder sonstige Zellengewächse konnten sich mit solcher Heftigkeit bewegen. Es war eher, als hielte sie ein paar Schlangen in dem Korb verborgen.

Der Zug fuhr in die Station Theydon Bois ein, und Victor stand auf, um in den nächsten Wagen umzusteigen. Aber die alte Frau hinderte ihn am Aussteigen – obwohl sicherlich nicht absichtlich –, denn sie stand in der offenen Tür, die Arme in den fadenscheinigen roten Baumwollärmeln weit ausgebreitet, um sie offenzuhalten, und sie rief in einem Tonfall, der einem Indianersingsang ähnelte: «Vorsicht beim Schließen der Türen – Vorsicht beim Schließen der Türen!»

Er setzte sich wieder hin, denn es war zu spät, die andere Tür zu erreichen. Was sollte es schließlich auch? Sie konnte ihm ja nichts tun, und in zwei, drei Minuten waren sie ohnehin in Epping. Er versuchte, die Zeitschrift *Essex Countryside* zu lesen. Sie kniete jetzt auf einem der Sitze unten am anderen Ende und kritzelte mit starrer, winziger Schrift etwas auf eine Reklame für ein Mundwasser. Victors Blick wanderte wieder zu dem verdeckten Korb. Jetzt herrschte unter dem grünen Handtuch keine Bewegung mehr, und es hätten ebensogut Eier sein können oder ein paar Kohlköpfe, die sie darin beförderte.

Aber warum deckte sie es dann mit einem Handtuch zu? Vielleicht gab es für die Handlungen Schwachsinniger keine Erklärungen. Er las ein paar Zeilen über Moriskentänzer in Thaxted, dann blickte er, weil er seine Augen nicht beherrschen konnte, wieder auf den Korb hinunter. Wenn es nun *das* war, was er fürchtete, dort unter dem Handtuch, wenn es nun zum Vorschein kam oder auch nur ein Teil davon – was würde er tun, was würde ihm passieren? In diesem hermetisch geschlossenen Raum, aus dem es kein Entrinnen gab, eingesperrt zu sein mit dem Objekt seiner Phobie und auch noch auf Gnade und Ungnade dieser alten Kreatur ausgeliefert zu sein... wenn sie das erst einmal kapiert hätte – das war der Stoff, aus dem seine schlimmsten Alpträume waren! Denn kapieren würde sie es, sobald sie seine Reaktion sah, da half keine Selbstkontrolle mehr. Am ganzen Körper brach ihm der Schweiß aus, und er stand auf. Seine Augen waren starr auf den Korb gerichtet, aber aus dem rechten Augenwinkel konnte er sie dort knien sehen. Und sie sah ihn an.

Das Handtuch bewegte sich und rutschte weg. Er stieß einen unwillkürlichen Schrei aus. Es war die pelzige Schnauze eines Meerschweinchens, die da schnuppernd zum Vorschein kam, ein Meerschweinchen, dessen Fell ironischerweise die Farbzusammenstellung aufwies, die man Schildpattbraun nannte... Er atmete keuchend. Der Zug fuhr in die Station Epping ein, und die alte Frau nahm den Korb auf, warf mit einer hastigen, beschwichtigenden Geste das Handtuch über das Meerschweinchen wie jemand, der einen Papageienkäfig zudeckt. Victor riß den Rückfahrtabschnitt seines Billetts ab. Einerseits glaubte er ja, er werde ihn gar nicht brauchen, aber andererseits – wenn David nun böse wäre auf ihn ...

Daß er dauernd zu früh kam, war auch so eine Sache, die er sich abgewöhnen mußte! Immer wenn er sehr gern irgendwohin wollte, dann war er glatt eine Stunde zu früh dort, und diese Stunde dann herumzubringen, das war wie einen ganzen Tag hinter sich zu bringen. Er setzte sich an der Station in Bewegung, so langsam wie möglich, und dachte dabei an das erste Mal, daß er hier gegangen war, bevor er Clare kannte, als er noch kaum wußte, daß es sie gab. Wenn er oben am Hügel nach rechts abbog, dann konnte er zum St. Margaret's Hospital entlangschlendern und dort vor dem Tor auf sie warten. Aber das Haupttor war vielleicht nicht der einzige Ausgang, fiel ihm ein, es gab vielleicht noch andere Türen. Also wanderte er statt dessen durch die Stadt. In einem kleinen Antiquitätenladen, viel eleganter und hübscher – und auch teurer – als Jupps, kaufte er Clare einen viktorianischen Ring mit zwei goldenen, ineinandergeschlungenen Händen auf silbernem Reif. Der Ladeninhaber steckte ihn in ein blaues Samtkästchen, das mit weißem Satin ausgeschlagen war.

Um die Zeit totzuschlagen, spazierte er durch den Bell Park, von einem Ende zum anderen. Der Wald war inzwischen dicht und dunkel, all das blasse Grün der Buchen und Birken hatte der Sommer dunkler gefärbt; das Gras unter seinen Füßen strotzte von weißen und gelben Blumen. In der immer noch schweren Luft bewegten sich träge Insekten.

Er sah den Landrover schon aus der Ferne. Er war an einer Straßenbiegung unter einem Kastanienbaum geparkt und mußte in einem Moment angekommen sein, als er gerade den Kopf abgewandt hatte. Er konnte sich nicht bremsen, spontan auf sie zuzurennen, obwohl er sich zum Narren machte, wenn er so rannte – aber egal, er rannte trotzdem. Die Beifahrertür wurde aufgestoßen. Er kletterte hinein und nahm sie in die Arme, fast noch ehe er sie gesehen hatte. Sie war in seinen Armen, und er küßte sie, roch ihre Haut, schmeckte ihren Mund und fuhr mit den Fingern durch ihr Haar, bevor er auch nur hätte erkennen können, ob sie Make-up auf dem Gesicht hatte oder ob ihr Kleid weiß oder rosa war. Sie wehrte sich ein bißchen, lachte, rang nach Atem, und da wurde er sanfter, nahm ihr Gesicht in beide Hände und blickte sie an, Auge in Auge.

Hinterher konnte er sich nicht mehr darauf besinnen, wie sie angefangen hatte, was sie gesagt hatte, welches die ersten Worte waren, die gefallen waren – jedenfalls nicht genau. Und das war eine gnädige Fügung, denn es war schon schlimm genug, sich an das zu erinnern, was dann später kam. Und seine Erinnerung setzte erst von dem Moment an ein, wo sein Zorn sich bemerkbar gemacht hatte.

«Du liebst mich doch», hatte er aufbegehrt, als es angefangen hatte mit seinem Zorn, «du bist in mich verliebt, das hast du selbst gesagt.»

Sie schüttelte den Kopf. «Victor, ich habe das nie gesagt.»

Er hätte schwören können, sie hätte es gesagt. Oder war bloß *er* es gewesen, der es dauernd gesagt hatte, der dauernd gesagt hatte: «Ich liebe dich»?

«Ich versteh überhaupt nichts mehr.»

Sie sagte: «Könnten wir nicht bitte raus hier, uns ins Gras setzen oder so was? Hier so dicht neben dir zu sitzen und dich so direkt anzusehen, das macht es alles so schwer.»

«Ich stoße dich wohl ab, wie? Du hast mich zum Narren gehalten, wie?»

«Das stimmt nicht, Victor, und du weißt es auch.»

«Ich weiß überhaupt nichts mehr», sagte er, aber er stieg doch aus dem Wagen, hinaus in eine Öde aus trockenem Gras, totem, weißem Himmel und stickiger Luft voller Fliegen. Schweigend gingen sie nebeneinander her. Plötzlich ließ sie sich auf den Boden gleiten und verbarg das Gesicht in den Händen. Aber dann wandte sie sich zu ihm.

«Wirst du mir glauben, wenn ich dir jetzt sage, ich habe ehrlich nicht gewußt, daß du es so empfindest? Ich weiß, du hast gesagt, du liebst mich, aber die Leute sagen nun mal, sie lieben sich. Sie sagen es aus der Emotion heraus, weil sie glücklich sind, und es bedeutet nicht viel.»

«Für mich bedeutet es die Welt.»

«Ich dachte, du empfindest es ähnlich wie ich. Ich mag dich, Victor. Du bist auch sehr anziehend, körperlich sehr anziehend. Und ich bin ...» Sie blickte auf den Boden nieder, auf das Gras und die Blumen, und ihre Finger zerpflückten ein Gänseblümchen, rupften die Blütenblätter von dem gelben Kelch. «... die Art, wie David und ich die Liebe praktizieren... das ist schön und gut. Aber manchmal ist es eben nicht genug. Ich muß noch dahin kommen, daß es genug ist, und ich werd es auch schaffen. Ich bin bis jetzt noch nie... ausgebrochen, weichgeworden, oder wie du es nun nennen willst», sagte sie ruhig. «Noch nie zuvor.»

Er war entsetzt. «Du und David... ihr macht Liebe? Wie könnt ihr denn das? Ich weiß gar nicht, was du meinst!»

Sie sagte ein wenig erschöpft: «Denk nach, Victor. Benutz deine Phantasie. Seine Hände sind ja nicht gelähmt. Oder sein Mund. Oder seine Sinne, um es genau zu sagen.»

«Das ist ekelhaft!»

Sie zuckte die Achseln. «Vergiß es. Es geht dich ja auch nichts an. Ich war von dir angezogen; ich bin es noch, um es genau zu sagen. Und du warst von mir angezogen. Wir sehnten uns beide nach Trost und Wärme, und es regnete, und – na ja, wir hatten zu viel Wein getrunken. Wir waren allein zusammen, und wir waren beide frustriert, und wir mochten uns gegenseitig... Ich versuche doch, ehrlich zu sein, Victor, und die Dinge nicht so zu verdrehen, daß ich sagen könnte, ich hätte es gewußt... Nun, *gewußt* hab ich es am Montagmorgen, daß wir es nicht einfach so abschütteln und vergessen können, da hab ich gewußt, daß es Nachwirkungen geben würde. Deshalb bin ich auch so früh aufgestanden. Ich war ein bißchen entsetzt von dem, was ich getan hatte, Victor. Denn *ich* war es ja, die es getan hatte. Ich weiß genau, du hättest mich nicht angerührt, wenn ich es nicht provoziert hätte.»

«Allerdings hätte ich das nicht getan!»

Sie überhörte es und sagte: «Du bist nicht wirklich in mich verliebt, Victor. Du kennst mich ja gar nicht. Du weißt doch kaum etwas von mir. Wir sind uns gerade sechsmal begegnet, und fünf Male von diesen sechs war David mit dabei.»

«Was hat das denn damit zu tun? Ich liebe dich», sagte er, und er glaubte es selbst, «ich habe es vom ersten Augenblick an gewußt, als ich dich sah.»

«Als ich so gräßlich zu dir war?» Sie lächelte müde, versuchte ein Lachen. «Als ich dich beschimpft habe mit den übelsten Ausdrücken? Nein, ich bin ganz sicher, das hast du *nicht* getan, Victor. Ich habe nie... Also ich habe wirklich nicht die Gewohnheit, nach Lust und Laune herumzuschlafen, das hab ich wohl schon gesagt, aber diesmal eben... Victor, können wir nicht einfach sagen, daß wir einander sehr gern haben, daß wir uns gegenseitig anziehen und daß die Sonntagnacht sehr gut und sehr schön war und daß wir sie nie vergessen werden? Könnten wir es nicht dabei belassen? Sieh mal, es ist jetzt sechs. Laß uns in den *Halbmond* gehen und einen Drink nehmen. Ich *brauche* jetzt einen Drink und du bestimmt auch.»

Der Zorn in diesem Stadium machte ihn kalt und boshaft: «Du hast ja selbst gesagt, du trinkst zuviel.»

«Ich glaube nicht, daß ich es *so* gesagt habe.»

«Wie auch immer, es spielt ja keine Rolle. Nichts von alledem spielt eine Rolle, denn ich glaube dir kein Wort. *Du* kannst dich nicht verstellen bei etwas so Ernstem. Du hast dich ja auch Sonntag nacht nicht verstellt. Und jetzt verstellst du dich bloß, um David nicht zu verletzen. Du willst dich opfern für David. Gut, und ich werde das nicht zulassen. Hörst du, Clare, ich lasse es nicht zu! Bin ich nicht genauso wichtig wie er? Ist mein Leben nicht genauso ruiniert wie seins?» Ihm kam eine Idee. «Ich nehme an, du hast dich nicht getraut, es ihm zu sagen, stimmt's?»

Sie wandte den Kopf ab. «Ich habe nicht geglaubt, daß es nötig wäre, es ihm zu sagen.»

«Sieh mich an, Clare! Dreh dich um, ich will dein Gesicht sehen!» Er sah, daß sie sehr blaß geworden war. «Natürlich hast du Angst, es ihm zu erzählen. Aber ich erzähle es ihm, mir macht das nichts aus! Du willst doch nicht unser beider Leben verderben, bloß wegen zehn Minuten Unannehmlichkeit, oder? – *Knüppel und Steine brechen meine Beine*», zitierte er, «aber harte Worte können mir nichts anhaben.»

«Du begreifst überhaupt nichts.»

«Ich begreife sehr wohl, daß du nervös bist und keine unnötige Aufregung auslösen willst. Sieh mal, warum nimmst du mich jetzt nicht einfach mit, und wir reden beide mit David – wir beide zusammen?»

«Das ist unmöglich!»

«Also gut. Dann geh jetzt. Du fährst nach Hause und tust, als ob nichts gewesen wäre, und ich komme in einer Stunde nach. Sag kein Sterbenswörtchen zu ihm, ich will nicht, daß du dich aufregst. Das ist sowieso eine Sache zwischen mir und David.»

«Victor», sagte sie verzweifelt, «begreifst du denn nicht, daß uns Welten trennen, dich und mich? Die Art, wie wir reden und denken, die Art, wie wir das Leben betrachten?»

«Was macht das schon?» sagte er. «Das ist nicht wichtig. Sonntag nacht haben wir das jedenfalls nicht gefunden, und wir werden es auch in Zukunft nicht.»

«Es wäre mir lieber, du kämest heute abend nicht», begann sie vorsichtig.

«Wann dann?»

«Oh, Victor, was hat das alles für einen Sinn? *Begreifst* du denn nicht?»

«Du fährst jetzt heim zu David», sagte er fest, «und ich komme in einer Stunde nach.»

Er lächelte sie ermutigend an. Ihre Augen waren auf ihn gerichtet, und tiefe Ausweglosigkeit lag darin. Nun, das war verständlich, wenn man bedachte, was sie vor sich hatte. Er schlug die Tür zu, und sie setzte den Landrover in Gang. Ihm fiel ein, sie mußte glauben, er habe seinen Wagen dabei und könne ohne Schwierigkeiten nach Theydon kommen. Aber er wollte ja auch, daß sie das dachte.

Einen Moment lang, als er den Landrover in die Hauptstraße einbiegen sah, übermannte ihn das Gefühl, er werde sie nie wiedersehen. Aber das war lächerlich, sie würde nicht weglaufen. Es war Viertel nach sechs. Es bestand keine Notwendigkeit, die vereinbarte Stunde zu wörtlich zu nehmen. Außerdem war ja er es gewesen, der sie festgesetzt hatte. Er war innerlich erregt und energiegeladen, er vibrierte vor Aufregung, aber Angst hatte er nicht. David konnte ihm überhaupt nichts anhaben, außer ihm vielleicht ein paar harte Dinge sagen. Es würde ihn eine Stunde kosten, nach Theydon zu laufen, und da die Alternative der Zug war, beschloß er, zu Fuß zu laufen.

Die Schnellstraße verschwand hier in der Erde und kam an der anderen Seite des Hügels wieder heraus und zog sich dann weiter übers Land. Aber alles, was er von ihr sehen konnte, war die Mauer über dem Tunnel, die ebensogut die Einfriedung eines Gartens hätte sein können. Victor ging einen gewundenen, ungepflasterten Fahrweg hinunter, der von grünen Hecken gesäumt und von Bäumen überwölbt war – vorbei an einem Golfclub, an den Gartentoren großer Häuser, durch ein Wäldchen, bis er bei der Kirche von Theydon herauskam. Die Sonne war hervorgekommen, und es versprach ein schöner Abend zu werden. Theydon Manor Drive war voller Rosen, ganze Hecken aus Weiß und Rot, runde Beete voller Rosen in allen Farben, Rosen, die über Hauseingänge und Pergolen kletterten. *Wie auf Rosen gebettet* fiel ihm ein; auch so ein Slogan, an den er sich aus der Zeit vor seiner Inhaftierung nicht erinnern konnte.

Ein zaudernd Herz erobert keine Schöne. Wer hatte das gesagt? Jupp, fiel ihm ein, Jupp, als er ins Haus ging, um Muriel den Hof zu machen. Es verdroß ihn, in diesem Zusammenhang an Jupp zu denken – und vor allem an Muriel! Das mit seinem eigenen Fall zu vergleichen, war grotesk! An der Gartentür zögerte er aber doch. Dort hinter der Haustür befand sich ein Abgrund. Clare hatte den Landrover weggestellt und das Gartentor geschlossen, und aus irgendeinem Grund beunruhigte ihn das. Er hatte gedacht, sie würde ihn gleich draußen auf der Straße stehenlassen. Aber natürlich dachte sie ja, er habe einen Wagen...

Er ging zur Haustür, aber er klopfte nicht. Er hob zwar den Türklopfer, aber anstatt ihn fallenzulassen, brachte er ihn leise wieder in seine Ausgangsposition. Ohne in die Fenster hineinzuspähen, ging er seitlich ums Haus herum und kam in den Garten, der voller Rosen war. Am Sonntag hatte es zu sehr geregnet, da hatte er sie nicht bemerkt. Langsam wandte er sein Gesicht dem Haus zu. Die Terrassentüren standen offen. Drinnen im Zimmer, direkt hinter den offenen Türflügeln, saß David in seinem Rollstuhl, und auf einem anderen Stuhl, ganz dicht neben ihm, saß Clare. Es hatte den Anschein, als hätten sie sich von draußen dorthin zurückgezogen, denn auf dem Gartentisch stand ein Krug Wasser mit schmelzenden Eiswürfeln darin, daneben ein Glas, und Davids Zigaretten lagen auch dabei. Victor konnte sich nicht erinnern, David und Clare je so sitzen gesehen zu haben, so dicht beieinander, sich bei den Händen haltend. Die Art, wie sie dasaßen, war merkwürdig; als ob sie gemeinsam darauf warteten, daß etwas Grauenhaftes passierte, auf den Tod vielleicht, auf Zerstörung, auf eine endgültige Katastrophe. Er mußte an ein Bild denken, das er vor Jahren einmal gesehen hatte, in einem Schulbuch für Geschichte. Es handelte von den Goten oder den Hunnen oder sonstigen Eroberern, die nach Rom kamen, und die Mitglieder des Senats erwarteten sie, warteten mit gelassener Würde auf das Eintreffen einer Horde von Barbaren und auf die Entweihung, die sie mit sich bringen würden. Daran erinnerten ihn Clare und David.

Er sagte: «David?» Und dann: «Ich nehme an, Clare hat dir gesagt, daß ich komme.»

David nickte. Er sagte nichts, aber sein Blick wanderte von Victors Gesicht an seinem Körper hinab. Victor hatte die Hände in den Taschen, er hatte sie hineingesteckt, weil sie angefangen hatten zu zittern. David blickte auf Victors rechte Hand in der Jackentasche, und Victor begriff schlagartig, daß er glaubte, er habe dort eine Pistole.

Clare war aufgestanden. Ihr Gesicht war blaß, und die Augen waren sehr groß. Sie trug das helle Baumwollkleid mit den großen Ärmeln. Hatte sie es auch schon in Epping angehabt, als er sie küßte? Er konnte sich nicht entsinnen. Er nahm seine Hände aus den Taschen. Sie waren jetzt ruhig. Er trat ein, zwei Schritte vor und stand am Tisch wie an einer Barrikade, errichtet für einen bevorstehenden Kampf, und er ließ sich auf einem der Gartenstühle nieder.

«Clare hat gerade gesagt, daß sie mich heiraten will», begann David.

Victor schüttelte den Kopf. «Nein.»

«Ich habe mich geweigert, sie zu fragen, das weißt du. Jetzt eben hat sie mich wieder gefragt, und ich habe ja gesagt.»

«Es gibt ein paar Dinge, die ich dir sagen muß», sagte Victor, «und es ist sehr gut möglich, daß du deine Meinung dann änderst, was das betrifft.»

«Ich habe ihm die paar Dinge schon erzählt, Victor», sagte Clare.

«Hat sie dir erzählt, daß ich sie gevögelt habe? Nicht einmal, sondern immer wieder, die ganze Nacht?»

«Natürlich hat sie es mir erzählt. Sei nicht so melodramatisch, Victor. Und das kann in den kommenden Jahren auch wieder passieren – oh, nicht mit dir, da besteht keine große Chance –, nein, mit anderen, sie sagt das selbst. Ich kenne meine Beschränkung, Victor, und sie kennt sie auch. Keiner von uns betrachtet das Leben als etwas, das es nicht ist – im Gegensatz zu dir.»

«Ich will David heiraten», sagte Clare. «Ich habe das immer gewollt, seit ich ihn kennengelernt habe.»

Victor zitterte. Er hatte das Gefühl, als hätte er am ganzen Körper vibrierende Nadeln im Fleisch.

«Was hast du ihr erzählt, daß sie ihre Meinung geändert hat?» fragte er.

«Sie hat ihre Meinung nicht geändert.»

Victor hätte es nicht gesagt, wenn er nicht so zornig gewesen wäre:

«Hast du ihr erzählt, daß ich Frauen vergewaltigt habe?»

«Nein.»

Clare fuhr mit einer Bewegung zurück, ähnlich wie Judy zurückgewichen war, als er neben ihr am Fenster gestanden hatte.

«Das glaub ich dir nicht», sagte Victor.

«Ist das wahr?» fragte Clare.

«Frag ihn doch! Er hat doch deine Gedanken vergiftet – gegen mich! Ich hätte dich nie zu ihm zurücklassen dürfen. Ich wußte ja, wie er ist, ich hab's immer gewußt. Und ich dachte... ich dachte, wir könnten *Freunde* sein!»

Victor stand ruckartig auf, und mit Vergnügen beobachtete er, wie David sich mühte, ruhig und gelassen zu bleiben, keinen Boden zu verlieren. Aber David schaffte es nicht, er schrumpfte gleichsam in sich zusammen, er zog die Hände zurück und griff nach den Rädern. Clare machte eine Geste der Abwehr, deckte David schützend mit den Armen ab. Victor sah rot. Krachend schlug er seine Faust auf den Tisch, und das Glas fiel herunter und zersplitterte auf den Steinen. Victor packte den Wasserkrug und schmetterte ihn ebenfalls zu Boden. Das Wasser spritzte über David, die Glassplitter flogen, und er verbarg das Gesicht hinter dem Arm.

«Ich wollte, ich hätte dich umgebracht!» schrie Victor. «Schlimmeres hätte man mir auch nicht antun können, wenn ich dich getötet hätte. O ja, ich wollte wirklich, ich hätt's getan!»

Irgendwo im Haus begann der kleine Hund zu bellen wie ein richtiger Wachhund.

15

Als er Davids Haus verlassen hatte, lief Victor eine Weile ziellos umher, ohne eine Vorstellung, wo er hin sollte, unfähig, in Gedanken einen Ort zu finden, wo er gern wäre. Vielleicht war das Gefängnis der beste Ort für ihn, der einzig mögliche Ort, und wenn er David tötete, dann käme er wieder ins Gefängnis. Er hatte keine Waffe, aber es war möglich, sich eine zu beschaffen. Man konnte sich alles beschaffen, wenn man nur wußte wie, wenn man Geld hatte. Er merkte, daß er auf den Wald zulief, und er kam an dem Haus vorbei, wo er eine Vorauszahlung auf die Wohnung bezahlt hatte. Jetzt würde er nie mehr in Theydon wohnen, nie wieder würde er einen Fuß in diesen Ort setzen, bloß noch einmal, um David ein letztes Mal zu besuchen. Den Kopf voller wilder Vorstellungen – David erschossen, David blutend, David am Boden, alle viere von sich gestreckt –, ging er zur Haustür und drückte auf die Klingel.

Mrs. Palmer benahm sich ziemlich verängstigt. Wahrscheinlich, weil er so wild gestikuliert und geredet hatte, überlegte sich Victor hinterher. Er mußte ihr einigermaßen meschugge vorgekommen sein. Clare war völlig aus seinem Bewußtsein verdrängt, allein Davids Bild füllte es aus. Die Frau machte erst gar keine Einwände, sie sagte sofort, er könne seine Anzahlung zurückhaben, und sie gab ihm einen Scheck. Victor beschloß, daß er das Geld für eine Pistole ausgeben würde.

Er schlug den Weg ein, der in steilen Windungen hügelan durch den Wald führte, in Richtung auf die Kreuzung der beiden Hauptstraßen. Es war kurz nach halb neun. Der Zorn begann in ihm zu kochen und nahm die Form hitziger Energie an. Er hätte kilometerweit laufen können, er hätte den ganzen Weg bis nach Acton laufen können, und auch dann wäre diese vom Zorn stimulierte Energie noch nicht verbraucht! Es war nicht Clare, auf die er wütend war. Es war ja nicht ihre Schuld, sie hatte sich lediglich einer größeren Macht gebeugt, so wie Frauen es tun mußten. Wenn sie nicht dabeigewesen wäre, dachte er, dann hätte er David an der Kehle gepackt und alles Leben aus ihm herausgequetscht. Aber welche Macht besaß David schon! Welche Macht konnte ein Mann in einem Rollstuhl ausüben, ein Mann, der bloß halb lebendig war!

Manchmal fuhr ein Wagen an ihm vorüber, entweder nach Loughton hinauf oder nach Theydon hinunter. Einmal sah er in der Tiefe des Waldes einen Mann mit einem großen grauen Hund, einem irischen Wolfshund, spazierengehen. Hier gab es große baumlose Lichtungen im Wald, mit kurzem, harten Gras bewachsen, und weite Flächen, auf denen lediglich Farne wuchsen mit ihren aufspringenden Spiralen und den hohen grünen Wedeln, fast wie Bäume, und dazwischen kleine Birkengehölze mit dünnen weißen Stämmen und zitternden Blättern. Die Sonne verlosch in rauchig rötlicher Glut, und dann wurde der Himmel vorübergehend bleich, grüngolden und streifig, als würde ihm die Wolkenhaut abgezogen. Victor war voller Zorn und voll angestauter Energie, und jetzt hatte er Angst, denn er fragte sich, was aus diesem Zorn werden sollte, wie er mit ihm leben sollte? Was geschah mit einem, wenn ihn der Zorn übermannte?

Und dann sah er das Mädchen im Wald.

Zuerst sah er den Wagen, und der war leer. Er stand an der Einmündung einer der Fahrspuren, die durch den Wald führten, tiefe Rinnen im Lehmboden, jetzt ausgetrocknet, die von einem schwereren Fahrzeug herrührten. Sie saß mit dem Rücken zu dem geparkten Wagen und zum Weg auf einem Baumstamm zwischen den Farnen. Victor, der noch vor einer Woche niemals auf solche Gedanken gekommen wäre, war überzeugt, daß sie auf einen Mann wartete. Auf die gleiche Weise, genauso klammheimlich hatte Clare auf ihn gewartet. Auch dieses Mädchen hatte bestimmt einen eifersüchtigen, besitzergreifenden und herrschsüchtigen Mann zu Hause, und deshalb mußte sie sich heimlich mit ihrem Geliebten treffen, an einem einsamen, vor aller Augen verborgenen Ort.

Bloß, er war nicht vor aller Augen verborgen! Sie war dunkel und mager, ganz und gar nicht wie Clare. Es war Viertel nach neun, und sie war vielleicht zu früh dran, womöglich hatten sie sich für halb zehn verabredet, aber darüber dachte er nicht weiter nach, er war jenseits vernünftiger Überlegungen. Sie ahnte nichts von seiner Gegenwart, hörte auch nicht seine Schritte auf dem Gras hinter ihr, und er sah jetzt auch, was sie so absorbierte. Sie machte sich im schwindenden Tageslicht ihr Gesicht zurecht. Sie hatte ihre Handtasche geöffnet, einen kleinen Spiegel oben draufgestellt, und sie malte sich Lidstriche. Er wagte kaum zu atmen, blieb einen Meter hinter ihr stehen und sah zu, wie die Finger mit den rotlackierten Nägeln nach dem Maskarastift griffen, mit dem sie ihre Wimpern färbte. Eine Verrichtung, die sie hatte aufschieben müssen, bis sie hier war, eine Tätigkeit, die zu Hause Argwohn erregt hätte.

Er trat einen Schritt näher an sie heran, hakte seinen linken Arm um ihren Hals und preßte seine andere Hand auf ihren Mund. Ein Schrei versuchte aus ihr herauszubrechen und erstickte in seiner Handfläche. Der Inhalt der Handtasche flog nach allen Seiten. Sie wehrte sich wie ein Tier in einem Netz. Er war unglaublich stark, seine Stärke faszinierte ihn selbst. Es war leicht, sie festzuhalten, sie zu Boden zu werfen in ein Nest aus Farn und ihr den Schal in den Mund zu stopfen, der aus ihrer Handtasche gefallen war. Er war erigiert wie ein Messingbolzen, heiß wie Feuer, und sein Zorn war wie glühender Schmerz. Mit der freien Hand nestelte er an seinem Hosenschlitz, aber sie war jetzt ganz schlaff, Hals und Kopf waren zur Seite gedreht, ihre Hände kämpften nicht mehr, sondern waren unter ihren Rücken geschoben. Er riß ihr die Stumpfhose herunter, seine Finger bohrten sich durch das durchsichtige Gewebe, fragil wie Spinnweben.

Undeutlich nahm er ein Knacken wahr, er hörte einen scharfen Knacks und dachte, es könne ein brechender Knochen sein, denn sie war ja nichts als Knochen, eisenhart und unnachgiebig. Er stieß gegen kaltes, trockenes, widerstrebendes Fleisch, und plötzlich spürte er einen scharfen, unerträglichen Schmerz in der Brust, wurde sich eines stechenden Schlages bewußt. Blitzartig rollte er sich von ihrem Körper herunter. Er sah Blut, er roch Blut, und er brüllte los vor Schmerz und Entsetzen. Und immer noch neuer

Schmerz kam dazu, wie von Nadelstichen, und er hörte das Röhren eines Automotors, hörte Räder über den trockenen Lehm schurren, jenes Aufheulen eines Motors, dessen Fahrer noch einmal aufs Gaspedal tritt, ehe er bremst. Victor schnellte in die Höhe. Blut floß an seiner Brust hinunter. Das Mädchen, den Mund vollgestopft mit dem Schal, dessen rote Seide ihr seitlich aus den Mundwinkeln rann wie noch mehr Blut, hielt eine dreieckige Spiegelscherbe in der Hand. Unter ihrem Körper, vielleicht an einem Stein, hatte sie es fertiggebracht, jenen Taschenspiegel zu zerbrechen und die Bruchstücke als Waffe zu benutzen.

Er raste davon, auf den Schutz der Bäume zu, zog die Hosen hoch, während er rannte. Hinter sich hörte er eine Männerstimme rufen: «Wo bist du? Was ist passiert?»

Ein Schrei, ein Schluchzen, Stille dann, als er bei ihr war, sie umfaßte und tröstete. Victor wagte nicht, anzuhalten, obwohl er spürte, wie das Blut aus der größten der Wunden strömte, wie es förmlich herausgepumpt wurde, ein pulsender Quell, und wie sich auf dem dunkelblauen T-Shirt ein dunklerer Fleck ausbreitete. Er rannte weiter, tiefer hinein unter die Bäume, ohne zu wissen, wohin er eigentlich rannte. Bald würde es finster sein, es war schon jetzt ziemlich dunkel. Durch den Wald zu rennen war nicht einfach, wenn man die Wege verließ, weil man nichts als Ranken und Brennesseln und diesen endlosen Farn unter den Füßen hatte. Und die ganze Zeit horchte er auf Verfolger. Sie würden ihn verfolgen, dachte er, genauso wie damals, als er in Solent Gardens Zuflucht nahm, Heather Cole und der Mann ihn im Park verfolgt hatten. Dornenranken verfingen sich in seinen Hosen, er stolperte, fing sich wieder, aber als er das nächste Mal strauchelte, da kippte er vornüber in eine feuchte Mulde voll von Dornengestrüpp.

Dort kniete Victor und lauschte. Seine Hände brannten von der Berührung mit den Brennesseln. Er war überzeugt, daß er noch immer blutete. Von hinten war kein Laut zu hören, es war überhaupt nirgends ein Laut zu hören außer dem schwachen Summen eines weit entfernten Flugzeuges, insektengleich, kaum vernehmlich. Große Kastanienblätter, gespreizte Baumhände, feucht und kalt, berührten sein Gesicht. Er stand auf, noch immer lauschend. Niemand verfolgte ihn, und er wußte plötzlich auch, warum. Die beiden waren ein heimliches Liebespaar, jeder von ihnen hatte wahrscheinlich gegenüber dem Ehemann oder der Ehefrau oder einem Partner mit älteren Rechten eine Ausrede gebraucht, wohin er ginge. Ihm nachzulaufen oder die Polizei zu verständigen, das hieße, ihr Geheimnis preiszugeben und den Zorn jener anderen heraufzubeschwören, es bedeutete vielleicht das Ende ihrer Affäre. Er zitterte vor Erleichterung bei diesem Gedanken, aber gleich packte ihn wieder die Angst. Wie schlimm hatte sie ihn verletzt? Wenn er sich nun zu Tode blutete?

Es war hier drinnen zu dunkel, um etwas zu sehen. Aber er konnte das Blut auf seiner Brust fühlen, eine warme Nässe. Der Himmel über ihm war noch sichtbar als blaß schimmerndes Grau, aber die Baumkronen waren schwarze Sträuße mit Girlanden schwarzer Blätter. Es mußte doch irgendwo einen Weg geben, Gegenden wie diese waren doch immer durchzogen von Hunderten von Fußwegen. Es war ja keine richtig ländliche Gegend, es war eher eine Art großer Park, ebensowenig ‹Wildnis› wie etwa Hampstead Heath.

Nach seiner Berechnung mußte der Waldstreifen, in dem er sich befand, an die Straße nach Theydon stoßen, auf der er gekommen war, die Straße von Loughton nach Wake Arms, Clays Lane und Debden Green. Früher einmal, vor einer Ewigkeit, hatte er jemanden von Debden Green nach Cambridge fahren müssen, deshalb hatte er eine schwache Vorstellung von der Umgebung. Er konnte nicht einfach den Weg, den er gekommen war, zurückgehen. Trotz aller beschwichtigender Überlegungen wäre das zu riskant. Es war zu dunkel, um festzustellen, wieviel Uhr es war, vielleicht nicht später als zehn? Alles dies hatte David ihm eingebrockt! Warum hatte er David damals in Solent Gardens nicht getötet!

Erst nach sehr langer Zeit stieß Victor wirklich auf einen Pfad, eine Fahrspur, und als es endlich soweit war, hatte er seine Meinung, Epping Forest sei eine Art Londoner Vorortpark, gründlich revidiert: Dieser Wald war riesig und dunkel und verwirrend, ein wahres Labyrinth. Er folgte dem Weg, den er wiedergefunden hatte – aber vielleicht war es auch ein ganz anderer Weg, eine Abzweigung des ersten? Er hatte keine Ahnung, wohin er führte. Ihm war, als sei er über und über blutverschmiert, nicht nur sein Oberkörper, auch seine Hände, denn während er sich vorwärtstastete, hatte er versucht, die Ränder der schlimmsten Wunde zusammenzupressen, um die Blutung zu bremsen. Sie zum Stehen zu bringen, war ihm wenigstens gelungen, das Blut war geronnen, er konnte die Kruste fühlen, vermengt mit Schmutz vom Waldboden. Er streckte die Hände vor, um ein Hindernis, das vor ihm lag, abzutasten. Er glaubte, es sei wieder einer der mächtigen, glatten Buchenstämme, aber er stieß an einen von Menschenhand gemachten, dichten Bretterzaun.

Er tastete sich daran entlang und kam an eine Tür. Sie war nicht verschlossen. Victor trat hindurch und fand sich in einem fremden Garten wieder, einem riesigen Garten mit weiter Rasenfläche, Bäumen und Sträuchern, und in der Mitte schimmerte ein Teich, eine glatte Wasserfläche, in der sich die Sterne spiegelten. Am anderen Ende des Rasens fiel Licht aus einem Schlafzimmerfenster oben im Haus und lag in Form zweier gelber Rechtecke auf dem Grün. Mit einem unwirklichen Gefühl des Entsetzens dachte er: Dort könnte ich jetzt reinklettern, und da finde ich Rosemary Stanley im Bett, und sie wird schreien und das Fenster zerschmettern, und David wird kommen...

Um die Straße zu erreichen, seinen Fluchtweg, mußte er seitlich am Haus vorbeigehen. Auf einmal hatte Victor Angst weiterzugehen. Er konnte nicht mehr, er wurde sich plötzlich bewußt, daß er müde war bis zur völligen Erschöpfung, vollkommen erledigt. Direkt am Zaun, neben der Tür, durch die er gekommen war, stand ein Holzschuppen. Die Tür hatte ein Hängeschloß, aber es war nur lose eingehängt, und die Tür ging auf, als er auf die Klinke drückte. Drinnen war es trocken und stickig, und es roch nach Holzschutzmittel. Und stockdunkel war es auch. Trotzdem konnte Victor noch eben erkennen, daß auf dem Boden etwas lag, das er für einen Haufen Netze hielt, diese Dinger, die die Gärtner benutzen, um Obststräucher gegen die Vögel zu schützen. Er schloß die Tür hinter sich und ließ sich mit dem Gesicht nach unten auf den Haufen Netze fallen.

Gegen vier war es hell. Er hatte keine Ahnung, wie lange er geschlafen hatte, vielleicht vier, fünf Stunden. Sehr helles, bleiches Licht einer eben aufgegangenen Sonne fiel durch das kleine Fenster hoch oben unter den Dachbalken des Schuppens herein. Victor sah sich seine Hände an. Er versuchte auch, seine Brust anzusehen, aber die größte Wunde saß weit oben, und außerdem war das T-Shirt völlig verkrustet von getrocknetem Blut, das an der Haut und an den Haaren klebte. Er mußte irgendeinen Weg finden, das zu säubern, ehe er in einen Bus oder einen Zug stieg.

Er trat vorsichtig aus dem Schuppen, und als er den Garten durch die Tür im Zaun verließ, gelangte er auf einen Waldweg, der zur Straße führte. Er sah jetzt, wie nahe er gestern nacht an einer der Hauptstraßen gewesen war. Nicht, daß ihm das um Mitternacht besonders viel genützt hätte. Auf der anderen Seite der Straße lag ein See, einer jener Waldseen, die einmal Kiesgruben gewesen sind. Seine Wasserfläche war glatt und braun, und lange, flache Blätter schwammen darauf. Ein Lastzug fuhr donnernd vorbei, und dann in entgegengesetzter Richtung ein Personenwagen. Aber es herrschte noch wenig Verkehr. Victor überquerte die Straße, kniete sich hin und wusch Gesicht und Hände im Wasser des Sees. Es war nicht kalt, es war auch nicht sehr sauber, sondern braun und gleichsam ölig, wie stehende Gewässer oft sind. Aber es diente schlecht und recht seinen Zwecken, und er trocknete sich, so gut es ging, mit dem Innenfutter seiner Jacke ab.

Bergab führte die Straße anscheinend vom Wald fort und in die Nähe von Häusern. Nach etwa einem halben Kilometer wurde ihm klar, daß er in Loughton war und auf die Schnellstraße zulief. Der Verkehr wurde allmählich stärker, und hier und da waren auch schon Leute zu sehen. Er hielt einen Mann an und fragte ihn nach dem Weg zur Station Loughton, und der Mann sagte es ihm, ohne ihn auf verdächtige Weise zu mustern, also nahm Victor an, er müsse einigermaßen präsentabel aussehen und nicht wie ein Schreckgespenst.

Eine Narbe würde wahrscheinlich zurückbleiben. Die Wunde hätte gesäubert und genäht werden müssen, denn sie war mehr als drei Zentimeter lang, mit Rändern, die noch immer auseinanderklafften, und innen klebte Schmutz. Vielleicht war es auch jetzt noch nicht zu spät zum Nähen, aber Victor wußte, er würde sich zu keinem Arzt trauen. Das Mädchen konnte immerhin zur Polizei gehen, die Möglichkeit bestand immer noch. Wenn sie und ihr Freund sich irgendeine plausible Erklärung für ihren Aufenthalt im Wald ausdachten, dann konnte sie zur Polizei gehen. Und außerdem konnte Victor sich geirrt haben. Es war auch möglich, daß sie sich dort mit ihm getroffen hatte, weil sie zu Hause mit ihren Eltern zusammenlebte und er vielleicht ebenfalls mit seinen Eltern, so daß es außer dem Wald nichts gab, wo sie sich lieben konnten.

Sie hatte seine Brust übel zugerichtet. Außer der großen Wunde waren da noch eine Menge kleinerer Schnitte. Es war eine Tortur gewesen, als er versuchte, das Hemd auszuziehen. Schließlich hatte er es aufgegeben, hatte sich in die Badewanne gelegt, um es aufweichen zu lassen, und das Badewasser war braun geworden wie von Rost. Seine Jacke mußte in die Reinigung. Er leerte die Taschen aus und fand dabei den Scheck und das blaue Samtkästchen mit dem Ring, den er für Clare gekauft hatte.

Der Zorn in ihm war zwar noch da, denn er hatte ja nichts getan, um ihn abzureagieren, aber er war nicht mehr so explosiv, sondern simmerte eher unter der Oberfläche vor sich hin. Er war jetzt auch imstande, nüchtern nachzudenken und zu erkennen, wie er sich hätte verhalten müssen, wo er einen Fehler gemacht hatte: Natürlich hätte er mit Clare zusammen in ihrem Wagen nach *Sans Souci* zurückfahren müssen. Sein Fehler war sein eigener Stolz gewesen, das erkannte er jetzt. Hatte er nicht sein und ihr Glück geopfert, bloß weil er es nicht fertiggebracht hatte, einzugestehen, daß der rote Escort ein Leihwagen war, der zurückgegeben werden mußte? Wenn sie zusammen dort angekommen, gemeinsam David gegenübergetreten wären, wie anders hätte alles verlaufen können! David verstand eben nur Kraftakte, Gewalt, denn einmal Polizist, immer Polizist! Ja, Victor wußte, er hätte mit Clare mitgehen müssen. Er hätte David Bescheid stoßen und Clare mit Gewalt fortnehmen müssen! Was hätte David schon machen können – vom Rollstuhl aus?

Den kleinen Ring mit den verschlungenen silbernen Händen auf dem Goldreif, den würde er nicht wegwerfen: Clare würde ihn doch noch tragen! Victor klebte sich ein Heftpflaster auf die Brust, und dann zog er sich an, das gestreifte Hemd, Jeans, die grüne Samtjacke. Er setzte sich in den Rollstuhl und zählte sein Geld. Weniger als sechzig Pfund waren noch übrig, obwohl er noch seine wöchentliche Zahlung vom Sozialamt zu bekommen hatte. Und dann war da noch der Scheck, die Vorauszahlung für die Wohnung, die er wiederbekommen hatte, zweihundert Pfund. Er faltete ihn auseinander. Sie hatte ihn auf M. Faraday ausgestellt.

Als er seine Sachen zur Reinigung gebracht hatte und wieder nach Hause kam, rief er David an. Es amüsierte ihn, wenn er jetzt daran dachte, wie verschüchtert er gewesen war, als er David zum erstenmal angerufen hatte, wie es ihm die Sprache verschlagen, wie er lediglich seinen Namen gestammelt hatte, als David abhob. Jetzt hatten sich die Dinge geändert. Er wählte Davids Nummer und wartete ungeduldig, tappte mit den Fingern gegen die Unterseite der Stufen.

«Hallo?»

«David, hier ist Victor. Ich wollte dir bloß sagen, daß ich deinetwegen eine wirklich grauenhafte Nacht verbracht habe. Ich kann von Glück sagen, daß ich noch am Leben bin, trotz der verpaßten Bahn und so. Ich glaube, ich habe die Sache gestern abend nicht richtig gehandhabt, aber auf lange Sicht betrachtet, spielt das keine Rolle. Weißt du, du wirst dich damit abfinden müssen, daß Clare und ich zusammenbleiben werden. Sie will mich, und ich will sie, und so ist das nun mal. Klar?»

David sagte nichts, aber aufgehängt hatte er nicht.

«Ich werde heute noch mit ihr sprechen, später, und die Dinge arrangieren, aber ich meine, wir sollten uns in dieser Sache alle zivilisiert benehmen. Ich glaube, du schuldest es mir, daß du mir wirklich zuhörst. Ich jedenfalls möchte die ganze Geschichte noch mal mit dir durchsprechen. Du weißt, es hilft uns beiden immer, wenn wir die Dinge durchsprechen.» Es kostete Victor einiges, das zu sagen, und im Grunde meinte er es auch gar nicht so, es sollte nur ein Trostpflaster für David sein. «Ich sähe es gern, wenn wir Freunde blieben. Ich weiß, daß Clare gerne auch weiterhin mit dir befreundet sein möchte.»

«Victor, laß uns das eine klarstellen», sagte David, «unser Zusammentreffen war ein Fehler, gleich vom erstenmal an. Es ist eine Menge Schaden angerichtet worden, vielleicht nicht wiedergutzumachender Schaden. Das Beste, was wir jetzt machen können, ist der Versuch, dorthin zurückzukehren, wo wir vorher waren, und die Scherben einsammeln. Wir werden uns nicht mehr sehen.»

Diese überlegene Haltung machte Victor wütend, obwohl er sich vorgenommen hatte, ruhig zu bleiben.

«Du hast sie verloren, David!» schrie er ins Telefon. «Finde dich damit ab, du hast die Schlacht verloren. Du bist besiegt!»

Er knallte den Hörer auf, bevor David abhängen konnte. Als er wieder oben in seinem Rollstuhl saß, zählte er sein Geld noch einmal, betrachtete den Ring. Vielleicht konnte er ihn Jupp verkaufen? Ihre Liebe, seine und Clares, hatte keine Ringe nötig, keine materiellen Fesseln. Er las die Zeitungen, die er in einem Papierkorb gefunden hatte, das Farbmagazin der *Sunday Times* und ein Blatt, das sich *Executiv World* nannte, und dann den *Standard*, aber für den hatte er bezahlen müssen. Der Mann, den sie den ‹roten Fuchs› nannten, hatte eine Frau in Hemel Hempstead vergewaltigt, aber über ein Mädchen, das im Epping Forest überfallen worden war, stand nichts drin. Bis sechs verfolgte er das Tennisturnier von Wimbledon im Fernsehen, und dann wählte er Davids Nummer, entschlossen, den Hörer aufzulegen, wenn sich David meldete.

Es war Clare, die «hallo» sagte.

«Clare, Liebling, du weißt, wer hier ist. Geht es dir gut? Es paßte mir gar nicht, dich bei ihm zurückzulassen, aber was hätte ich denn tun sollen? Ich hätte nicht zulassen dürfen, daß du ihm allein unter die Augen trittst. Aber jetzt werden wir keine Fehler mehr machen, von jetzt an tun wir nur noch das Richtige.» Victor hatte das Gefühl, noch nie in seinem Leben so viel und so artikuliert geredet zu haben. Er war stolz auf sich. «Ich hab solche Sehnsucht, dich wiederzusehen. Wann können wir uns treffen? Ich will auch vollkommen ehrlich zu dir sein, und ich werde dir etwas gestehen: Dieser Wagen gehört gar nicht mir. Ich hatte ihn bloß gemietet. Ich wollte bloß, daß du denkst, es ist meiner, weil – na ja, ich wollte wahrscheinlich, daß du gut von mir denkst.» Die Worte strömten nur so aus ihm heraus, es war ganz leicht. «Verzeihst du mir? Ach, ich weiß ja, das macht dir nichts aus, jedenfalls nicht viel. Und du weißt ja, ich werde überall hinkommen, um dich zu treffen, wo immer du willst, und wenn ich jeden Schritt des Weges zu Fuß laufen müßte! Darauf werden wir uns einrichten müssen, es wird ganz schön hart werden die nächsten paar Wochen, *ihn* zur Einsicht zu bringen. Aber wir werden zusammensein, und wir werden es schon schaffen.»

«Victor», sagte sie mit leiser, verzweifelter Stimme, «es war mein Fehler. Ich weiß es, und es tut mir leid.»

«Es tut dir leid?» sagte er munter. «Was gibt's denn schon, was dir leid tun könnte? Absoluter Unsinn!»

«David wollte nicht, daß ich mit dir spreche, er hat gesagt, ich soll es lieber nicht tun, aber das wäre doch sehr feige von mir gewesen. Ich muß noch eine Menge Erklärungen loswerden. Ich werde mich immer schuldig fühlen, wenn ich das nicht tun kann.»

«Mir kannst du alles sagen, was du möchtest, Liebling, wirklich alles. Wann sehen wir uns? Morgen? Da in deiner Kneipe, im *Halbmond*?»

«Nicht morgen», sagte sie, «Montag. Um sechs Uhr. Ich werde David sagen, was ich vorhabe. Ich weiß, er wird begreifen, daß es richtig ist.»

«Ich liebe dich», sagte Victor.

Er legte den Hörer auf, sehr zufrieden mit dem Ergebnis seines Anrufes. Jemand schloß die Haustür auf, und Mrs. Griffith trat in die Diele. Sie trug weiße Handschuhe und einen anderen Strohhut als neulich, einen marineblauen, diesmal mit einem kleinen getupften Schleier.

«Oh, Mr. Jenner», sagte sie, «Sie ersparen mir das Treppensteigen.» Als ob sein Zimmer im zehnten Stockwerk eines Turmes ohne Lift läge!

Sein Blick ging durch sie hindurch, denn sein Kopf war voll mit Bildern von Clare.

«Gestern waren schon wieder ein paar Polizisten hier und haben nach Ihnen gefragt. So um fünf Uhr nachmittags.»

Sein Herz setzte einen Schlag aus, aber dann beruhigte es sich. Fünf Uhr, das war vier oder fünf Stunden, bevor er diesem Mädchen im Epping Forest begegnet war.

«Das ist nicht sehr angenehm, Mr. Jenner.» Mrs. Griffith blickte um sich und verdrehte den Hals, um die Treppe hinaufzublicken, dann sagte sie mit gedämpfter Stimme: «Mr. Welch und diese Leute von der Rehabilitation versicherten mir damals, es würde keinerlei Ärger geben. Na ja, aus Ihrer Mitteilung ersehe ich ja, daß Sie ausziehen. Und was ich gern noch wissen wollte – also bitte, wann genau?»

Victor hatte ganz vergessen, daß er sich festgelegt hatte, auszuziehen. Es schien so unendlich lange her, daß er diesen Brief geschrieben hatte, den sie eine ‹Mitteilung› nannte. Es war seither so viel geschehen. Und er wußte nun gar nicht, wo er hin sollte.

«Ende nächster Woche», sagte er, und dann korrigierte er sich: «Nein, am kommenden Montag.» Diesmal würde er Clare nicht nach *Sans Souci* zurück lassen. Sie würden beide in ein Motel gehen, in das *Posthaus* in Epping zum Beispiel.

«Wissen Sie, daß sie durch Ihr Hemd bluten?» fragte Mrs. Griffith.

Die Wunde war wieder aufgegangen. Aus einem triumphierenden Glücksgefühl heraus, als er Clares Stimme hörte, als sie ihn beim Namen nannte, hatte er den Arm weit ausgestreckt und seine Brust gedehnt... Er wusch die Wunde über dem Ausguß in seinem Zimmer und klebte ein frisches Stück Heftpflaster darüber, wobei er die klaffenden Ränder zusammenschob. Er setzte sich in seinen Rollstuhl und sah sich im Fernsehen ein aufregendes Damen-Einzel in Wimbledon an.

In der Nacht hatte er einen seiner Schildkrötenträume gehabt. Er war wieder in dem Holzschuppen an der Rückseite jenes Gartens in Loughton, lag auf den Netzen und bemerkte, obwohl es dunkel war, in einer Ecke einen Haufen Steine. Einer der Steine wurde plötzlich lebendig und begann sich zu bewegen, kroch langsam auf sein Lager zu. Victor sah die schuppigen Füße sich rhythmisch bewegen wie ein sehr langsames Uhrwerk, mit schwankendem Panzer darüber und einem Kopf – einem Schlangenkopf, aber tumb, kurzsichtig –, der von einer Seite zur anderen pendelte, als hinge er in rostigen Angeln. Victor schrie und versuchte, nach draußen zu kommen, aber die Tür war verschlossen und das Fenster unerreichbar. Er preßte sich mit dem Rücken gegen die Wand, und das Ding kam immer näher, glotzäugig, langsam, erbarmungslos, und Victor schrie. Schreiend wachte er auf. Es war nicht der erstickte Angstlaut, wie er ihn aus seinen Alpträumen kannte, was da aus ihm herausbrach, sondern das Gellen der Todesangst.

Schritte kamen die Treppe herauf, und jemand hämmerte gegen seine Tür. Es war dieselbe Stimme, die sich schon einmal beschwert hatte, damals, als Victor auf den Boden und gegen die Wände getrommelt hatte.

«Was ist denn hier los?»

«Nichts», rief Victor, «ich hab schlecht geträumt.»

«Mann Gottes!»

Er stand auf, nahm ein Bad und erneuerte den Verband über den Schnittwunden. Um neun, als er wußte, Clare war fort zum Dienst, rief er David an.

«Hallo?»

David klang argwöhnisch. Er ahnte wahrscheinlich sehr wohl, wer es war, und hatte Angst.

«Ja, ich bin es wieder, David», sagte Victor. «Ich weiß nicht, ob Clare es dir erzählt hat – ich treffe mich also am Montag mit ihr, und das wär's dann, klar? Danach wird sie nicht wieder zu dir zurückkommen, sie wird mit mir wegfahren. Ich meine, es ist am besten, in dieser Sache vollkommen ehrlich zu sein und dich zu informieren über alles, was wir vorhaben.»

«Victor, Clare hat nicht vor, irgendwas mit dir zu tun.» David sprach geduldig und langsam wie mit einem Kind, und das ärgerte Victor. «Clare wird hier bei mir bleiben, und sie wird mich heiraten. Ich glaube, ich habe dir das bereits gesagt.»

«Und ich habe dir bereits gesagt, daß Clare sich am Montag mit mir trifft und mit mir fortgeht. Bist du eigentlich taub oder so was?»

«Clare und ich werden dich gemeinsam treffen, Victor, und wir werden versuchen, vernünftig über alles zu reden.»

«Wenn du am Montag mit ihr kommst», sagte Victor, «dann bringe ich dich um.» Damit legte er auf.

Er ging aus, holte seine Unterstützung vom Sozialamt und seine Sachen aus der Reinigung, und als er an Jupps Laden vorüberkam, nahm er den Ring aus der Tasche und betrachtete ihn. Auf dem Schmucktablett im Fenster gab es nichts, das höher als mit fünfzig Pfund ausgepreist war, und das bedeutete, daß Jupp ihm für den Ring wahrscheinlich allerhöchstens fünfundzwanzig geben würde. Das braune Samtsofa war weg, und Kevin schob gerade aus dem Hintergrund eine ziemlich mitgenommene, grüngoldene Chaiselongue an seine Stelle. Victor blieb einen Moment stehen und sah zu, wie er den Pfau auf den dicken goldenen, gedrechselten Holzrand stellte, der über die Rückenlehne lief.

Victor stieg bei Ealing Common in den Zug und fuhr bis Park Royal. Nicht zu Tom diesmal, sondern zu dem Geschäft neben der Weinhandlung, an das er sich von seinem Besuch erinnerte. *Kleinkaliberwaffen – Hanger Green* nannte es sich. Im Schaufenster waren alle möglichen Sorten Waffen, ein wahres Arsenal, aber Victor wußte, daß abgesehen von den Luftgewehren und Schrotflinten kaum welche echt waren. Er ging hinein und fragte nach einer Luger-Imitation. Der Mann hatte keine vorrätig und bot Victor statt dessen eine Beretta an, die Art, die James Bond zu benutzen pflegte, ehe er auf die Walther PPK 9 mm umstieg. Es war eine große, schwere automatische Pistole, haargenau und in jedem Detail das

Abbild einer echten, aber feuern tat sie nicht, war nicht einmal für Platzpatronen ausgerüstet.

Der Preis betrug achtzig Pfund. Danach blieben Victor noch eben gerade vier Pfund übrig, um davon zu leben, bis die nächste Sozialunterstützung fällig wurde. Aber er zögerte nicht. Ihm war der Gedanke gekommen, wie er den Verrechnungsscheck flüssigmachen konnte.

Auf dem Heimweg kaufte er ein Magazin mit dem Titel *This England*, welches vierteljährlich erschien. Er konnte es sich eigentlich gar nicht leisten, er konnte sich kaum noch Lebensmittel leisten, aber es stand ein Artikel über den Epping Forest drin. Was wohl aus all den Essensresten von Sonntag geworden war, überlegte er, aus den Wachteln zum Beispiel? Wahrscheinlich hatte David sie gegessen. Er würde sich nicht entblöden, danach zu fragen, aber anrufen würde er David doch noch einmal. Er konnte ebensogut alle Münzen, die er noch hatte, für ein Telefongespräch mit David verbrauchen.

«Hallo?»

«Hier Victor», sagte Victor. «Als ob du das nicht wüßtest.»

«Ich möchte nicht mit dir sprechen, Victor. Wir haben uns nichts mehr zu sagen. Bitte hör auf, dauernd anzurufen.»

«Aber ich habe *dir* eine Menge zu sagen. Ich komme morgen rüber und besuche euch, wenn Clare zu Hause ist. Und diesmal wirst du keine Chance haben, mich mit einer Glasscherbe anzugreifen. Ich glaube, du weißt, was ich meine.»

«*Was?*»

«Du hast es ja gehört», sagte Victor. «Wenn ich zu einem Arzt gehen und ihm die Wunden auf meiner Brust zeigen würde, dann wärst du dran wegen schwerer Körperverletzung. Ich rufe Clare später noch an. Also laß *sie* dann ans Telefon gehen, klar? So viel Anstand wirst du ja noch haben. Ich ruf so gegen acht an.»

Er legte auf. Fünf Zehn-Pence-Stücke, eine Pfundnote und eine Pfundmünze waren in seiner Tasche noch übrig. In seinem Schrank war noch ein halber Brotlaib, eine Dose Tomaten und etwa ein Viertelpfund Edamer Käse. Morgen würde er gehen und Muriel besuchen. Er ging noch einmal los und gab die Pfundnote und die Pfundmünze für zwanzig Zigaretten, einen halben Liter Milch, einen Riegel Schokolade und den *Standard* aus. Es stand nichts drin über Vergewaltigung, weder in Hertfordshire noch im Epping Forest. Er saß rauchend in seinem Rollstuhl und sah fern. Als das Tennisturnier zu Ende war und die Nachrichten anfingen, löste er unter erheblichen Schmerzen den Verband von der größten Wunde auf seiner Brust und versorgte sie mit einem neuen Stück Heftpflaster. Natürlich glaubte er nicht wirklich, David hätte ihm die Schnittwunden beigebracht, er war ja nicht verrückt, er wußte sehr gut, daß sie von dem dünnen, dunklen Mädchen im Wald stammten, aber er wollte, daß David dachte, er glaube es. Vielleicht fing David schließlich selbst an, es zu glauben.

Mit dem Anruf bei Clare bis acht zu warten, das war unmöglich. Er aß ein bißchen Brot und Käse, rauchte eine Zigarette, dann ging er die Treppe hinunter und wählte Davids Nummer. Es war fünf Minuten vor halb acht.

David nahm ab, obwohl Victor sich ausbedungen hatte, er solle es nicht tun.

«Du hast kein Recht, sie davon abzuhalten, mit mir zu sprechen, wenn sie und ich das wollen!»

«Aber sie will es gar nicht, Victor. Und ich kann dir auch gleich sagen, daß dies das letzte Mal ist, daß du mit mir sprichst, weil ich unsere Telefonnummer ändern lasse.»

Victor fing an zu lachen, er konnte einfach nicht anders, er mußte lachen, daß David sich so viele Scherereien machte, wo er, Victor, ihn doch sowieso nicht mehr anrufen konnte, weil er gar keine Münzen mehr hatte.

«Victor», sagte David, «hör mir mal eine Minute zu. Ich will dir wirklich nichts Böses, das mußt du mir glauben. Aber ich glaube, du mußt in Behandlung, du bist krank. Wirklich, um *deinetwillen*, Viktor, du brauchst Behandlung. Du mußt unbedingt zu einem Arzt gehen.»

«Ich bin nicht verrückt», sagte Victor schroff. «Mach du dir man bloß keine Sorgen um mich. Wenn das Gefängnis es nicht geschafft hat, mich spinnert zu machen, dann schaffst *du* es auch nicht. Aber *ich* will *dir* Böses, verdammt viel Böses sogar. Glaub bloß nicht, daß du mich zum letztenmal gesehen hast. Du kannst Clare sagen, ich lasse sie nicht im Stich, ich werde sie nie und nimmer aufgeben, klar?»

Aber David antwortete nicht mehr, weil das Zahlsignal einsetzte, und Victor hatte kein Zehn-Pence-Stück mehr zum Einwerfen. Er legte den Hörer auf, und mit dem Stift, der oben auf dem Apparat lag, strich er Davids Namen und Telefonnummer aus, die er auf die Unterseite der Stufen geschrieben hatte. Natürlich war es auch Clares Nummer, aber das machte nichts, weil er sie inzwischen auswendig wußte...

Morgen, dachte er, wenn er ein bißchen Geld hätte, dann würde er nach Theydon Bois fahren und die Beretta mitnehmen. Das letzte Mal war David sehr dumm gewesen, weil er nicht an die Echtheit einer echten Waffe hatte glauben wollen. Aber gebranntes Kind scheut das Feuer. Diesmal würde er es glauben. So wie er damals nicht geglaubt hatte, daß die echte Waffe echt war, so würde er diesmal glauben, daß eine unechte Waffe echt wäre. Während Victor David mit der Waffe in Schach hielte, konnte Clare aus dem Haus flüchten. Sie würden mit dem Landrover fahren. Er war jetzt froh, ihr gebeichtet zu haben, daß der rote Escort bloß gemietet war, und auch noch gleich das mit den Vergewaltigungen. Jetzt wußte sie wenigstens alles von ihm, er hatte keine Geheimnisse mehr vor ihr, und so sollte es ja auch sein...

16

Er würde das Ding hochheben und es zur Seite schieben müssen, um den Schlüssel darunter herauszuholen! Angstvoll und hastig blickte er in jene Richtung und dann schnell wieder weg. Noch einmal kletterte er über die Felsen und schaute durch die Fensterscheibe hinein. Muriel schlief noch immer in ihrem Sessel, und kein noch so lautes Schellen der Türglocke, dieses schrille Scheppern, das man durch das Ziehen an dem eisernen Glockenzug auslöste, würde sie aufwecken. Er überlegte sogar, ob vielleicht irgendwas nicht in Ordnung wäre, ob sie vielleicht eine Art Anfall gehabt hatte?

Vielleicht gab es eine Möglichkeit, durch den Hintereingang hineinzukommen. Victor ging seitlich um die Garage herum und probierte es mit der Hintertür. Abgeschlossen natürlich! Der rückwärtige Garten war zu einem Heufeld geworden, durch das der Wind rippelnd seine Furchen zog. Sobald er seine Sache erledigt hatte, würde er die U-Bahn nach Theydon nehmen und Clare mit Waffengewalt aus jenem Haus holen. Die Beretta lag schwer in der Tasche seiner grauen Steppjacke und zog sie an der rechten Seite ein wenig herunter. Damals, beim erstenmal, hatte David zugegeben, daß er sich vor ihm gefürchtet hätte, gefürchtet, er käme, um noch einmal zu schießen, um ‹ganze Arbeit zu machen›. Victor erwartete nicht viel Gegenwehr von David. Das Entscheidende war, erst einmal in das Haus zu kommen. Es war schon zwei Uhr, und er trödelte hier jetzt beinahe seit einer Stunde herum, läutete diese Glocke und untersuchte Türen und Fenster.

Muriel schlief stur weiter, einen leeren Teller und eine Tasse auf dem einen ihrer Beistelltische, Zeitschriften, Schere und Kleistertopf auf dem anderen. Es war ein warmer Tag, sogar der Wind war warm, aber sie hatte ein Element ihres elektrischen Heizofens eingeschaltet, eine einzelne, rotglühende Spirale. Victor konnte ihn hier draußen nicht riechen, aber er konnte sich den Gestank von verbranntem Staub lebhaft vorstellen.

Er kletterte über die Steine zurück und blieb auf einem stehen, auf dem auch das Kaninchen und der Frosch saßen. Frösche machten ihm nichts aus, Schlangen übrigens auch nicht und nicht einmal Krokodile. Er würde mit Vergnügen die Haut einer Kröte anfassen. Er leckte sich über die Lippen, schluckte und zwang seinen Blick auf die steinerne Schildkröte. Es ist bloß ein Stein, redete er sich ein, bloß ein lausiger Steinbrocken. Die machten solche Dinger zuerst aus Wachs oder Ton, und dann machten sie eine Form drumherum, und die gossen sie dann aus. Sie gossen eine Art Mörtel oder feinen Zement in die Gießform. Hunderte, Tausende wurden so hergestellt, das waren reine Massenprodukte. Aber es half nicht viel, daß er sich das alles erzählte. Ich muß wieder daran arbeiten, dachte Victor, ich muß versuchen, zu Ende zu bringen, was ich vor all den vielen Jahren angefangen habe. Clare wird mir helfen, Clare ist es ja gewöhnt zu heilen. Zunächst aber mußte er hier in dieses Haus rein, und dazu mußte er den Schlüssel unter der... unter dem Ding rausholen. Schildkröte, sagte er laut, Schildkröte!

Das Fleisch seiner Oberlippe begann zu zucken. Er versuchte es mit der Hand stillzuhalten. Aber dann stellte er sich vor, sein Finger sei ein schuppiges Bein, das sich gegen seinen Mund preßte, und ein Schauder durchlief ihn und ließ ihn am ganzen Körper schlottern. Wenn ich es berühre, fall ich in Ohnmacht, dachte er. Und wenn er nun nach nebenan ginge und Jenny oder ihren Mann bäte, das Ding für ihn zur Seite zu rücken? Das gäbe Schwierigkeiten. Sie würden wissen wollen, warum. Und dann, wenn er die Tür aufgeschlossen hätte, dann käme womöglich einer von beiden mit ihm rein, und das wollte er nicht. Er kniete sich hin und schloß die Augen. Warum mußte er sofort an jene letzten Augenblicke in Solent Gardens und an David denken, wie er das Mädchen die Treppe hinunterschob und ihm den Rücken zukehrte? Wegen des Bildes mit den betenden Händen drauf, das an der Treppenwand hing? Vielleicht. Denn er kniete jetzt mit geschlossenen Augen in einer lächerlichen Gebetspose.

An alles andere denken, befahl er sich, bloß nicht an das, was er hier gleich tun mußte – das Objekt seiner Phobie berühren oder doch ein steinernes Faksimile! Denk an David, denk an jenen letzten Moment, an die Pistole, wie sie losging. Das waren schlimme Augenblicke und doch unendlich viel besser als dieser hier. Er beugte sich vor, streckte die Hände aus, umschloß das Ding, fühlte die steinerne Glätte seines Panzers. Es war überraschend schwer, das half. Das echte Ding wäre nicht so schwer gewesen. Mit angehaltenem Atem setzte er es ab, tastete nach dem Schlüssel und fand ihn. Das Ding wieder an den Platz zu setzen, von dem er es genommen hatte, das ging über seine Kräfte. Er stand auf, umklammerte den Schlüssel und würgte. Sein Magen war zum Glück leer, er hatte kein Mittagessen gemocht, und er hätte ohnehin kein Geld gehabt, es zu bezahlen. Zweimal stieg es ihm die Kehle hoch und er würgte, zitternd vor Übelkeit, aber er beherrschte sich einigermaßen, allein schon aus Angst, die ganze Straße beobachte ihn. Es kam ihm vor, als habe das Unternehmen Stunden gedauert, aber als er auf seine Uhr schaute, sah er, daß die ganze Quälerei wenig mehr als eine Minute gedauert hatte.

Er schloß die Haustür auf und ging hinein. Und sofort wachte sie auf, oder vielleicht war sie auch schon vorher wach gewesen, ehe er den Schlüssel ins Schloß steckte. Sie rief: «Bist du das, Joe?»

Victor dachte daran, was für eine Menge Unannehmlichkeiten er sich hätte sparen können. Er ging ins Wohnzimmer. Die Hitze war erdrückend, der Geruch nach verbranntem Staub genauso, wie er ihn sich vorgestellt hatte. Muriel trug ihr braunes Haarnetz, aber sie war angezogen, trug ein geblümtes Seidenkleid, zu dem wohl ein Gürtel gehörte, den sie aber nicht anhatte, und Strümpfe, die bis auf die Knöchel heruntergerollt waren, dazu pelzbesetzte Hausschuhe. Sie verbog sich zu ihrer typischen Haltung scheelen Mißtrauens.

Vornübergekrümmt, den Kopf zur Seite gelegt, schielte sie mit zuckender Nase von unten herauf.

«Was willst *du* denn hier?»

Eine Zorneswoge stieg in Victor hoch, vielmehr, sie wuchs ihm über den Kopf, immer höher wuchs sie, schien aufzuquellen wie Hefe, Blasen zu werfen... Was hatte sie mit sich angestellt, dachte er, daß sie seiner Mutter so ähnlich sah? Es war eine Ähnlichkeit, die er früher nie bemerkt hatte. Wenn seine Mutter noch lebte, ohne seinen Vater, würde sie dann jetzt so aussehen? Die Vorstellung war unerträglich. Aber irgend etwas war da an ihrem Gesicht – die Kinnlinie war voller und fester. Sie hatte keine falschen Zähne, soweit er wußte, aber sie hatte auch nicht mehr viele eigene übrig. Es mußte eine Brücke sein, die sie jetzt trug, die sie eigentlich immer tragen sollte, jetzt aber eingesetzt hatte wegen Jupp, um Jupp eine attraktivere Erscheinung zu präsentieren. Ihm fiel ein, weshalb er gekommen war.

«Ich muß ja wohl keine Einzelheiten erklären», fing er an, «aber ich habe bei dieser Frau durchblicken lassen, mein Name sei Faraday, und sie hat mir einen Scheck gegeben, der auf M. Faraday ausgestellt ist. Alles, worum ich dich bitte, ist, daß du ihn für mich auf der Rückseite unterschreibst.»

«Die Polizei war wieder hier», sagte sie statt einer Antwort.

«*Was* sagst du?» fragte er. «Wann sind sie gekommen?»

«Wann war der Tag, wo es geregnet hat? Als Joe hier war.»

«Wie kann ich das wissen! Montag? Dienstag?»

Vor seiner Nacht im Wald also, dachte er und atmete wieder.

«Sie sind erst bei dir gewesen», sagte sie, «aber du warst nicht da. Wegen einer Vergewaltigung, haben sie gesagt. Es ist mir ganz kalt über den Rücken gelaufen, ich war ganz durchgedreht. Nach dem ‹roten Fuchs› suchen sie, und vielleicht bist ja du das, haben sie gesagt.»

Der Frauenschänder von Hertfordshire. Deswegen waren sie also auch bei Mrs. Griffith gewesen.

«Deine arme Mutter!» sagte Muriel.

«Laß meine Mutter aus dem Spiel. Meine Mutter ist tot.»

Das Gesicht seiner Mutter blickte ihn an, gealtert, entstellt, schnurrbärtig, schnuppernd wie eine Maus, triefäugig, aber dennoch ihr Gesicht. Victor, inzwischen innerlich brodelnd vor Wut, hatte die seltsame Vorstellung, Muriel sei ein niederer Quälgeist, abgesandt von einer höheren Macht, um ihn auf höchst raffinierte, untergründige Weise zu peinigen, auf eine Art, die speziell auf ihn abgestimmt war, so, als sei alles, was seinen wunden Stellen am meisten zusetzte, minutiös in einen Computer eingespeist worden, dessen Ausdruck Muriel als Richtlinie diente. Bloß Muriel war gar nicht seine Tante Muriel, sondern ein Racheengel oder ein Teufel, täuschend vermummt... Warum hatte man das schlimmste Detail noch nicht eingespeist? Oder hatte man bereits? Würde sie im nächsten Moment den Schrank öffnen und es ihm zeigen...?

Als folge sie dem Lauf seiner Phantasie, erhob sie sich. Sie nahm die Tasse und Untertasse mit der linken Hand auf, schob zwei Finger mit der rechten Hand in den Mund und zog eine Prothese mit sieben oder acht Zähnen daran von ihrem Unterkiefer. Victor war wie gelähmt vor Entsetzen und hörte sich einen Protestlaut ausstoßen. Sie ließ die Zähne in ihre Teetasse fallen.

«So, das ist besser», sagte sie, und ihr Gesicht war nicht mehr das seiner Mutter. Aber die Augen waren es noch, plötzlich blaßblau und funkelnd. Victor schloß die seinen. «Und was war es doch, was du wolltest?»

Noch einmal versuchte er ihr die Sache mit dem Scheck zu erklären, aber er verschluckte sich an seinen eigenen Worten, so schnürte ihm die Wut die Kehle zu.

«Na, nun rede schon», sagte sie, die Tasse in der Hand, aus der die Backenzähne emporgrinsten, «weshalb hast du den Leuten meinen Namen angegeben?»

Er konnte nicht antworten.

«Zweihundert Pfund? Da steckt doch irgendein Schwindel dahinter, kann man wohl annehmen. Da muß ja was faul sein, wenn es von dir kommt.» Sie kam sehr nahe an ihn heran. Den Kopf nach hinten geneigt, beäugte sie ihn von unten her. «Und was hat dich abgehalten, meine Unterschrift zu fälschen?»

Ja, was eigentlich? Er hatte einfach nicht daran gedacht. Er packte sie bei den Schultern, um sie wegzuschubsen, und sie zuckte unter seinem Griff zusammen.

«Untersteh dich, du...!» schrie sie. «Wirst du wohl... o nein...»

Plötzlich begriff er, was sie meinte, und ihm grauste. Sie fürchtete, vergewaltigt zu werden! Gebrochene alte Kreatur, die sie war, seine ruinierte Mutter, die sie war – sie fürchtete sich, von *ihm* vergewaltigt zu werden! Und doch glitzerten ihre Augen, während sie sich davor fürchtete. Sie zitterte, starr und fasziniert, sie blinzelte schräg von unten in sein Gesicht, griff nach seinen Händen, um sie wegzuschieben, schlurrte rückwärts, einen Schritt, zwei Schritte. Die Tasse mit den Zähnen fiel zu Boden und rollte über den Teppich.

Erstmals, seit er das Haus betreten hatte, fiel ihm die Pistole ein, deren Gewicht seine Jacke herunterzog. Er griff mit der Hand in die Tasche, zog die Waffe heraus und hieb damit auf sie ein. Der Schlag traf eine Seite ihres Kopfes, und sie taumelte, laut aufschreiend. Victor schlug zu, wieder und immer wieder, mechanisch niederhagelnde Hiebe einer automatischen Hand, gespeist von einer Energie, die aus dem großen Kessel seines Zornes im Zentrum seines Körpers kam und mit immenser Stromspannung seinen rechten Arm hinunterströmte. Die Schläge trafen seine Mutter, trafen alle Frauen, Pauline und Clare und Judy und Mrs. Griffith. Vom ersten Schlag an handelte er einzig und allein aus seinem Zorn heraus, hirnlos, blicklos, genauso, wie es bei all seinen Vergewaltigungen auch gewesen war.

Muriels Schreie verebbten zu einem Stöhnen, dann zu einem Gurgeln. Und erst als es verstummte, als Stille eintrat, machte er seine Augen wieder auf. Trotzdem fuhr er fort, mit der Waffe auf sein Zielobjekt einzuschlagen, obwohl dieses Ziel keine feste Masse mehr war, sondern eine breiige. Er wurde sich auch bewußt, daß er, um mit seinen rasenden Schlägen weitermachen zu können, auf die Knie gefallen war. Eine warme, schmierige Nässe bedeckte ihn, und seine Hände waren klebrig davon. Er ließ sich vornüber auf den Boden kippen, rollte sich von ihr fort und umklammerte mit beiden Händen die glitschige Pistole.

Als erstes mußte er die Leiche zudecken. Es war ein entsetzlicher Anblick, er konnte ihn nicht ertragen. Er griff sich den Kaminvorleger, der vor dem elektrischen Ofen lag, ein dünnes, verschlissenes Ding mit verblaßtem türkischen Muster, und warf ihn über die blutige Masse, die einmal Muriel gewesen war. Nachdem sie seinen Blicken entzogen war, war ihm nicht mehr ganz so zumute, als sei das Ende der Welt gekommen. Er war wieder imstande zu atmen. Aber als er so dastand und sich an der Rückenlehne des Sessels festhielt, in dem Muriel immer gesessen hatte, da fragte er sich doch, wie es einem Menschen möglich war, einen Mord zu begehen und hinterher nicht zu sterben oder verrückt zu werden, sondern sein Leben weiterzuleben, abzuhauen, seine Spuren zu verwischen, alles abzustreiten, zu vergessen. Das fragte er sich, und kaum hatte er es sich gefragt, da tat er schon genau dasselbe. Er schaltete den Heizofen aus, schloß die Tür hinter sich und stieg die Treppe hinauf.

In dem Garderobenspiegel in Muriels Schlafzimmer sah er zufällig sein Spiegelbild, und er stieß einen Schrei aus. Er wußte, daß an seinen Händen Blut war, und hatte vor, sie sofort zu waschen, aber dies hatte er nicht erwartet: Sein Anblick jagte ihm Angst ein. Er war über und über mit Blut bespritzt, mit Blut getränkt, als sei er mit Armen und Händen in einen Kübel von Blut getaucht, habe sich darin gesuhlt wie ein Schlächter. Die wattierte Baumwolljacke war dunkel von Blut, sein Hemd rot von Blut, und ein großer dunkler Fleck breitete sich vorn auf seinen Jeans aus, als ob Blut aus einer Wunde seines eigenen Körpers käme. Es war so grauenhaft, daß er auf der Stelle anfing, sich die Kleider vom Leib zu reißen, und er geriet dabei so in Panik, daß er in seiner Hast Stoff zerfetzte und Knöpfe abriß. Das Blut war durchgeweicht bis auf seine Haut, dünn und bläßlich und von einer Konsistenz wie Fleischsaft. Er stolperte den Korridor hinunter zum Badezimmer, würgend und schluchzend.

Waschen würde nichts nützen, nur völliges Untertauchen konnte helfen. Er ließ die Badewanne vollaufen, und während das Wasser einlief, kniete er auf dem Boden und preßte den Kopf gegen die kalte Emaille. Auf welche Weise auch immer das Wasser in diesem Haus erwärmt wurde, Muriel hatte es niedrig eingestellt. Es war ein kaum lauwarmes Bad, das er schließlich nahm, und er zitterte, als er sich einseifte. Mit einem dünnen, harten Handtuch rieb er sich trokken, und dann fiel ihm ein – Kleidung, er mußte etwas zum Anziehen finden!

Beim Anblick des blutgetränkten Kleiderhaufens im Schlafzimmer wurde ihm wieder übel. Es war, als ob dort eine zweite Leiche läge. Er fing an, die Schubladen aufzureißen, fand aber nur Damenunterwäsche, rosa Korsetts, deren elastische Seitenteile ausgeleiert waren, braune Baumwollstrümpfe, sonnenbraune Seidenstrümpfe, grobgestrickte Wollschlüpfer, Pumphosen geradezu, in Rosa und Weiß, Unterröcke mit breiten Trägern und tiefem, runden Ausschnitt. Seine eigene Nacktheit war ihm entsetzlich fremd, verwirrend, peinlich, eine Quelle der Verlegenheit. So völlig nackt ging und bewegte er sich unbeholfen, und ihm wurde klar, daß er kaum jemals in seinem Leben länger als ein paar Augenblicke nackt gewesen war, außer während jener Stunden mit Clare. Beim Gedanken an sie mußte er die Augen schließen und sich mit den Händen an die Kante der Kommode klammern.

Muriels Kommode enthielt keine männliche Unterkleidung, aber in der obersten Schublade war eine Schmuckkassette. Victor ließ die Schublade offen und den Deckel der Schmuckkassette ebenfalls. Er ging in das Schlafzimmer, wo er den größeren Teil des Geldes gefunden hatte. Die Kommode in diesem Raum enthielt Sydneys Unterwäsche, jedenfalls lag, was davon noch übrig war, in der dritten Schublade. Victor zog sich Altmännerunterhosen aus weißer Baumwolle an, vergilbt vom Alter und nach Kampfer riechend, eine geknöpfte Unterjacke, ein Paar verfilzte dunkelblaue Socken, die mit brauner Wolle gestopft waren. Die untere Schublade war noch halb voller Geld, zum größten Teil mit Pfundnoten. Er nahm sie an sich. Im nächsten Zimmer räumte er eine Schublade voller Fünfpfundnoten aus. Als er wieder in Muriels Schlafzimmer war, machte er den Schrank auf und leerte sämtliche Handtaschen aus. Sie enthielten viele hundert Pfund.

Victor zog sich einen hellbraunen Tweedanzug von Sydney an und ein sandfarbenes Baumwollhemd, das auf einem Bügel hing, noch mit dem Preisschild versehen. Wie alt das wohl war, und dabei nie getragen! Sydney hatte zwei Pfund, neun Schilling, elf Pence und drei Farthings dafür bezahlt. Als er fertig angezogen war, fühlte Victor sich besser, er fühlte sich sauber und so, als sei es durchaus möglich, das Leben weiterzuleben, irgendeine Form von Leben. In Muriels Schmuckkassette lag auf einem Haufen goldener Ketten und Glasperlencolliers der Ring mit den vielen Diamanten. Er steckte ihn in die Tasche und schob die Kassette in die Schublade zurück. Das Geld stopfte er sich in die Taschen, bis sie völlig ausgebeult waren. Der Nachthemd-Hund, aus dessen Bauch rosa Nyloneingeweide quollen, beobachtete ihn mit toten Glasaugen.

Warum sollte er eigentlich das Haus nicht vollständig ausräumen, was Geld betraf? Jetzt konnte er sich doch ebensogut alles nehmen. Aus dem Wandschrank, in dem die Pistole gewesen war, nahm er einen kleinen braunen Lederkoffer, etwas, das sein Vater immer Attachékoffer genannt hatte, und dahinein stopfte er das Geld. Er suchte sämtliche Schlafzimmer ab, auch das vierte, in dem er vorher noch nie gewesen war, und überall fand er Banknoten – in einem Plastikeinkaufsbeutel unter einem Kissen, zwei Zehner unter dem Fuß einer Lampe, ein Bündel Fünfer in der Aschenschublade unter dem Feuerrost, zugedeckt mit einem rußbedeckten silbernen Papierfächer. Es war fast mehr Geld, als in den Koffer hineinpaßte, und nur unter großen Schwierigkeiten schaffte er es, die Verschlüsse zuschnappen zu lassen.

Das Haus war dunkel geworden, dunkler als sein normales Tagesdämmerlicht. Victor hatte die Zeit völlig vergessen, er meinte, es müsse Abend sein. Aber als er auf seine Uhr blickte, sah er, daß es noch nicht einmal drei war. Diese ganze Katastrophe, dieses Erdbeben hatte in weniger als einer Stunde stattgefunden!

Draußen goß es in Strömen – undurchdringlicher, glitzernder Regen wie kerzengerade Glasstäbe, dicht an dicht. Victor ging die Treppe hinunter, und als er unten angekommen war, sah er, daß er auf seinem Weg nach oben auf dem Flurteppich blutige Fußspuren hinterlassen hatte, Spuren, die verblaßten und undeutlicher wurden, je weiter sie nach oben verliefen. Der Regen würde seine Schuhe sauberwaschen, würde das helle Leder von den großen dunklen Flecken reinigen.

An der Flurgarderobe hingen haufenweise Mäntel, immer einer über dem anderen. So war es schon immer gewesen, so lange er sich zurückerinnern konnte. Zwischen den Mänteln eingeklemmt hingen ein paar Regenschirme. Als er den obersten Mantel vom Haken nahm, löste Victor förmlich einen Erdrutsch aus, der ganze Haufen fiel in wüstem Durcheinander auf den Boden. Er zog sich einen Männerregenmantel daraus hervor, Sydneys wahrscheinlich, der hier hängengeblieben war, seit er ihn vor zehn Jahren zum letztenmal ausgezogen hatte. Es war ein Trenchcoat, schwarz und glänzend, aus Plastik oder sonst einem beschichteten Material, und Victor suchte ihn sich aus, weil er vollkommen wasserdicht aussah. Er zog ihn über, band aber nicht den Gürtel zu. Er war ein bißchen zu lang für ihn, aber sonst paßte er.

Jetzt fiel ihm der Schlüssel ein, aber wo er ihn gelassen hatte, das wußte er nicht mehr. Oben zwischen seinen Kleidungsstücken? Da drinnen bei der Leiche? Ihn wieder unter die Schildkröte zurückzulegen, das überstiege ohnehin seine Kräfte. Ebenso fiel ihm die

Waffe ein. Mit geschlossenen Augen machte er die Wohnzimmertür auf, und als er sie öffnete, wurde er sich bewußt, daß er allen Gesetzen der Natur und der Erfahrung zum Trotz gehofft hatte, Muriel in ihrem Sessel sitzen zu sehen, die Schere in der Hand, den elektrischen Ofen neben sich. Jetzt verbarg der Kaminvorleger das Schlimmste, und die Blutspritzer waren nicht bis an die Wände gekommen. Er kroch über den Teppich, vorbei an dem Gebißteil und der Teetasse, packte die Pistole vorsichtig am Lauf, mit vor Ekel weit abgespreiztem Zeigefinger und Daumen. Das geronnene Blut, das daran klebte, fühlte sich wie Gummi an. Was jetzt kam, war beinahe das Schlimmste: Die Tür wieder zumachen, die Pistole in die Küche tragen und sie unter dem Kaltwasserhahn abwaschen und zusehen müssen, wie die Blutklümpchen im Wasser wirbelten und im Sieb des Ablaufs hängenblieben, und dabei unerbittlich denken müssen, daß dies der Stoff war, aus dem auch er gemacht war...

«Wessen Blut ist das?» – Mein eigenes.

Er hatte sich nicht an diese Worte erinnern wollen. Hastig schob er sie beiseite, trocknete die Waffe an Muriels derbem Geschirrhandtuch ab und steckte sie in die rechte Tasche seines Regenmantels.

Der Regen bildete eine Glaswand um das Vordach. Victor trat hinaus, spannte den Regenschirm auf und zog die Haustür hinter sich zu. Jenny von nebenan hatte ihren Wagen draußen vor ihrem Haus geparkt. Als er gekommen war, hatte er dort noch nicht gestanden. Da fiel Victor ein, daß ja heute Samstag war, und Jenny und ihr Mann machten samstags immer ihre Einkäufe. Bestimmt waren sie zum Einkaufen unterwegs gewesen, als er kam, und sie waren zurückgekommen, während er... während er oben war. Sie hatten jetzt bestimmt Sachen bei sich, die sie für Muriel eingekauft hatten, und sobald der Regen aufhörte, würden sie kommen und nach dem Schlüssel suchen...

Vermutlich hatten sie ihn bereits gesehen. Jenny hatte ihm ja erzählt, ihr entginge nichts, was in der Straße passiere. Victor stand an der Gartenpforte am Fuße des künstlichen Steinhanges, da wurde ihm klar, daß es zu spät war, seine Spuren zu verwischen. Sobald jemand dieses Haus betrat, würde bekannt sein, wer Muriels Mörder war. Er war ganz ruhig, gleichsam eingefangen in einem unausweichlichen Schicksal. Alles, was er tun konnte, war, die Entdekkung der Leiche hinauszuzögern.

Nebenan stieg er ähnliche Steinstufen hinauf wie bei Muriel, zwischen ähnlichen Felsüberhängen, Grotten und Vorsprüngen hindurch, zog an einem ähnlichen Klingelstab. Dieser jedoch löste einen Ton aus wie der Halbstundenschlag einer Uhr. Jenny kam an die Tür. Wieder sah er Clares Bild in ihr, eine vergröberte, verdorbene Clare, und ihm war, als fiele etwas aus seinem Körper heraus und hinterließe einen Hohlraum.

«Hallo, Vic! Ich habe Sie einen Augenblick lang gar nicht erkannt. Na, Sie sehen ja schmuck aus! Picobello landfein!»

Sonntagnachmittagsausgehfein...

«Sie sagt, ich soll das Zeug holen, das Sie für sie haben.»

Die Tage seiner plötzlichen Fähigkeit, sich auszudrücken, waren vorüber. Er war wieder halb stumm, unfähig, sich zu artikulieren.

«Ach, das waren ja bloß Teebeutel und eine Biskuitrolle, Vic. Wollen Sie nicht 'ne Minute reinkommen? Okay, wenn Sie es eilig haben...» Sie war nur ein paar Sekunden weg und kam mit zwei Papiertüten wieder. «Also, hier ist es, aber ich kann es auch gern später selbst rüberbringen.» Er sah, daß sie auf seine Schuhe blickte, graue Schuhe, die sich voll Blut gesogen hatten, in großen schwarzen Flecken.

«Ihr geht's nicht so gut. Sie will nicht gestört werden.»

«Na gut. Ich versteh schon. Na, dann man los, Vic! Wiedersehn.»

Weil sie ihn womöglich beobachtete, ging er mit den beiden Tüten ums Haus zur Hintertür und überließ sie auf dem Sims des Küchenfensters dem Zerstörungswerk des Regens. Morgen oder übermorgen würde Jenny von nebenan Muriels Leiche finden. Er ging nach Hause und trug den Koffer mit dem Geld in der Hand, und erst als er schon beinahe dort war, fragte er sich, warum er eigentlich in Mrs. Griffiths Haus zurückging?

Von der Ecke Tolleshunt Avenue aus sah er den Polizeiwagen. Victor war vollkommen ruhig, er wußte ja ganz genau, daß noch niemand von dem Mord an Muriel wissen konnte. Die Polizei kam aus einem anderen Grund zu ihm, dem üblichen Grund. Sie stellten noch immer Nachforschungen an nach dem ‹roten Fuchs›, oder aber die Frau aus dem Epping Forest hatte gequatscht. Er blieb zögernd stehen, und während er wartete, kamen zwei Männer aus Mrs. Griffiths Haus und stiegen in ihren Wagen; einer von ihnen war der Kriminalbeamte, den er Schäbiges Leder getauft hatte. Er glaubte schon, sie würden gar nicht wegfahren. Aber schließlich taten sie es doch, wobei sie eine Wasserfontäne aus dem überfluteten Gully aufspritzen ließen.

Sie würden wiederkommen, das war klar, und zwar sehr bald. Er hatte Angst, Mrs. Griffith zu begegnen oder dem Mann, der sich über seine turbulenten Nächte beschwert hatte. Aber es war niemand da. Victor stieg die Treppe hinauf und schloß sein Zimmer auf. Dort wechselte er seine Schuhe, ohne sich drum zu scheren, daß die grauen, die er zurückließ, der Polizei in die Hände fallen konnten. Er machte Syndeys Attachékoffer auf und legte den einzigen Gegenstand hinein, den er unbedingt mitnehmen wollte: Clares Foto.

Nein, es gab noch einen Gegenstand – den Rollstuhl.

Victor faltete die braune Decke zusammen und legte sie auf den Sitz. Er knallte die Tür hinter sich zu, nachdem er einen letzten Blick auf den runden Bambustisch mit dem Zigaretten-Brandmuster geworfen hatte, auf das Ravioli-Linoleum und die grünen Teppiche und auf den Fernseher, für den der größte Teil vom Geld seiner Eltern draufgegangen war. Er rumpelte den Rollstuhl die Treppe hinunter. Vor der Haustür setzte er sich hinein und zog sich die Decke über die Knie. Der Regen war nur noch ein dünnes Nieseln. Victor arbeitete heftig mit den Armen und rollte die Straße hinunter zur Twyford Avenue, über das nasse Pflaster mit den vielen Pfützen, unter dem schweren, dunkelgrünen Blätterdach der Bäume hindurch, von denen es unvermindert tröpfelte, dichter als Regentropfen. Der Koffer mit dem Geld und Clares Foto lag auf seinem Schoß unter der Decke.

Gerade als er die Ecke erreichte, kam der Polizeiwagen wieder angefahren, verminderte das Tempo, fuhr langsam an ihm vorbei. Er war ja auch nicht Victor Jenner, er war ein behinderter Mann in einem Rollstuhl. Etwa einen Kilometer von Mrs. Griffiths Haus entfernt, als er sich mit dem Rollstuhlfahren bis an die Grenze der Erschöpfung verausgabt hatte, stieg er aus und bemerkte etwas, das er vorher nicht gesehen, das ihm einfach nie aufgefallen war: Der Stuhl ließ sich zusammenfalten. Er klappte ihn zusammen, und als ein Taxi vorbeikam, nahm er den zusammengefalteten Rollstuhl mit sich in den Fond.

17

Victor lag auf dem Bett in seinem Hotelzimmer. Das Hotel war in Leytonstone, etwa auf halbem Weg zwischen Acton und Theydon Bois. Der Taxifahrer hatte sich geweigert, ihn noch weiter hinaus zu befördern, und Victor war zu müde gewesen, über Mietwagen oder U-Bahnen nachzudenken. Während seiner Jahre im Gefängnis hatte der Tourismus in London beträchtlich zugenommen, und Hotels wie dieses waren in den inneren und äußeren Vororten überall nur so aus dem Boden geschossen. Meist waren es umgebaute große, alte Villen, und sie verlangten weit niedrigere Preise als die Hotels im Zentrum Londons. Nicht, daß die Kosten Victor etwas ausgemacht hätten. Er trug in seinem Koffer Tausende von Pfund bei sich – wieviel, das wußte er gar nicht, er war zu müde, es zu zählen. Genug jedenfalls, mehr als genug, um für sich und Clare ein Heim zu finden und darin zu wohnen, einen Betrieb aufzumachen oder auch nach Übersee zu gehen, wenn sie das lieber wollte.

In diesem rückwärtigen Parterrezimmer gab es sogar ein Telefon, aber es war sinnlos, sie anzurufen. Natürlich würde David abnehmen. Es war viel besser, das bis morgen aufzuschieben, wenn er hingehen würde mit dem Geld und der Pistole. Es war noch früh am Abend, aber er hatte Sydneys Anzug ausgezogen und lag in der komischen, vergilbten, alten Unterwäsche auf dem Bett, und er überlegte, ob er sich wieder anziehen und ausgehen sollte, um etwas zu essen, aber immer, wenn er an Essen dachte, fiel ihm ein, wie er die Blutklumpen von der Beretta abgespült hatte, und dann stieg ihm Übelkeit die Kehle hoch.

Seine drei Besitztümer möblierten sozusagen das Zimmer – die Waffe, der Rollstuhl und der Attachékoffer voller Geld. Das Hotelmanagement steuerte lediglich einen eingebauten Schrank, eine eingebaute Schreibplatte nebst Spiegel, ein Bett und einen Fernseher bei. Victor lag auf dem Bett und sah fern. Es kamen die Nachrichten, und zwei oder drei Stunden später kamen sie noch einmal, aber es war nichts drin über Muriel. Das würde es auch so lange nicht, bis Jenny von nebenan ins Haus ginge – möglicherweise nicht vor nächstem Samstag, überlegte er. Er drehte sich zur Seite und schlief ein.

Davids Telefonnummer war ihm glatt entfallen. Aufgeschrieben hatte er sie lediglich auf der Unterseite von Mrs. Griffiths Treppe, und dort hatte er sie ausgestrichen. Aber durch die Auskunft erfuhr er sie, und etwa um zehn Uhr morgens wählte er die Nummer, entschlossen, sofort aufzulegen, falls David sich meldete. Aber es meldete sich niemand. Er schrieb die Nummer auf die Innenseite des Attachékoffers. Die beiden gingen wahrscheinlich spazieren. Es war ein schöner Tag, Wolken und Regen vom Samstag hatten sich verzogen, der Himmel war klar, und die Sonne schien. Victor sah aus dem Fenster und blickte über typische alte Londoner Vorstadtgärten – kurzgeschorener, unkrautfreier Rasen, Birnbäume, eine gelbe Backsteinmauer... Hierher konnte er Clare nicht bringen.

Eine der Wunden auf seiner Brust hatte eine bläulich-purpurne Verfärbung angenommen, und das Gewebe drumherum war geschwollen. Wahrscheinlich steckte da noch ein Glassplitter drin, aber es tat zu weh, wenn er daran herumquetschte. Wenn er jetzt eine Blutvergiftung bekam, dann war David dafür verantwortlich, dachte er, und im Geiste sah er, wie David sich in seinem Rollstuhl vorbeugte und mit einer Glasscherbe nach ihm stach. Aber er brauchte sich deswegen nicht weiter Gedanken zu machen, das war etwas, das Clare schon in Ordnung bringen würde, sobald sie zusammen wären. Er fragte bei der Auskunft nach der Nummer des *Post House Hotel* in Epping, rief dort an und ließ sich ein Doppelzimmer für die Nacht reservieren.

Am Sonntag gingen die Züge weniger oft, und er mußte auf dem Bahnsteig in Leytonstone zwanzig Minuten warten. Er hielt den zusammengeklappten Rollstuhl fest, trug den Attachékoffer und hatte sich den Regenmantel über die linke Schulter gehängt, denn es war zu warm, ihn anzuziehen. In den Grünanlagen in Theydon spielten die Kinder Ball, und die Leute führten ihre Hunde spazieren. Er hielt nach David und Clare Ausschau, denn er dachte, sie gingen vielleicht mit Sally spazieren, aber dann fiel ihm ein, daß Sally noch nicht ausgehen durfte, bis sie ihre Staupeimpfung hinter sich hatte.

Victor schob den Rollstuhl vor sich her. Es war zu schwer, ihn zu tragen. Den Attachékoffer, die braune Reisedecke und den Regenmantel legte er auf den Sitz. Trotz der Wärme des Tages waren alle Fenster von *Sans Souci* geschlossen. Er blickte durch die Fenster, blickte durch das Seitenfenster der Garage und sah, daß der Landrover fort war. An der Rückseite des Hauses waren die Glastüren geschlossen und der blauweiße Sonnenschirm zusammengeklappt. Und noch etwas bemerkte er, und es regte ihn über Gebühr auf. Dabei bestand gewiß kein Grund, sich über etwas aufzuregen, das – wie seine Mutter ihm früher einmal erklärt hatte – für diese Jahreszeit, für Ende Juni, völlig normal war: Es blühten nirgends Blumen. Die Frühlingsblumen waren verwelkt, die Rosen waren geschnitten, die Sommerblumen aber und die späten Rosen standen noch nicht in Blüte. Der Garten war ganz und gar grün, nichts als grün!

Victor trommelte gegen die Glastür, damit der Hund drinnen anfinge zu bellen, aber es rührte sich nichts. Also hatten sie ihn doch mitgenommen, wohin immer sie gefahren waren. Er beschloß, nach Leytonstone zurückzufahren, dort abzuwarten und abends noch einmal wiederzukommen. Der Rollstuhl war eine lästige Sache, aber er konnte ihn nicht gut einfach auf der Straße stehenlassen. Bei einem Zeitungshändler kaufte er sich zwei Sonntagszeitungen und las sie im Zug. In einem Lokal in Leytonstone ließ er sich zum Lunch ein paar Sandwiches geben und ein Glas Wein und dann noch eins, in der Absicht, den Nachmittag zu verschlafen. Die Aussicht, ein bißchen betrunken zu werden, gefiel ihm, und er nahm noch zwei doppelte Whiskies in einer Kneipe weiter unten an der High Road, in einer Gegend, wo der Pesthauch der Stadt oder vielleicht auch der drohende Ausbau der Straße Geschäfte und Büros hatte eingehen lassen, wo an verlassenen Häusern die Fenster mit Brettern vernagelt waren. Es lag etwas Trostloses über dieser Gegend an solch einem heißen, stickigen Tag – kaum Menschen auf den Straßen, dafür dichter Autoverkehr, und über allem eine Dunstglocke von Abgasen. Weit in der Ferne, vielleicht über dem Epping Forest, donnerte es leise.

Wein und Whisky stiegen ihm in den Kopf und versetzten ihn in einen Zustand der Sorglosigkeit. Er kam an einer Frau in einem Rollstuhl vorüber, der von ihrem alten Ehemann geschoben wurde. Da stieg auch er in seinen Rollstuhl, deckte seine Knie zu und schob sich vorwärts. Die Leute gingen ihm aus dem Weg, warfen ihm die wohlbekannten Blicke zu – voll Mitleid, Verlegenheit, Schuld oder Furcht – oder setzten ihren Stolz darein, ihm über die Straße zu helfen. Weil er so konfus und vernebelt war vom Alkohol, kam ihm gar nicht in den Sinn (jedenfalls nicht, bevor er drinnen war), sich mal zu überlegen, was die Leute im *Fillebrook Hotel* von einem

Gast halten sollten, der am Morgen gesund aus der Haustür geht und am Nachmittag als Krüppel zurückkommt! Aber durch den Schichtdienst hatte das Personal gewechselt. Das Mädchen, das jetzt an der Rezeption saß, reagierte sofort, aber nicht erstaunt oder argwöhnisch, sondern indem sie sich beeilte, ihm eine bereits offene Glastür noch weiter aufzuhalten. Und dann lief sie voraus und schloß ihm seine Zimmertür auf, als habe er nicht nur die Beweglichkeit seiner Beine, sondern auch die seiner Hände eingebüßt.

Er legte sich aufs Bett und schlief alle Drinks aus, die er sich genehmigt hatte. Und er wachte mit hämmernden Kopfschmerzen auf. Bevor er eingeschlafen war, mußte er wohl den Fernseher eingeschaltet haben, denn er lief noch immer. Eine Kongregation andächtiger, ernst dreinblickender Leute sang Choräle. Er schaltete von einem Kanal auf den nächsten, geriet in die Sendung *London am Wochenende* – anscheinend eine Art Kriminalserie – und drehte den Ton ganz herunter, um telefonieren zu können. Während er Davids Nummer wählte, überlegte er sich, daß es wohl am besten sei, sich vom Hotel einen hiesigen Minitaxibetrieb nennen zu lassen, sich von denen nach Theydon Bois fahren zu lassen und Clare abzuholen. Jetzt wurde drüben abgehoben, und David sagte «hallo». Bestimmt kam er nicht drauf, daß es Victor war, denn es war ja das erste Mal, daß er nicht von einem Münzapparat aus anrief.

«Ich würde gerne mit Clare Conway sprechen, bitte.» Victor legte sich eine ‹feine› Stimme zu, höher als seine eigene, und David, obgleich argwöhnisch, schien darauf hereinzufallen. «Hier spricht Michael», setzte er noch hinzu.

«Welcher Michael?»

«Faraday», sagte Victor.

Dann herrschte Stille. Er glaubte schon, es liefe alles wie am Schnürchen, aber da hörte er ein Tuscheln, und Clares Stimme sagte: «Mein Gott!»

Victor spürte, wie das Fleisch in seinem Mundwinkel anfing zu zucken. Clare kam ans Telefon, und ihre Stimme war fremd, und ein Zittern lag darin.

«Victor, wo bist du? Bitte sag uns, wo du bist!»

Uns? Er sagte nichts. Sein Blick war beiläufig zu dem stummen Fernsehschirm gewandert, auf dem Muriels Haus erschienen war, eine Tudor-Trutzburg, die wie eine Festung auf ihren Felsen stand und war doch keine Festung, nicht uneinnehmbar. Die Haustür stand offen ... Ganz langsam ließ er den Arm sinken, entfernte ganz langsam von seinem Mund den Hörer, aus dem Clares Stimme immer und immer wieder seinen Namen rief: «Victor, Victor ...»

Das Bild auf dem Fernsehschirm wurde durch ein anderes abgelöst – durch seine eigene Fotografie, das Porträt, das er Clare geschenkt hatte.

Ihr Verrat lähmte ihn. Lange, sehr lange war er nicht fähig, sich zu rühren. Er schaffte es eben noch, den Hörer wieder auf die Gabel zu legen, nicht aber, den Ton des Fernsehers lautzudrehen. Aber was hätte er ihm schließlich noch verraten können über die Tatsachen hinaus, daß Muriels Leiche gefunden worden war und daß die Polizei nach ihm fahndete? Clare mußte der Polizei sein Bild gegeben haben! Bestimmt hatte David sie dazu angestiftet, aber trotzdem ... Er wäre eher gestorben, als ihr Bild herauszugeben! Dort also waren sie und David den ganzen Tag gewesen, auf der Polizei in Acton, denn Muriels Leiche mußte entweder gestern abend oder heute morgen gefunden worden sein.

Konnte man ermitteln, von wo sein Anruf gekommen war? Victor wußte es nicht, hatte aber die vage Vorstellung, als ob das bei privaten Telefonanschlüssen nicht feststellbar wäre. Aber war ein Hoteltelefon privat? Er zog den Regenmantel an, setzte sich in den Rollstuhl, deckte seine Knie mit der Decke zu und legte den Attachékoffer obendrauf. In der rechten Tasche des Regenmantels spürte er schwer und sperrig und tröstlich die Beretta.

Eine innere Stimme sagte ihm, daß dies für lange Zeit seine letzte Chance war, zu telefonieren. Er wählte noch einmal die Theydon-Bois-Nummer, wußte, sie würden sich melden, wußte, daß sie förmlich danach gierten, mit ihm zu reden. Es meldete sich wieder David.

«Du weißt, wer hier ist.»

«Victor, bitte hör mir jetzt zu ...»

«*Du* hörst *mir* jetzt zu. Ich hab eine Pistole, und die ist echt. Ich rate dir gut, glaub mir das! Es ist eine Beretta, und sie ist echt. Sorge dafür, daß die Bullen das glauben, wenn du nicht willst, daß noch jemand das kriegt, was du gekriegt hast!»

Er knallte den Hörer auf. Das Foto, das er Clare geschenkt hatte – die Erinnerung daran, wie er es ihr geschenkt hatte, tat so weh, daß er sich innerlich krümmte –, war ja neu und er sofort erkennbar. Plötzlich sah er im Geiste das Mädchen von der Rezeption irgendwo in einem Hinterzimmer die Halb-sieben-Uhr-Nachrichten *London am Wochenende* verfolgen... Und dort sah sie sein Bild, und wenn sie dann nach vorn in die kleine Halle kam, dann sah sie es gleich noch einmal... Der Rollstuhl schützte ihn immerhin ein wenig; auf subtile Weise veränderte der Rollstuhl sogar sein Gesicht. Victor bewegte sich vorsichtig aus seinem Zimmer heraus. Die Diele war leer. Ohne feste Vorstellung, wohin er wollte, ließ er den Rollstuhl die einzelne Stufe zum Bürgersteig hinunterholpern und wandte sich in die andere Richtung, fort von den Zügen, von der Eisenbahnunterführung und der High Road. Er manövrierte sich durch ein Hinterland viktorianischer Straßen, die nirgendwo hinführten, wo er sich auskannte.

Nach einer Weile kam er in den Wald. Ihm war nur vage bewußt gewesen, daß der Epping Forest sich die ganze Strecke bis hier herunterzog, und ihm wurde klar, daß dies hier sein südlichster Zipfel war, typischer Stadtwald bereits, kaum Gras und Blumen auf dem Boden, nur braune, festgetretene Erde. Er rollte in seinem Stuhl die Whipps Cross Road in westlicher Richtung entlang. Ein Polizeiwagen fuhr ganz langsam an ihm vorbei. Da fiel Victor ein, daß er sich im *Fillebrook Hotel* unter seinem richtigen Namen eingetragen hatte, und er begriff, daß es bloß noch eine Frage der Zeit, vielleicht nur von Minuten war, bis die Hotelleitung kapierte, wer letzte Nacht ihr Gast gewesen war. Er mußte raus aus diesem Bezirk, er mußte sich überlegen, wohin er endgültig gehen und was er machen wollte! Das Geld würde ihn absichern. Mit Geld konnte man alles machen, überall hingehen.

Taxifahrer, die den ganzen Tag unterwegs gewesen waren, hatten zwangsläufig kein Fernsehen gesehen. Victor hatte Angst, in aller Öffentlichkeit aus dem Rollstuhl auszusteigen, das wäre verdächtig, das würde die Aufmerksamkeit auf ihn lenken. Also bog er in eine Seitenstraße ein, stieg aus dem Stuhl, faltete ihn zusammen und zog ihn hinter sich her, wieder zurück in die Whipps Cross Road. Dort hielt er ein Taxi an. Der Fahrer sah ihn gleichgültig an, ohne verdächtiges Interesse. Er schien lediglich enttäuscht, daß Victor nach Finchley wollte und nicht ins Londoner Zentrum.

Beim leisesten Anzeichen, daß er Bescheid wußte oder Verdacht hegte, oder wenn er irgendwie auf verdächtige Weise in sein Funkgerät spräche, dann würde Victor ihm den Lauf seiner Pistole in den Nacken pressen und ihm befehlen, ihn irgendwo weit draußen an einen einsamen Ort zu fahren. Aber es geschah nichts. Es war ein trüber, grauer Abend geworden, schwül und stickig. Ein Blitz flakkerte durch die schweren Wolken am Horizont. Muswell Hill mußte das sein, dachte Victor. Die Spitze, die sich dort abzeichnete, das mußte der Kirchturm von der St. James Kirche in Muswell Hill sein. Dort würde er hinfahren. Niemand würde ihn dort vermuten.

Das Gewitter entlud sich spät am Abend. In dem Hotel, das Victor in der Archduke Avenue in Muswell Hill gefunden hatte, gab es in den Zimmern keine Fernseher und auch kein Telefon. Aber sie hatten ein Parterrezimmer frei in einem eingeschossigen rückwärtigen Anbau. Victor trug sich als David Swift ein. Das Personal war entgegenkommend und hilfreich, sie öffneten ihm Türen, liefen voraus, um sich zu vergewissern, daß die Zimmertür für den Rollstuhl auch breit genug wäre.

Überall hier, sogar von den Zimmern im Erdgeschoß aus, hatte man einen weiten Blick über London. Er saß in seinem Rollstuhl und sah zu, wie sich der Sturm seinen Weg bahnte durch einen Himmel aus Wolkengebirgen und -ebenen. Er hatte seit Mittag nicht gegessen, aber er mochte auch gar nichts essen. Während der Taxifahrt hatte ein Gefühl von ihm Besitz ergriffen, als sei er richtig krank, und er hatte dieses Gefühl noch immer. Es war nicht die Übelkeit, die ihn in Streßsituationen so oft überfiel, sondern eine schwere Benommenheit, so etwas wie Fieber. Vielleicht kam es bloß daher, weil er mittags so viel getrunken hatte. Er merkte auch, daß sein Puls beschleunigt war. Ehe er ins Bett ging, griff er noch einmal in die Tasche des Regenmantels, um sicher zu sein, daß die Pistole darin war. Er mußte wohl in die linke Tasche gegriffen haben, denn dort war nichts als ein halbvolles Päckchen Pfefferminzpastillen. Aber an der anderen Seite steckte die Pistole.

Victor schlief ein und träumte von David. David war gesund und konnte wieder laufen, er war wieder im Polizeidienst und leitete die Fahndung nach Muriels Mörder. Victor verdächtigte er nicht, er wollte sogar die Angelegenheit in allen Aspekten mit Victor durchsprechen, sie gründlich durchdiskutieren. Die Sache mußte bis morgen abgeschlossen sein, denn morgen würde David heiraten.

Die Braut kam im Hochzeitskleid ins Zimmer, aber als sie ihren Schleier hob und ihr Gesicht zeigte, da war es nicht Clare, sondern Rosemary Stanley. Victor wachte auf und verspürte eine merkwürdige Steifheit im Nacken und im Kiefer. Es mußte durch die Art und Weise gekommen sein, wie er auf der harten Matratze und dem Latexkissen gelegen hatte. Es war ein bißchen lächerlich, fand er, ein Mann, der von Hochzeiten träumt! Bloß Frauen träumten von Hochzeiten. Er schlief wieder ein, aber er schlief sehr unruhig, und um sieben stand er auf.

Die Steifheit in seinem Gesicht und seinem Nacken war noch da. Vielleicht hatte das irgendwie mit diesem Zucken seiner Gesichtsmuskeln zu tun, das er manchmal hatte, obwohl er heute morgen nichts davon spürte. Sein Puls raste immer noch. Er zog dieselbe Unterwäsche und dasselbe Hemd wieder an, weil er nichts anderes hatte, aber er nahm sich vor, auszugehen und sich etwas zu kaufen, sobald die Geschäfte aufmachten. Es hatte die ganze Nacht geregnet, und der Tag war drückend und feucht und fröstelig.

Er hatte kein Verlangen, etwas zu essen, und er überlegte sich, daß das ohnehin ein schwieriges Unterfangen wäre bei der Art, wie sich sein Kiefer anfühlte. Auf dem Tisch in der Diele lagen die Morgenzeitungen. Victor bewegte sich schwerfällig und langsam in seinem Rollstuhl und nahm sich den *Daily Telegraph* mit ins Zimmer.

Der Mord prangte gleich auf der Titelseite. Da war eine Fotografie von Muriel, so wie Victor sie erinnerte, als er ein Halbwüchsiger war. Es mußte um die Zeit ihrer Eheschließung aufgenommen sein – eine mondgesichtige, lächelnde Muriel mit dickem Make-up und Perlen in den Ohren. Jupp hatte die Leiche gefunden. Es wurde auch einiges von dem zitiert, was er gesagt hatte, so etwa, daß er habe Muriel heiraten wollen, daß er ‹ihr sehr zugetan› gewesen sei. Am Samstag abend sei er zu ihr gegangen – ja, auch um sie zu besuchen, aber hauptsächlich, um etwas abzuholen, das er beim letztenmal vergessen hätte. Ja, er besaß einen Schlüssel zu ihrem Haus und war gegen acht Uhr abends auf eigene Faust hineingegangen. Das erste, was er sah, war ein blutiger Fußabdruck in der Diele, bloß hatte er natürlich nicht gewußt, daß es Blut war.

Victor fragte sich, was es wohl gewesen war, das Jupp vergessen hatte? Und weshalb es im *Telegraph* wohl nicht erwähnt wurde? Es wäre doch viel üblicher gewesen zu sagen: ‹Ich hatte meinen Schirm vergessen› oder ‹meinen Schal›. Vielleicht war es ja ein Regenschirm gewesen, und das war dann bestimmt der, den Victor sich genommen und später in Mrs. Griffiths Haus stehengelassen hatte!

Die Knie bedeckt, den Attachékoffer neben sich, weil er Angst hatte, ihn im Zimmer zurückzulassen, manövrierte Victor den Rollstuhl die Muswell Hill Road entlang, um sich Unterwäsche, Socken und ein oder zwei Oberhemden zu kaufen. Das Verkaufspersonal war aufmerksam und höflich, manche auch ein bißchen verlegen. Er kaufte alles, was er wollte, aber diese Einkäufe bereiteten ihm nicht das Vergnügen, das er zum Beispiel empfunden hatte, als er sein Geld für die graue Jacke, für den Anzug und die grauen Schuhe ausgegeben hatte. In seinem Kopf pochte der Schmerz, und er fühlte sich immer weiter entrückt von der Realität, irgendwie war ihm der Bezug oder der Zugriff zum Leben abhanden gekommen. Selbst die Erkenntnis, daß Clare ihn für immer verlassen hatte, daß er sie nie wiedersehen würde, löste in ihm eher resignierte Trauer als Schmerz aus.

Am Fußgängerübergang über die Fortis Road, gegenüber dem Kino, wartete er mit vier oder fünf Leuten darauf, daß der Verkehr zum Stehen kam. Und da geschah etwas Entsetzliches: Ihm entgegen von der anderen Seite kamen, kaum, daß die Wagen bremsten, ein Mann und eine Frau Arm in Arm, und der Mann war Kevin, Jupps Schwiegersohn.

Er blickte Victor flüchtig an, und dann starrte er ihn an. Victor hatte keine Wahl, hier in der Mitte der Straße, als sich weiter auf ihn zuzubewegen. Sie kamen aufeinander zu, Auge in Auge, aber auf Kevins Gesicht malte sich kein Erkennen. Anfangs hatte er wohl gedacht, Victor sei Victor – aber dann hatte er sich anders besonnen. Der Rollstuhl hatte Victor verkleidet, hatte ihn vorm Entdecktwerden bewahrt. Er würde ihm noch das Leben retten! Kevin blickte sich nicht mal nach ihm um. Er sagte etwas zu der Frau neben sich, von der Victor annahm, daß sie Jupps Tochter wäre, und die beiden gingen in ein Geschäft. Jetzt fiel Victor auch wieder ein, Kevin hatte ihm erzählt, daß er in Muswell Hill wohne.

Im Rollstuhl zu sitzen, machte ihn unsichtbar, oder anders gesagt, verwandelte ihn in ganz jemand anders. Er begriff, daß er sich um seiner Sicherheit willen an diesen Rollstuhl ‹fesseln› mußte, daß er ein Behinderter werden mußte, genau wie David.

18

Als er wieder in seinem Zimmer war, zählte Victor das Geld. Es waren etwas über fünftausend Pfund. Er hatte recht gehabt mit seiner Vermutung, daß Muriel Tausende von Banknoten im Haus versteckt hielt. Vermutlich waren es ursprünglich so an die siebentausend gewesen. Er brachte die genaue Summe dessen, was er sich jeweils mitgenommen hatte, nicht zusammen, irgendwie schien er seine Konzentrationsfähigkeit verloren zu haben. Was immer ihm in den Knochen saß, die halbe Flasche Wein und die beiden Whiskies von gestern mittag konnten es jetzt nicht mehr sein. Falls man im Juli eine Grippe kriegen konnte, dann war es ja vielleicht Grippe, was er ausbrütete, denn er fühlte sich immer abwechselnd heiß und fröstelig. Er packte das Geld wieder in den Attachékoffer, aber Clares Foto stellte er auf dem Tisch neben seinem Bett auf.

Bald war es vierundzwanzig Stunden her, seit er etwas gegessen hatte, aber er hatte überhaupt kein Verlangen nach Essen. Er schlotterte, und doch war er dabei irgendwie voller Hoffnung – heiter geradezu. Das Geld würde eine gute Weile reichen, vorausgesetzt, er käme aus diesen Hotels heraus und fände ein Zimmer. Es mußte natürlich ein Parterrezimmer sein, und die Arbeit, die er bekam, mußte eine Tätigkeit für Behinderte sein. Aber es gab ja allerhand Projekte, die solche Leute erfaßten, darüber hatte er gelesen. Als Behinderter einen Job zu bekommen, konnte sogar leichter sein, und überhaupt konnte das Leben in diesem Rollstuhl als David Swift insgesamt leichter und glücklicher sein!

Victor wagte nicht, ein Bad zu nehmen. Es wäre zu kompliziert und zu gefährlich, wenn er versuchte, den Rollstuhl den Flur entlang und die Stufen hinunter ins Badezimmer zu bekommen. Statt dessen wusch er sich stehend an seinem Waschbecken. Die Wunde an seiner Brust sah häßlich entzündet aus, und ihre Ränder klafften wieder auseinander – schartige, knotige Lippen. Er wußte, er hätte es nähen lassen müssen, aber jetzt war es dazu zu spät.

Es gab keinen Spiegel über dem Waschbecken, der einzige Spiegel hing an der Innenseite der Kleiderschranktür, deshalb zog er sich erst seine neue Unterwäsche und sein neues Hemd an, ehe er anfing, sich zu rasieren.

Als er den Schrank aufmachte und in den Spiegel sah, bekam er einen Schock. Es hatte nicht bloß an dem Rollstuhl gelegen, daß

Kevin ihn nicht erkannt hatte. Sein Gesicht war verändert. Es hatte Ähnlichkeit mit einem Totenschädel, so unbeweglich war es, während die Augäpfel ihm aus dem Kopf zu fallen drohten. Seine dunkle Haut konnte ja nie richtig blaß werden, sie sah leichenhaft grünlich, aschenfarben aus – todkrank. Kein Wunder nach allem, was er durchgemacht hatte, sagte er sich, wirklich kein Wunder!

Inzwischen würden die Abendzeitungen heraus sein. Es war Mittag. Obgleich es warm war, zitterte Victor vor Kälte, und er zog den Regenmantel an. Er mußte nicht nur aussehen wie ein Behinderter, sagte er sich, er mußte sich in das Wesen eines Behinderten hineinversetzen, mußte sich voll und ganz auf die Beschränkung durch diesen Rollstuhl einstellen, mußte sich jede Möglichkeit, sich davon zu trennen, von vornherein verbieten. Der Stuhl mußte so sehr Teil seines mobilen Ich werden, wie es früher seine Schuhe gewesen waren.

Aus Angst, Kevin erneut zu begegnen, wandte er den Rollstuhl in die andere Richtung, auf den Highgate Wood zu. Er kam an ein paar Geschäften vorüber und an einem Restaurant, in dem er Mittag zu essen beschloß. Beim Zeitungshändler nebenan kaufte er sich den *Standard*, *Which Car?* und *Gesundheit für Sie*, letzteres, weil er dachte, seine schlechte Verfassung hinge vielleicht damit zusammen, daß er sich nicht ordentlich ernähre, und womöglich stand da drin, was er essen mußte. Er fuhr mit dem Rollstuhl ein Stückchen in den Wald hinein, und dann las er den *Standard*. Darin stand, daß die Polizei dringend mit Victor Michael Jenner Kontakt aufnehmen wolle, Muriel Faradays Neffen, der seine Wohnung in der Tolleshunt Avenue in Acton verlassen und die Nacht nach dem Mord in einem Hotel in Leytonstone, E 11, verbracht hätte. Victor fiel ein, daß er sich dort als Michael Faraday eingetragen hatte, was ihm jetzt als unglaublicher Leichtsinn erschien. Oder hatte er seinen eigenen Namen genannt? Aber einerlei, hier war er ziemlich sicher, geschützt durch den Rollstuhl. Eine ausführliche Beschreibung seiner Person folgte, so ausführlich, daß sie auf einer der inneren Seiten fortgesetzt wurde, aber Victor machte sich nicht die Mühe, umzublättern. Die Zeilen tanzten vor seinen Augen, formten sich zu wabernden, schwarzweißen Mustern, zu Zickzacklinien und Elipsen. Seine Hände waren zu schwach für die Anstrengung, die Zeitung festzuhalten, und sie glitt von seinem Schoß herunter. Victor sah, wie sie zu Boden fiel und die Zeitschriften hinterher, und er ließ sie liegen, denn ihm fehlte die Kraft, sie wieder aufzuheben. Dieses Stückchen Wald, obgleich staubig und von Fliegen surrend, erinnerte ihn an den Wald bei Theydon, wo er vor langer Zeit das Mädchen überfallen hatte, wo David und Clare ihn hingeführt hatten, wo er versucht hatte, die Frau zu vergewaltigen, die dort saß und sich ihr Gesicht schminkte, die, die dann unter sich in der Laubmulde, in der von Blattfasern und Sporen wimmelnden, mehligen Erde ihren Spiegel zerbrochen und auf ihn eingestochen hatte... Oder hatte David das getan – im Garten? Oder Clare mit einer Scherbe des zerbrochenen Wasserkrugs? Oder er selbst...? Victor konnte sich nicht deutlich erinnern. Die Augen fielen ihm zu. Er sah fiebrige Bilder vor sich – Vorhänge an einem zerbrochenen Fenster, die bis zur Decke hochwehten – das Gesicht seiner Mutter und Muriels Gesicht übereinandergeschoben, dann wieder getrennt – einen Zug, der fauchend aus einem schwarzen Tunnel kam – und er bildete sich ein, er röche den Duft von Geißblatt – ein ausgestopfter Pfau, der auf einem Sofa hockte und schrie – und die Stimme seiner Mutter beschwor Mister Sandman, ihr einen Traum zu bringen...

Er wurde wach, und er zwang sich, sich zu bewegen, obwohl er so schlapp und verwirrt war. Etwas zu essen, das würde er wohl nicht schaffen. Das kleine Restaurant hieß *Terrarium*, und er konnte drinnen einen großen grünen Glasbehälter erkennen, der wahrscheinlich Forellen enthielt, von denen sich die Gäste jeweils eine aussuchten, die dann für sie gefangen und gekocht wurde. Eine reichlich fremdländische Sitte, fand Victor, ein Brauch aus einer anderen Welt. Müde und erschöpft arbeitete er sich den Weg zum Hotel zurück. Es waren nicht mehr als zwei- oder dreihundert Meter, aber ihm kam es vor wie ein Kilometer, und manchmal hatte er das Gefühl, er rolle rückwärts, so wie in frustrierenden Träumen, wo alles sich verschworen hat, einen daran zu hindern, zu fassen, was man fassen möchte, hinzukommen, wo man hinkommen will.

In einer Art Sitznische der kleinen Hotelhalle lief ein Fernseher, und davor saß eine einzelne alte Frau. Einen Augenblick lang meinte er, es sei die alte Frau aus dem Zug, die, die immer Schaffner gespielt hatte und ein Meerschweinchen mit sich herumschleppte, denn sie war so ähnlich angezogen und trug den gleichen gestrickten Hut. Aber als er noch einmal hinsah, da war es, als ob sein Blick auf einmal scharf wurde, und er merkte, daß er sich total geirrt hatte, daß sie sogar hübsch war, mit schönem weißen Haar und einem blauen Kleid. Er steuerte den Rollstuhl auf die offene Durchgangstür zu, als eine Frauenstimme rief: «Mr. Swift!»

Wie merkwürdig, daß hier auch ein echter Swift wohnte, dachte er.

«Verzeihen Sie, Mr. Swift.»

Diesmal rief das Mädchen von der Rezeption es ihm fast ins Ohr. Sie mußte glauben, er sei taub oder verrückt.

«Dies hier haben wir in Ihrem Zimmer gefunden.»

Es war der Diamantring. Er wollte eben bestreiten, daß er ihm gehöre, aber als er die Kuppel aus Diamanten anstarrte, da war ihm, als forme sich aus dem Nichts Muriels Hand drum herum, ihr runzliger Finger mit dem schmutzigen Nagel, der hindurchgesteckt war. Hatte er nicht einmal gedacht, der Ring werde eine schöne junge Hand schmücken?

«Danke», sagte er durch die Zähne, denn die Kiefer waren sehr steif geworden. Es fiel ihm allmählich schwer, den Mund aufzumachen.

Als er das Geld gezählt hatte, mußte er wohl zusammen mit den Banknoten den Ring aus dem Attachékoffer gerafft haben. Er blieb eine Weile im Rollstuhl vor dem Fernseher sitzen und blickte mit leeren Augen auf den Bildschirm. In seinem Kopf hämmerte der Schmerz. Jetzt verspürte er auch eine Art Krampf in seiner Brust, wenn auch ein gutes Stück entfernt von der Wunde. Vielleicht sollte er sich lieber hinlegen und versuchen zu schlafen? Ein junger Mann hatte das Mädchen an der Rezeption abgelöst, während Victor sich in der Halle aufhielt, und er hatte den Eindruck, als betrachte der junge Mann ihn ausdauernd und prüfend.

«Alles in Ordnung, Mr. Swift?»

Das war nichts weiter als eine Frage, wie ein Hotelmanager sie wohl an einen Behinderten richtete, beschwichtigte Victor sich selbst; er hatte sich nur wieder etwas eingebildet! Er nickte knapp und fuhr weiter in sein Zimmer. Die Wunde sah immer noch böse aus, eitrig und geschwollen. Es mußte eine Blutvergiftung sein, es war also gar nicht so falsch gewesen, was er zu David gesagt hatte. Daher sein rasender Puls und das Fieber! Seine Stirn fühlte sich glühend heiß an, und auf seinem Gesicht stand der Schweiß. Er hätte gern gewußt, wie hoch seine Temperatur wohl war, sehr hoch jedenfalls, um vierzig Grad, so wie damals, als er Scharlach gehabt und seine Mutter ihm geradeso die Hand auf die Stirn gelegt hatte, wie er es jetzt selbst tat. Er lag auf dem Bett, versuchte, seinen flatternden Herzschlag zu ignorieren und sich auf seine Pläne für die Zukunft zu konzentrieren.

Wenn er aus London verschwand und die Hälfte des Geldes anlegte, um sich einen Wagen zu kaufen... Wenn die Aufregung sich erst mal gelegt hatte, dann konnte er den Rollstuhl wieder aufgeben und ins Autoverleihgeschäft einsteigen. War es möglich, selbst jetzt noch, daß Clare sich mit ihm zusammentat? Wenn er sie bloß treffen, wenn er ihr bloß alles erklären könnte... Es war, als ob ihre Fotografie größer und größer wurde; ihr Gesicht floß aus dem Rahmen heraus mit diesem mysteriösen Lächeln, diesem versonnenen Blick, der auf einen Punkt weit hinter ihm gerichtet schien...

Es ging ihm nicht gut, natürlich, und daher diese Wahnvorstellungen, diese Phantastereien, fast schon Halluzinationen. Vielleicht kam es auch von seinem mangelhaften Essen. Er las einen Artikel in *Gesundheit für Sie* über schädliche Lebensmittelzusätze und einen anderen über Mineralmangel in der modernen Ernährung. Nicht viel klüger und verstört über seine körperliche Verfassung, schlief er ein.

Schon als er sich aufs Bett legte, hatte sich der Himmel verdunkelt unter heraufziehenden Gewitterwolken, und als er aufwachte, regnete es. Victor betrachtete Muriels Diamantring, den er auf den Nachttisch neben Clares Bild gelegt hatte. Das wäre ein viel schönerer Ring, ihn Clare zu schenken, als das kleine Ding mit den verschlungenen Händen, aber er sah keine Möglichkeit, ihn ihr zu geben, er wußte im Augenblick überhaupt nicht, wie er an sie herankommen sollte. So matt das Dämmerlicht im Zimmer auch war, der Kegel aus Diamanten fing es ein und ließ es aufblitzen. Zwanzig kleine Diamanten und ein einzelner großer in der Mitte, zählte Victor. Im *Standard* hatte nichts von einem fehlenden Ring gestanden (oder überhaupt von irgend etwas, das in Muriels Haus vermißt wurde), also war es vielleicht ganz ungefährlich, ihn zu verkaufen? Welch glücklicher Zufall, wenn sich herausstellte, daß er eine Menge wert war, Tausende und Abertausende vielleicht?

Victor fühlte sich am ganzen Körper steif, nicht bloß im Gesicht. Das war zu erwarten gewesen, sagte er sich, kein Wunder, wenn er die ganze Zeit im Rollstuhl saß und seine gewöhnlich wenig beanspruchten Armmuskeln überanstrengte! Wenn er sich erst mal daran gewöhnt hatte, würde sich das geben. Wahrscheinlich machte es die Sache auch nicht besser, wenn er weiter hungerte. Er *mußte* etwas essen! Er mußte sich zwingen, etwas zu essen, auch wenn es ihm nicht schmeckte.

Die Lufttemperatur war gefallen, es war kalt für einen Juliabend. Victor zog den Regenmantel an, und zum erstenmal fragte er sich, was Sydney bloß eingefallen war, sich so ein unangemessenes Kleidungsstück anzuschaffen und zu tragen. Das war Plastik, kein Leder, ein schwarz schimmerndes Material mit körnig geriffelter Oberfläche und zweifellos völlig wasserdicht. Sydney war bestimmt nicht größer gewesen als einen Meter fünfundsiebzig, der Mantel mußte ihm bis an die Knöchel gereicht haben. Victor rollte aus seinem Zimmer und fand, daß der Antrieb des Rollstuhls sehr schwergängig war. Die Leute veranstalteten doch Wettfahrten in diesen Dingern, das hatte er im Fernsehen gesehen. Wie machten die das bloß? Seine Arme waren schon jetzt ganz erschöpft.

An der Rezeption war wieder das Mädchen im Dienst. In der Halle saßen die alte Dame und ein deutsches Touristenpaar, ein Mann und eine Frau, und sahen sich den Wetterbericht an, der nach den Sechs-Uhr-Nachrichten folgte. Niederschlagsfronten bewegten sich über den Atlantik, ein Tiefdruckgebiet lag über dem westlichen Irland, weitere Regenfälle... Zwischen dem Empfangstresen und der Haustür stand eine Sitzgruppe aus Korbsesseln mit einem Glastisch in der Mitte, auf dem Zeitungen lagen. Ein Mann, den Victor vorher noch nicht gesehen hatte, saß in einem der Korbstühle und las im *ABC London Street Atlas* oder sah wenigstens hinein. Er blickte nur gleichgültig auf, als der Rollstuhl vorbeikam.

Unter den triefenden Bäumen manövrierte sich Victor die Muswell Hill Road hinunter zu dem kleinen Restaurant, das sich *Terrarium* nannte. Es war ein Zimmermädchen gewesen, nahm er an, das Muriels Ring auf dem Boden seines Zimmers gefunden hatte. Wieviel von seinem Eigentum sonst wohl noch durchsucht worden war? Hatte sie etwa die Pistole entdeckt? Die hatte in der Regenmanteltasche gesteckt, der zu diesem Zeitpunkt innen in seinem Kleiderschrank gehangen hatte... Victor schob die Hand in die rechte Tasche, und da war die Pistole. Er hielt die Räder mühsam in Gang, indem er die kleineren Antriebsreifen rhythmisch vorantrieb. Ihm fiel ein, daß er lieber etwas Geld aus dem Attachékoffer holen und in seine Taschen stecken sollte, bevor er in das Restaurant ginge, sonst riskierte er, daß er die Aufmerksamkeit auf sich zog, wenn er am Tisch saß und all die Bündel von Banknoten zur Schau stellte.

Die Eingangstür war gerade eben breit genug, um mit dem Rollstuhl hindurchzukommen. Eine Kellnerin schob Mobiliar beiseite, damit er an einen Tisch kommen konnte. Victor griff in die linke Tasche des Regenmantels, in die er zwei Zehnpfundnoten gesteckt hatte, und seine Hand stieß auf das halbleere Pfefferminzpäckchen. Und da wußte er plötzlich, wessen Regenmantel das war! Er gehörte nicht Sydney, sondern Jupp. *Dies* war der Gegenstand, den Jupp in Muriels Haus vergessen hatte, und um ihn abzuholen, war er am Samstagabend noch einmal wiedergekommen. Er hatte ihn bei einem früheren Besuch vergessen, weil es geregnet hatte, als er ankam, und aufgehört hatte, als er wegging. Und in der Zeitung war man auf diesen vergessenen Gegenstand deshalb nicht näher eingegangen, weil der Regenmantel so unverwechselbar und auffällig war, weil man annahm, daß Muriels Mörder ihn tragen würde und man ihn dadurch identifizieren konnte!

Victor brach der Schweiß aus, und sein ganzer Körper wurde von einer krampfartigen Starrheit erfaßt, wie in gewissen lähmenden Träumen. Glücklicherweise war er allein im Restaurant außer zwei Mädchen, die an einem Tisch saßen und die Speisekarte studierten. Sein Instinkt befahl ihm, den Regenmantel sofort auszuziehen, aber das ließ sich im Sitzen nur unter großen Schwierigkeiten bewerkstelligen. Victor fragte die Kellnerin, wo die Herrentoilette sei. Dort durch die Tür, sagte sie, den Korridor entlang, und da wären auch bloß zwei ganz flache Stufen. Von dem Essensgeruch wurde ihm übel, er wußte schon, er würde keinen Bissen herunterbringen. Er mußte bloß den Regenmantel ausziehen, ihn verstecken und dann wieder gehen. Als er den Rollstuhl in Bewegung setzte, merkte er, daß irgend etwas Entsetzliches mit seinem Gesicht passierte: Ober- und Unterkiefer schnappten eisenhart zu, seine Augenbrauen ruckten in die Höhe zu einem unbeabsichtigten Stirnrunzeln.

In der Herrentoilette kämpfte er sich aus seinem Rollstuhl, zog den Regenmantel aus und versuchte, ihn zusammenzurollen. Er verstaute die Pistole und die Banknoten in seiner Jackentasche und ließ den Regenmantel einfach auf den Boden fallen. Der Spiegel über dem Waschbecken zeigte ihm eine stirnrunzelnde Fratze, eine groteske Grimasse mit grimmig entblößten Zähnen. Ich werde wahnsinnig, dachte er. Warum sehe ich so aus? Als er sich bemühte, sein Gesicht zu entspannen, seine steifen Nackenmuskeln zu lokkern, da verfiel sein Körper ohne Vorwarnung in einen entsetzlichen Krampf. Sein Rücken wölbte sich, als wolle er entzweibrechen, seine Arme und Beine schossen in alle Richtungen. Victor japste nach Luft vor Schmerzen, und er versuchte, sich am Rand des Waschbeckens festzuhalten. Welch grauenhafte Streiche konnten Angst und Schock einem doch spielen!

Zitternd und starr, wehrlos schlotternd, hatte er sich eben wieder in seinen Rollstuhl fallen lassen, als die Tür aufging und der Mann hereinkam, der in dem Hotelfoyer gesessen und im Londoner Straßenatlas gelesen hatte. Er nickte Victor zu und sagte «guten Abend». Victor versuchte zu nicken, aber sprechen konnte er nicht. Als er wieder im Korridor war und auf die Tür losfuhr, die in den Speiseraum führte, überlegte er, ob er versuchen sollte, zu einem Arzt zu gehen? Wenn er privat einen Arzt aufsuchte, dann wären Krankenschein und Versicherungsnummern überflüssig. Mit der Fußraste des Rollstuhls stieß er die Tür auf. Zum erstenmal kam er aus dieser Richtung in das Restaurant. Vor ihm auf einem Tisch, der den Gastraum vom Kassentresen trennte, stand der grüne Glaskasten, durch grelle Leuchtröhren von hinten erhellt, bepflanzt mit fedrigen Farnen und Gräsern, wimmelnd von grünen Reptilien mit Rückenpanzern.

Er schloß die Augen. Er japste hörbar nach Luft.

«Das sind Dosenschildkröten», hörte er die Kellnerin sagen.

Ein freundlicher Ton, eine kleine Gratisinformation für einen Behinderten, der, nach seinem Aussehen zu schließen, auch geistig hilfsbedürftig war: Zeigen wir doch dem armen Mann unsere Menagerie, unser Terrarium...

Er krampfte seine Fäuste um die Antriebsreifen. Die hilfsbereite Kellnerin schob den Stuhl näher an den Glaskasten, um ihm alles zu zeigen. Da war es mit Victors Selbstbeherrschung vorbei. Schwankend kam er auf die Füße, stieg aus dem Rollstuhl, hörte erschrokkene Laute ringsum, hörte eines der Mädchen in der Ecke einen Schrei ausstoßen. Die Kellnerin starrte ihn offenen Mundes an, die Augen aufgerissen, die Hände noch immer am Griff des Rollstuhls. Er packte mit der linken Hand den Attachékoffer. Die Tür vom Korridor her ging auf, und der Mann, der in der Hotelhalle gesessen hatte, stockte, erfaßte blitzartig die Situation, wie es nur ein eigens zu diesem Zweck hergeschickter Polizist vermochte. Er sagte: «Victor Jenner?»

Victor riß die Pistole heraus und zielte auf die Kellnerin. Sie stieß einen wimmernden Schrei aus. Sie war ein kleines dunkles Mädchen, eine Inderin vielleicht oder ein Mischling, mit olivfarbener Haut und schwarzen Augen in dunkel umrandeten Augenhöhlen. Der Polizist trat seitlich zwischen die Tische, gewandt, sprungbereit.

Victor sagte: «Das ist eine echte Waffe. Das können Sie mir glauben!»

Jedenfalls versuchte er das zu sagen. Aber etwas anderes kam heraus, ein gebrochenes Stammeln, ein ersticktes, ruckweises Grunzen, das seine starr zusammengeklemmten Kiefer entweichen ließen. Aber es spielte keine Rolle, was er sagte. Die Pistole sprach für ihn, die Pistole war genug. Hinter ihm, hinter jenem grausig wimmelnden Glaskasten, spürte er immer mehr Leute, die wie angewurzelt dastanden und hörbar atmeten. Die beiden jungen Mädchen waren unter ihren Tisch gekrochen, unter die überhängende Tischdecke.

«Nehmen Sie die Waffe runter, Jenner. Dabei kommt nichts Gutes für Sie heraus.»

Weil er wußte, daß er es gar nicht tun konnte, weil die Drohung diesmal unerheblich war, sagte Victor: «Ich schieß ihr in den Rükken!» Die Worte kamen heraus wie eine Serie stoßweise knirschender Laute. Er drehte das Mädchen herum, schubste sie mit seiner steifen linken Hand, bohrte den Lauf der Beretta in ihren mageren Rücken, in ihr junges, knochiges Rückgrat. «Raus aus der Tür da!» kommandierte er, und weil sie ihn nicht verstand, stieß er sie mit der Waffe auf die Korridortür zu. Denn nie und nimmer, um keinen Preis der Welt konnte er an dem Glasbehälter vorbeigehen, und wenn sein Leben davon abhinge!

Niemand von den anderen rührte sich. Sie glaubten an die Pistole. Die Kellnerin weinte vor Angst, die Tränen liefen ihr die Wangen hinunter. Sie taumelte auf die Tür zu und schluchzte laut auf, als sie ohne Erfolg versuchte, sie aufzustoßen.

«Ziehen! Ziehen!» schrie eine Frau.

Ihre Mutter? Ihre Arbeitgeberin? Victor zog die Tür selbst auf und fuhr herum, weil er wahrzunehmen glaubte, der Polizist mache eine Bewegung. Aber alle standen starr wie die Statuen. Die Frau, die geschrien hatte, weinte, und ein Mann hatte den Arm um sie gelegt. Victor schubste das Mädchen durch die Tür, zog sie hinter sich zu und drehte den Schlüssel um. Er sagte zu dem Mädchen: «Ich brauche einen Arzt, ich muß zu einem Arzt», aber es kam Gott weiß was heraus, nur nicht das, was er gesagt hatte.

Sie stolperte weiter, hielt jetzt die Hände in die Höhe wie eine Geisel in einem Film, einem altmodischen Film, und mit dem Fuß stieß sie eine andere Tür auf, die in einen Raum voller Metallstühle und aufgestapelter Tabletts führte. Von dort ging ein Weg in den Hinterhof, durch eine Glastür, die oben und unten durch Bolzen verriegelt war. Jenseits des regentriefenden Hofes ein grauer Bretterzaun, Baumstämme, und dahinter düstere Waldschneisen. Victor sagte zu dem Mädchen: «Mach die Tür auf oder das Fenster oder wie man das nennt. Los, aufmachen!»

Er drehte sie zu sich um, die Waffe auf sie gerichtet. Sie keuchte vor Entsetzen.

«Los, hast du nicht gehört?!»

«Ich kann Sie nicht verstehen! Ich weiß nicht, was Sie sagen!»

«Keine Bewegung!»

Er hörte jetzt Geräusche, trampelnde Füße, ein Vibrieren des ganzen Hauses, den Krach, als jemand gegen die Tür rannte, sich mit mächtigen Schultern dagegenwarf. Mit der Pistole dirigierte er sie zu einem Turm aufgestapelter Stühle hinüber, und sie preßte sich angstvoll dagegen. Die Waffe auch weiterhin auf sie gerichtet, kniete Victor sich auf den Boden, um den unteren Riegel der Glastür hochzuziehen. Wie ein Blitz aus heiterem Himmel versetzte ein Muskelkrampf seinen Körper in Zuckungen, schleuderte seine Arme zur Seite und bäumte seinen Rücken in die Höhe. Er brüllte auf durch unlösbar zusammengebissene Zähne, er versuchte aufzustehen, aber seine eigenen Muskeln richteten sich gegen ihn, fällten ihn wie einen Baum.

Sein Rücken fuhr in die Höhe, prallte zurück, klappte wie ein Messer zusammen. Um sich schlagend, zuckte er auf dem Boden umher, immer noch die Pistole umklammernd, bis der teuflischste Krampf, den er bisher erlebt hatte, sie ihm aus der Hand schleuderte. In hohem Bogen flog sie durchs Zimmer, prallte gegen die Scheibe der Glastür, zerschmetterte sie und fuhr mittenhindurch. Victor reckte sich, spreizte die Hände und griff ins Leere. Das Mädchen kroch zu ihm heran, wirr flüsternd. Sein Rücken bäumte sich, zuckte, rollte sich wie ein Seil, und seine Gliedmaßen tanzten. Das Mädchen kniete sich neben ihn, fragte, was los sei, was ihm passiert sei, fragte, was sie für ihn tun könne, und die Tränen, die sie immer noch vergoß, fielen auf sein zuckendes, grimassierendes Gesicht.

Die Tür ging auf, gerade als die Krämpfe abebbten, und der Polizist, der hereinstürzte, blieb neben ihm stehen und blickte mit kaum verhohlenem Grauen auf den Mann am Boden, der durch sein eigenes Fleisch zu Tode gefoltert wurde.

19

Die Schildkröte bewegte sich mit gleichförmiger, mechanisch stetiger Langsamkeit aus dem Schatten des Rhododendrons hervor, wo sie den Nachmittag verbracht hatte, kroch den Gartenweg entlang, denn sie hatte den kleinen Haufen Salatblätter, die als Leckerbissen für sie auf der untersten Steinstufe lagen, gesehen oder gerochen oder sonstwie gewittert. Der kleine Hund sah ihr dabei zu, aber er war jetzt an sie gewöhnt. Mit der Pfote auf ihren Panzer zu stupsen und zuzusehen, wie Kopf, Gliedmaßen und Schwanz unter der hornigen Kuppel verschwanden, das hatte aufgehört, ihn zu amüsieren. Seinetwegen hätte sie ein beweglicher Stein sein können. Mit unverminderter Energie bearbeitete er seinen Markknochen.

David Fleetwood beugte sich seitlich aus seinem Rollstuhl und tätschelte den Kopf des Hundes. So langsam kamen er und Clare zu einer regelrechten Menagerie – zuerst Sally, dann diese Schildkröte, die ihnen vor zwei Tagen von irgendwoher zugelaufen war, und heute morgen hatte ihm ein Nachbar ein junges Kätzchen angeboten. Aber da hatte Clare ein Machtwort gesprochen. Die Mücken plagten ihn, und er zündete sich eine Zigarette an, um sie sich vom Leibe zu halten. Der Abend war sehr warm, und am Himmel ahnte man schon jene dunkle Bläue einer hereinbrechenden Hochsommernacht. Ein großer weißer Nachtfalter hatte seine Flügel flach auf der Hauswand ausgebreitet. Er wartete darauf, daß die Außenlampen angingen, wartete darauf, sich an dem zischenden Glas zu Tode zu brennen.

Clare kam durch die Glastür aus dem Haus. Er fand, sie sah blaß und ziemlich erschöpft aus, aber so genau ließ sich das nicht sagen bei dieser Beleuchtung. Sie hatte ein Glas in der Hand, dessen Inhalt nach einem steifen Whisky aussah. Sie trank zuviel – nein, nicht zuviel, aber mehr, als sie sollte. Das habe ihr erst neulich jemand vorgehalten, hatte sie gesagt. Aber sie hatte nicht gesagt, wer.

«Willst du auch einen?»

Er schüttelte den Kopf und deutete auf sein halbleeres Bierglas.

«Wirst du das Krankenhaus anrufen?» fragte er.

«Hab ich schon getan.»

Ihr Gesicht sagte es ihm. Sie setzte sich an den Tisch, sehr dicht neben ihn, und griff nach seiner Hand. Er blickte sie nicht an. Er sah der Schildkröte zu, wie sie ihren Salat knabberte.

«Victor ist heute nachmittag gestorben», sagte Clare. «Wenn er über den heutigen Tag gekommen wäre, dann hätte eine gewisse Hoffnung bestanden. Anscheinend erholen sich Leute mit Tetanus manchmal wieder, wenn sie die ersten vier Tage überstehen.»

David sagte heftig: «Wie zum Teufel hat er Tetanus gekriegt?» Er zündete sich an seiner Zigarettenkippe eine neue an. «Das war doch barer Unsinn, von wegen, ich hätte ihn mit einem Stück Glas gestochen. Ich habe ihn nie angerührt!»

«Ich weiß doch! Es ist ein Rätsel. Vielleicht war es irgendwas, das ihm an dem Abend passiert ist, nachdem er hier fortging. Er hat dir doch erzählt, er hätte eine entsetzliche Nacht gehabt und er könne von Glück sagen, daß er noch am Leben wäre, was immer das nun heißen sollte. Wenn er sich selbst irgendwie geschnitten hat... Man sagt ja, der Boden hier herum sei voller Tetanusbazillen. Ich habe im Krankenhaus in einem Buch über Tetanus nachgelesen. Das Gift als solches ist eines der tödlichsten, die es gibt. Es wird von den Zellen der Bakterien abgesondert und durch den Blutstrom zum Rückenmark transportiert...»

David schauderte. «Hör auf!»

«Es liegt wirklich eine gewisse Ironie darin, nicht wahr, wenn man es so betrachtet...»

«Ich betrachte es nicht so. Es war reiner Zufall. Es war alles Zufall, Clare – daß Victor auf mich geschossen hat, daß er mein Bild in der Zeitung gesehen hat, daß er den Zug nach Epping genommen und gesehen hat, wo ich wohne, daß er an dem Abend kam, als ich fort war...»

Sie blickte ihn beschwörend an, aber es war zu dunkel, ihre Augen zu sehen.

«Alles Zufälle. Nach allem, was wir wissen, war auch sein Mord an der alten Frau ein Zufall – wenigstens fing es so an. Es gibt keine Erklärung dafür, kein Verhaltensschema. Ich habe doch nicht bloß einmal, ich habe doch tausendmal nachgegrübelt über die Dinge, die sich in diesem Haus in Solent Gardens abgespielt haben. Ich hatte sogar schon daran gedacht, Victor so weit zu bringen, den Ablauf mit mir zu rekonstruieren, indem wir zwei zusammen mit anderen Akteuren die Situation in ähnlichen Räumlichkeiten nachspielten...»

Er beugte sich dicht zu ihr, um ihre Reaktion zu erkennen. Ihr Gesicht war ganz ruhig, fragend, traurig, ein wenig schlaff und abwesend durch den Whisky, den sie getrunken hatte. Sie nahm seine Hand in ihre beiden Hände.

«Ich meine es ganz ernst», fuhr David fort, «ich dachte es mir als eine Art Abreagieren, eine seelische Befreiung, für Victor ebenso wie für mich. Ich dachte, wir könnten uns vielleicht mit Bridges zusammentun, wo immer der jetzt stecken mag, oder vielleicht Rosemary Stanley aufspüren und dann den Raum ganz genauso herrichten, bis hin zu den Bildern an den Wänden.»

«Den Bildern an den Wänden?»

«O ja. Das war ein reizend eingerichtetes Haus, es war sehr hübsch. Du weißt doch, ich hab gesagt: ‹Wessen Blut ist das?›, weil ich da noch nicht wußte, daß es mein eigenes war. Ich fand, es sei eine Schande, den schönen, hellen Teppich so zu verschmieren, eine unnötige Schweinerei. An der ganzen Treppenwand entlang und auch oben auf dem Treppenabsatz hingen kleine Bilder. Vögel und Tiere zumeist, Reproduktionen berühmter Drucke und Stiche. Dürers *Betende Hände*, und dann das von dem Hasen und den Schlüsselblumen, und Audubon und Edward Lear...»

«Ich dachte, der hätte Schüttelreime geschrieben?»

«Er hat auch Lithographien gemacht, von Tieren in Menagerien. Da hing seine Fledermaus, das weiß ich noch, und die Schildkröte.» David blickte flüchtig zu der Schildkröte hinüber, die langsam und stetig zurückkroch in ihr Versteck unter dem Rhododendron. «Die hing genau in der Mitte, und die *Betenden Hände* genau darüber. Als ich hinfiel, hatte ich den Blick auf diese betenden Hände fixiert. Ja, ich hatte tatsächlich die komplizierte Idee, das alles zu rekonstruieren... Bloß, ich wollte damit warten, bis ich das Gefühl hätte, ich könnte Victor vertrauen. Und dieser Zeitpunkt ist nun nie gekommen.» Sanft löste David ihrer beider Hände voneinander. «Mach das Licht an, Clare, ja?»

Sie stand auf, ging nach drinnen ins Wohnzimmer und knipste die Lampen an, eine am Rand der Terrasse und eine an der Hauswand zwischen den Blättern des Geißblattes. Der Nachtfalter flatterte von der Hauswand auf und steuerte ins Licht, um seine federzarten weißen Flügel zu verbrennen.

Ruth Rendell

«Mich fasziniert jedesmal wieder, wie leise-harmonisch die Romane von **Ruth Rendell** beginnen, wie verständlich und normal die ersten Schritte sind, mit denen die Figuren ins Verhängnis laufen. Ruth Rendells liebevoll-ironisch geschilderte Vorstadtidyllen sind mit einer unterschwelligen Spannung gefüllt, die atemlos macht.»
Hansjörg Martin

Dämon hinter Spitzenstores
(23072)
Ausgezeichnet mit dem Gold Dagger 1975, dem begehrtesten internationalen Krimi-Preis.

Die Grausamkeit der Raben
(26328)
«... wieder ein Psychothriller der Sonderklasse.»
Cosmopolitan

Die Verschleierte
(23071)

Die Masken der Mütter
(42723)
Ausgezeichnet mit dem Silver Dagger.

In blinder Panik
(23074)
«Ruth Rendell hat sich mit diesem Krimi selbst übertroffen: die Meisterin der Spannung ist nie spannender zu lesen gewesen.»
Frankfurter Rundschau

Sprich nicht mit Fremden
(23073)

Die neue Freundin *Kriminalstories*
(42778)

3017/8

rororo Unterhaltung

Der Fieberbaum *Kriminalstories*
(43004)

Der Tag des Jüngsten Gerichts
Die besten Stories
(43224)

Durch das Tor zum Himmlischen Frieden
(42684)

Der Pakt
(43293)

«**Ruth Rendell** – die beste Kriminalschriftstellerin in Großbritannien.»
Observer Magazine

Weitere Informationen in der **Rowohlt Revue**, kostenlos im Buchhandel, und im **Internet: www.rororo.de**

Martha Grimes

Die Amerikanerin **Martha Grimes** gilt zu Recht als die legitime Thronerbin Agatha Christies. Mit ihrem Superintendent Jury von Scotland Yard belebte sie eine fast ausgestorbene Gattung neu: die typisch britische «Mystery Novel», das brillante Rätselspiel um die Frage «Wer war's?».
Martha Grimes lebt, wenn sie nicht gerade in England unterwegs ist, in Maryland/USA.

Inspektor Jury küßt die Muse
Roman
(rororo 12176 und in der Reihe Großdruck 33129)

Inspektor Jury schläft außer Haus *Roman*
(rororo 15947 und in der Reihe Großdruck 33146)

Inspektor Jury spielt Domino
Roman
(rororo 15948)

Inspektor Jury sucht den Kennington-Smaragd *Roman*
(rororo 12161)

Was am See geschah *Roman*
(rororo 13735)

Inspektor Jury bricht das Eis
Roman
(rororo 12257 und in der Reihe Großdruck 33152)

Inspektor Jury spielt Katz und Maus *Roman*
(rororo 13650 und in der Reihe Großdruck 33135)

Inspektor Jury geht übers Moor
Roman
(rororo 13478)

rororo Unterhaltung

Inspektor Jury lichtet den Nebel
Roman
(rororo 13580)

Inspektor Jury steht im Regen
Roman
(rororo 22160)

Inspektor Jury gerät unter Verdacht *Roman*
(rororo 13900)

Inspektor Jury besucht alte Damen *Roman*
(Großdruck 33125)

Mit Schirm und blinkender Pistole *Roman*
(rororo 13206)

«Es ist das reinste Vergnügen, diese Kriminalgeschichten vom klassischen Anfang bis zu ihrem ebenso klassischen Ende zu lesen.».
The New Yorker

Weitere Informationen in der **Rowohlt Revue**, kostenlos in Ihrer Buchhandlung oder im **Internet: www.rowohlt.de**

3233/9

Colin Dexter

«Dexter ist allen anderen Autoren meilenweit voraus.»
The Literary Review
«Seit Sherlock Holmes gibt es in der englischen Kriminalliteratur keine interessantere Figur als Chief Inspector Morse ...»
Süddeutsche Zeitung

Ihr Fall, Inspector Morse
Stories
(43148)

Der letzte Bus nach Woodstock
(22820)

...wurde sie zuletzt gesehen
(22821)

Die schweigende Welt des Nicholas Quinn
(43263)

Eine Messe für all die Toten
{22845)
Ausgezeichnet mit dem Silver Dagger der britischen Crime Writers' Association.

Die Toten von Jericho
(43242 /
22873 ab April 2001)
Ausgezeichnet mit dem Silver Dagger der britischen Crime Writers' Association.

Das Rätsel der dritten Meile
(42806)
«... brillant, komisch, bizarr und glänzend geschrieben.»
Südwestpresse

Hüte dich vor Maskeraden
(43239)
«Ein intelligenter Krimi zum Mit-Denken. So etwas ist selten.»
Frankfurter Rundschau

Mord am Oxford-Kanal
(42960)
Ausgezeichnet mit dem Gold Dagger der britischen Crime Writers' Association.

Tod für Don Juan
(43041)

Finstere Gründe
(43100)
Ausgezeichnet mit dem Gold Dagger der britischen Crime Writers' Association.

Die Leiche am Fluß
(43189)
«... ganz vorzüglich.»
Süddeutsche Zeitung

Der Tod ist mein Nachbar
(43278)
«... ein weiteres listig-verschlungen konstruiertes Kriminalrätsel aus der meisterlichen Hand von Colin Dexter.»
The New York Times Book Review

Und kurz ist unser Leben
(22819)

rororo

3005/10